朱太河 著

定心剑

卷二

人民交通出版社股份有限公司
China Communications Press Co.,Ltd.

内 容 提 要

“武林巅峰，散花仙翁，雌雄双煞，了无神僧。”这是一部很生活化、很有真实感的传统武侠小说，尽量细致全面地反映书中所设定的时代的社会文化、各地的风俗习惯、各种人物的喜怒哀乐。尤其是很多小角色的刻画，也下了很大的功夫。作者文字讲究、描写细致，符合逻辑、情节合理，心理真实、情感细腻。读者可以享受到很强的代入感，以书中人物的视角观察周围事物，经历故事发展，感受喜怒哀乐。

全书共八卷，本书为第二卷，共24章，故事包括：揭示因果、楼烦救女、神秘劫杀、丐帮危机、西行历险。

图书在版编目（CIP）数据

定心剑 . 卷二 / 朱太河著 . -- 北京 : 人民交通出版社股份有限公司 , 2017.6

ISBN 978-7-114-13802-7

Ⅰ . ①定… Ⅱ . ①朱… Ⅲ . ①侠义小说－中国－当代 Ⅳ . ① I247.5

中国版本图书馆 CIP 数据核字（2017）第 090573 号

DING XIN JIAN

书　　名：定心剑 · 卷二
著 作 者：朱太河
监　　制：邵　江
责任编辑：陈力维
责任校对：刘　芹
责任印制：刘高彤
特约编辑：童　亮　刘楚馨
营　　销：吴　迪　刘　君　张龙定
文字编辑：查海敏
出　　版：人民交通出版社股份有限公司
地　　址：（100011）北京市朝阳区安定门外外馆斜街 3 号
网　　址：http://www.ccpress.com.cn
销售电话：（010）59636983
总 经 销：北京有容书邦文化传媒有限公司
经　　销：各地新华书店
印　　刷：中国电影出版社印刷厂
开　　本：720×960　1/16
印　　张：16.5
字　　数：289 千
版　　次：2017 年 6 月　第 1 版
印　　次：2018 年 6 月　第 2 次印刷
书　　号：ISBN 978-7-114-13802-7
定　　价：39.80 元

特别说明

（一）——关于身份

1. 古时民间对医生的俗称，北方称“大夫”，南方称“郎中”。本书主要场景都在北方，故采用北方的说法。

2. 车把式：北方指赶马车的人，车夫。

3. 看青的：北方某些乡村地区，为防止成熟的庄稼或是瓜果蔬菜被偷，收获季节在田里看护的人。

（二）——关于地名

1. 太白山：济苍生和吴秋遇隐居的太白山，也叫太白堆山，属太行山一脉。不是陕西的太白山。

2. 宁化：书中出现的宁化，是指明洪武年间的宁化所，在今山西忻州宁武关一带。不是福建的宁化县。

3. 蓟州：今天的天津市蓟州区（2016年以前为蓟县）。春秋时期无终子国都城。秦朝设无终县。隋朝改为渔阳县。明洪武年间，撤并入蓟州。

4. 楼烦：今山西省娄烦县。楼烦原是古老民族或部落名称，后演变为地域概念。明末清初开始出现“娄烦”写法。本书采用明初的名称。

5. 金陵：今江苏省南京市。曾有金陵、建康、江宁等名称。明朝开国建都后，改名“应天”。书中选用了大家更为熟悉的“金陵”这一名称。

6. 地名大多根据史料采用明初的名称。例如山西省应县，当时叫应州。

目 录

前情介绍

吴秋遇随师父下山寻找贺兰映雪，途径朔州，济苍生遇害。吴秋遇结识小灵子，去铁拳门复仇，到邵家门送信，用计逃离虎口。江寒喜欢师妹邵九佳，千方百计献殷勤，不惜算计害人。吴秋遇和小灵子到天百山庄做客，惊险不断。

揭示因果

扶危济困真侠士，
负义忘恩是小人。
莫道私心无公议，
终归后果有前因。

绘图：张璐

第二十五章
两奇遇险

祁少城陪着曾可以和曾婉儿在山庄里逛了一会儿，一直送到给他们安排的住处。正要进屋，忽然有家丁找来报信："公子，外面有两个自称乡野三奇的，要进府找老爷。我看他们来者不善，没敢惊动老爷，请公子先出去看看吧。"曾婉儿知道乡野三奇，但是现在不想多事，因此没有在祁少城和曾可以面前表露。曾可以没跟乡野三奇打过交道，听了也没往心里去。祁少城当即告辞，匆匆离去。

什么叫隔墙有耳？偏巧这事让院子里的蒙昆听到了，他不露声色，等曾可以和曾婉儿进了房间，便找到正在一起耍闹的柯老三、白鹿司、郝青桐、鲁啸等人，把乡野三奇找上门的事说了。

郝青桐知道蒙昆想干什么，不愿意跟着掺和，便找个借口走了。

柯老三和白鹿司原不知道乡野三奇是谁，被蒙昆几番煽动，便答应跟他去对付乡野三奇。鲁啸本是个好热闹的人，而且在乡野三奇那里吃过亏，也憋着要去出一口气。

四个人悄悄从房间里出来，正撞见聂是非。聂是非开口问道："你们这是去哪？"柯老三知道他心眼多，一时编不出谎话骗他。蒙昆和鲁啸都是粗莽之人，也不知如何回答。

白鹿司微笑着说道："聂先生，咱们这么多人挤在一个小院子里，有点憋闷。我们正要出去走走，你要不要一起去？"聂是非说："你们腿脚太快，我可跟不上你们。算了，你们去吧。我去看看公子有没有事找我商量。"蒙昆一把拉住他，低声说道："聂先生，你可不能跟公子说我们出去了。"

聂是非看了他一眼，把他的手从自己胳膊上拿开，笑着说道："我明白。你们呀，快去吧。再不走，我可要大声喊了。"蒙昆感激地点了一下头，快步窜出了院子。鲁啸等人也紧跟着去了。聂是非以为吓到了他们，用鹅毛扇子挡着嘴，咯咯地笑了起来。

说是乡野三奇，其实只来了两个，老大"江湖一担子"丘壑和老三"不醉酒"陈康，老二"野神仙"胡大夫却是没来。二人被挡在门口，耐着性子等了一会儿，正合计着要不要闯进去，忽见一个年轻人迎了出来。

祁少城走上前拱手道："让两位大侠久等了。在下祁少城。不知两位前辈驾临本山庄所为何事？"丘壑见这年轻人彬彬有礼，便也用缓和的口气说道："我们是乡野三奇。鄙人丘壑，这是我三弟陈康。我们有事要见山庄的新主人。请问祁天百是你什么人？"祁少城说："那是家父。"陈康说："原来是山庄的少主人。那好，祁公子，你现在带我们进去。我们有话要问问令尊大人。"祁少城说："前辈有事能否先告知一二，我也好回禀家父一声。"丘壑说："我看公子是个老实人，这里面的事你未必清楚。还是带我们去见你爹吧，只有他才能说得清楚。"祁少城见丘壑虽然手里拿着兵器，但是说话还算客气，不像是蛮不讲理之人，稍稍犹豫了一下，便抬手说道："二位请。"

丘壑和陈康刚跟着祁少城走进院子，就见蒙昆和鲁啸快步走来。跟在他们身后的两个人，之前没有见过。蒙昆对祁少城大声说道："祁公子，你不用担心。有我们在，他们闹不了事！"丘壑见蒙昆如此嚣张，必是有恃无恐，不禁把他身后那两个人仔细打量了一番。见一个是粗大的壮汉，一个是白衣的雅士，想来都不是寻常之辈。

祁少城忙说："你们误会了。这两位是来拜会家父的客人。"蒙昆道："什么客人！他们只会没事找事！你问问他们，来这里又想捣什么乱！"陈康挖苦道："蒙昆啊，你真是不长记性！这些年你做过什么好事了？只会四处生事，次次受憋！怎么，今天又耐不住了？""你！"蒙昆嘴笨，说不过陈康，便不想再打嘴仗。他当即招呼鲁啸等人："跟他们没道理可讲！直接动手吧！"

四个人往前一冲，蒙昆和柯老三缠住陈康，白鹿司和鲁啸围攻丘鏊，六个人便打将起来。

祁少城劝止不住，又不便出手解围，急忙跑进去找人。

蒙昆和柯老三，单个上都敌不过陈康。尤其是蒙昆，刚才谎称出来闲逛，并没有随身带着最拿手的兵器，徒手相搏，能力又减弱了不少。不过现在是跟柯老三联手。二人正好与陈康打个平手。

鲁啸自以为力气大拳头硬，但是丘鏊号称“江湖一担子”，凭的也是一身力气。鲁啸跟丘鏊对阵，占不到便宜。倒是那白鹿司，看似文雅书生，其实功夫不弱，手里一把纸扇竟可与丘鏊的铁扁担周旋，丝毫没有落到下风。几十个回合下来，双方一时难分胜负。

忽然有人大喝一声：“住手！”六个人各自跳开，暂且停手，扭头看去。刚才喊话的是邵青堂。

蒙昆大喜，当即兴奋地叫道：“邵当家的，你来得正好！还不快过来帮忙？”丘鏊稍稍打量了一下邵青堂，开口问道：“来的可是威震三关的邵青堂邵门主么？”邵青堂走到众人面前，拱手说道：“老夫邵青堂，乃是山庄天百兄弟的多年至交，恳请大家给个面子，莫再动手。”蒙昆面带不悦地说道：“邵当家的，你这是何意？你忘了……”邵青堂赶紧打断他的话：“蒙昆老弟，你先听我说！这里是天百山庄，大家都是客人，在这里动手成何体统？”白鹿司暗中盯着邵青堂，没有说话。蒙昆气哼哼还要再说，也被他示意拦下。

丘鏊忽然问道：“日前有人到府上送信，不知邵门主收到没有？既然你也到了这里，不知邵门主对祁翁的事有何说法？”邵青堂不禁一愣，他没想到这两个人竟然也知道祁翁的事，但马上又说道：“信我收到了，也正是为此事而来。两位也是祁翁的朋友吗？”丘鏊道：“也可以这么说。既然如此，就请邵门主跟我们一起去找祁天百，把事情当面分辩清楚。”邵青堂说：“老夫也正有此意。”

听着二人对话，蒙昆等人都是一头雾水，怎么邵青堂跟乡野三奇又成一伙的了？蒙昆正要开口问个明白。白鹿司赶紧拦住他，小声说道：“别急。先看看再说。”

眼睁睁看着丘鏊、陈康跟着邵青堂一起往里走，蒙昆和鲁啸心有不甘，但心里也都明白，现在招惹邵青堂肯定是不行。以当前的形势，双方势均力敌，邵青堂站在哪一边，哪一边就有胜算。他们虽然心有不甘，也只能暂时忍下。只有白鹿司慢条斯理地扇着扇子，若无其事。

邵青堂问丘鏊：“还没请教两位尊姓大名。”丘鏊说：“鄙人丘鏊，这是我三弟陈康，还有个二弟今日没来。江湖朋友送个外号，人称‘乡野三奇’的便是。”邵青堂说："原来是乡野三奇，失敬失敬。丘大侠，请问祁翁的事，您是如何知晓的？"丘壑说："数日前在路上遇见的。我兄弟听闻此事，岂能袖手旁观？这才到山庄来问一问。既然邵门主先到了，以你和祁翁的交情，自然会替他出头。我兄弟只能算是帮忙的了。"邵青堂道："两位大侠路见不平，仗义出手，邵某佩服。咱们不分彼此，一同解决此事便好。"

邵青堂并没有带着丘、陈二人去客厅，而是往后面走去。丘壑往客厅方向瞥了一眼，开口问道："祁天百现在何处？"邵青堂说："他听说两位大侠找上门来，自知无法交代，先躲到后面去了。我孤身来此，又有别的客人在，一直不便当面质问。现在他躲到清静处，咱们正好去问个明白。"丘壑点了点头："也对。在外人面前他顾忌颜面，自是不会承认，说不好还会翻起脸来。咱们单独找他，只讲道理，希望他能迷途知返。"邵青堂说："正是。"

进了一道小门，地势突然变低了，只能扶着栏杆沿台阶一级一级慢慢走下去。走在后面的陈康说："要不是邵门主领着，我们决计找不到这里来。"邵青堂说："我跟祁家父子相交多年，对这里多少了解一些。"绕过几块奇石，邵青堂指着前面假山的一个洞口说道："就是那里了。"他走到洞口，向里面喊道："天百兄弟，我带两位客人来访。我们进来了。"转身招呼："两位大侠，请！"

洞口朝阳，里面不是很黑。丘壑和陈康相互看了一眼，迈步走入洞中。丘壑边走边说："乡野三奇冒昧来访。祁庄主，打扰了。"里面没有任何回应。丘壑心中疑惑，回头问道："怎么没人？邵门主……"他一回头，却见邵青堂并没有跟来，不由得一愣。邵青堂哈哈大笑，用手按动了石头上的一个机关。一道闸门骤然落下，把丘壑和陈康关在了里面。石门关闭，洞里一下子就黑了。丘壑和陈康大惊，跑回去推撞石门。那石门却纹丝不动。

陈康说："大哥，这闸门是从上面落下的，我去把它搬起来。你看好洞口，小心他们的冷箭。"他蹲身下去，两手贴着石门往下摸索，终于在地面不平处找到一点缝隙，手指尖抠住，用力往上抬。丘壑问："三弟，怎么样？"陈康说："石门太重，我只能靠指尖抠着，使不出浑身的力气。动是动了一下，我一个人抬不起来。""我也来。"丘壑放下铁扁担，也凑到近前。两个人抠住石门底缝，一齐发力。那石门动了，马上有亮光从底下透进来。

丘壑和陈康大喜，正待继续用力托起石门。一股烟气从石门下面的缝隙飘进来，二人不知不觉吸了。陈康惊叫一声："烟里有毒！"二人顿时觉得浑身酸软，支撑不住。石门重新落下来。二人及时缩回手指，慢慢倒了下去。

蒙昆原想仗着人多把丘壑和陈康拿下报仇，鲁啸、柯老三也是憋着好好打一架，结果被突然出现的邵青堂给搅和了。三个人都觉得有些窝囊，气哼哼回到住处。只有白鹿司若无其事地扇着扇子，脸上始终笑眯眯的。蒙昆有些不满："白鹿司，今天不能成事，你很高兴是不是？"白鹿司笑道："那你还想怎样？大家陪你哭一场你才满意？"

蒙昆质问道："刚才你为什么拦我，不让我跟姓邵的理论？"白鹿司收起折扇，看了他一眼，说："我是怕你坏事。"蒙昆愣愣问道："我坏什么事？"白鹿司说："你们以为邵青堂是来搅局的么？"听他这么一问，鲁啸和柯老三也围了上来。鲁啸问："难道不是么？"柯老三也说："这又不是他家的地盘。咱们在这打架碍他什么事，要他来管？"

白鹿司笑眯眯说道："你们哪，真是粗人，就只会打架。真以为邵青堂是在帮他们么？呵呵，别的我不多说，我可以打赌，邵青堂比你我还想对付他们呢。说不定，他现在已经得手了。"另外三人都是一愣，难以置信地看着白鹿司。蒙昆说："你怎么知道？"白鹿司故作神秘地笑道："天机不可泄露。你们就等着瞧吧。"柯老三不满地说道："你别阴阳怪气的！我怎么没看出来？"白鹿司看了他一眼，却忽然说道："你的胡子该理了。"蒙昆半信半疑地说道："要真是那样就好了。如果姓邵的只是来搅局，老子以后不会放过他！"

"是谁说话这么难听啊？"邵青堂迈步走了进来。蒙昆满脸尴尬，一时不知如何是好。鲁啸问道："邵门主，你怎么来了？那两个人呢？"邵青堂回身把门关上，走到四个人面前低声说道："我已经把他们拿住了，就锁在后院的石洞里。你们想要怎样自去处理便是，只是别闹出动静惊扰了其他客人。"白鹿司得意地看了鲁啸和柯老三一眼。那二人当即点头佩服。

蒙昆挤到邵青堂面前问道："邵门主，你说的可是真的？"邵青堂说："当然是真的！老夫骗你作甚？蒙昆老弟，你以后可要嘴下留德呀。"蒙昆拍了拍自己的脑袋，作揖道："哎呀，我刚才真是昏了头了！邵门主不要见怪！我这里给你作揖了。"邵青堂笑道："不用不用。大家都是自己人。你跟他们到底有什么仇，明刀明枪就在这里打架？"蒙昆说："这就一言难尽了。他们三番五次搅了我们的好事，一直没机会对付他们。没想到今天……幸亏有你帮忙！多谢多谢！"白鹿司展开折扇轻轻扇了两下，忽然问道："不知邵门主跟他们有什么过节？也要出手对付他们。"邵青堂脸上的表情凝固了一下，尴尬地笑道："我跟他们能有什么过节？不过是为了帮你们罢了。好了，老夫还有事，就不在这里打扰了。"说着，转身就往外走。蒙昆忽然叫道："邵门主，你把乡野三奇关在哪儿了？你不说，我们怎么找得到？"

曾婉儿正从门外经过，听见蒙昆叫出"乡野三奇"的名字，便停下脚步，靠近听着。

邵青堂从袖子中掏出一张纸，递给蒙昆:“这是关押他们的位置。白天行事多有不便，难免被别人撞见，你们晚些再去。他们被我下了药，又用铁链子捆了，跑不掉的。”蒙昆等人兴奋不已，再次道谢。

曾婉儿听他们说到“下药”的手段，甚为不齿，又想起自己提及有人去柳树沟行刺时祁天百和邵青堂的异常反应，知道这个邵青堂不是什么好人，那晚的行刺多半也和他有关。听到开门声响，曾婉儿急忙快步离去。她和乡野三奇打过交道，知道他们都是侠义之士，得知他们被邵青堂之流陷害，不忍心坐视不管，可是想了半天，也不知如何去管。蒙昆他们都是父亲招揽的人，只有哥哥才能节制他们，自己一时找不出理由让哥哥出面去阻止。

邵青堂从蒙昆他们那里出来，匆匆去见祁天百。祁天百正在厅里等他，把下人全都打发出去，开口问道:“兄长，外面闹事的究竟是什么人？”邵青堂落了座，低声说道:“是号称什么‘乡野三奇’的闲散汉子。”祁天百“哦”了一声，端起茶碗喝茶，也没把那两个人放在心上。邵青堂说:“这两个人倒没什么。可你知道他们是为何而来么？”祁天百说:“无非是打此路过，听说山庄有热闹，上门闹一闹，想混个名声捞点好处。没什么打紧的。”

邵青堂冷冷说道:“他们知道老爷子的事，是上门找你讨说法的。”祁天百心中一惊，一下子站起来，手里茶碗的盖子险些掉在地上，急忙问道:“他们……人在哪里？没把事情吵嚷出去吧？”邵青堂心中暗笑，趁机邀功道:“贤弟放心，愚兄已经替你摆平了。要不是我应变得当，还不定闹出什么乱子呢。”祁天百把茶碗放下，作揖道:“多谢兄长。今日幸亏有你在。”邵青堂摆手道:“跟愚兄你还客气什么？我全都安置妥当了，你就放心吧。”

“是，是。”祁天百慢慢坐了。他仍然有些不放心，问道:“现在他们人呢？”邵青堂说:“我引他们去了石洞。他们武功都不弱，跟曾家那几个手下打成了个平手。好在你那些机关倒还管用，他们现在就关在那里。”祁天百庆幸道:“幸亏刚才把石洞的机关告诉了兄长，不然还得劳烦兄长出手对付，兄弟于心何安哪。”邵青堂说:“你以为那道石门就能困得住他们？”祁天百一愣。邵青堂说:“那两个力气都不小，抠住石板就要托起来，幸亏我随身带了药粉，顺着缝撒了，才把他们制住。”“那就好，那就好。”祁天百虽然也自认为是一方豪杰，但是毕竟出身富裕之家，论江湖经验，跟邵青堂自是比不了。邵青堂说:“我已经把他们用铁链子锁了，只要你的铁链子足够结实，他们就再也没有机会逃跑。”

祁天百疑惑道:“兄长为何不直接把他们杀了？留着终究是个麻烦。”邵青堂笑道:“贤弟，你养尊处优，或许还不太清楚江湖上的事。他们号称乡野三奇，今日只来了两个，如果咱们把他们杀了，剩下那个日后必会想着上门寻仇。就算他一个人掀不起什么风浪，谁知道他能请来什么样的帮手。到时候闹起来，你这山庄还想有宁日？”祁天百点头道：“兄长说得有理。不过，咱们把他们锁在家里，也终归是结了仇。一旦他们有机会逃了，还会把老爷子的事宜扬出去，那可如何是好？”

邵青堂端起茶碗喝了一口，得意地说道：“贤弟不用担心，愚兄早有打算。他们和曾家的手下有过节。我刚才已经去通报过了，那个姓蒙的早就忍不住要下手了。到时候，害死他们的是蒙昆等人，即便有仇家找上门，你只要把杀人的事推到蒙昆他们身上，这事便跟你山庄再无关系。”祁天百感激地说道：“兄长深谋远虑，兄弟佩服。这一次，我无论如何也要好好报答兄长。”

邵青堂得意之余，趁热打铁：“事情已经摆平了，贤弟再也没有后顾之忧。现在咱们可以谈点正事了。”祁天百当然知道他所说的“正事”是什么意思，于是说道：“昨日小弟已经说过，想来兄长也没放在心上。我是真心喜欢九佳这孩子，想叫少城娶她过门，不知兄长意下如何？”邵青堂说：“少城这孩子也不错，我也喜欢。我看可以考虑。”祁天百很高兴，说：“这样咱们兄弟便是亲上加亲，不分彼此了。”他心里想得明白，只要把邵九佳娶进门，邵青堂跟他就成了一根绳上的蚂蚱，再也不用担心老爷子的事会泄露出去。而且成了儿女亲家，恐怕邵青堂也不好意思再要那千两黄金的酬劳。

邵青堂何等精明，一听他说“不分彼此”，赶紧说道：“孩子们相亲相爱自是好事。只是便宜了贤弟你。我把女儿养大，白白送给你祁家了。到时候，我养老跟前都没人。”祁天百暗自叫苦，看来这一千两黄金的事是赖不掉了，今日又蒙他帮忙对付了乡野三奇，只怕还会要得更多，于是赶紧说道：“兄长说笑了。既然兄长也同意，那咱们早点把这事张罗了。到时候，兄弟必定有一千两黄金的心意送到府上。”邵青堂心中暗骂：“这厮把原定的一千两黄金当作两用，连娶亲的彩礼都省了！”只是这一千两黄金着实不少，他即使再贪心也要顾及些脸面，不好再另做要求，于是说道：“难得贤弟一片诚意，就按你说的办。”

祁天百见他答应，很高兴，当即说道：“我这就把少城找来，他听了一定欢喜。”邵青堂站起身说：“那好。我也回去告诉九佳，趁这几日，让她多跟少城亲近亲近。”祁天百把邵青堂送出大厅，命人去叫祁少城。

邵青堂给女儿找了个好人家，又确认了一千两黄金的承诺，高高兴兴地回到住处。邵九佳正在自己房里想事情。邵青堂迈步走进来，开口问道：“九佳，想什么呢？”邵九佳忙站起来：“没什么。爹，什么事这么高兴啊？”邵青堂坐下来，眉飞色舞地说道：“好事。爹当然高兴了。是你的好事。”邵九佳一头雾水：“我的好事？我有什么好事？”邵青堂说：“你岁数也不小了。前两年，那么多人家找上门你都不乐意，爹都依了你，是爹也觉得他们配不上你。如今总算有合适的送上门了。”

邵九佳撒娇道：“爹，你又说这个。都还没问过女儿，怎么就知道是合适的了？”邵青堂说：“这位公子你已经见过，人长得英俊潇洒不说，人品也好，家世也好。爹觉得跟你很般配。”邵九佳马上想到了曾可以，心念一动，脸不禁红了。

邵青堂见了，笑着说道：“知道爹说的是谁了吧？怎么样，你满不满意？”邵九佳娇羞地叫了一声“爹——”，转到邵青堂背后，用很小的声音说道：“那也得看人家愿意不愿意啊。”邵青堂笑道：“这个你放心，是人家主动提出来的，他们还怕我不答应呢。现在只等你点头了。”

邵九佳一想到是曾可以主动求亲，别提多开心了，扶着邵青堂的肩膀轻声说道：“我听爹爹的。爹说合适就一定合适。”邵青堂回头看着她：“这么说，你同意了？”邵九佳已经按捺不住内心的激动，顾不得再作矜持，用力点头道：“嗯，我愿意！”

邵青堂见女儿答应了，起身说道：“那好，我现在就去告诉你祁世叔，早点把这个事定下来。”邵九佳一愣：“为何要告诉祁世叔？是请他做月老吗？”邵青堂笑道：“傻丫头，亲家公怎么能当月老？自然是我们两家把这个事先定下来，再去请媒妁见证。”

邵九佳惊问道：“爹，你说的公子是谁呀？”邵青堂说：“还能有谁，就是你祁世叔家的独子、天百山庄的少主人，祁少城嘛。你不是已经见过了吗？”邵九佳一屁股坐在椅子上，呆了半晌才开口说道：“爹，我不嫁！”邵青堂一愣：“你这是怎么了？刚才还说得好好的，这会儿怎么又不嫁了？”邵九佳低着头扭捏了半天，终于说道：“我以为……谁知道……哎呀，我刚才说的……不是他。”邵青堂稍稍愣了一下，重新坐回来，望着女儿问道：“那你说的是谁？到底是怎么回事？”

江寒正走到门口，刚要进来找邵九佳，一眼瞥见邵青堂坐在里面，忙闪到一旁，竖起耳朵听着。邵九佳犹豫了一下，还是忍不住说道：“我说的是……曾公子。”江寒心头一痛，闭上眼睛靠在墙上。

邵青堂望着女儿看了良久才开口说道：“你怎么不早说？刚才爹已经答应了祁家，再要反悔只怕……”他担心的不是别的，而是那一千两黄金。对邵家门来说那可是一笔巨额财产，错过了这次机会，恐怕以后就难以得到了，叫他怎能不心疼。

邵九佳说：“这种事女儿怎么说得出口？爹你最疼我了，把祁家的事回了吧。”邵青堂沉思了一会儿，说道：“爹已经知道你的心意了。爹可以答应你，不过，你也得答应爹一件事。”邵九佳连忙答道：“爹，你说吧。只要不让我嫁给祁家，我都听爹的。”

邵青堂回头往门外看了看，然后低声说道：“明日正名大会在即，各路客人都来了。这个时候咱们不能扫了人家的脸面。爹只叫你答应，就算你不想嫁给祁少城，也不能明着拒绝。这件事暂时不能让他们看破，就算装装样子也得先忍过这几天再说。”他心里想的是：“只要在确定亲事之前把一千两黄金先要到手，到时候再毁约也没什么顾忌。”邵九佳点头答应。邵青堂说：“曾公子确实不错，爹也喜欢。如果将来有机会，爹一定帮你促成此事。”邵九佳大喜道：“谢谢爹！”

门外的江寒听到邵青堂父女的谈话，心彻底凉了。他揉了揉眼睛，转身离去。

祁天百叫人把祁少城找来，跟他说了要给他娶亲的事。祁少城愣了一下，推辞道：“爹，我不急着成亲。我想先拜师访友，多学几年武功再说。”祁天百说：“成亲和你拜师习武两不耽误。再说了，爹给你说亲，也不全是为了你。你祖父病着，需要冲喜，你一成亲，他一高兴，说不定什么病都好了。这也算是你的一点孝心。”说起给祖父冲喜，祁少城一时找不到理由拒绝。他虽然不想成亲，却真心盼着祖父早日康复，一家人享受天伦之乐，于是勉强答应道：“如果娶亲冲喜真能治好祖父的病，我听爹的安排。我先去招待客人了。”

祁天百见他没精打采的，疑惑地问道：“你就不想知道爹给你看中的是哪家姑娘？”祁少城低着头往外走，随口说道：“随便哪家的都行。”祁天百听出儿子话里的不情愿，但还是在他出门之前告诉了他：“是你邵伯伯的女儿九佳姑娘。”祁少城随便应了一声，便走出了大厅。

曾婉儿正在园子里闲逛，忽然看见祁少城，轻轻喊了一声：“少城公子。”祁少城见是曾婉儿，快步走上前问道：“婉儿小姐，怎么一个人在这里？需要帮忙吗？”曾婉儿说：“我本想一个人在山庄里逛逛。没想到山庄这么大，我有点分不清方向了。”祁少城说：“哦，不要紧。如果你还想继续走走，我可以陪你。”曾婉儿欣喜道：“那太好了。这里地形复杂，没有熟悉的人领着，只怕哪里有什么机关陷阱的，一不小心就丢了性命。”祁少城笑道：“我们这里没有机关，也没有陷阱。婉儿小姐尽可放心。”曾婉儿说：“有公子领着我当然不怕了。我正想好好见识一下山庄里的奇妙去处呢。”

“奇妙去处？”祁少城不明白她所指为何。曾婉儿说：“山庄里有没有山泉、洞穴什么的？我最喜欢猎奇探险了。”祁少城想了一下，忽然说道：“我想到一个地方。”曾婉儿好奇地问道：“是什么地方？”祁少城说：“我也是在很小的时候偶然去过。后来家父怕我摔滑磕碰，把院子锁了，我就再没去过。如果婉儿小姐有兴趣，咱们一起去那儿看看。”曾婉儿兴奋地说道：“好，咱们就去那儿！”

丘鳌慢慢苏醒过来，眼前一片漆黑，什么也看不见。感觉自己身上被粗铁链子捆着，他靠着石壁挣扎了几下，根本无法挣开。想到三弟陈康，丘鳌大声喊道："老三，你怎么样？"稍稍过了一会儿才听见陈康迷迷糊糊的声音："大哥，我在这。"想来他也是一样被铁链子捆着，从声音判断，应该是在地上倒着的。丘鳌懊悔道："想不到咱们行走江湖多年，这回栽在那个姓邵的手上。"陈康骂道："姓邵的卑鄙无耻！把咱们关进山洞不说，还下药害人！出去以后，我非拿酒坛子砸死他不可！"丘鳌说："看来姓邵的和祁天百有勾结，也是个忘恩负义的小人！"忽听陈康叫道："不好！去送信的小灵子他们……恐怕凶多吉少，多半也被他害了！天杀的邵青堂，早晚会有报应，不得好死！"

丘鳌说："唉，咱们被困在这里，恐怕一时难以出去。刚才是我大意了，没有防着他这一招。"陈康劝道："大哥不要这么说。谁能想到他跟祁天百有勾结，一个外人竟能把咱们带进祁家的陷阱。幸亏大哥想得周到，没让二哥跟来，要不然咱们就真的完了。等秋声兄弟到了，他们会想办法来救咱们的。"丘鳌说："希望他们能找到这里。"

话音刚落，忽听"吱呀"声响，闸门渐渐升了起来。马上有光线透进来，二人几乎睁不开眼。只听一人大声说道："哈哈，太好了！果然捆在这！咱们这回可以好好出口恶气了！"是柯老三的声音。来的还有蒙昆和鲁啸。他们拿了邵青堂给的草图，早就按捺不住了，没等到天黑就找来了。

丘鳌心头一沉："这回落到他们手里怕是凶多吉少了。"陈康叫道："蒙昆，柯老三，你们乘人之危，算什么好汉？"蒙昆走上前，用脚踏住侧躺在地的陈康的左肋，得意地说道："你死到临头了还敢嘴硬？"丘鳌见蒙昆欺负陈康，暗自伸腿，要把蒙昆踹翻，却惊恐地发现，根本使不出力气，甚至连腿都抬不起来。想是邵青堂下的药让他们丧失了功力，不由得对邵青堂更加愤恨。

陈康不服，大声叫道："有本事把我们放开，咱们真刀真枪地干！"蒙昆冷笑道："老子不想费那个事了。"鲁啸在旁边说道："蒙昆，咱们这么干好像是有点下作。真打咱们也不输他，不妨放了他们，再跟他们痛痛快快打一回。"柯老三也说："是啊。大不了，我再把白鹿司、廖树山他们叫来。"蒙昆说："那多麻烦。我现在就一刀一个捅了，图个省心。"说着，从靴子里抽出一把匕首。

陈康骂道："蒙昆，你就是个没胆子的混蛋！我早就看出你没种！"丘鳌劝道："老三，算了。咱们被姓邵的下了药，没力气跟他们打了，索性死个痛快。"鲁啸和柯老三面面相觑，眼看着蒙昆要杀死两个被铁链捆缚、已然中毒丧失功力的人，多少有些不自在。

蒙昆冲着陈康冷笑了两声，慢慢举起了匕首。

第二十六章
公子纠结

眼看蒙昆就要对陈康下手，丘壑忽然大喝一声：“蒙昆！”蒙昆吓得一哆嗦，扭回头瞪眼叫道：“你喊什么喊？”丘壑说：“你放过我三弟，有种先冲我来！”陈康说：“大哥，你不用管我。兄弟先走一步，今晚就变作厉鬼，找这群混蛋索命！蒙昆，你这个没胆量的龟孙，动手吧！”蒙昆气哼哼骂道：“你真是找死！死到临头了还敢嘴硬！”陈康不屑地哼了一声，从容地闭上了眼睛。丘壑仍不死心，继续喊道：“三弟！蒙昆，你冲我来！”蒙昆冷笑道：“你还怕死不了？老子先干掉他，马上就轮到你！”他左手按住陈康，右手将匕首高高举了起来。

忽听有人大喝一声：“住手！”蒙昆以为又是丘壑，扭头瞪了他一眼，却见丘壑并没有看他，而是望着洞口方向。他回头一看，见两个人快步走进洞口，走在前面的是祁少城，曾婉儿紧跟在他身后。

山庄的少主人来了，蒙昆不好再下手，只得暂时收起匕首，站起身来。鲁啸看到曾婉儿，赶紧迎上去：“大小姐。”曾婉儿扫视了一眼，冷冷问道：“你们在这里做什么？”鲁啸一时无言以对。

曾婉儿说：“咱们是山庄的客人，怎能在别人家里放肆？不是我哥哥叫你们来的吧？”柯老三连忙摆手：“不是不是。这件事公子根本不知道。恳请大小姐千万不要在公子面前提起。”曾婉儿说：“既然你们还没惹下大祸，我就当没看见。你们赶紧去吧，回去晚了，我哥哥找不到你们，问起来，可没人能替你们瞒得住。”鲁啸是曾婉儿的保镖，自然听她的。柯老三怕她把这事告诉曾可以，也是心中惶恐。二人跟祁少城打了招呼，赶紧推着蒙昆往外走。蒙昆虽然心有不甘，但是惹不起曾婉儿，也只能多看了丘壑、陈康两眼，匆匆离去。

祁少城过去把陈康扶起来。陈康躲过一劫，点头道谢：“多谢祁公子。”祁少城摇头道：“唉，惭愧惭愧。二位在我们山庄受到惊吓，实在是我们的罪过。”说着过去把丘壑也扶起来。丘壑说：“祁公子千万不要这样说。这不关你的事。”

曾婉儿伸手检查陈康身上的铁链。陈康认出她，惊奇道：“原来你是女的？”曾婉儿笑了一下，说：“当然喽。他们没有伤到你吧？”陈康说：“幸亏你们来得及时，我没事。”祁少城在一旁惊讶问道：“你们认识？”陈康说：“我们在朔州见面的时候，她还是位白衣公子。没想到再次见面，竟然变成了漂亮姑娘。真是奇怪。哈哈哈哈。”

曾婉儿也笑了，对祁少城说：“祁公子，他们是好人。你帮他们把链子卸了吧。”祁少城说：“那是自然。”他转到丘壑身后，看了看链子和锁头，皱眉说道：“上了锁？这个有点麻烦。我平时不怎么管事，钥匙应该在家父或是管家手里。我这就问他们去要，一定尽快帮两位脱身。”

丘壑忙说：“公子，不必了。我们知道你是好心。只是要惊动令尊，那就大可不必了。”祁少城一愣：“家父知道有什么不妥吗？”陈康说：“这里是天百山庄，若没有令尊的授意，我们怎会困在这里？他要是知道我们还没死，必定过来亲自动手，到时候我们就真的死定了。”祁少城惊诧道：“怎么会这样？我想这里面一定有什么误会。”丘壑说：“是不是误会以后再说。公子若真心要救我们，还请另想办法。先莫惊动令尊，更不要惊动邵青堂。”祁少城更加疑惑，一时没了主意。曾婉儿说：“还是听丘大侠的吧。咱们先想想别的办法，暂时别惊动祁伯父和邵伯父。”祁少城点了点头：“好。那就暂时委屈两位一会儿。我去找开锁的工具。”丘壑说：“有劳公子。”

祁少城和曾婉儿走出石洞，登石阶出了院子。祁少城说：“婉儿小姐，我先送你回去？”曾婉儿点头说：“好。我回去看住蒙昆他们，免得他们又来生事，也怕我哥哥细问起来，不好隐瞒。把我送回去以后，你就赶紧去找开锁的东西，尽快送他们离开山庄吧，免得夜长梦多。”祁少城点头赞道：“嗯。你说得有道理，想得很周到。”曾婉儿嫣然一笑：“哪有啊。今天的事还要多谢你。”祁少城忙说：“小姐不用客气。他们既然和你相识，又不是坏人，我送他们安全离去也是应该的。”

祁少城把曾婉儿送回住处之后就开始想开锁的办法。他哪里干过这种粗活啊，对里边的门道自是一窍不通。而且丘壑他们特意嘱咐了，不能惊动父亲，也不能惊动邵青堂，不知道还有没有旁人不能惊动的。他思考再三，忽然想到了吴秋遇和小灵子，觉得他们行走江湖应该有见识，而且与其他人又无瓜葛，或许可以找来商量一下，于是快步向吴秋遇他们居住的小院走去。

小灵子正在吴秋遇房里跟他商量如何揭露祁天百和邵青堂，听到有人走进院子，急忙住口。祁少城刚一敲门，门就开了。吴秋遇迎他进门。祁少城走进屋中。小灵子问道：“公子现在空闲了？客人们都安置好了？”祁少城说：“我是有事找你们请教。”小灵子说：“公子客气了。有什么事你就说吧。”祁少城问：“你们会开锁吗？”

吴秋遇愣了一下，摇了摇头。小灵子笑道：“开锁？这是你家，有什么锁不能用钥匙开的？还要找我们帮忙？”祁少城解释道：“刚才发生了一点误会，有两位来访的客人被人用铁链子锁了。我看他们不像坏人，就想开了锁放他们出去，可是我不会这个。”

小灵子好奇地问道：“那两个被锁住的是什么人？”祁少城说：“他们自称是乡野三奇。一个姓丘，另一个好像姓陈。”“是丘大侠他们？”吴秋遇叫出声来。祁少城惊讶道：“秋遇兄认识他们？”吴秋遇望着小灵子，不知道该说不该说。小灵子说：“他们都是侠义之人，曾经救过我们。”祁少城说：“原来如此。那你们有没有什么办法能够救他们的？”吴秋遇一时想不出办法。小灵子却笑道：“这个好办。你带我们去，我自有办法。”祁少城欣喜道：“这就好了。咱们现在就去。”

“等一下。”小灵子忽然叫了一声。祁少城停下脚步。小灵子解释道：“只怕那些想害他们的人也认得我们。被他们看到了，恐怕还会生出别的事来。你等我们换一下衣裳。”祁少城说：“那我先到外面等着。你们换好了衣裳，咱们一起过去。”

祁少城迈步走了出去，站到院子门口等着。吴秋遇和小灵子迅速把衣裳换了，简单装扮了一下，一起走出来。祁少城回身看到一个家丁和一个丫鬟，不禁愣了一下，但很快就认出他们，笑着问道：“你们……怎么弄成这个样子？这种衣服是哪来的？”小灵子说：“山庄的客人太多，我们不想见生人，又担心被客人撞见说不清楚，就找送饭的祁顺和小翠要了这身衣裳。怎么样，像不像？”祁少城点头笑道：“像。刚才我都差点没认出来。”

吴秋遇和小灵子走在祁少城身后，一路上也没引起别人的注意。三个人走进石洞。陈康一眼看见小灵子，惊喜地叫道：“丫头，你也来了？”小灵子笑道：“我不来谁救你们啊？秋遇哥哥，用你的短剑。”

吴秋遇恍然大悟，急忙拔出短剑。他先走到丘壑面前，贴着他的手臂用力向外一削，那铁链应声而断。祁少城惊呼一声：“好锋利的宝贝！”吴秋遇又去把陈康身上的铁链子斩断了，顺手帮他把链子拆下来，丢到地上。丘壑挣脱身上的铁链，望着吴秋遇手里的短剑，忽然惊呼道：“定心剑？”

吴秋遇愣了一下，没听清丘壑说什么。小灵子问道：“丘大侠，你认得这把短剑？”丘壑说：“这把短剑我倒是头一次见。不过除了定心剑，还有什么能如此锋利？”小灵子口里念叨着：“定心剑。这个名字不错。有什么来历吗？”祁少城也好奇地听着。

丘壑说：“据说定心剑是武林至尊的传承信物，削铁如泥，吹毛断发，应该也是这样一把短剑。只不过见过的人很少，这个是不是，我也不认得。看看上面有没有刻字？”吴秋遇把短剑拿到眼前仔细看了看，又把剑鞘拿到眼前看了看，摇头说道：“没有字。”丘壑疑惑道：“这倒奇怪了。难道除了定心剑，天下还有另一把短剑跟它一样锋利？”

祁少城也想欣赏一下短剑，又不好意思开口。小灵子见了，轻轻碰了一下吴秋遇，小声提醒他。吴秋遇会意，把短剑递给祁少城：“祁公子，你帮我看看。”祁少城高高兴兴地把短剑握在手里，端详了半晌，失口赞道：“果然是好剑！这样拿着，脸上都能感觉到寒气。不过，上面确实没有字。”说完，将短剑交还给吴秋遇：“咱们先离开这吧。”

丘壑和陈康身体无力，一迈步险些摔倒。吴秋遇和小灵子赶紧扶住他们。小灵子问陈康：“你今天怎么了？好像不如平时有劲啊。”陈康说：“我们被邵青堂下了药，一点力气也使不出。”小灵子低声骂道：“邵青堂真够可恨，昨晚还追了我半宿呢。幸亏……算了，我也懒得提他！”祁少城说：“两位暂时行动不便，我看不如先就近藏身，忍到天黑，再一同去秋遇兄的住处。那里僻静，应该可以避得一时，然后我再找机会送两位下山。”丘壑点头同意，并且赞道：“祁公子善良仁义，必有前途。”

自听到邵九佳跟邵青堂说了她钟情曾可以，江寒在房间里独自伤心了半日。眼看天色将晚，他偷偷溜出来，迷茫地去寻找曾可以的住处，指望还能做点什么，可以挽回师妹的心。

曾可以正在房中和聂是非闲聊。聂是非问道：“公子，咱们大老远跑到山西，你觉得可有收获？”曾可以说：“此行确实辛苦。不过我想，我爹的想法还是有道理的。要成大事，就得广招江湖豪杰。山西虽然一流高手并不多见，但是江湖门派众多，总有值得招揽的人才。”

聂是非问：“公子觉得铁拳门如何？咱们赶着参加天百山庄的正名大会，半路拐弯，那一站可是错过了。”曾可以说：“婉儿去过朔州了，对铁拳门的印象不怎么好。据说铁拳王一直闭关，也有人说他已经病入膏肓。他有个儿子不成器。近来都是跟他结拜的成三路打理事务，好像也干了不少下三烂的事，功夫不行，口碑很差。”聂是非点头道：“我也听蒙昆说了。好像天山恶鬼还在那养伤呢。那么多人对付一个傻小子都搞不定，伤了一个又一个，看来是成不了什么气候了。”

曾可以说：“咱们不请自来，参加明天的正名大会，无非是跟山西的各门各派见个面，先互相有个了解。此行真正要结交的，也就是天百山庄和宁武的邵家门。”聂是非不解地问道：“山西门派众多，像是雁门的杨家枪，吕梁的郑氏也都不错，为何公子单单看中了祁邵两家？你想这祁天百，在山庄养尊处优长大的，能有什么大本事？”曾可以笑道：“聂先生说的没错。我结交祁天百也并非冲着他的武功。我爹说过，要成大事，就少不了用钱的地方。天百山庄财力雄厚，祁天百没本事又想混江湖，不正好为咱们所用？”聂是非恍然大悟：“哦。还是公子想得深远。这一层，怕是梓图公都没有想到呢。”曾可以忙说：“怎么会，这正是临行前我爹特意嘱咐的。”

聂是非点了点头，又问：“那邵家门呢？我听说，邵青堂虽然号称‘威震三关’，但他的武功未必是一流，雁门的杨家就不服他。”曾可以说：“邵青堂虽然武功不济，但是他老谋深算，有些事还非要他这样的人去办不可。你想想，既然雁门的杨家枪不服他，为何一直没去摘了他‘威震三关’的牌子？说明他还是有些手段的。”

聂是非点了点头，忽然笑道：“我听蒙昆说，邵青堂的女儿好像看上公子了，总想着各种机会见你。不知公子是否动心了，为了一个美人才愿意结交邵家。”曾可以笑道：“聂先生玩笑了，千万不要再以讹传讹。我怎么会看上她呢？”聂是非说：“我看公子对她也是不错呀。”曾可以说：“不过是逢场作戏罢了。既然咱们要笼络邵青堂，哪能明着得罪他女儿。你说是不是？”聂是非又咯咯地笑了起来：“我知道，可我就是想笑。”

江寒在窗外听了，心中忌恨。自己对师妹邵九佳一往情深，师妹却并不领情。而姓曾的虚情假意，师妹倒不能自拔。当真让他又气又恨。

蒙昆刚跟白鹿司谋划完如何再去对付丘壑和陈康，从他房里走出来，猛然看到江寒的身影，高声喝道：“什么人？”江寒吓了一跳，急忙闪身往柱子后面躲了一下，然后奋力一窜，快步跑了出去。“站住！”蒙昆大声叫喊着在后面追赶。其他人听到动静，也纷纷从房里跑出来。

江寒见蒙昆紧追不舍，气愤地回头骂道："死胖子，真后悔那天没一箭射死你！"蒙昆听说他就是那天在邵家庄往自己屁股上射了一箭的家伙，火气更大，拼了命也要追上报仇。江寒身形瘦小，跑得轻快。蒙昆块头大，追着追着就气喘吁吁了，但是仍然紧追不舍。

江寒绕路潜回留宿的院子，没敲门就闯进邵九佳的房间。邵九佳吓了一跳，生气地吼叫道："二师兄，你干什么？"江寒连喘了几口气，才开口说道："师妹，我有很重要的事……跟你说。""我知道你要说什么，我不想听！"邵九佳直接转过身去。江寒摆手道："不是，不是你想的那个。我刚刚听到……曾可以……和他的手下说……"听到"曾可以"三个字，邵九佳心中一热，急切地转身问道："他说什么了？"江寒说："他对你和师父……都是逢场作戏。他只想利用师父。他说根本看不上你……"邵九佳怒道："你住口！我不许你诋毁曾公子！"江寒说："是真的！我亲耳听见的！"

邵九佳气愤地说道："我知道你还不死心，那你也犯不着这么下作，编那些谎话来骗我。"江寒满脸委屈："师妹，你就这么信不过我？"邵九佳把房门拉开，指着外面说道："你出去！我不想再听你说话！"江寒还想再分辩几句，硬是被邵九佳揪着推出了门口。"砰"的一声，门关了。

江寒满腹委屈，知道自己已经不被信任，说不定师父知道了还会责罚，最后叫了声"师妹——"，便快步走出小院。蒙昆正追到这里，忽然一团人影撞到面前，他吓了一跳，急忙向旁边躲闪。江寒用力推了蒙昆一把，撒腿就跑。蒙昆看准是他，当然不能放过，急忙快步追去。

门丁正要关门，江寒大喊了一声"等等"，便冲了过去，闯出门口。门丁刚要喝骂，又被蒙昆推到一边，撞在门板上。蒙昆也追了出去。二人一前一后，向山下跑去。

天黑了，祁少城等人护着丘鏊和陈康来到吴秋遇的房间。吴秋遇又给二人检查了中毒症状。祁少城在一旁看着，也感觉下药的邵青堂有些卑鄙。

闲谈之中，丘鏊问道："祁公子，你生在富贵之家，享受的都是令尊大人和祖父的浓恩厚爱，不知你对他们的感情如何？"祁少城说："家父为人仗义，喜好结交，自然是晚辈学习的楷模。祖父精明能干，赚下这诺大家业，也是晚辈所不及。尤其是我出生以后，祖父便把生意甩手不干，专心含饴弄孙，亲手把我带大。说起来，我对祖父的感情还更深一些。"丘鏊点了点头，没再说什么。

小灵子听出了丘鏊问话的意思，进一步问道："也就是说，你对你爹主要是敬佩，对祖父倒亲情更多。我这样理解对么？"祁少城点头说："嗯，你说的没错。家父痴迷武功、广结朋友，在我身上花的心思难免少了些。我跟祖父在一起的时间最多，自然感情也是最深的。”小灵子继续问道：“那如果你爹和你祖父发生争执，我随便说的，我说的是如果，你会站在哪一边？”祁少城疑惑地看着小灵子，稍稍想了一下，说道：“按说我会站在有理的一边。不过平心而论，我更希望祖父是占理的。小灵子姑娘为何这么问？”

小灵子看了看丘壑。丘壑开口问道：“你可知道令祖父祁翁近况如何？”祁少城叹了一口气，说道：“几个月前，祖父得了一种怪病，据说会传染他人，便吩咐下来，让家父把院子封锁，任何人不得靠近，只允许家父一人偶尔进去听吩咐。尤其嘱咐了，绝对不许我进去看他，因为我是家里的独苗，不容有任何闪失，以免祁家绝后。其实我跟祖父最亲，多次想进去，家父都不允。有几次偷偷溜去，也被家父派人拦下。唉，可怜祖父那么大年纪，只能独自在那里受苦。”

小灵子问：“这些事你都亲眼见到、亲耳听到？”祁少城说：“祖父不让我进去拜见，我都是听家父说的。”丘壑说：“这就是了。我看公子有情有义，有些事原该让你知道，希望你能认真听我说下去。”祁少城忙说：“前辈有话尽管直说，晚辈自当洗耳恭听。”丘壑扭头对小灵子说：“你把实情告诉祁公子吧。”祁少城见他们神神秘秘的，更觉得蹊跷，急切地望着小灵子。

小灵子说：“其实，你祖父得怪病的事都是你爹编出来骗人的。老爷子根本没病，是被你爹给关起来了。”祁少城愣了一下，不解地说道：“小灵子姑娘，你可不能乱说。无缘无故，你怎么编排起家父来了？”吴秋遇见祁少城不信，忙在一旁说道：“祁公子，她说的是真的。我们是听祁翁亲口说的。”“你们见过我祖父？什么时候？”祁少城更加难以置信。小灵子便把当日遇到祁翁的情形简要说了一遍。祁少城半信半疑。

小灵子说：“其实也没那么麻烦，你只要去他养病的地方看看，看他在不在就知道了。”祁少城看了看屋里的几个人，都不像是坏人，也不像是开玩笑。“好，我这就去看。”他转身就往外走。“我们陪你一起去。”小灵子和吴秋遇也跟了出来。

祁少城心里七上八下，快步来到祁翁养病的院落。扮作丫鬟的小灵子和家丁打扮的吴秋遇紧紧跟在后面。四个家丁守在房门外，见祁少城来了，有两个走上前阻拦：“公子，请留步。”祁少城说：“我要见祖父。你们把门打开。”那两个家丁继续挡在他身前，说：“老爷吩咐了，老太爷病重，任何人不能打扰。公子请回吧。”祁少城对着里面大声喊道：“祖父，孙儿少城来看望您了。如果您在屋里，就答应一声。”连喊了几声，屋里始终没人回应。家丁说：“老太爷特意吩咐了，病好之前不见公子。公子请回吧。”祁少城说：“我今天一定要见。你们让开！”家丁央求道：“公子别为难我们了，真的是老爷吩咐的。如果放您进去，我们都得挨鞭子。”

小灵子在吴秋遇耳边嘀咕了两句。吴秋遇点了点头，快步向屋子门口冲去。两个家丁一看有人闯过去，急忙转身去追。站在门口的两个家丁也吓了一跳，慌忙准备抵挡。眼看吴秋遇就到门口了，原本跟祁少城说话的两个家丁从后面把他抓住。吴秋遇肩膀一晃，两臂一抖，就把二人甩脱开去。守在门口的家丁急了，上前来挡。吴秋遇拉着他们后退了几步。刚才那两个家丁又冲上来，一起把吴秋遇抱住。祁少城还在发呆。小灵子推了他一把："还不快进去？"

祁少城醒过神来，趁四个家丁与吴秋遇纠缠，一脚踹开房门，闯了进去。四个家丁想去阻拦，都被吴秋遇出手拿住。

床上盖着一床被子，下面像是有人。祁少城一惊，直怪自己太冒失，赶忙跪地赔罪："孙儿莽撞，惊到祖父！"小灵子跟了进来，进门就问："怎么样？"祁少城面无表情地看了她一眼，没说什么。小灵子轻轻走到床边，犹豫了一下，慢慢把被子撩开一角，又突然一下掀开了。"不要胡来！"祁少城想要阻拦已经来不及了，急忙起身看护。

被子掀开，床上只有两个枕头。房间里空荡荡，除了祁少城和小灵子，再也没有旁人。祁少城当场愣住，呆了一会儿，转身就要往外走。小灵子赶紧拉住他："公子去哪？"祁少城说："我去找父亲问个明白。"小灵子劝道："公子先别急，先听我说两句。"祁少城脑子里一片空白，愣愣地望着小灵子。

小灵子说："你爹处心积虑瞒了你这么久，你一时半会问不明白的。就算是去了，你顶多问问老爷子在哪儿，千万不要跟他争执，免得伤了父子之间的和气。"祁少城愤然说道："要真是你们说的那样，他把祖父关起来，我就不认他这个爹！"小灵子劝道："公子不要意气用事。事情还没到那一步。你先去把老爷子不在屋里的事跟他说了，听听他怎么说。至于别的，如果你信得过我们，就回来大家一起商量。在这之前，千万不要惹怒了他，不然回头没法收拾。"祁少城现在是一门心思要找父亲问个明白，别的话都听不进去，随口说了一声"我去了"，便跨出门去。

吴秋遇问小灵子："这几个怎么办？"小灵子说："先把他们关进屋里，免得他们跑去报信。"吴秋遇把四个家丁推进屋里，点了穴，又把门关了，问小灵子："咱们要不要跟着少城公子？"小灵子说："不用。咱们先回去，看看丘大侠他们。"

祁少城来到父亲房间，一进门就气哼哼坐到椅子上。祁天百发觉他情绪不对，忙开口问道："怎么了，少城？对邵家的亲事不满意？"祁少城直盯着祁天百问道："我祖父在哪儿？"祁天百一愣，搪塞道："他在安心养病啊，你不是知道吗？怎么突然问起这个？"祁少城气愤地说道："您还在骗我？我刚去看过了，那屋里根本就没人！"

祁天百心中一惊，皱着眉头想了一会儿才说道："既然你已经知道了，爹也不再瞒你。其实，你祖父早就不在家里了，他坚持要去外面寻医看病，希望能碰上个好大夫早点把病根治了，好一家团聚。我拦不住他，只好安排人护送他出去寻医。"祁少城半信半疑："真的？那为何非要瞒着我？"祁天百说："就是怕你担心，你祖父才不让我告诉你的。"

祁少城脸色稍稍缓和了一些，问："那祖父现在去了哪里？"祁天百先叹了口气，然后才说："少城啊，我正不知道该如何告诉你呢。既然你问到这里，爹就不瞒你了。"祁少城疑惑地看着他，不知还有什么事瞒着自己。祁天百面色凝重地说："我刚刚才收到消息，说你祖父他……"祁少城一下子站起来，急切地问道："祖父他怎么了？"祁天百揉了揉眼睛，几乎哽咽着说道："路上遇到劫匪，被害了。""什么？"祁少城无力地坐在椅子上，回想起祖父对自己的百般呵护、千般疼爱，不由得悲从中来。祁天百坐在那里唉声叹气。祁少城悲痛难当，终于流下眼泪，哽咽地叫着"祖父"。

祁天百开口劝道："儿啊，先节哀吧。我正要找你商量你祖父的丧事如何办理。我看不如趁着客人都在，咱们明日就把你祖父的丧礼张罗了，给他老人家办得风光些。"祁少城现在哪有心思想那么多，只哭着点头道："嗯，都听父亲安排。那祖父的尸骨呢？"祁天百叹息道："唉，劫匪知道他们惹了祸，怕咱们找去报复，就把尸骨给毁了。这帮天杀的！"祁少城捏起拳头狠狠捶在桌子上，愤然说道："要是叫我知道是谁害了祖父，我定把他扒皮抽筋、碎尸万段！"祁天百听了，心中不爽，但是也只得随声附和。

吴秋遇诊明丘壑和陈康的症状，也想出了解救之法，只是手头没药，一时不能救治。二人知道自己并无大碍，只是暂时用不了武功，倒也不太担心，只恨不能马上去找邵青堂报仇。

小灵子忽然问道："丘大侠，你们原本是和祁翁在一起的。他人呢？"丘壑说："咱们当初说好，我们先送祁翁到山庄附近安顿，等你们送信回来，再和邵家门的人一起对付祁天百。我们便先在柳树沟住下了。谁知昨晚竟有一伙杀手找来，被我们打散了，并拿了一个活口。一问才知道，竟是祁天百得到风声派他们来加害的。"吴秋遇惊喜道："祁翁没死？"陈康说："当然没死。有我们兄弟三个保着，还能让他被人害了？"吴秋遇非常高兴。丘壑惊讶地问道："你怎么会以为他死了？"吴秋遇说："那晚我也去了柳树沟。本来一路跟踪杀手，结果路上耽搁了，晚到了一步，只看到四处都是血迹，没有人，就以为祁翁遇害了。当时竟没想起你们。如果记得你们在那儿，我就不用担心了。"丘壑说："打退了杀手，我们便护着祁翁另找住处安置。天一亮，留下二弟守着祁翁，并发了信号等着四弟前来，我们就先上山庄责问。没想到邵青堂和祁天百狼狈为奸，我们着了他的道。”小灵子说：“在邵家庄，我们也险些被他骗了，好不容易逃出来。”

正说着，祁少城走了进来。小灵子问：“你爹怎么说？”祁少城说：“家父已经把事情原委都给我讲了。你们误会他了。”小灵子忙问：“他是怎么说的？”祁少城说：“祖父确实早就离开山庄了。他是出门寻访名医，希望早日治好怪病然后一家团聚。祖父怕我担心，才没让父亲告诉我。”小灵子问：“那他有没有告诉你，老爷子去了哪里？”祁少城叹了一口气，黯然说道：“祖父在外面遇见劫匪，已经遇害了。”小灵子嘀咕道：“又是你爹跟你说的？”祁少城听出她话里的意思，说：“事情已经清楚了，几位不要再误会家父了。他正忙着筹办祖父的丧礼呢，已经够难过的了。”

小灵子说：“公子你糊涂啊！这么容易就被骗了？你想想，要是他知道老爷子已经遇害，还能等你去问的时候才开始想着张罗丧事？我们说了你也许不信，这样吧，等见到老爷子，让他亲口跟你说。”祁少城愣愣地望着小灵子：“我祖父已经遇害了，我到哪见他去？”小灵子说：“你祖父遇害不假，可是要害他的人没有得手。他好端端活在世上，你们给谁筹备丧事呢？”祁少城一时有点反应不过来，愣愣地看着小灵子。

丘壑说：“我告诉你祁翁现在在哪里，你只要把他接来，一切便真相大白。”祁少城听他们越说越像真的，就说道：“那好，等我真的见到祖父，自然相信你们所说的。”小灵子说：“我还是有个问题。如果你知道是你爹要加害你祖父，你会怎样？”祁少城不敢多想，只说：“一切等我见到祖父再说。”

第二十七章
白龟祝寿

一大早，祁天百派人去叫祁少城。家丁四处找不到公子，只得先回来禀报。祁天百眉头一皱，想了一下，叫人快去把邵青堂请来。

邵青堂正为走失了弟子江寒烦恼，斥问崔柏和邵九佳："你们都没见到他？"崔柏说："我还是昨天早上见过江师弟呢。他午饭没吃，但那时候应该还在房里。我去叫他，他还应了，说晚饭也不用叫他。"邵青堂又盯着邵九佳："你呢？"见爹爹火气正盛，邵九佳不敢说出昨晚江寒闯进她房里的事，也摇头装作不知，心里却是怦怦乱跳。

这时山庄的家丁来请，听说祁天百急着约见，邵青堂顾不得再过问江寒的事，简单安排了一下，便跟着家丁急忙去了。等师父走远了，崔柏才又开口说道："江师弟会不会是病了，自己找大夫去了？"邵九佳知道大师兄为人忠厚，便把昨晚的事拣要紧的跟他说了。崔柏不由得担心起来，喃喃道："但愿江师弟别犯糊涂，千万别干出什么傻事来。"邵九佳心中更加不安，毕竟江寒的失踪可能跟她有关。

祁天百正在大厅里来回踱步，见邵青堂进来，吩咐家丁和丫鬟都到外面候着。邵青堂看着下人们一个个都走了，才开口问道："贤弟，出什么事了？"祁天百望了一眼门口，确定没人，才靠近了说道："少城已经发现老爷子不在屋里，昨晚还过来质问。"邵青堂也是眉头一紧："他都知道了？"祁天百说："那倒没有。我已经拿话遮掩过去，告诉他老爷子外出求医，路上遭遇劫匪，遇害了，现在尸首还没找到。"邵青堂点了点头："嗯，这样说很好。贤弟反应也够快。少城心思简单，想必是已经信了。"祁天百说："信是信了，可今日一早我叫人找他，想商量一下老爷子的丧事，却不知他跑到哪里去了。只盼别再生出什么事来。"

邵青堂问："贤弟急着叫我来，有何打算？"祁天百说："为免夜长梦多，我想趁着各路客人都在，风风光光办一场丧事，让大家都知道老爷子已经不在了，我顺理成章接管山庄，也不用作假传老爷子口信办正名大会了。所以请兄长过来商量商量。"邵青堂想了一下，点头说道："这样也好。省得还要冒用老爷子名义平添麻烦。正好我在，可以帮你张罗张罗。"

祁天百拱手谢过，忽然问道："现在有一个问题。原来是请人来参加正名大会的，忽然改成办丧事，会不会有点……"邵青堂说："这个我替你去说，你只要当好你的孝子就行了。"祁天百点了点头，又说道："是不是得把日子推迟几天？我怕丧礼来不及置办。"邵青堂想了一下，说："是有些仓促，不过，也不是不能办。咱们只说事发突然，又怕影响大家的行程，只好抓紧办了。至于做法事的和尚，正好无涯大师他们也在，人是现成的，到附近寺庙借点法器就行了。"祁天百说："兄长见多识广，那就全仰仗兄长安排了。"邵青堂说："贤弟放心，有我在，这事一定给你办得风风光光的。只盼贤弟记着愚兄的这份操劳。"祁天百忙说："那是当然。"

邵青堂当即出面去请无涯大师。无涯大师虽然感到意外，但觉得终究是善事，便点头答应，开始给带来的弟子解说超度亡灵的道场。

山庄里上上下下忙碌起来，也惊动了其他客人，有的忍不住出来打听。

曾可以、曾婉儿兄妹二人正在房中说话，也隐隐听到外面的动静。正好聂是非走进来，曾可以开口问道："聂先生，外面发生了什么事？"聂是非说："好像是要给谁办丧事。前头正在搭灵堂呢。"曾可以惊讶道："丧事？不是要办正名大会么，怎么办起丧事来了？"聂是非道："说的是呢。我刚才去问了一下，那几个家丁也说不清楚，大致说是正名大会不办了，要改办丧事。"

曾可以眉头微皱，自顾想着什么，却也不再问话。聂是非望着门外自语道："他们这儿的风俗可真是奇怪。发了喜事的请帖，现在忽然又要办丧事，怪哉怪哉。”曾婉儿忽然说道：“我看多半是他家的主人死了。”曾可以赶紧制止她：“妹妹不要乱说！咱们在山庄做客，怎能胡乱诅咒人家。”曾婉儿不服：“我可不是乱说的。你们想想，要不是主人死了，谁的丧礼还能把定好的正名大会给改了？”曾可以一时无语。聂是非说：“大小姐所言也有道理。不过昨天还见祁庄主生龙活虎的，怎么会突然就……我觉得应该不是。”

曾婉儿说：“正名大会没开之前，他还算不上山庄的主人吧？我说的主人是他家的老爷子祁翁。”曾可以和聂是非不约而同地看着曾婉儿。聂是非欲言又止，摇着鹅毛扇子自顾扇了几下。曾可以想起曾婉儿刚来山庄时在大厅说过的事，开口问道：“妹妹，你们来此之前去了柳树沟，要去救的是什么人？”曾婉儿说：“哥哥你真聪明。傻小子说，有人要害天百山庄的祁翁。我们赶到柳树沟时，没见到人，只见满地血迹，当时就估计凶多吉少。为这个，傻小子还负气走了。现在想来，想必是老爷子真的遇害了。”曾可以心中纳闷，慢慢站起身来，在屋子里踱了几步，自语道：“祁翁是天百山庄的主人……他不在山庄养老，去柳树沟做什么？”聂是非也一时想不明白个中缘由。此刻，曾婉儿倒没再想祁翁的事，而是想着日后怎么跟吴秋遇解释。

曾可以忽然问道：“这事除了你们还有谁知道？你说的傻小子是谁？”聂是非也刚刚想到这个事，抬头望向曾婉儿。曾婉儿急忙遮掩道：“哦，是路上碰见的。他挡了我们的路，说急着去救人，我们就跟他去了。”曾可以看了她一眼，并未多想，只是嘱咐道：“你以后少管些江湖上的事才好，免得叫母亲担心。这个事也不要再跟任何人提起。”曾婉儿见哥哥没再追问，心里踏实下来，点头道：“我知道了。我不会抢哥哥风头的。”曾可以无奈地摇了摇头，拿这个妹妹没有办法。聂是非忍不住用鹅毛扇子遮了脸，偷偷地笑起来。

丘壑和陈康昨晚就睡在吴秋遇的房间。祁少城暗中命人添置了被褥。小灵子还特意跟祁少城要了一把锁。天亮以后，小灵子叫吴秋遇去自己的房间，然后用锁头把吴秋遇的房门锁了，让丘壑和陈康在里面静养，免受外人打扰。吴秋遇探头往院子外面看了一眼，回来跟小灵子说道：“外面人来人往的，不知道他们在忙什么。”小灵子说：“一会儿送茶饭的丫鬟来了，一问就知道了。”

很快，丫鬟小翠和家丁祁顺就提着食盒过来送饭。看到吴秋遇的房门上着锁，祁顺不禁一愣。小翠一努嘴，示意他可能人在隔壁房间。小翠走到小灵子房门口，轻声说道：“姑娘，公子，早饭送来了。你们……起了么？”“送进来吧。”小灵子在里面应了一声。门开了，开门的是吴秋遇。祁顺跟着小翠把饭菜送进屋里，开口说道：“我家公子说，这几天客人胃口好，叫多弄些饭菜。我特意跟厨房要了五个人的量。”小灵子说：“你很会办事。多谢你了。”祁顺听到小灵子夸他，笑得很灿烂。

小灵子问:“外面的人忙忙碌碌的,正名大会要开始了?”祁顺说:“你们还不知道啊?正名大会不办了。听祁福说,好像是要改办丧事,外面正在搭设灵堂呢。”吴秋遇惊讶道:“改办丧事?到底是怎么回事?”祁顺说:“我和小翠是公子吩咐了专门伺候两位贵客的,具体的我也不太清楚。不过我也没听说山庄有谁没了呀。”

小翠把饭菜在桌上摆好了,说:“姑娘,公子,你们慢用。”小灵子说:“今天的碗筷不忙着收拾,你们下次送饭来的时候顺便取走就是了。”小翠点头应了,又偷偷看了吴秋遇一眼,捂着嘴走出门去。只听祁顺在外面问小翠:“你笑什么?”小翠没有马上回答,而是拉着他赶紧走出了小院。

吴秋遇也觉得奇怪,问小灵子:“你说她笑什么呢?”小灵子说:“她以为你也住在这个屋。”吴秋遇一时没想明白什么意思。小灵子说:“好了,别说这个了。去请丘大侠他们过来吃饭吧。”吴秋遇点头出去。小灵子赶紧又嘱咐了一句:“先去把院门关好,免得被人发现。”

吃罢早饭。丘壑说:“今日便是正名大会之期了。”小灵子说:“丘大侠,我刚才听山庄的人说,他们在搭设灵堂办丧事。你说会不会是祁天百谎称祁老爷子已经死了?”丘壑道:“嗯,我看定是如此。他怕儿子再起疑心,也怕我们这些知情的早晚去揭发,索性先谎称老人没了,把山庄易主的事做实了。”陈康说:“那咱们今天就找机会,去揭露他的恶行。”

小灵子说:“可惜你和丘大侠的毒还没解,他们人多势众,我怕咱们不能成事,不如先等祁公子回来再说。”丘壑说:“你说得也有理。只不过,若容他们把事情编排好了,众人先听了他的一面之词,怕是到时候木已成舟,再要扭转可就难了。”陈康听罢,点了点头。吴秋遇也隐隐觉得丘壑说得有理,自己没什么主意,便看着小灵子。

小灵子说:“要是你们两位没有中毒,再加上秋遇哥哥,应该可以对付他们几个人。万一打起来,咱们至少可以抵挡一阵,耗到祁公子回来。可是现在,祁天百、邵青堂,还有蒙昆一伙,还有那么多不明真相的江湖人物,秋遇哥哥一个人会吃亏的,怕是去了也无济于事。”

丘壑说:“当然不能叫你们去冒这个险。我看这样,你们留下,等祁公子他们回来,我和三弟先去,只和他们言语周旋,拖延时间。说不定也有机会说服那些不明真相的客人。”小灵子忙说:“那怎么行!你们已经被人家下了药,说明姓祁的和邵老头是铁了心要害你们,又有蒙昆等人憋着斗狠。你们去了,他们只会马上动手,哪会跟你们平心静气地讲道理?”吴秋遇也说:“是啊,丘大侠,你们不能再露面。”丘壑说:“若能揭发祁天百的恶行，替祁翁讨回公道，我们就是死了也值。”

小灵子想了一下，说:“实在要去还是我们去。有那么多武林前辈在场，只要我们不明着冒犯他们，他们未必敢当众对我们这些小辈下手。我们只需一个一个私下游说，让大家了解真相，好歹拖到祁公子他们回来就行了。”吴秋遇点了点头，忽然说道:“五台山的无涯大师是好人，他应该不会助纣为虐。”丘壑还要阻拦，小灵子说:“就这么定了！秋遇哥哥跟无涯大师还有点交情，关键时刻他会帮我们的。”

小灵子和吴秋遇换了丫鬟和家丁的衣裳，走出来，准备见机行事。眼下还只是山庄的人在忙活，筹办丧事的事还没有正式通知客人。偶尔有听到动静的，也只是私下打听一下，不便出来过问。

吴秋遇和小灵子来到前厅，见无人把守，只有几个丫鬟和家丁进出忙碌，便跟着混了进去。有两个家丁站在桌上，正抬着一块大匾要往上悬挂。那牌匾颜色鲜丽，漆光闪亮，一看就是全新的。上书四个大字:天百主人。小灵子盯着那牌匾看了一会儿，忽然有了主意。她凑到吴秋遇耳边低声说了几句。吴秋遇望着她，迟疑道:“这样好吗？”

牌匾太大，两个家丁试了几次，都没有成功挂上去。瞥见吴秋遇站在那里，家丁甲喊道:“别在那里看热闹，快过来帮忙啊。”“哦，好。”吴秋遇应了一声，迈步往前走。小灵子对那两个人说:“你们也真够笨的，一块匾那么长时间都挂不上去。”刚才喊话的家丁甲气愤地说道:“站着说话不腰疼。你过来试试！”小灵子说:“这还用得着我出手？他一个人就够了。”两个家丁抬着牌匾，上下打量了一下吴秋遇，显然是不信。小灵子说:“你们把牌匾放下，去忙别的吧。一会儿保准帮你挂上就是了。你们在这里只会碍事，叫主人看见了也说你们没用。”两个家丁相互看了一眼，把牌匾放下，从桌上跳下来。家丁甲说:“那就交给你们了，一定要挂好！还有，看到那块绸子了吗？牌匾挂好以后要把绸子蒙上去，一会儿主人要进行揭匾仪式。”小灵子说:“放心吧。一会儿你们可以回来看。我只是看你们太笨，想帮个忙，在主人面前还算是你们挂的好了。”

两个家丁心中欢喜，说了几句道谢的话，便高高兴兴地走出大厅。他们倒也没急着去干别的，只是躲在屋檐下偷懒。家丁甲说:“他们逞能，愿意帮忙，倒省了咱们的事。”家丁乙说:“他一个人行吗？别是哄咱们的吧。活儿干不好，到时候挨骂的可是咱们。”家丁甲想了一下，说:“估计时间差不多了，咱们回去看看。”两个人回到厅里，果然见牌匾已经在指定的位置挂好了，绸子也蒙上了。

小灵子见他们进来，得意地说道:“怎么样，我没骗你们吧？”两个家丁又是称赞又是道谢。家丁乙说:“咱们原来见面不多。还不知道你们叫什么。”吴秋遇看了一眼小灵子。小灵子说:“怎么,你想告诉主人这匾是我们挂的?”家丁乙无语傻笑。家丁甲小声抱怨道:“你别多事了。”小灵子说:“放心,这功劳都是你们的。我们去忙别的了,你们把桌子擦了吧。”两个家丁高高兴兴地去擦桌子。

小灵子和吴秋遇从厅里出来。吴秋遇问:“咱们现在去哪?”小灵子说:“去给祁老爷准备礼物啊。”吴秋遇惊讶道:“准备礼物?”小灵子说:“咱们白吃白住好几天,人家家里有事,咱们怎能空手上门?好歹送点儿礼,也算是个心意。”吴秋遇仍然不解。小灵子神秘地笑道:“走吧,一会儿你就知道了。”

祁天百和邵青堂准备停当,便派人去召请客人。各路宾客纷纷带了贺礼,要参加正名大会,没想到山庄里四处飘白戴素,不但没有丝毫的喜庆热闹,反倒像是要办丧事的样子,各自疑惑不解。

五台山的无涯大师,蓟州的曾可以、曾婉儿兄妹,崔柏和邵九佳,忻州吴家刀门的大刀头吴槼,阳曲开山拳的掌门冷群,雁门杨家枪的传人杨胜祖,吕梁郑氏的老二郑威,等等,带着主要随行人员陆续走入大厅,登记了贺礼,各自找地方坐了。邵九佳从崔柏身边跑开,抢着挤到曾可以身边坐下。曾氏兄妹冲她微笑致意。聂是非等人在身后看了,不禁摇头暗笑。

迟迟不见主人出面,人们开始议论纷纷,也有人大声抱怨起来。无涯大师手持念珠闭目养神。一行和尚默默站在他身后。曾婉儿东张西望,希望能看到熟悉的身影。邵九佳则是想尽办法跟曾可以搭讪。曾可以一边应付邵九佳,一边面带微笑跟各路英雄点头致意。大家都很好奇,不知这个潇洒的年轻人是何来历。

邵青堂扶着祁天百走了出来。众人起身迎候,大厅里顿时安静了下来。只见祁天百穿白戴孝,泪流满面,虚弱地冲大家抱拳拱手。除了事先知情的无涯大师,其余众人无不惊诧。曾可以和曾婉儿不露声色,只默默看着。

邵青堂先扶祁天百坐下,又招呼大家落座,拱手说道:“老夫邵青堂,与祁家是多年的故交。山庄忽然遭逢不幸,天百贤弟心绪烦乱,特意托我向大家说明原委。”有人听说过邵青堂的名头,小声嘀咕:“是威震三关的邵家门门主。”也有人表示不屑。

忻州吴家刀门的大刀头吴槼大声问道:“我们大伙是受邀参加正名大会,前来贺喜的,怎么现在办起丧事来了?”“就是啊。”“这算怎么回事?”其他人听罢,也跟着议论纷纷。

邵青堂示意大家安静,大声说道:“想必大家心中都有这个疑问。唉,本来今日正是正名大会之期,尊奉祁翁的吩咐,要把山庄传给天百贤弟,是以有了这个正名大会。谁知偏偏在这个时候噩耗传来,祁翁他老人家路遇劫匪,在外面……

遇害了。"他又是叹息，又是哽咽，表现得痛心疾首。

"啊？祁翁遇害了？""老人家不在山庄颐养天年，到外面干什么去呀？""是啊，还遇到了劫匪。"众人立刻鼓噪起来。

邵青堂解释道："老人家日前感染重疾，遍请了附近的好大夫，都不能治愈。说是这病会传染，老人家不想连累家人，也不愿就此等死，这才坚持要出去寻访名医。天百贤弟苦拦不住，只得派人护送下山，不成想，竟然遭遇劫匪……"说罢，他用袖口擦了擦眼睛，像是在擦拭眼泪。

众人安静下来，见祁天百哭得伤心，邵青堂说得难过，也不禁跟着叹息。曾婉儿刚要说话，被曾可以拦住。无涯大师双手合十，念了一声："阿弥陀佛。"

吕梁的郑威开口问道："老人家遭逢不幸，着实叫人难过。那……这正名大会还办不办了？"祁天百抬头看着邵青堂。邵青堂说："按说当下最要紧的，是办理老人家的后事。不过，既然已经把大家老远地请来参加正名大会，劳动了各位的大驾，正名大会也总得有个说法。我和天百兄弟商量过了，这件事想这么办，大家看好不好？"

大厅里鸦雀无声，众人都看着邵青堂，听他怎么说。

邵青堂一指堂上用绸子蒙着的牌匾，对众人说道："我们赶制了一块写着'天百主人'的牌匾，待会让天百兄弟把绸子揭了，就算是尊奉老人家的遗愿，把山庄传给天百贤弟了。各位远道而来，山庄今日安排答谢。只是天百贤弟重孝在身，办不得热闹，多少委屈了各位。此后，有急事要走的，山庄安排车马相送。愿意留下来的，明日大家一起给老人家办丧事。"

众人面面相觑，有的点头，有的摇头，谁也不愿意出头表态。曾婉儿看着邵青堂，心中不快，只是碍于邵九佳和崔柏坐在一旁，不便表露。

这时有家丁进来禀报："老爷，门外有一男一女，说是公子的朋友，前来送礼。"祁天百吩咐："请进来吧。"家丁转身出去传话。众人都心生好奇，不知道这会儿才来的会是什么样的客人。曾婉儿这时才注意到，祁少城竟然没有在场。

工夫不大，吴秋遇和小灵子走了进来。吴秋遇手里端捧着一个面盆大小的东西，上面盖着黑布。在场的大多数人都不认识吴秋遇和小灵子，自然也没把这两个年轻人当回事，只是好奇吴秋遇手里拿的会是什么东西。

崔柏再见到小灵子，脸上马上露出笑容，冲她点头招手。小灵子看到了，也点头回应。

最兴奋的是曾婉儿，盯住了吴秋遇，目不转睛地看，算计着如何收服他。可一看到小灵子，曾婉儿忽然有些不爽，不由得把小灵子上下多打量了几眼。吴秋遇见曾婉儿在场有些意外，稍稍愣了一下，只装作没看见。

蒙昆昨夜没有追到江寒，仍在生闷气，此刻见了小灵子和吴秋遇，不由得摩拳擦掌，只想找机会拿住他们出气。邵九佳的心思跟蒙昆他们差不多，只是坐在曾可以身边，不便表露。曾可以仔细打量着二人，不露声色。无涯大师也不禁多看了两眼。

邵青堂见是这二人进来，脸色马上变了，直往他们身后观看，怕的是老叫花子跟来给他们撑腰。

小灵子上前说道："我们是少城公子的朋友，在府上也住了几天了，一直没有机会拜见祁老爷。今天这里热闹，想来祁老爷不会不见客，这才冒昧前来送礼。"祁天百招手道："既然是少城的朋友，就请入座吧。老夫多谢你们的心意。"有家丁过来接走吴秋遇手里的东西。

有好事的在一旁叫道："是什么礼物啊？打开来让大家开开眼。"小灵子故作神秘地说道："没什么，只是我们亲手做的小玩意聊表心意，跟各位前辈的礼物自是没法比的。大家不看也罢。"她这么一说，大家反而更加好奇。曾婉儿本来就好奇心重，又因为那是吴秋遇带来的东西，俯身探头看了半天，很想知道黑布底下究竟是什么东西。吴槊忍不住叫道："打开看看嘛！卖什么关子！"

祁天百见众人实在好奇，开口说道："那就打开吧，让大家看看也好。"家丁两手托着那东西，腾不出手。邵青堂走过去，扭头看了小灵子一眼，伸手去揭那块黑布。众人一起抬眼看去，就连无涯大师也不例外。曾婉儿更是站了起来。

黑布撤去，家丁手里托着的竟是一个铜盆大小的泥塑王八，除了头尾和四肢以外，周身用白布裹着。当即就有人笑出声来。还有人笑道："这么大一只白王八？哈哈。"曾婉儿更是笑得难以自制。邵青堂脸色突变，怒气冲冲地看着小灵子喝问道："这是什么？"刚才被邵青堂的身体挡住，祁天百没看见，此刻也忍不住上前观看。小灵子说："这叫'白龟祝寿'，我们亲手做的，只不过时间仓促，手艺和材料稍微差了些，让大家见笑了。不过这是我们的一片心意，还望祁老爷笑纳。"

邵青堂怒道："这算什么心意？我看你们是成心来这里捣乱！"小灵子叫道："嗨嗨嗨！你说这话是什么意思？这么多人看着呢，大家都来评评理。白，代表着清白；龟，象征着长寿。如今祁翁老爷子已经去了，我们借此白龟，恭祝德高望重的祁老爷健康长寿。你倒说说，有何不妥？"邵青堂一时语塞。小灵子还不依不饶："要不你问问这位大师和各位前辈，我说的有没有道理？"

无涯大师念了一声"阿弥陀佛"，开口说道："这位小施主说得没错。礼物虽然简陋，难得的是他们的心意。我看邵施主不必动怒。"其余众人也都觉得，虽然这礼物太过廉价了些，叫主人面子上不太好看，但是小姑娘的话也没错，于是纷纷点头附和。

见众人如此表现，邵青堂狠狠瞪了小灵子一眼，不再言语。祁天百心中不悦，但是也不好说什么，吩咐家丁把白龟放到一旁，低声对邵青堂说道："不用跟他们计较这个了，先揭匾吧。"邵青堂扶祁天百回去落座。

小灵子和吴秋遇也找地方坐了。曾婉儿本想移过去，瞥见哥哥正在往那边看，便暂时作罢。一想到吴秋遇身边有个小灵子，她就暗自不爽。

小灵子扭头跟旁边的杨胜祖聊天，细说祁天百和邵青堂的忘恩负义。说到祁天百的时候，杨胜祖只是微微皱眉，不以为然。待说到邵青堂，杨胜祖顿时来了兴趣，听完之后，不屑地说道："原来姓邵的是这么个东西。他还忝着脸号称'威震三关'，老子就一直没服过他。"杨胜祖说的是心里话。他是雁门杨家枪的传人，据称祖上跟曾经镇守雁门关的大宋名将杨延昭有些渊源，他们的杨家枪多半也跟杨家将有关。多年来，杨家枪一直自视甚高。邵青堂号称"威震三关"，这三关里头就包括雁门关。威震三关，就是说三关一带他最威风，其他人自是心中不服。杨胜祖一直想找机会跟邵青堂较量较量，但每次都被邵青堂找借口回绝，至今心里仍有这个坎过不去。

邵青堂高声说道："现在请天百贤弟揭开牌匾。"祁天百刚站起来，就听小灵子在下面喊道："这个匾是谁送的？也是要揭开来让大家开开眼的么？"邵青堂忍住怒火，对众人说道："这是我为天百贤弟特意订制的。匾上的字代表着天百贤弟的新身份，请大家共同做个见证。"众人纷纷点头。祁天百伸手摸到牌匾上垂下的绸子，轻轻一拉，便把那绸子揭了下来。牌匾上露出金光闪闪四个大字：天百主人。

邵青堂带头祝贺。众人也都跟着捧场。祁天百心情愉快，也不再故作悲伤。

一片喜庆热闹之中，竟没有人注意到，有东西从牌匾上掉下来，轻轻砸在桌案上。

小灵子和吴秋遇对看一眼，偷偷地笑了起来。曾婉儿一直在看着吴秋遇和小灵子，见两个人笑得开心，心中莫名地不是滋味，便顺着他们的目光看去，发现了牌匾的变化，不由得大笑起来。

看到曾婉儿笑得前仰后合，众人都不禁惊讶。曾可以忙拉她坐好，低声说道："大庭广众你注意些！姑娘家这般不矜持，你不怕被人笑话呀？"曾婉儿指着牌匾继续笑道："你自己看看。"

众人都抬头望去。只见牌匾上面的字变了。"天百主人"四个字上面各少了一笔，变成了"大白王八"。

第二十八章
山庄武斗

祁天百抬头看了，直气得眼冒金星，几乎昏倒。刚说完那牌匾上的字是他的新身份，这字就变成了“大白王八”，叫他颜面何存？

邵青堂马上想到了小灵子和吴秋遇，指着他们愤怒地说道：“一定是你们成心捣乱！”

众人也自然能想到，这恐怕跟刚才的“白龟祝寿”有关。无涯大师微微摇了摇头，闭目念经。

小灵子不慌不忙地说道：“牌匾是你送给祁老爷的，跟我们有什么关系？”邵青堂一时语塞，憋了一会儿，还是怒气冲冲地说道：“你们拿来那个东西……你们……你就是成心捣乱！”

坐在小灵子旁边的杨胜祖冷冷地说道：“邵青堂，刚才是你亲口说的，那牌匾是你为祁庄主特意订制的。现在字有不妥，怎么就怪到人家小姑娘头上了？你要仗势欺人，还是以大欺小？”邵青堂不禁一愣，看着杨胜祖问道：“敢问阁下是？”杨胜祖站起身来，冷冷说道：“雁门关杨家枪从来不在你姓邵的眼里么？你大言不惭，号称‘威震三关’，今天若不露点真本事，老子第一个不服你！”邵青堂暗叫不好，心说：“怎么偏偏在这里碰到他？我正替祁天百张罗事情，一旦动起手来，即便不输给他，面子上也终归不好看。不如暂且忍了，待日后再跟他斗气。”于是拱手说道：“原来是杨少侠，失敬失敬。老夫杂事繁多，一直没机会登门拜会，不想在这里见到了。幸会幸会。”杨胜祖见他当众服软，心中得意，一时也没借口继续发难，便重新坐了，扭头对小灵子说：“小妹妹不必害怕，有我在这里，看谁敢动你！”

邵青堂心中暗恨，在众人面前又不便发作，急忙命人把牌匾撤了。家丁来不及去搬梯子，直接爬上桌子，伸手去摘牌匾，忙乱中把祁天百的茶碗也给踢了。两个家丁好不容易才把牌匾摘下来，匆忙抬着走了。大厅里一片寂静，谁也不好再发声。

忽听外面有人高声说道：“铁秋声在外求见，请主事的出来说话！”厅里众人都是一愣，小声议论着，竟无一人听说过铁秋声这个名字。

邵青堂见祁天百仍没缓过劲来，便自己带人出去观看。一众客人也都跟了出去。小灵子和吴秋遇挤在人群当中，有意躲避着蒙昆等一干“熟人”。只有无涯大师仍闭目坐在原处，一动不动。一行见方丈没动，自己也留在原处。

外面站着一个三十多岁的男子，一身淡蓝色装束，形容俊美，举止不俗，看上去颇为儒雅。几个家丁在旁边呆站着，一动不动。

见对方只有一个人，而且两手空空，身上没带任何兵器，邵青堂心里踏实了，上前问道：“尊驾何人？驾临山庄所为何事？”那人轻轻一拱手：“小可铁秋声。说话的可是刚刚接管山庄的祁庄主？”邵青堂说：“老夫邵青堂，与祁庄主是世交。祁庄主他……”铁秋声愣愣说道：“你不是祁庄主，那就不劳你说话了。请祁庄主出来说话。”邵青堂心中不悦，但还是忍住了，说道：“山庄正在筹办丧事，祁庄主委托老夫代为张罗，有事跟我说也是一样的。”

铁秋声轻轻扫视了一下在场的众人，说：“昨日我两位兄长造访山庄，至今未归。我是来接他们回去的。望转告庄主，早行方便！”小灵子、邵青堂、蒙昆等人已经猜到他所说的两位兄长是谁，只是心情各不相同。其余众人则是一头雾水。

邵青堂心里盘算着如何煽动众人把铁秋声给拿了，又不让祁翁的事情败露，一眼看到蒙昆就在身边，偷偷冲他使了个眼色。蒙昆等人知道来人是乡野三奇的同伙，也正憋着打一架，便开始摩拳擦掌。

小灵子低声对吴秋遇说：“这是丘大侠的兄弟到了。你看他的样子，像是会武功的吗？”吴秋遇刚才一直在观察那几个站着不动的家丁，听小灵子一问，低声说道："放心吧，他会点穴，应该是位高手。"小灵子一听，高兴了。

就听邵青堂说道："阁下说两位兄长来了山庄，这是听谁说的？我等众人一直在此，并未见到啊。你们有人看到吗？"众人纷纷摇头，还有人出面做证，说确实没见过那二人。铁秋声听了不禁犹豫。

小灵子站出来说道："不知道你说的是不是丘鳌和陈康两位大侠？"铁秋声惊喜道："正是。姑娘知道他们在哪里？"小灵子说："他们昨天确实来了山庄，只是大家都在各自的住处歇息，都没有见到。我没事在山庄里闲逛，正好就看见了。"众人一想，倒真有可能。他们到了山庄之后，都各自在住处歇着，再有别的客人到来，未必都能知道，忽然觉得刚才的做证有些冒失了。

邵青堂瞪着小灵子，怒道："你胡说什么？这有你什么事？"小灵子笑道："看看，有人心虚了不是？你说我胡说，那我就说来听听，让大家听听是不是胡说。"邵青堂只道她信口胡言，未必真知道什么，又碍着众人的面子，便不再阻拦。

"昨日丘大侠和陈康来到之后，先被这几个家伙拦住打了一架。"小灵子说着，指了指蒙昆和柯老三。蒙昆等人被众人看得心虚，低下头去。小灵子继续说道："然后呢，这位邵门主就出现了。他假意劝和，表面和善，说着说着就把他们引到一个山洞里去了，然后落下闸门，还下了毒药……""你胡说！"邵青堂被揭了老底，恼羞成怒，便要对小灵子下手。吴秋遇急忙挡到小灵子身前，怒视着邵青堂。众人纷纷议论起来。

小灵子从吴秋遇背后转出来，继续说道："是不是胡说，咱们问问知情的人。蒙昆，你要自认是个好汉，就站出来说说，我刚才说的事到底有还是没有？"蒙昆被小灵子一激，竟真的走了出来，又一时不知该说什么，见大伙都在盯着他看，脸上有点挂不住，扭头对邵青堂说道："邵门主，咱们好汉做事好汉当！还怕他不成？我就不信，他一个人能翻起多大的风浪！"

众人一听确有此事，不禁又是一番议论。杨胜祖暗中吩咐随从去取长枪，之后在人群中冷冷地说道："原来威震三关的邵门主，靠的是这种下三烂的手段。"其他人也跟着奚落起来。

邵青堂见事情已经瞒不住，索性厚着脸皮说道："他们二人来山庄搅闹，老夫作为祁家的世交，仗义出手也是分内之事。"

铁秋声刚才一直面无表情，听邵青堂说完，忽然眼睛一瞪。

邵青堂吓了一跳，后退了一步，对蒙昆说道："蒙昆老弟，这个人跟乡野三奇是一伙。你有没有胆量跟他再打一架？""打就打，还怕他怎的？"蒙昆早就憋着要动手了，回头朝柯老三和鲁啸使个眼色，便走到铁秋声近前。柯老三也大步窜了出去。鲁啸本来也想过去，却被郝青桐低声叫住。

铁秋声并不把蒙昆和柯老三放在眼里，只对着大厅高声喊道：“恳请祁庄主尽快将我兄长请出来，免得伤了和气！”蒙昆见他轻慢自己，火气更盛，大声叫嚷道：“老子跟乡野三奇早就结了梁子。那两个已经不行了，今日再拿你凑数！”

铁秋声瞪了他一眼。蒙昆身子一颤，急忙抬手格挡，却见对方并未出手。人群里马上有人哄笑起来。蒙昆脸上挂不住，挥拳朝铁秋声面门打去。铁秋声轻轻一闪就避过了，抬手在蒙昆手臂上轻轻敲了一下。蒙昆顿时觉得手臂酸麻，“啊”了一声。柯老三见状，也冲了上来，与蒙昆共战铁秋声。

铁秋声面露不屑，展开身形与二人周旋。蒙昆和柯老三使出浑身本事，竟不能伤到对方分毫。铁秋声却似与两个小儿玩耍一般，只把两个壮汉耍得团团乱转。

众人无不暗自称奇。小灵子看得高兴，拍手叫起好来。吴秋遇心中纳闷，隐隐觉得铁秋声的身法与自己的“五禽戏”有相通之处，而且他使得更为熟练。

铁秋声见蒙昆和柯老三仍在纠缠，快速出手在他们肋下、胸前戳摸了几把。只见那二人僵停了一下，无力地慢慢倒下去，开始痛苦地哼吟。鲁啸大惊，不由得暗自庆幸。白鹿司等人也无不惊诧。邵青堂震惊之余，赶紧钻入人群，躲得远远的，只怕被铁秋声找上。

曾可以急忙走出人群，拱手说道：“请铁大侠手下留情。在下曾可以，替他们二人赔罪了。”铁秋声看了他一眼，淡淡说道：“他们不再作死就没什么大事，回去躺几个时辰就好了。”“多谢铁大侠手下留情。”曾可以见人家不愿意跟自己多说话，也只好退了回去，命人将蒙昆和柯老三扶起。

邵青堂趁着铁秋声和曾可以说话，慌忙跑进大厅去找祁天百，一进门便匆忙喊道：“来人实在厉害，贤弟快想办法！”祁天百慌乱道：“我的武功还不及兄长。”邵青堂说：“要不然，你出面，把他带到……”他本想说的是，再把铁秋声引到山洞去，同样用计暗算他，忽然看见无涯大师还坐在那里，急忙住口。

祁天百看了一眼无涯大师，赶紧起身央求道：“大师，外面有人寻仇闹事。可怜家父新丧，晚辈实在没有心思与他争斗。还望大师大发慈悲，出手相助。莫叫他们毁了灵堂，打扰家父的亡魂。”说着，便又佯装要哭。无涯大师轻轻点头说道：“施主节哀。容老衲出去看看，看能否为你们化解这一段怨仇。”说罢，站起身，带着小和尚一行迈步往门口走去。祁天百大喜：“多谢大师。”毕恭毕敬地跟在老和尚身后。邵青堂犹豫了一下，也惴惴地跟在后面。

小灵子已经跑到铁秋声面前：“你好厉害！丘大侠和陈康都未必能比得上你！”铁秋声说：“小姑娘，刚才多谢你告知实情。”小灵子说：“不用客气。我们都是乡野三奇的朋友嘛。”这时吴秋遇走过来说道：“那套身法好厉害，那个叫……”

铁秋声只是看了他一眼，没有回答。小灵子忙介绍道："这是秋遇哥哥，跟我一起的。我叫小灵子。"铁秋声微微点了点头，轻轻"哦"了一声，没再说什么，似乎对二人的名字并不怎么感兴趣。

小灵子问："那么好的武功，很独特，有什么名字吗？"铁秋声看了看她，似乎有些好感，轻声说道："这个叫'拂云三十六式'。"小灵子欣喜道："拂云三十六式，果然是好名字！被你使出来真是如拂云摸雾一般，看上去轻盈飘逸，有如神仙。"吴秋遇也点了点头，觉得这个名字很贴切。

他们正说着，看见无涯大师和祁天百、邵青堂先后从大厅里走出来。小灵子手指着祁天百说："那个就是祁翁的义子，想当山庄主人的祁天百。"铁秋声打量了一眼，上前说道："小可铁秋声，来接两位兄长下山。还望祁庄主早行方便。"

无涯大师见铁秋声彬彬有礼，不像故意闹事之人，于是回头看着邵青堂。邵青堂心虚，直把祁天百往前推。祁天百扶着无涯大师胳膊，低声说道："一切听凭大师做主。"无涯大师只得走下台阶，开口说道："施主身形飘逸，气度不凡，一看就是有大修为的。老衲法号无涯，自五台山佛光寺而来，正在念经为故去的祁老施主超度。如果施主与山庄有什么误会，老衲愿意从中说和。"

听到无涯大师的名号，铁秋声稍稍愣了一下，躬身施礼道："晚辈铁秋声，见过无涯大师。我只要接回两位兄长，与山庄并无其他过节。"祁天百和邵青堂相互一视，猜想铁秋声对祁翁的事并不知情，心里稍稍踏实了一些。无涯大师说："如此便好。"又回头对祁天百说："祁施主，如果那两位施主确实在你庄中，何不速速请来？"

祁天百尴尬了一下，扭头看着邵青堂。邵青堂又看着蒙昆。蒙昆望向曾婉儿，被曾婉儿瞪了一眼，急忙低下头去。邵青堂此刻并不知道蒙昆他们下手了没有，不禁心中惴惴。万一那二人还能活着在此出现，当着这么多人把祁翁的事揭露出来，他这个邵家门的门主和祁天百都得身败名裂。

无涯大师见他们望来望去，不禁催促道："哪位施主知情，快快讲了，也可早些了结这场误会。"说着，目光就落到了蒙昆身上。蒙昆发现无涯大师在看他，一时不知如何是好。几年前柯老三去过佛光寺，知道无涯大师的厉害，便有意挑唆无涯大师和铁秋声打一架。他假装站立不稳，猛地撞了一下蒙昆，两个人狼狈地倒在地上哼吟起来。

小灵子明明知道丘鳌和陈康在哪却有意不说。刚才她见识了铁秋声的武功，知道邵青堂之流根本不是他的对手，就是想让他好好教训一下这帮坏人。吴秋遇想要开口，也被她拦住。

铁秋声已知丘鳌和陈康就在山庄，此刻见无人应声，心里着急，便冲着祁天百说道："祁庄主，你快把我两位兄长请出来，大家免伤和气！"祁天百装作无辜地说道："家父蒙难，我心中悲痛，正在忙着料理丧事，确实不曾见到你两位兄长。若是哪位客人见到了，你直接问他们就好。"铁秋声想起小灵子的话，是邵青堂把丘壑他们引入山洞，便盯着邵青堂问道："你说！我两位兄长现在在哪里？"有无涯大师撑腰，邵青堂胆气壮了一些，站出来说道："这个你问不着我！我和你一样，都是山庄的客人。你自己丢了人，为何问我来要？"

铁秋声见他们推来推去都不认账，不由得心中火起，突然抢步上前向邵青堂抓去。邵青堂大惊，慌忙后退，一下绊倒在台阶上，仰坐在地。铁秋声伸手去抓他。邵青堂匆忙抽出腰间的铁笔，回手刺出。铁秋声只得先退出一步。邵青堂趁势站了起来。铁秋声根本没把邵青堂手里的铁笔放在眼里，直接上前抓他手腕。邵青堂使出浑身解数，与铁秋声斗在一处。

曾可以求无涯大师先救治蒙昆和柯老三。无涯大师走到二人身前，询问了他们的痛处，便出手在二人身上拿捏。

不过六七招，邵青堂就招架不住了。铁秋声一指戳在他左肋，邵青堂顿时半个身子都麻了。铁秋声一把夺过他手里的铁笔，调转尖刺对准了邵青堂。邵九佳惊叫一声，呆在那里。

崔柏扑出来，挡在师父身前，对铁秋声央求道："铁大侠手下留情！求求你放过我师父吧。""没你的事！"铁秋声在崔柏的肩头一抓，轻描淡写地一甩手。崔柏的身子便跌了出去。

铁秋声拿铁笔抵在邵青堂的咽喉，喝问道："我两位兄长在哪里？"邵青堂诡计多端，看出铁秋声并非要伤他性命，只是逼他说出实情，于是心中有了底，嘴上说道："我不知道！你要杀我尽管动手好了！正好无涯大师在这，还可为我超度亡魂。"祁天百见邵青堂受制，忙求无涯大师出手相助。无涯大师开口说道："阿弥陀佛。铁施主，得饶人处且饶人，不要轻易伤人性命。"

铁秋声一心要问出丘壑和陈康的下落，见邵青堂耍赖不说，心中火起，手中的铁笔一划，就扎进邵青堂锁骨上边的肉里。邵青堂疼得咧嘴大叫。铁秋声重新把铁笔对准他的喉咙，怒问道："你说不说？"邵青堂身子颤了一下，还是选择了嘴硬。

铁秋声紧紧攥着铁笔，又要发力，忽然发觉手臂被人抓住。无涯大师不知何时已经站在了身边。铁秋声见老和尚为邵青堂出头，只道他们是一伙的，一气之下，便与无涯大师动起手来。无涯大师本来只是劝和，见铁秋声动手，也不得不出手招架，得空仍开口劝道："施主有话好好说，何必要伤人性命？"铁秋声说："我兄长被困，下落不明，他们的命就不是命？"

无涯大师左右为难，劝不住铁秋声，又不得不出手自保。二人你来我往，斗在一处。铁秋声的“拂云三十六式”，身形灵便，潇洒飘逸。老和尚稳中有健，道骨仙风。几十个回合过去，外人竟看不出高下。

柯老三和蒙昆经无涯大师救治，被点中的穴道都已经解了，虽然心中愤恨，却也不敢再放肆，老老实实看着无涯大师和铁秋声争斗。

小灵子暗自着急，本指望让铁秋声帮忙教训邵青堂等人，没想到遇到无涯大师这样的对手。原想着无涯大师德高望重，定能分辨是非，说不定在关键时刻能帮忙，没想到现在倒成了祁天百的帮手。吴秋遇更是急得不知如何是好。

邵青堂揉了揉左肋，擦了擦锁骨上面的血迹，渐渐缓过劲来。瞥见小灵子和吴秋遇在那里着急，他心中暗恨，凑到祁天百耳边小声嘀咕了几句。祁天百得知吴秋遇和小灵子也是自己谋害祁翁的知情人，自然要急着灭口。见铁秋声与无涯大师斗得正酣，根本腾不出手来，他转身吩咐家丁，悄悄上前对付吴秋遇。

吴秋遇正全神贯注地看着铁秋声和无涯大师，丝毫没有提防有人从后面靠近。曾婉儿看见了，急忙提醒他：“傻小子，看后面！”吴秋遇听到了，猛一回头，正见几根棍棒劈头打来。他急忙缩身闪避，一面护住小灵子，一面出手抵挡。几个家丁在吴秋遇面前根本不值一提，顷刻间便被打倒在地。

祁天百大惊，没想到这后生也不是等闲之辈，忙对身旁的吴槊、郑威等人说道：“各位赏光来我山庄，祁某铭记在心。如今家父丧礼未完，便有人前来闹场。还望大伙帮我主持公道。”吴槊等人刚才只顾着观看无涯大师和铁秋声争斗，并不知道家丁偷袭吴秋遇的事，此刻听祁天百一说，又见众家丁倒地，便认定是吴秋遇生事，也正想卖祁天百一个人情，便一发上前，将吴秋遇围住。

小灵子见状，大声说道：“众位前辈听我说！祁天百谋害祁翁老爷子，正好被我们撞见。现在他要杀我们灭口。你们都想想，是否真要助纣为虐！”众人听罢，一时不明真相，全都愣在那里。祁天百赶紧说道：“不要听她胡说！刚才他们上门捣乱，大家都是亲眼见到的！我若不是有孝在身，也不劳众位动手！”

吴槊与祁天百已有多年交情，不管他说的是否属实，好歹都要帮忙的，便带头冲了上去。山庄的几个家丁见有人出头，也想趁机捞点便宜。郑威等人心中犹豫，虽然也上前，却并不急着动手。很快那几个家丁就被打倒，吴槊也支撑不住了。

蒙昆和柯老三相互看了一眼，一起过来加入战团，与吴槊等人共同对付吴秋遇。

吴秋遇虽然不愿意跟人动手，但是现在被人围攻，也不得不出手抵挡。济苍生除了教他“降魔十三式”以外，教给他的那些所谓基础功夫其实也都不弱。尤其是日前经过老叫花子的胡乱指点，进步更是不小，再加上他身法灵活，出手又快又准，众人一时都伤不到他。

邵青堂见吴秋遇无暇旁顾，便趁机从小灵子身后悄悄摸去。小灵子见吴秋遇被众人围攻，正为他担心，完全意识不到身后的危险。邵青堂手握铁笔，悄悄靠近，突然向小灵子后心刺去。

眼看铁笔就要刺到小灵子身上了，只听“叮”的一声，竟被一杆长枪给挑开了。

邵青堂一愣，抬眼看去，只见杨胜祖不屑地看着他冷冷说道：“姓邵的，你好不要脸！对付一个小朋友还要背后偷袭。”小灵子听到动静回身一看，才知道刚才的凶险，拱手说道：“多谢杨大哥。”杨胜祖微微一笑：“不用客气。我今天倒要看看，他怎么威震三关。”

邵青堂恼羞成怒，挥动铁笔向杨胜祖刺去。杨胜祖毫不示弱，挺枪相迎。二人也打在一处。

看着吴秋遇与蒙昆、柯老三、吴槊等人周旋，并且还未落下风，曾可以颇感意外，回头悄悄对聂是非说了几句什么。聂是非转身去安排。很快就见白鹿司等人从人群里走了出来。曾婉儿马上意识到什么，忙对曾可以说：“哥哥，那傻小子不是坏人。你怎么……”

曾可以小声说道：“我知道他不是坏人，看他武功也不错，所以有心收用，这才让白鹿司他们过去盯住，别叫人伤了他性命。”曾婉儿惊喜道：“哥哥你真好！”曾可以惊讶地看了她一眼。曾婉儿马上意识到自己的失态，赶紧遮掩道：“好……好有心计！”

曾可以微微笑了一下，忽然问道：“你好像认识他？”曾婉儿道：“之前在朔州见过两次，人很老实，所以也想留他听用。”曾可以点了点头，说：“这小子武功不弱，看上去也还憨厚，若真能收了他，哥哥把他送给你。”曾婉儿当然欢喜：“谢谢哥哥！”

杨胜祖年轻体健，枪法纯熟，手里使的又是长兵器，与邵青堂手里短短的两支铁笔相比，自是占了不小的优势。邵青堂年过五十，刚刚败在铁秋声手上，现在手里的兵器又吃亏，渐渐就有些抵挡不住了。杨胜祖越战越勇，突然一枪朝邵青堂面门刺去。邵青堂急忙向后仰头。哪知这是个虚招，杨胜祖的枪只送出半尺就收住，枪尖向下一荡，便划过邵青堂的前胸，衣襟裂开之处冒出血来。邵青堂刚刚惨叫了一声，杨胜祖的枪尖就又对准了他的前心。邵九佳惊叫道：“不要伤我爹！”

崔柏刚才被铁秋声扔出之后，撞在一个家丁身上。两个人一起摔倒，伤得都不重。此刻见师父被杨胜祖打伤，他急忙扑上前，撞开杨胜祖的枪尖，挡在师父身前说道:“别伤我师父！”

杨胜祖看了看崔柏,收了枪,淡淡说道:“邵青堂,恭喜你有个好徒弟。看在他的面子上,我今天就饶你一次。你回去把‘威震三关’的牌子摘了吧。”邵青堂头上冒汗,面色铁青,一句话也说不出。杨胜祖把长枪交给随从,冲祁天百拱手说道:“天百公,多谢你盛情邀请,这几日在山庄多有打扰。如今老庄主已然不在,正名之事自然也就完成了。我家中还有事,就先告辞了。”说完,也不等祁天百回答,就带着随从扬长而去。他到天百山庄本来也不是为了给祁天百捧场,就是想找机会跟邵青堂比试比试。如今心愿已了,自然也没有再待下去的必要。

崔柏摸出金创药,要给师父喷撒。邵青堂一把夺了过去,自己往伤口上撒着。邵九佳跑过来问道:“爹爹,你怎么样？”邵青堂有伤在身,而且刚刚丢了面子,气哼哼说了一句“不用管我”,便匆匆挤出人群。崔柏和邵九佳急忙跟了上去。祁天百呼叫了两声,终究挽留不住。

吴秋遇不想伤人,所以只是避让周旋,不敢轻易使出“降魔十三式”。吴槊等人不知好歹,仍然围着他缠斗。蒙昆见有人帮忙,自然也不甘落后,想着趁机捡个便宜。

铁秋声和无涯大师斗了许久,始终没有取胜的机会,时间一长,不免心中焦虑。他倒不是担心自己,怕的是如果自己打不赢就没法救出丘壑和陈康。

祁天百见无涯大师久久不能把铁秋声拿下,心里也着急。如今众宾客已经走了一个,伤了一个,只怕再拖下去更难收场。见铁秋声和无涯大师似乎势均力敌,他存心上前讨个便宜。一来可以化解乱局,二来可以在众人面前有所显露。于是他接过家丁手里的刀,悄悄绕到铁秋声的背后,慢慢靠近,要跟无涯人师一起对付铁秋声。

第二十九章
化解危局

铁秋声正专心与无涯大师交手，再加上心情焦虑，根本没有注意到祁天百正在他身后悄悄靠近。祁天百瞅准机会，挥刀向铁秋声砍去。

忽然一团人影从墙头飞落。就听“当”的一声，祁天百手里的刀被弹了开去。来人又是号称“魔女幽灵”的时秋风。她把弯刀向祁天百一指，怒目说道：“背后偷袭，好不要脸！”

祁天百愣了一下，知道来人不是自己人，他急于打破局面，也不说话，挥刀便向时秋风砍去。铁秋声偷眼一看，大致明白刚才发生了什么事，扭头提醒了一句：“你小心。”时秋风从容避过祁天百的一刀，对铁秋声说道：“你专心对付老和尚。我帮你杀了这个狗贼！”

几伙人各处混战，大厅前面已经变成了演武场。众人一看这形势越来越乱，也不知该不该上前帮忙。

丘鏊和陈康在吴秋遇的房间里休息了一晚，虽然功力未曾还原，体力却是恢复了。眼看时候不早了，仍然没有吴秋遇和小灵子的消息，他们有些不放心，便撞破房门，出来寻找。山庄太大，转得几乎迷路。正不知该往哪去，隐隐听到大厅方向传来打斗声。陈康说："大哥，那边有打斗的声音。想必是四弟来了。咱们过去帮忙！"丘壑一点头，两个人便循声找去。

邵青堂一手攥着两支铁笔，一手捂着胸口落魄前行，一转弯，迎面见到丘壑和陈康二人，不由得心中一惊，停下脚步。他心里怦怦直跳，暗自惊诧："难道昨晚蒙昆没去？就算这样，他们中了我的迷魂香，还被铁链子锁了，封闭在山洞。他们是怎么逃出来的？看来真是低估了他们的本事！"这时崔柏和邵九佳跟了上来，忽然看到对面的二人，也都站住。

丘壑和陈康见到邵青堂更是紧张，知道自己现在打不过他，但是想要躲避已经来不及了。陈康眼珠一转，忽然高声喝道："邵青堂，真是冤家路窄呀！昨天你敢暗算老子，这回看你往哪跑？"说着便往前逼近了一步。

邵青堂本来就心虚，被他一喊更加惊恐，不由得身子一颤。邵九佳见爹爹尚且如此，更加没胆量，叫了一声"爹"就缩到邵青堂身后。崔柏冒险挡在邵青堂身前，拱手说道："两位前辈，我师父已经身受重伤，二位不可乘人之危。晚辈崔柏，恳请两位前辈高抬贵手。有什么过节，日后找崔柏清算，晚辈绝无二话。"

陈康看了看他："你是邵青堂的徒弟？"崔柏说："正是。"陈康点了点头："好，今天就看在你的面子上。邵青堂，昨天的仇咱们改天再算。你走吧！"说着把路让开。丘壑也往旁边走了一步。

"多谢前辈。"崔柏拱手道谢之后，扶着邵青堂往前走。邵青堂两眼盯着陈康和丘壑，一直从他们身边过去之后才稍稍放下心来，回头见二人已经拐弯离去，心里才彻底踏实了。邵九佳对崔柏说："大师兄，今天幸亏有你。"崔柏说："师父没事就好。"邵青堂点了点头，心中感慨。

又往前走了几步，邵青堂忽然站住，想了想，说："不对！就算他们能够挣脱铁链、撬起石板，我亲手下的药，没有解药，他们没理由这么快就恢复！"崔柏和邵九佳面面相觑，不知道他在说什么。

丘壑和陈康摆脱了邵青堂，赶紧快步离开。丘壑说："三弟，刚才幸亏你机灵，不然咱们又要坏在姓邵的手里。"陈康笑道："也是咱们运气好，秋遇兄弟手里的短剑可以斩断铁链。姓邵的怎么也想不到，咱们还能逃出来，所以一见面他就心虚了。"

"你们真以为老夫那么好骗？"邵青堂快步追了上来。陈康和丘壑暗叫不好，知道已经唬不住他，唯有加快脚步，但毕竟功力使不出，只如同常人。邵青堂快步上前，出手将二人制住。陈康骂道："姓邵的，老子看不起你！要杀要剐，给老子来个痛快的！”

邵青堂奸笑道:“想死？不急。留着你们还有别的用处。”崔柏和邵九佳赶过来，远远看到丘壑和陈康都被邵青堂制住，感到有些惊讶。邵青堂吩咐道:“你们俩过来，押着他们到前面去。”崔柏犹豫了一下，还是听了师父的话。丘壑和陈康自知反抗也没用，便顺着他们往前走。邵青堂忽然想起什么，低声对邵九佳吩咐了几句。邵九佳点了点头，急匆匆去了。

祁天百根本不是时秋风的对手，很快就慌了手脚，只剩胡乱招架。时秋风一手将祁天百持刀的手臂拿住，弯刀就架到他脖子上。祁天百大惊失色，战战兢兢地斜眼看着肩上的弯刀，颤声哀求:“女侠饶命，女侠饶命！”

邵青堂和崔柏押着丘壑、陈康挤入人群。邵青堂高声喝道:“姓铁的还不住手！你看看这里是谁！”

铁秋声瞥了一眼，心中一惊，急忙虚晃一掌，向后退出。无涯大师本来就不想打，正好收手，念了一声“阿弥陀佛”。

邵青堂将铁笔抵近丘壑的咽喉，阴森森说道:“姓铁的，还不乖乖束手就擒！”铁秋声想要上前抢救。邵青堂赶紧用尖刺抵住丘壑的喉咙。铁秋声刚迈出一小步，赶紧停下。邵青堂得意地说道:“算你识相。不想他死，就不要乱动。”铁秋声看着邵青堂:“你放开我大哥！我今天不与你为难！”邵青堂奸笑道:“这可由不得你。想让我放人，那也不难，除非你先答应我一个条件。”铁秋声冷冷问道:“什么条件？”

邵青堂说:“你武功太高，老夫自认不是你的对手。一旦把人放了，你忽然翻脸，老夫斗不过你。”铁秋声说:“你不要小人之心！我们不是那样的人！你只要把人放了，各位英雄做证，我铁秋声以及两位哥哥，永远不会跟你为难！”邵青堂摇头道:“那可不行。老夫信不过你。”铁秋声急切问道:“那你想怎样？”邵青堂说:“你先卸掉自己一条手臂。老夫没有了后顾之忧，马上放人。”

他此言一出，众人无不惊骇。就连崔柏也忍不住扭头看了师父一眼。

时秋风知道铁秋声已然乱了方寸，怕他情急之下真的干出傻事，急忙提醒道:“你不要听他的！他们也有人在我手上，他不敢胡来！”邵青堂往这边看了一眼，这才发现祁天百落到了时秋风手上，不禁心头一震:这女魔头怎么也来了？看样子跟姓铁的还是一伙的，这下麻烦可大了。

丘壑高声说道:“秋声兄弟，你不用管我们。快去给那个小兄弟帮忙！”众人这才想起，旁边还有一伙人在打着呢。邵青堂冲着铁秋声威胁道:“你敢动，我现在就要了他的命！”时秋风瞪着邵青堂:“你要敢胡来，我先把他脑袋切下来，然后再切你的！”双方手里各有人质，都不敢轻举妄动，一时就僵在那里。

吴槊瞥见祁天百受制，没心思再打，找机会退了出来，和众人一道在旁边围观。只有蒙昆、柯老三等人仍然围着吴秋遇缠斗。铁秋声看着吴秋遇的身法和招式，若有所思。陈康虽然被崔柏制住，但一点也不担心，专心看了一会儿，开口赞道：“好小子！功夫不错！”

小灵子帮不上忙，两手攥得紧紧的，干着急没办法。忽然脖子上一凉，就听邵九佳在身后说道：“臭丫头，老老实实的！”

小灵子慌乱中惊叫了一声。吴秋遇听到了，扭头看了一眼，没防备柯老三，背后中了一掌。小灵子大惊，赶紧喊道：“秋遇哥哥小心！你不用管我！好好教训他们！”“还敢乱叫！”邵九佳在她肩头用力捏了一下。小灵子疼得又叫了一声。

吴秋遇知道小灵子被欺负，又恨又急，眼看蒙昆、柯老三等人又攻了上来，他暗自运气在手，猛然打出一记“扫荡群魔”。这是“降魔十三式”的最后一招，也是打击范围最广的一招。

掌力所及，蒙昆、柯老三等人全都应声跌了出去。在一旁观战的白鹿司急忙向后跳开，才免受波及。吴槊暗自庆幸，幸亏自己及时退出，不然也会像他们一样惨。

陈康又叫了一声好。无涯大师念了一声：“阿弥陀佛，善哉善哉。”曾可以暗自赞叹。曾婉儿非常惊喜。其余众人各自惊奇不说，就连“魔女幽灵”时秋风也微微皱眉，有些惊讶。铁秋声低头沉思了一会儿，微微点了点头。祁天百和邵青堂则是目瞪口呆。

邵九佳也被吓到了，用匕首胁持着小灵子，慢慢退到邵青堂身边。崔柏说：“师妹，千万不要伤害小灵子姑娘！”邵青堂狠狠瞪了他一眼。崔柏看到了，继续央求道：“师父，放了小灵子姑娘吧。她……”邵青堂无名火气，骂了声“混账东西”，一脚把崔柏踹了出去。陈康倒觉得崔柏很无辜，转身过去扶他。

吴秋遇怒视着邵九佳，一边往前走一边喝道：“你放开她！”邵九佳颤声说道：“你，你不要过来！你再往前走，我就，我就杀了她！”吴秋遇停下脚步，更大声地吼道：“你放开她！”邵青堂看出吴秋遇很在意小灵子的安危，心里有了底，开口说道：“臭丫头落在我们手上，你最好老实点。”吴秋遇吼叫道：“你们要敢伤害她，我跟你们拼命！”小灵子心中感动。曾婉儿心中却是另一番滋味。

邵青堂说：“我知道你武功不错。越是这样，我们越不能放人。你要真心救她，就得有所表示。只要你肯按我说的办，我立即放人，还答应你，送你们安全下山。”吴秋遇盯着他问道：“什么表示？”邵青堂说：“我要你自废武功。”

他又来这一套。旁观的众人不禁摇头鄙视。曾婉儿开始着急。

小灵子急忙叫道:“秋遇哥哥,别听他的!”吴秋遇看了看小灵子。小灵子用力摇头。

邵青堂冷笑道:“不敢了吧?我就知道你是来假的,用嘴说说谁不会!就这样还想救人?”吴秋遇瞪着他,忽然问道:“我凭什么相信你?”邵青堂说:“我可以用人格担保。这里有这么多人在场,老夫说了,还能骗你不成?”吴秋遇刚要说话,小灵子叫道:“呸!你忘恩负义,连自己的救命恩人都敢害,还有脸说什么人格?秋遇哥哥,你千万不要信他!他要敢杀我,你就替我报仇!”

邵青堂狞笑道:“现在由不得他信与不信。我数到三,如果他不照办,我就一掌毙了你!”吴秋遇慌了,急忙问道:“那你说,怎么才能自废武功?”邵青堂叫家丁丢给他一把刀,说:“你先砍断自己的右手!”吴秋遇把刀捡起来,执在左手,深情地望着小灵子。

曾婉儿心里一急,便喊了出来:“臭小子,你不要犯傻!”曾可以示意郝青桐等人把妹妹看住,防让她一冲动跑出去闹事。

小灵子含着眼泪摇头道:“不要啊,秋遇哥哥!”“别动!”邵九佳马上用匕首压住她的脖子。

崔柏跑过来,一把抓住邵九佳的胳膊:“师妹,你不要伤害小灵子姑娘!”小灵子刚要趁机逃脱,又被邵青堂揪了回来。邵九佳挣脱崔柏的手:“大师兄,你干什么?”邵青堂抬起一脚,用力将崔柏踢了出去,让邵九佳重新将小灵子制住,对吴秋遇说:“你还不动手?非要我数到三么?”

崔柏趴在地上,大哭起来,哭得很伤心。旁边的人都不知道他在哭什么。

小灵子还是摇头:“秋遇哥哥不要。”吴秋遇对小灵子说:“我不能让他们伤害你。你放心,有这么多人看着,他不敢说谎。”说完,便把左手的刀举了起来。

曾婉儿见吴秋遇真的要自断手臂,当即就要冲出去阻止,被郝青桐等人硬生生拦住。曾婉儿急了,正要发作。曾可以低声道:“你放心,有无涯大师在,不会看着他血溅当场的。”曾婉儿愣了一下,果然见无涯大师已经站到了邵青堂和吴秋遇旁边。曾可以低声笑道:“这下放心了?没想到你对傻小子那么上心。”曾婉儿羞怯地说道:“哪有?我只是看不得别人受伤。”

吴秋遇看着邵青堂恨恨地说了一句:“希望你说话算数!”说完,抬起右臂,左手的刀用力砍落。

旁观的众人开始惊呼。只见无涯大师袍袖一抖。吴秋遇的手腕被牢牢攥住,手里的刀很快被拿了下去。吴秋遇愣愣地看着无涯大师。

这时忽听有人高声喊道:“祁翁到!”

人群闪开,只见祁少城和野神仙胡大夫搀扶着祁翁慢慢走了过来。吃惊的众人议论起来:“不是说老爷子已经遇害了么?”“是啊,这到底是怎么回事?”无涯大师松了手,也颇为惊讶。

最为吃惊的当属祁天百和邵青堂。祁天百瞬间崩溃,瘫软在地上。时秋风也懒得再理他。陈康趁邵青堂发呆,推开他手中的铁笔,身体用力一撞。邵青堂一个趔趄跌了出去。

邵九佳惊呼一声:“爹!”匕首也从小灵子脖颈上脱离开来。小灵子乘机一缩身,忽然挣脱出来。邵九佳慌乱之中一把没有抓住她,但仍不肯放弃。小灵子脚下一绊,向前扑倒。邵九佳拿着匕首从背后刺去。

吴秋遇马上去救,左手揽过小灵子,右手运气,一掌向邵九佳胸口拍去。邵九佳慌乱之中,匕首也甩飞了,眼看躲不过吴秋遇一掌。这时崔柏从旁边扑过来,替邵九佳挡了一下。好在吴秋遇听到风声及时收手,崔柏伤得并不重。他站稳之后,捂着胸口喘息了两口,央求道:“秋遇兄弟,小灵子姑娘已经没事了。你就放过师妹吧。”吴秋遇扶直小灵子,赶紧查看崔柏的伤势。崔柏说:“我没事。”小灵子转身对邵九佳说:“要不是崔师兄救你,你就死定了!”邵九佳气哼哼地一跺脚,转身去找邵青堂。崔柏冲着吴秋遇拱了拱手,也转身去找师父。

陈康和丘壑也过去迎接祁翁。无涯大师见祁少城也在,知道来的真是祁翁,点了点头,口中念道:“阿弥陀佛。善哉善哉。”

小灵子娇羞地看了吴秋遇一眼,轻轻依偎在他胸前,小声说:“你刚才怎么那么傻?”吴秋遇轻轻抱着她说:“你没事就好了。刚才我都不知道怎么办了。”

祁少城扶着祁翁走入大厅。乡野三奇走到铁秋声面前寒暄着。其余客人都想弄明白祁家父子到底是怎么回事,陆续跟着走进大厅。曾婉儿见吴秋遇已经没事,又不想看到他和小灵子亲昵的样子,也跟着哥哥走了进去。

小灵子瞥见祁天百和邵青堂凑到一起,急忙叫道:“看好那两个人,别叫他们溜了!”铁秋声和吴秋遇向前靠近了几步。祁天百和邵青堂自知逃不掉,摇头叹息一声,也转身进了大厅。崔柏和邵九佳也跟了进去。

时秋风偷偷看了铁秋声一眼,就要转身离去。铁秋声犹豫了一下,还是上前说道:“刚才多谢你。”时秋风似乎有些惊讶,稍稍愣了一下,轻声说了一句:“我走了。”铁秋声正不知如何挽留,时秋风已经飞身上墙头,消失得无影无踪。

陈康走到吴秋遇和小灵子面前,笑嘻嘻说道:“刚才那一幕真是感人。英雄救美,舍己救人,什么什么。”小灵子羞怯地说道:“你又讨厌了。我不跟你说话。”陈康笑道:“哟,小姑娘知道害羞了。哈哈哈哈。”

这时丘壑也走过来:“小兄弟,功夫不错!尤其是最后那招,那个叫什么?”吴秋遇正犹豫着该不该说。就听铁秋声说道:“你怎么会用降魔十三式?最后那一招‘扫荡群魔’使得不错。”吴秋遇不禁一愣，眼瞅着铁秋声快步走过来，不知他怎会晓得“降魔十三式”，还能一眼认出招式。小灵子偷偷问吴秋遇：“他说的对吗？”吴秋遇轻轻点了点头。小灵子惊讶道：“你怎么会认得秋遇哥哥的招式？难道你也练过？”乡野三奇也都惊讶地看着铁秋声。

铁秋声微微一笑，没有回答，而是走到吴秋遇面前，郑重问道：“尊师姓翁还是姓济？”吴秋遇知道乡野三奇都是好人，又见铁秋声似乎知根知底，况且师父现在已经不在了，便如实说道：“我师父姓济。”铁秋声点了点头：“原来是济师兄的弟子。不错。”

乡野三奇面面相觑。小灵子也觉得好奇，开口问道：“你管秋遇哥哥的师父叫师兄？这么说，你是秋遇哥哥的师叔了？”吴秋遇愣愣地看着铁秋声，心中纳闷，因为他从没听师父说起过，自己还有个师叔。铁秋声说：“若论辈分是该如此。只不过，我和大师兄向来不拘礼数，你叫不叫师叔都无所谓。”吴秋遇憨笑了一下，还是叫了一声师叔，并说道：“师父给我取名叫吴秋遇。”

铁秋声点了点头，忽然问道：“哎，你师父呢？你没跟他在一起？”提起师父，吴秋遇黯然低下头去。铁秋声不禁一愣，看着小灵子。小灵子说：“秋遇哥哥的师父在朔州叫铁拳门的人害死了。”铁秋声一惊：“师兄武功盖世，怎么会被铁拳门的人给害了？”吴秋遇悲愤地说道：“他们骗师父去给掌门人看病，偷偷在茶里下了毒，还调换了师父的药囊，也不让全城的药铺卖药给我们。师父就……”

铁秋声恨恨地捏紧了拳头，问：“今天在场的，有没有铁拳门的人？”吴秋遇摇了摇头。陈康说：“铁拳门真是可恨！咱们早晚去讨回公道！”

铁秋声悲愤了一会儿，忽又问道：“师兄多年未曾收徒，怎么会找到你做了徒弟？”吴秋遇便简单说起当年的经过：“我从小在五台山，是佛光寺的一个小和尚，后来被丁大哥带下山……”陈康失口叫道：“你就是当年那个小和尚？”吴秋遇轻轻点头。陈康笑道：“难怪你认得我们。咱们也算是六七年的老熟人了。哈哈。”小灵子惊讶道：“原来你们早就认识。秋遇哥哥，你怎么不早点告诉我？”还没等吴秋遇回答，陈康就抢着说道：“只是他认得我们，我们却认不出他了。大哥你看，他长大了，又留了头发，还像原来那个小和尚吗？”丘壑说：“三弟不要打断，让他继续说完。”

吴秋遇继续说道：“丁大哥被人追杀，受了伤，我们躲进山里。摘果子的时候，我不小心从山崖上滚下去，被柳大叔救了。虽然外伤养好了，偶尔还会头痛发作，一疼就会昏过去。后来我师父经过，就把我带走进行医治，日子久了，就收我做了徒弟，还传我降魔十三式。我当时觉得，反正一辈子跟师父住在山里，武功也没什么用，就只顾贪玩。我想师父一定对我很失望。现在我知道错了，可惜师父已经不在了，要不然，我一定跟着他好好练功。”说到这里，又不禁伤心起来。

小灵子还是第一次听吴秋遇说出完整的经历，见他如此难过，赶紧岔开话题：“铁师叔，你那个‘拂云三十六式’真的好厉害。既然你是秋遇哥哥的师叔，不如也教给他吧。”铁秋声微微一笑，对吴秋遇说：“你再把‘随心所欲手’打一遍，我看看有多大改动。”吴秋遇一愣：“随心所欲手？我不会呀。”铁秋声说：“就是你刚才用的武功。”吴秋遇憨笑道：“那个呀。那不叫随心所欲手，那是五禽戏。”

“五禽戏？”铁秋声稍稍愣了一下，“你师父跟你说，那个叫五禽戏？”吴秋遇说：“不是。我师父不知道我练这个。我是无意中在师父的藏书中发现一本书，书名就叫《五禽戏》。上面字很少，都是图，都是各种动作。我觉得好玩，就试着练了。后来越练越觉得有意思，当成一种游戏，每天偷偷练习，渐渐身体也灵活了，没想到今天竟成了保命的本事。就是这样。”说着，他随意耍了几个招式。

铁秋声摇头笑道：“定是师兄怕秘籍被人偷去，特意改换了书皮。这个就是随心所欲手。”吴秋遇仔细回想了一下，说道：“我想起来了，好像那本书是挺新的，只有书皮很旧。当时我也觉得很奇怪。一定是师父怕人偷看，故意换的！”

小灵子好奇地问道：“这个‘随心所欲手’也可以很厉害吗？”铁秋声说：“那是我师父花费了三十多年的时间精心研创的武功，当然厉害。‘拂云三十六式’你们刚才见过了，那不过是早期的设计。经过改进之后的‘随心所欲手’只会更厉害。”

小灵子很高兴，对吴秋遇说道：“秋遇哥哥，没想到你学会了这么厉害的武功！”吴秋遇说：“不会呀。我只是觉得身体灵活了，用来保命倒可以，别人轻易抓不到我，但是好像不能发力，打不了人。我觉得还是‘降魔十三式’管用。”

铁秋声笑道：“这也难怪，你是当作游戏偷偷学来的，看来只学会了身法，还没有学会拳法。”

小灵子疑惑道：“这个身法和拳法还不是一个东西吗？”乡野三奇也有同样的疑问。

铁秋声解释道：“师父独创的这套武功，名为‘随心所欲手’，实际是身法、拳法和内功心法的结合。准确地说，‘随心所欲手’特指其中的拳法和内功心法。而那套身法，别名叫作‘小腾挪’。”

胡大夫好奇地问道：“为何只叫‘小腾挪’？”铁秋声说：“所谓‘小腾挪’，就是说，没有轻功根底的人也能练习，就算脚不离地，照样可以飘闪自如。一旦学了轻功，与这套身法结合起来，便可以更大范围地施展，那时便可叫作‘大腾挪’了。”陈康赞道：“妙，真是妙！”丘壑也频频点头：“看来尊师想得确实周到。”

铁秋声对吴秋遇说：“你现在只练会了小腾挪身法和随心所欲手的基本拳

法，还没有参透进攻招式和内功心法，自然发挥不出威力。”小灵子说：“铁师叔，难得今天遇见你这位前辈，那你就教教他进攻招式和内功心法呗。”铁秋声说：“不是我不肯教他，只是这随心所欲手已经在拂云三十六式的基础上做了很大改进，招式和内功心法虽有相通之处，却也不尽相同。我还是第一次见到改进之后的随心所欲手，要参透其中的要领还需时日，只怕现在不能教他，以免出现偏差反而误了他。”

小灵子不免有些失望。丘壑安慰道：“秋声兄弟说的是实话。你也不想他走火入魔吧？”小灵子嬉笑道：“我知道了。铁师叔肯定是为秋遇哥哥好嘛。”

铁秋声轻轻拍了拍吴秋遇的肩膀：“你能有这般机缘，做了济师兄的弟子，又阴错阳差地学会了小腾挪身法，或许一切都是天意。日后若有时间，咱们可以静下心来，共同参悟随心所欲手的要领。”吴秋遇点头道：“嗯。多谢师叔。”

听完了吴秋遇的故事和随心所欲手的神奇，小灵子忽然嘀咕道：“也不知道里面怎么样了。”丘壑也刚好想到了这个问题，于是开口说道：“正是。咱们也进去瞧瞧，别让祁天百和邵青堂之流再掀起什么风浪来。”

第三十章
前因后果

大厅里，在场的众宾客仍旧按原来的位置坐着，只是主座上换了祁翁。祁少城守在祖父身边，怒气冲冲地看着祁天百。祁天百没精打采，垂手站立，像是在发呆。邵青堂灰溜溜而又尴尬地陪站在旁边。

祁翁当着众人，痛心地说起了往事："天百呀，当年你不满周岁就被遗弃在路边。我见你可怜，小心抱回来，那时候你才几个月呀。虽说是养子，可我一直把你当亲生的看待。"

有人小声议论起来："原来不是老爷子的嫡亲血脉呀。""竟然是养子。"

祁翁继续说道："我给你取名天百。山庄建成，也用你的名字命名。你长大了，不愿跟着我做生意，却迷上了武功。我也依着你，四处给你请师父。后来，又给你娶了媳妇，你们生下少城……"

众人暗赞祁翁的慈善。无涯大师默念道："阿弥陀佛。善哉善哉。"

祁天百仍默默站着，眼睛里却流出泪来。

祁翁继续说道:“四十多年过去了,本以为咱们一家人可以好好过日子。也不知你从哪里听说,不是我亲生的,便存心要占了山庄,自己做当地一户。唉,其实你只要跟我说,我就会给你。毕竟我只有你这么一个儿子,庄子挂在谁的名下又有什么分别?可你竟鬼迷了心窍,把我锁进地牢……”

听到这里,大厅里顿时哗然。就连无涯大师也不禁皱眉,高声念道:“阿弥陀佛。罪过罪过。”

邵青堂偷偷看了看众人,赶紧低下头。祁天百自顾摇头,已经泪流满面。

祁翁哽咽着停顿了一下,又继续说道:“我都这么大年纪了,哪还受得了那个潮湿阴冷啊?多亏老家人祁洪,他无意中得到消息,冒险偷偷把我救了出来。天百呀,我养了你四十多年,自问从没亏待过你,没想到你却如此对我……”说到伤心处,不禁老泪纵横。

众人摇头叹息,议论纷纷。扭头看着祁天百的,眼中也都充满了鄙视。

祁少城高声问道:“爹,你说这是不是真的?”

祁天百面无表情,麻木地站了一会儿,身体开始摇晃,忽然眼前一黑倒了下去。

大厅里顿时安静下来。祁少城大惊,呼叫了一声:“爹!”祁翁也急得站了起来。邵青堂蹲下去察看了一下,抬头说道:“老哥哥,你不要太难过。天百他已经知错了。等他一会儿醒过来,我让他给你赔不是。”祁翁和祁少城知道祁天百没事,又都在气头上,便没过来细看。

“他知错了,不知道邵老爷你知错了没有?”说话的是小灵子。她和吴秋遇、乡野三奇、铁秋声正好走了进来。邵青堂站起来,见吴秋遇和铁秋声都跟在小灵子身后,没敢说什么。

小灵子走到祁翁面前,转身对众人说道:“这里还有一个人也受过老爷子的大恩惠。”众人交头接耳,纷纷猜测:“是谁呀?不会是姓邵的吧?”小灵子说:“正是这位威震三关的邵门主。”坐在旁边的邵九佳站出来,怒道:“臭丫头,你胡说什么!”小灵子没理她,继续说道:“邵老爷年轻的时候穷困潦倒,饭都吃不上。幸亏有祁翁热心接济,他才能活下来,后来便认了这位老哥哥。如今他发迹了,号称‘威震三关’,再也用不上这位老哥哥了,便不顾辈分,开始结交祁天百,又认他作了兄弟。邵老爷,现在当着祁翁的面,你觉得我有没有胡说?”

邵青堂看着小灵子,气哼哼出了一口气,便不再作声。崔柏看了看小灵子,又瞅了瞅邵青堂,已经目瞪口呆。邵九佳想上前制止小灵子。吴秋遇上前一步,紧紧盯住她。邵九佳身子一缩,赶紧退了回去。

祁少城看了一眼邵青堂父女,扶着祁翁重新落座。

小灵子继续说道:“我和秋遇哥哥受祁翁所托,去邵家门送信。邵老爷先是躲着不见，后来又百般殷勤，想问出祁翁的藏身之处。大家不要误会，他可不是想去接回祁翁好好报答，而是要带人前去加害。幸亏我和秋遇哥哥发现得早，才没有上他的当。”

邵青堂怒吼道：“你不要血口喷人！我什么时候害过老爷子？老哥哥，你最公道！你来说说，我加害过你么？”祁翁刚要说话，小灵子抢先说道：“你是没抓到亲自下手的机会。我来问你，柳树沟的杀手是怎么回事？是谁告诉他们祁翁住在那里的？”邵青堂一时语塞。

祁翁愣愣地看着邵青堂，想不到这事竟然跟他有关。

邵青堂稍稍镇定了一下，狡辩道：“什么杀手？我不知道。”他毕竟心虚，说话没有多少底气。小灵子说：“你以为杀手都死了，都逃了，没有活口了是不是？要不要叫来跟你对质？还是等他醒了跟你对质？”小灵子指了指祁天百。邵青堂顿时没话了，低着头不知如何是好。

邵九佳多少了解一些内情，知道小灵子说的是真的，如今爹爹的丑行被揭露出来，她也觉得无地自容。崔柏闭上眼睛，深深吸了一口气，又慢慢呼了出来，然后不住地摇头。

丘錾上前说道：“邵青堂只打听到祁翁在柳树沟，却不知有我们乡野三奇在左右保护。杀手来了，被我们打散。怕走漏消息再生事端，我们便护着祁翁移居他处。昨日我和三弟来到山庄，本想劝祁天百认个错，把祁翁接回来一家人团聚。不成想，却被这厮引入陷阱，并下药谋害。幸亏祁公子心地善良，救了我们，得知实情，把祁翁接了回来。”

曾婉儿暗自庆幸：“幸亏有乡野三奇在场，祁翁安然无恙。要不然，傻小子非得恨我一辈子。解救乡野三奇，我也有份，将来多少是个说辞。”刚刚宽心了一点，马上又想到小灵子：“那个丫头到底是什么来头呢？看样子他们很熟。有那么一个精明的丫头在他身边，我还能有机会吗？”想到这，她不禁多看了小灵子几眼。偏巧小灵子的目光刚好也扫到她，曾婉儿急忙转过脸去，倒叫小灵子有点摸不着头脑。

祁翁叹了一口气，说：“算了，都是几十年前的旧事了。我也不指望谁来报答，大家各自过各自的日子就好。你走吧，以后也不要再来了。”邵青堂早羞得无地自容，跪下默默给祁翁磕了三个头，站起身，拱着手，弯着腰慢慢往后退去。邵九佳红着脸，低着头，跟在他身边往外走。

“等一下！”小灵子忽然叫了一声。邵青堂停下脚步，愣愣地望着她。邵九佳气哼哼说道：“你还想怎么样？”小灵子一伸手：“把解药拿来！”邵青堂一时没反应过来：“什么解药？”小灵子指了指丘錾和陈康。丘錾和陈康只顾看热闹，几乎忘了自己中毒的事，难得小灵子还记得帮他们要解药，心里更加佩服她。

邵青堂急忙掏出解药，塞到小灵子手里。小灵子说："你们走吧。邵小姐，好好照顾你爹。至少他对你会是真心的。"邵九佳愣了一下，扶着邵青堂出了大厅，连马也顾不得去牵，直接下山去了。崔柏却依然坐在原处，摇头叹息。旁边的人见了，虽然觉得奇怪，也懒得去理睬。

小灵子将解药送到丘壑和陈康面前。陈康竖起大拇指，说："还是你这丫头细心！"小灵子笑嘻嘻地说："你赶紧吃吧！再磨蹭，成了废人可怪不着别人啊。"陈康把解药与丘壑分着吃了。小灵子又回到吴秋遇身边。吴秋遇也说："你真细心。我都没想到这个事。"小灵子得意地说："那是！有我照顾你，够美了吧？"吴秋遇咧嘴傻笑。曾婉儿在一旁看了，心里更加不爽。

丘壑吃了解药，转身对祁翁说："祁公子宅心仁厚，一表人才。祁翁有孙如此，还是有福的。"祁翁开心地看着身边的祁少城，点头道："是啊，我这个孙儿跟我最亲。看到他，我就什么烦恼都没有了。"祁少城转到前面，恭恭敬敬地跪下，说："孙儿不孝，让祖父受委屈了。还望祖父饶过我爹这回。相信他已经知道错了，必会像以前一样孝敬您老人家。"祁翁叹了一口气，说："再怎么说，他也是我的儿子，你的爹爹。咱们还是一家人。你快起来。"祁少城见祖父不再追究，高高兴兴地站起来，回到祖父身边。

无涯大师起身合十道："阿弥陀佛。善哉善哉。老施主真是菩萨的心肠，弥勒的度量。老衲甚是佩服。"其他客人也都站起来，或是致敬，或是道贺。本是应邀参加正名大会来的，不想竟闹出这么一堆事来，众人自觉再待下去也没什么乐趣，于是纷纷告辞。

崔柏出神地望着小灵子，忽然被身旁经过的人撞了一下，便也夹杂在人群中，跟着去了。

曾可以有意结交吴秋遇和乡野三奇、铁秋声等人，想暂时留下来。只是蒙昆、柯老三等人与那些人都结了仇，实在待不下去，便怂恿聂是非劝公子赶紧离去。正好曾婉儿看不得吴秋遇和小灵子亲近，心烦意乱，也想赶紧离开。曾可以只得带人告辞。

祁翁知道吴秋遇和胡大夫能治病，便求他们救醒祁天百。胡大夫说："无涯大师功力深厚，可请大师出手相助。"无涯大师也不推辞，上前把祁天百扶坐起来，开始前后推拿。

吴秋遇走到一行和尚身边，凑在他耳边低声说道："一行师兄，你出来一下。"一行和尚还在发愣，就被吴秋遇拉着手臂，出了大厅。小灵子和乡野三奇已经知道是怎么回事，只是微笑。祁翁和祁少城看见吴秋遇拉着小和尚出去，感觉很奇怪。

到了外面，吴秋遇松开手。一行和尚疑惑地问道："施主，你叫小僧出来，有什么事吗？"吴秋遇往周围看了看，确定无人，才说道："一行师兄，我是一心哪！""一心？"时隔多年，一行竟一时想不起来。吴秋遇见他认不出自己，又提醒道："咱们小时候一起上山砍柴，一起在厨房帮忙。几年以前，我在后山被人拐走了。你再仔细看看，能认出我吗？"

一行终于想起来了，仔细打量，越看越像，一下子兴奋起来："一心，你还活着！太好了！没想到还能再见到你！"吴秋遇赶紧示意他小声点，然后说道："我也没想到能在这里遇见你。"一行问："你变化太大了，而且武功变得那么厉害。怎么样，这次跟我们一起回去吗？"吴秋遇说："我已经不是和尚了，不回去了，今天就想跟你说说话。你不要告诉方丈大师。"一行点头说："好。能再见到你，我已经很开心了。"

祁天百渐渐醒了过来，睁开眼缓了缓，看到祁翁，马上跪着爬过去，泪流满面地说道："爹！我对不起你！我鬼迷心窍！我黑了心肝！我……"说着便把头往地上磕撞，直冒出血来。祁翁赶紧让祁少城把他扶起来，流着泪说道："天百呀，都过去了。以后咱们一家人好好过日子。"祁天百摇了摇头，往后退了几步，说了一句："孩儿不孝，对不起您老人家。"便一头朝柱子上撞去。祁少城惊呼一声："爹！"

这一下事发突然，铁秋声等人都没有想到，他身法再快也来不及了。眼看祁天百的头离柱子只有半寸，却停在了那里。是无涯大师及时将他揽住。乡野三奇、铁秋声、小灵子都暗自赞叹，这老和尚武功高深，见识也多，要不是他提前防着，恐怕祁天百脑袋早就撞破了。

无涯大师揽着祁天百远离了柱子，口中念道："苦海无涯，回头是岸。施主不必太过执迷。"祁翁离座，让祁少城搀着，快步走了过来。看到祁天百只有脑门上磕出的血，头顶没事，这才稍稍放心，对无涯大师说道："多谢大师相救。""施主不必客气。"无涯大师放开手，退到一旁。祁天百一言不发，只闭着眼睛不停流泪。祁翁说："天百，你怎么这么想不开呀？爹刚才已经说了，爹不怪你。以后咱们一家人好好过日子。"

祁天百睁开眼，瞅了瞅儿子少城，又看了看年迈的祁翁，"扑通"一声跪在地上："孩儿不孝，不能在身前伺候您老人家了。我要出家，用尽余生为您祈福延寿。"此言一出，众人都是一愣。祁翁和少城急忙苦劝。祁天百坚定地说道："父亲，少城，你们不用再劝了。我若不能出家，情愿一死了之。"祁翁和少城一时不知如何是好。

祁天百转到无涯大师面前，恳求道："大师慈悲。我愿跟随大师出家，望大师成全。”无涯大师道:“阿弥陀佛。施主还需三思而行,切不可一时冲动。”祁天百说:“大师。弟子决心已定,恳请大师成全。”

祁翁伤心过度,几乎支撑不住。祁少城赶紧扶着他,缓缓朝椅子走去,并关切地问道:“您没事吧?要不要先回房歇着?”祁翁慢慢坐下,无力地摆了摆手,声音嘶哑地说道:“拜托大师好好照顾你爹。咱们每年多进些香火。”

祁少城转身扶祁天百起来,然后跪在地上磕了个头,起身说道:“爹,您安心随大师去,祖父堂前,孩儿定会好生尽孝。大师,您就成全我爹吧。”无涯大师轻轻叹了一口气,对祁天百说道:“既然如此,老衲便收了施主,今后你便是我佛门中人。”“多谢大师。”祁天百还要下跪,却被无涯大师一把扶住。

祁天百跟随无涯大师出家,这也算是一个不错的结局。祁少城回到祖父身旁伺候着。爷孙二人想通了,也就不再难过。乡野三奇、铁秋声、小灵子也为他们高兴。

这时,吴秋遇和一行有说有笑地从外面走了进来。无涯大师开口问道:“一行,什么事这么开心?”一行说:“刚才跟吴施主说了会话,彼此甚是投缘。”吴秋遇上前施礼道:“大师好。”无涯大师还礼赞道:“小施主少年英雄,为救朋友不惜自残贵体,颇有佛家的慈悲心肠。老衲真心佩服。”

小灵子笑着上前说道:“秋遇哥哥,你还是离大师远点吧。刚才大师已经收了一个徒弟,别再让他看上你,也带回山去当和尚。”无涯大师笑道:“阿弥陀佛。小施主说笑了。老衲岂敢夺人所爱?”小灵子愣了一下,含羞笑着不再言语。吴秋遇知道小灵子的心思,是怕他在无涯大师面前暴露身份,便笑了一下,跟着小灵子走到一边。

一行好奇地问道:“方丈祖师,刚才那位女施主说,您又新收了一个徒弟,是谁呀?”无涯大师介绍道:“这位祁施主愿皈依我佛,此后便是咱们佛门弟子了。”一行看了一眼祁天百,急忙合十行礼:“恭喜施主,师叔……”他一时不知该如何称呼。

祁天百还了礼,对无涯大师说道:“大师,弟子还有一事相求。”无涯大师说:“你尚未受戒,家中之事仍可自行处理,不必问老衲。”祁天百说:“当年我被遗弃,幸得父亲大人收养呵护。我的一切都是父亲大人给的。如今出家,我想把身上的一切全都留下,此后便可专心礼佛,为父祈福。恳请大师今日便为弟子剃度,并赐僧衣。”“天百……”祁翁抬起手臂,却又说不下去,只有低头叹气。

无涯大师说:“你有如此想法也是难得。不过老衲并未随身携带器具,只怕今日不便剃度。”祁天百说:“刀具倒是有,只是俗家之物,不知剃度是否能用?”无涯大师说:“剃度虽然庄严,毕竟只是仪式,老衲向来不在此处执着。只是寻常刀具不够锋利，剃发多有不便，用力不准又会伤了皮肉，使不得。”陈康说：“二哥，你的手术刀够锋利呀，拿出来给大师用一下。”胡大夫看了他一眼：“那是专门切割皮肉用的，你觉得大师能用吗？”陈康尴尬地笑了笑，不再言语。

小灵子忽然问道：“大师，那短剑行吗？如果够锋利的话。”陈康眼前一亮，失口叫道：“对呀！秋遇兄弟有一把短剑，可以说是吹毛断发、削铁如泥！秋遇兄弟，快拿出来给大师看看！那个肯定能用！”丘壑和祁少城也同时想到了这个，一起看着吴秋遇。无涯大师没说什么，只静静地看着。

吴秋遇取出短剑，双手捧到无涯大师面前。无涯大师拿起短剑，只看了一眼便惊讶道：“定心剑！”“这真的是定心剑么？”丘壑和陈康忍不住上前围观。无涯大师点头说道：“嗯。老衲当年和翁求和施主有过几面之缘，曾亲眼见过。这确是定心剑无疑。”乡野三奇纷纷向吴秋遇道贺，流露出羡慕之情。小灵子更是替吴秋遇高兴。吴秋遇跟着笑了笑，却并不怎么兴奋。

众人在惊奇之余，谁都没有注意到，铁秋声此刻闭目站立，牙关紧咬，两手直攥出骨头响来。他忽然上前，一把抓住吴秋遇的衣襟，低声喝问道：“你这短剑是从哪里得来的？”旁边的小灵子吓了一跳。乡野三奇全都愣住。无涯大师也惊讶地看着铁秋声。吴秋遇愣愣地看着铁秋声：“师叔，我……”丘壑醒过神来，开口问道：“秋声兄弟，你怎么了？”

铁秋声顾不得回答，揪着吴秋遇又问了一遍：“快说！你这短剑是从哪里得来的？”吴秋遇愣愣地说道：“当年我滚下山崖，是柳大叔从山上捡回来，留给我和香儿妹妹防身的。后来落到铁拳门手里，小灵子又帮我偷了出来。”他不会说谎，又怕牵连到丁不二给他惹祸，便只说了后面一半，倒句句都是实情。

铁秋声盯着吴秋遇看了半晌，看他不像在说谎，便慢慢松了手，黯然往旁边走了两步，摇头叹息。胡大夫过去安慰。小灵子关切地问道：“秋遇哥哥，你没事吧？”吴秋遇摇了摇头，扭头望着铁秋声，仍然不明白发生了什么事。

丘壑疑惑地问道：“大师，定心剑向来是武林至尊的传承信物，应该在翁求和老前辈的手上，怎么会流落到外边呢？”

无涯大师说：“翁求和施主善于钻研，对中原各派武功都有所了解，当上武林至尊之后，便想着创立一套集各家之长的武功造福武林。他呕心沥血，全情投入，眼看大功告成了，北冥教的教主司马相忽然上门挑战，之后翁施主便不知去向。这几年江湖上一直没有他的消息。这把定心剑确实曾在翁施主手中，至于如何流传出来，老衲一时也想不出来。”

铁秋声情绪稍稍平复了一些，在一旁开口说道：“我师父说，定心剑并非像江湖上传说的那样——是武林至尊的传承信物，只不过是前人留下的一个念想，几任武林至尊都保管过而已。当时他刚刚连任，更没有传承的必要，因此也没有看得很重。”

乡野三奇面面相觑，无不吃惊。陈康更是惊呼道：“秋声兄弟，武林至尊翁求和，是……是你的师父？”他们简直不敢相信，自己相识多年的好兄弟竟然是武林至尊的徒弟。

只有吴秋遇心里明白，因为当年北冥教的秦长老带人来找师父索要秘籍的时候，也曾说过师父背叛师门、翁求和失踪什么的。看来师父济苍生和铁秋声都是翁求和的徒弟。至于“武林至尊”是什么，他还不太明白。

铁秋声继续说道：“我师兄济苍生痴迷于医道，师父说我资质好，便把希望寄托在我的身上，将新创的‘拂云三十六式’传给我，还把定心剑也给了我。”无涯大师点了点头：“施主的修为和武功都属上乘，翁施主没有看错人。”铁秋声说：“晚辈惭愧。先前跟大师动手实在是迫于无奈，急着要救出两位哥哥。现在想想，实在是不自量力。大师是跟家师齐名的前辈高人，法相无形神功逢快则快，遇强则强，果然名不虚传。刚才大师处处相让，手下留情，晚辈又岂能不知？”无涯大师忙说：“施主言重了。老衲的法相无形不过是出家人的茶余修炼，怎可与尊师相提并论？方才是老衲冒失了，没有问清状况，险些误了大事。罪过罪过。”

丘壑喃喃念道：“武林巅峰，散花仙翁，雌雄双煞，了无神僧。”念到这里，他抬头看着无涯大师，惊呼道：“原来大师就是歌诀中的无字辈高僧！”无涯大师微笑着摆了摆手：“那不过是一首歌谣罢了，大家不必当真。”他这么说就相当于是默认了。乡野三奇马上肃然起敬。

祁少城听得热血沸腾，没想到家里居然来了这么多高人，除了武林至尊的高徒，还有武林巅峰级的神僧。但见祁翁身体虚弱，他也只能在祖父身边陪着，不好上前亲近。

陈康不解地问道：“秋声兄弟，武林至尊翁老前辈把定心剑交给你当然是最好不过了。怎么会无故流传出去？难道是被人偷了？”吴秋遇马上想到了丁不二，心中开始惴惴不安，只怕这短剑真是丁大哥从铁师叔家里偷的。小灵子注意到吴秋遇神情的变化，猜到他在想什么，小声说道：“你不要胡思乱想，先听铁师叔说。”

铁秋声痛苦地摇了摇头，又叹了一口气，才继续说道：“后来我遇到了纪姑娘。我们情投意合，又都是蒙难的开国功臣之后，便结为知己。明月说，她要去五台县回乡祭祖，偏巧我那时染了病不能同行，便把定心剑送给她防身。不想……”说到这里，他不免伤心起来。

小灵子忽然想起，那晚自己被邵青堂截住，幸好时秋风及时出现把她救了。

时秋风当时曾经质问邵青堂，是否在五台县害过一个姑娘。难道那个姑娘就是铁秋声的红颜知己纪明月？于是，小灵子试探着问道："好像使弯刀的那位时姐姐正在追查凶手，要找出谁在五台县杀害了一位姑娘。难道纪姑娘她……"铁秋声痛苦地点了点头。无涯大师合十念道："阿弥陀佛。罪过罪过。"

吴秋遇说："原来短剑是师叔送给纪姑姑的，一会儿大师用完了，正好物归原主。"铁秋声摆手道："不用了。既然机缘巧合到了你手里，你就拿着吧。睹物思人，我怕难以承受。"

丘壑安慰道："秋声兄弟，你放心！咱们兄弟行走江湖，今后只为这一件事，早晚把凶手找出来！"其他人也上前安慰。铁秋声忙说："多谢兄长，多谢各位。这个事先不提了。请大师给他剃度吧。"

无涯大师用定心剑给祁天百剃度并赐名"一去"，让家丁把另外两个小和尚也找来，找出自己换洗的僧衣给祁天百换上。祁天百合十谢过。他也曾痴迷武功，今日有幸用武林至尊的定心剑剃度，也算是了却了他俗世的一桩心愿。

祁天百嘱咐了儿子几句，拜别祁翁，跟随无涯大师下山去了。此后，便是佛光寺的僧人一去。

祁少城一直把父亲送到门口，望着他们走远了，才转身回来。

祁翁擦掉眼泪，对丘壑等人说道："多亏几位大侠仗义相助。如今我儿天百跟随高僧去了，也算是个圆满。待会少城回来，我便把家业传他，还得请几位做个见证。"丘壑说："祁翁不必客气。少城这孩子善良仁厚，有德有行，必能继承家业。老人家今后可以安心享福了。"

祁少城回到大厅。祁翁便把传递家业的事说了，祁少城坚持不受。经过小灵子和丘壑等人帮忙说合，祁少城才勉强应了，跪在地上给祖父磕头。祁翁很开心，其他人也跟着高兴。

祁少城站起身，对丘壑说道："丘大侠，两位大侠，这次多亏你们仗义相助，才保我祖父周全。晚辈仰慕乡野三奇的高义，今日冒昧高攀，想拜三位为师。不知三位大侠能否收留？"祁翁听了，也站起身来，上前说道："好，好！少城，你这个想法好啊！三位大侠可是难得的好人！丘大侠，少城是个好孩子。老朽求求你们了，你们就勉为其难，教教他吧。"

丘壑和胡大夫、陈康简单商量了一下，对祁翁说道："少城的资质和人品，我兄弟三人都很喜欢，按说收他为徒本是好事。只不过，我们兄弟闲散惯了，未必能居留太久，况且我们还要帮着秋声兄弟去寻找仇人。"铁秋声听了，忙说道："三位兄长，不必为我的事操心。我看祁公子是个可塑之才，你们安心在此教他。你我兄弟日后自有再会之时。"

丘壑问:“秋声兄弟，那你……”铁秋声说:“我去找时姑娘，劝她别再为我的事奔波了。这么多年，她……唉，小弟实在欠她太多了。”丘壑点了点头:“原来如此。那你一路小心。等少城小有所成，我们便来寻你。”铁秋声说:“那兄弟就此拜别。祁翁，祁公子，你们也多保重。我告辞了。”

小灵子看了一眼吴秋遇。吴秋遇点了点头。小灵子对铁秋声说:“铁师叔，我们也要下山。咱们一道走。”铁秋声轻轻点头。吴秋遇对祁翁和祁少城说道:“祁公子，恭喜你拜了三位好师父。我们在这住了好几天，多蒙你热心照顾。我们也要走了。祁翁，您多保重。”

祁翁和祁少城挽留不住，就偷偷命人取来几百两银子，分给他们作盘缠。铁秋声坚持不要。吴秋遇几番推辞不过，小灵子随便拿了两锭。三个人告辞离去。

祁少城和乡野三奇一直把三人送出山庄大门。已有家丁把吴秋遇的白马牵来，还另带了一匹马给铁秋声做脚力。三个人分乘两匹马，辞别众人。祁少城和乡野三奇目送着他们远去。

在山下岔路，铁秋声要向北往五台县方向去追时秋风，吴秋遇和小灵子要南下寻找香儿和柳大叔，三个人分作两伙，就地告别。

吴秋遇和小灵子骑在马上，正好欣赏沿途的风景。

忽见前面站着一个人，看背影像是崔柏。吴秋遇大声喊道:“崔大哥，你怎么在这？”崔柏转过身，迎上来说道:“我在这等你们。我知道你们未必会来，原想等两天就走，没想到你们真的从这里经过。”吴秋遇从马上跳下来，又接小灵子下了马。小灵子问:“崔大哥，有什么事吗？”崔柏说:“也没什么事，就想跟你们道个别。”

吴秋遇和小灵子也很高兴，三个人便一起往前走。一路上，吴秋遇的话不多，只牵着马走在后面。多半时间是小灵子在和崔柏聊天。

小灵子问:“崔大哥，你要去哪里？”崔柏说:“还没想好，不过我是不会再回邵家庄了。我师父他行事太……唉，不说了。”他摇了摇头，抬头望着天空。吴秋遇说:“既然这样，不如跟我们一起走。大家正好有伴。”小灵子也说:“是啊。”崔柏看了看他们，微微一笑，摇头说道:“不了，我就不打扰你们了。你们两个……很好。我会祝福你们的。再见了，秋遇兄弟。再见了，小灵子。”说完他一转身，头也不回地走了。

吴秋遇和小灵子目送着崔柏渐渐远去。小灵子感慨道:“崔大哥是个好人，可惜他投错了师父。但愿他以后过得好，我们祝福他吧。”吴秋遇用力点头。

其实吴秋遇和小灵子心中还有很多疑问，比如，那个时秋风是怎么回事？铁秋声为何与乡野三奇称兄道弟？这些都只能留待日后再慢慢了解了。

天百山庄之事，暴露出祁天百、邵青堂之流的丑恶嘴脸，那二人也得到应有的报应。此一番情节，有诗曰《观报应》：

扶危济困真侠士，
负义忘恩是小人。
莫道私心无公议，
终归后果有前因。

楼烦救女

连番救下美人归，
哪知无防醋意飞。
仗义施为由心善，
不关富贵与卑微。

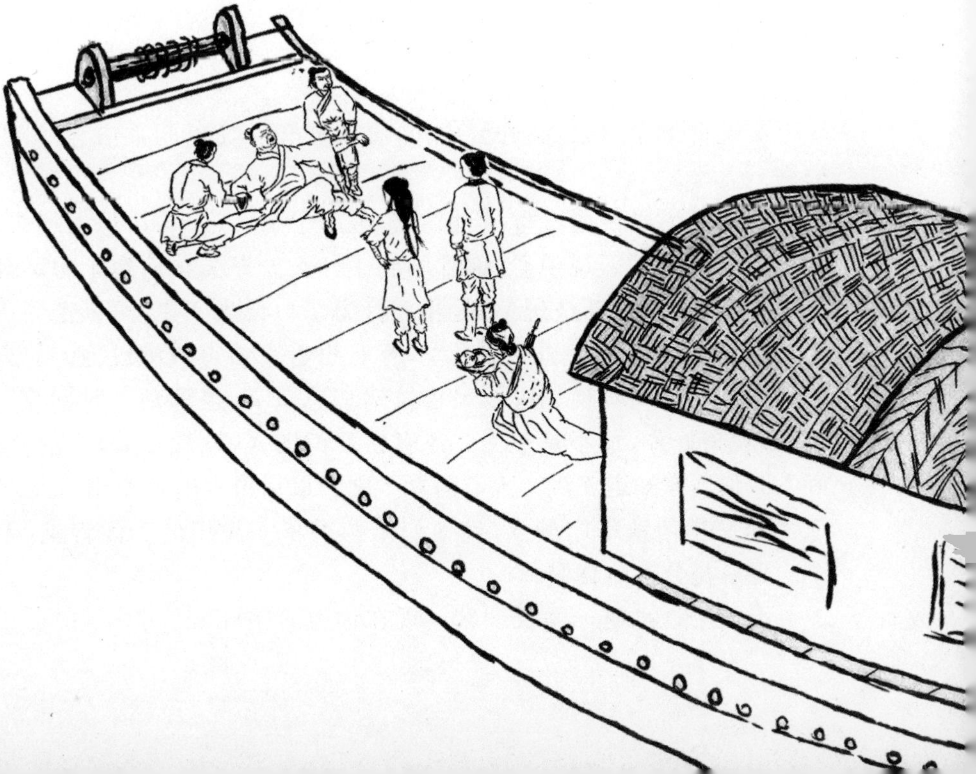

绘图：丁平

第三十一章
汾河渡口

从天百山庄出来，离开云中山，吴秋遇和小灵子同乘白马，沿汾河东岸继续向南。

小灵子说："秋遇哥哥，咱们一起经历了那么多事，认识了那么多人，也算是行走江湖的人了。说说看，你都学到了什么？"吴秋遇想了想，一时也说不清，只轻声叹道："唉，真是想不到，祁天百为了自己当庄主，可以把养了他几十年的老父亲关起来。还有那个邵青堂，竟然想着去杀害救济过他的恩人。他们……真是的！"小灵子说道："祁天百虽然忘恩负义，也算是一时糊涂。倒是那个邵老头，狡猾奸诈，最不是东西。还有铁拳门的人，欺软怕硬，心肠恶毒，没有一个好人。你现在知道江湖上人心险恶了吧？以后可不能随便相信人。"吴秋遇沉声道："师父相信铁拳门的人，被他们下药害了。我相信了邵青堂，差点把祁翁害了。我总是分不清真假。"

小灵子说："吃一堑长一智。现在你也有些江湖经验了，以后小心一些就行了。”吴秋遇说:“我不行的。原来跟师父在一起,我都听师父的。现在跟你在一起,我听你的不就行了?”小灵子笑道:“哈哈,你知道听我的,你还算是够聪明。可是,我不在你身边的时候,你怎么办?”吴秋遇一愣:“那我们一直在一起不就行了?”小灵子回过头看了他一眼。吴秋遇补充道:“有你拿主意,我就不用想了。”小灵子说:“你倒想得开。我还不愿意呢。什么事都让我拿主意,那我多累呀。”吴秋遇轻轻搂着小灵子:“你那么聪明,主意又多。我这么笨,当然得听你的。”

小灵子说:“秋遇哥哥,其实你一点都不笨。你武功那么好,怎么会笨呢?只是你心性善良,又一直在山里长大,经验不够罢了。如今咱们一起经历了这么多事,我可以慢慢分析给你听。我原来见识过的事情,也可以说给你听。你只要想通了,记住了,以后就不会吃亏了。”吴秋遇点头道:“嗯,有你教我就太好了。”

小灵子回头望着吴秋遇说:“就说山庄这回吧。我被邵九佳抓到,他们逼着你砍掉手臂,你怎么那么傻,真的要去砍?”吴秋遇说:“我不想他们伤害你。”小灵子把头倚在吴秋遇胸前,轻声说道:“我知道你是想救我。你对我好,我都明白。可是你想过没有,你武功那么厉害,他们怕你,不敢真的伤我。你一旦把手臂砍了,他们不再怕你,咱们俩还能活吗?”吴秋遇说:“我就怕他们伤到你,当时没想那么多。”小灵子嘱咐道:“以后再遇到这种情况,我不许你为了救我再想着自残身体或者自废武功。你好好的,他们心存顾忌,未必就真敢动我。你要是先伤了,那咱们俩可就都完了。你不但救不了我,还害了你自己。就算他们真的杀我,我也不许你这么做。我要你好好活着,找机会给我报仇,总好过咱们俩都白白死了。”吴秋遇点头记下。

前面风景优美,二人下马休息。小灵子靠在吴秋遇怀里说:“秋遇哥哥,以后你就叫我灵儿吧。”吴秋遇轻轻搂着她,忽然说道:“灵儿,我教你学武功吧。你那么聪明,一定学得会!”小灵子说:“我可不想费那个劲!有你在身边保护我不就行了?”

吴秋遇说:“万一我被别人缠住,不能及时护着你呢。”小灵子说:“那你就教我一点逃跑的本事,让我不被他们抓住就行了。”吴秋遇说:“那我就先教你‘小腾挪’身法,练熟了,没人能抓得住你。然后再教你丁大哥独创的‘追风架子’,学了这个,跑起来又快又省劲,一般人追不上你。这样就不用怕那些坏人了。”

武林至尊翁求和精心研究几十年,创出绝世武功“随心所欲手”,吴秋遇所练的“小腾挪”身法便是其中的灵妙身法。“追风架子”是神偷丁不二在多年的实践中总结出来的,助他逃过了无数次的追杀。小灵子见过吴秋遇施展“小腾挪”身法与蒙昆等人周旋,也看过吴秋遇靠“追风架子”赶追白马,知道那都是再好不过的逃生保命之法,当即兴奋地说道:“好,我就学这个!”

此后的日子，小灵子便悉心给吴秋遇解说江湖上的事，吴秋遇也耐心教给小灵子“追风架子”和“小腾挪身”法中最简单实用的几个招式。两个人都很聪明，各自进步都很快。吴秋遇不再木讷，小灵子也有了些灵巧闪避的功夫。

两个人走走停停，不觉来到太原府静乐县境内。过了县城再走几十里，汾河便开始折向东南方向，听说河对面便是楼烦故地，小灵子想要渡河去楼烦镇走走，两个人便牵着马去找寻渡口。

河岸地势开阔，河面的渡船、岸边的人群，老远就能看见。吴秋遇和小灵子牵着白马，加快脚步朝那里走去。

刚好渡船靠了岸。这渡船三丈来长、一丈来宽，上面站了三四十人。待船家把船停稳，把缆绳拴了，船上的人便踩着用木板搭好的架子纷纷下来，看见吴秋遇牵着一匹白马往渡口走，有的不禁回头多看几眼。

等在岸边的众人开始登船。一个十三四岁的孩子端着笸箩收钱。两个仆人扶着一个身材矮胖的少爷往船上走，压得木板架子颤颤巍巍的。胖少爷走上船头，停下来喘气。两个仆人殷勤地给他揉背。收钱的孩子见胖少爷堵在船头，上前说道：“大爷，您多走一步。后面的人上不来了。”

胖少爷瞪了他一眼，回头看到身后上来的是个乞丐，开口骂道：“臭要饭的，你也配坐船？滚下去！”乞丐不想惹麻烦，转身往回走。后面的人继续登船，一个个小心翼翼地从胖少爷身边绕过去，生怕碍到他们，惹出祸来。

收钱的孩子看到吴秋遇牵着白马过来，提醒道：“公子，马是要另外收钱的。”小灵子先上了船，对那孩子说：“多给你十五文，一匹马相当于三个人的船钱，够了吧？”那孩子收了钱很高兴：“够了够了。多谢姐姐。”

吴秋遇牵着白马刚要登船。胖少爷瞪着眼睛说道：“本少爷见不得四条腿的畜生，船上没它的地方！”小灵子上前说道：“我们付钱坐船，碍着你什么事？”吴秋遇望着收钱的孩子。那孩子也没主意，回头喊他爹。

船家过来劝道：“这位少爷，您看，咱们船上还有地方，叫他们把马牵好了，离你远一点，应该不碍事。”胖少爷瞪了他一眼：“你耳朵白长了，本少爷的话你没听见？我说船上没它的地方就没它的地方！侯三儿，拿银子。”

侯三掏出一锭银子丢在船板上：“一百匹马也给不了你这么多银子。把那几个子儿还给他，叫他们滚蛋！”吴秋遇嘀咕道：“有银子就可以不讲理么？”侯三叫道：“哟，小子，你还不知道我们少爷是谁吧？告诉你记好了……”

小灵子说：“你们是谁我们没兴趣。大家乘船只为过河，何必闹事呢？我们把马看紧了，不碍着你们就是了。”侯三扭头看着她：“哎哟，小丫头，成心找不痛快是不是？少爷，要不要我和老六教训教训他们？”小灵子笑道：“秋遇哥哥，看来今天你得打一架了。”吴秋遇点了点头。

却见胖少爷正在往岸上张望，两眼放光地站了一会儿，忽然从吴秋遇身边挤过去，快步往岸边走去。吴秋遇回头看去，众人也都好奇地跟着张望。

岸上来了两个人，一个老汉，一个二十岁上下的年轻女子。那姑娘长得倒也端正。胖少爷快步迎了上去，殷勤地对姑娘说了几句什么。那姑娘羞涩地低下头。旁边的汉子出面把话头接了。三个人一起往这边走来。

小灵子不屑地笑了一下，对吴秋遇说道：“秋遇哥哥，上来吧。”

看到少爷在和美女搭讪，侯三和老六不敢再闹事，放吴秋遇牵马上了船。

一个人两手举着麻袋片蒙在头上，弯腰贴在白马的另一侧跟着混上船。收钱的孩子正在往岸边看，没有看到。小灵子注意到那个人，好像想起了什么，见船家没发觉，也就没说什么。

刚才被胖少爷赶下船的乞丐一直没走远，见胖少爷只顾跟美女献殷勤，也偷偷跑过来上了船，交了钱，躲到众人遮挡的角落去了，正好和蒙着麻袋片混上船的人凑到一起。

胖少爷陪着姑娘和老汉上了船。侯三和老六背对着他们，把众人隔开。

船家解开缆绳，将长竿一撑。那船便离了岸，向河心驶去。

胖少爷嬉皮笑脸地问道：“小娘子，你叫什么名字？”姑娘知道他不怀好意，没吭声，只顾往旁边躲。老汉上前说道：“小老儿孟五斤。这是我侄女兰英。刚才多谢少爷的关照。我们就不打扰您欣赏风景了，我们到那边去。”胖少爷瞟了他一眼：“你走你的，又没人拦着你。”

“多谢少爷。”孟五斤就要带着孟兰英走开。胖少爷一把抓住孟兰英的胳膊：“他可以走，你可不能走啊，小娘子。”孟兰英想要挣脱，却挣不开，急得直叫“二叔”。孟五斤想要上前，却被侯三拦住，只得作揖央求：“少爷，您高抬贵手，放过我们吧。”船上众人看不过眼，小声议论起来。

胖少爷扫了众人一眼，看着孟兰英说：“小娘子，你知道我是谁么？”孟兰英怯怯地摇头。胖少爷故意高声说道：“本少爷我叫侯财旺，侯家庄的少庄主。飞叉门二当家的是我姐夫，不知道的可以去打听打听。”这分明是说给旁边众人听的。大家一听他跟飞叉门有关系，都安静下来。孟五斤更不知如何是好。

侯财旺得意地看了看众人，对孟兰英说：“你只要跟了我，做个十三房少奶奶，保你享不尽的荣华富贵。怎么样啊，小娘子？”说着话，伸手向孟兰英脸上摸过去。孟兰英缩着身子哀求道：“侯少爷，您放过我吧。我求求你了。”

吴秋遇忍不住要上前制止。小灵子拉住他，低声说道：“别着急，先看看再说。”

忽然人群中传出婴儿的哭声。侯财旺扭头骂道："这是谁家的小崽子？敢打扰本少爷的心情。赶紧给我住口！再哭一声，给你扔河里去！"众人循声看去，只见一个裹着头巾的少妇怀里抱着婴儿正在哄。那婴儿只有几个月大，哪里听得懂大人的言语，仍是哭个不停。少妇一边哄孩子，一边紧张地看着侯财旺，生怕他真的过来对孩子不利。

侯财旺暂时撇下孟兰英，迈步直向抱着婴儿的少妇走来。侯三和老六紧紧跟在他身后。孟五斤还在发呆，被旁边的人提醒了一下，才赶紧拉着孟兰英躲到角落去了。

少妇见侯财旺带人过来，忙抱着孩子跪地央求："大爷，你饶了孩子吧。他还小，我好好哄他，让他不哭。"侯财旺哼了一声："现在不哭也晚了。我说要把他扔河里，你当是说着玩的吗？侯三，还不动手！"侯三愣了一下，伸手过去抢夺婴儿。少妇紧紧抱着婴儿哭叫道："大爷，你饶了他吧！"

刚才见侯财旺调戏孟兰英，吴秋遇就已经憋了火，现在见他又要祸害孩子，再不能袖手旁观，快步抢了上来。小灵子也跟了过来。

侯三的手刚碰到婴儿的襁褓，就被一只有力的手牢牢抓住。他愣愣地望着吴秋遇，喝问道："小子，你要干什么？"吴秋遇说："你们放过这孩子！"侯财旺打量了一下吴秋遇，阴声怪气地说道："臭小子，你混上船也就算了，还敢管本少爷的闲事，活得不耐烦了？"侯三想挣脱吴秋遇的手，却不能够，在众人面前有些难堪。

吴秋遇说："大家一起过河，各走各的，你为什么非要欺负别人？"侯财旺冷笑了一声："臭小子，谁要跟你一起过河？我现在就能让你跟他们一起滚下去，你信不信？"小灵子上前说道："这位少爷好大的口气。大家一样交钱乘船，凭什么你想怎样就怎样？"众人听了，又开始小声议论起来。

"凭什么？凭的是钱，本少爷有的是钱！现在就把这条船包下来。"侯财旺说着，从怀里掏出一沓银票。他手里晃着银票，对船家说："这条船本少爷包了，叫他们都滚下去！这些银票都是你的！"众人见状，不禁有些慌乱。

小灵子说："谁知道你手里的银票是真的假的。随便拿几张纸钱就想蒙事？不如趁早给你家先人烧了，也算是你的一份孝心。"侯财旺举着银票大叫道："臭丫头你看好了，这都是真正的银票！"小灵子凑近看了看，一把夺过银票，大笑道："哈哈，现在银票在我手里，我要把这条船包了，第一个叫你滚下去！"人群中开始有人哄笑。

船家上前劝道："这位少爷，大家出门都图个平安，何必动气呢？来，我叫他们给你赔个不是，不如你高抬贵手，大家就这样算了。"众人也吩咐点头应和。侯财旺说："你废什么话！赶紧叫这小子和臭丫头滚下去，免得本少爷发火！"小灵子大声对众人说道："大家看看，什么叫给脸不要脸，这就是现成的例子。"人群中又是一阵哄笑。

侯三被吴秋遇抓着，仍然挣脱不开，冲着旁边那人大声叫道："老六，动手啊！"老六撸起袖子，走了出来。侯财旺也伸手去夺小灵子手里的银票。

吴秋遇以为侯财旺要对小灵子下手，又见老六过来纠缠自己，心中一急，左手抓着侯三的胳膊，右手在他腰间一托，便把他举了起来，用力向老六撞去。

老六猝不及防，被侯三重重撞在身上。两个人一起跌滚在船板上。

众人一阵惊呼。孟兰英老远瞥见，不禁多看了吴秋遇几眼。跟着白马混上船的那个人惊讶得一时忘了遮挡，麻袋片从头上滑下来露出脸，竟是当初被小灵子当作丐帮帮主的老叫花子。

小灵子往后退。侯财旺挪动肥胖的身子往前逼近。众人纷纷躲闪远离他。

眼看把小灵子逼到了船舷，她已经无路可退，侯财旺心中窃喜，张着双臂便向小灵子抱去。小灵子身材矮小，又刚刚习得了灵妙的"小腾挪"身法，只轻轻一缩一钻，便绕到侯财旺的身后。船在河面本就不稳，侯财旺身子笨重，一旦扑空便收持不住。只听"扑通"一声，肥胖的肉堆砸入水中，直溅得水花高过了船板。

吴秋遇跑过来，问小灵子："灵儿，你没事吧？"小灵子笑着说："我没事。不过他有事了。"

怀抱婴儿的少妇躲过一劫，连声道谢："谢谢恩公。谢谢恩公！"吴秋遇赶紧扶她起来。

侯三和老六从地上爬起来，揉着撞疼摔伤之处，相互埋怨。侯三四处看不到侯财旺，惊问道："少爷呢？"小灵子笑着叫道："有只肥猪落水了。有没有人捞回去卖肉啊？"侯财旺在水中扑通呼救。侯三和老六急忙扑奔船舷，惊叫着："少爷，少爷！"小灵子说："你们再不救人，他可要沉底了。"

侯三转身冲众人作揖道："哪位会水？帮忙救救我家少爷吧！求求你们了！"老六也是一个劲地作揖。原来两人都下不得水。船家甩掉外衣，扑入水中，把侯财旺扶出水面，拖着来到船边。侯三和老六伸手去拉，却不敢探出太多，只怕自己也掉下去。

吴秋遇见状，一手扶住船舷，一手抓住侯财旺的胳膊，用力向上一提，便把他拉了上来。孟兰英仍在偷偷盯着吴秋遇看。

船家攀上船，自去拧干衣物。侯财旺趴在船板上，喘着气，吐着水，哼哼不已。小灵子把银票丢在他身上，说："这几张纸，拿去擦脸吧。"

侯财旺喘了一会儿，看到银票愣了一下，抓起来就塞进怀里。侯三赶紧提醒道："少爷，湿了。"侯财旺抬头瞪着他，猛地打出一记耳光，大声骂道："你下水试试，看衣服湿不湿！”侯三捂着脸，无辜地说道：“我是说，银票湿了。”侯财旺愣了一下，急忙把银票掏出来，确实是湿了，字迹都模糊了。

渡船继续前行。小灵子忽然想起什么，开始在人群中寻找。

老叫花子躲来躲去，还是被小灵子发现了，尴尬地笑了笑，伸出拇指说：“厉害！”小灵子扯掉他身上的麻袋片，问：“跟我说实话，你到底是不是倪帮主？”老叫花子说：“你叫我泥什么也行。不过我真的不是啥帮主。”

小灵子说：“你骗了我们那么久，我的钱都拿去给你买鸡了。今天我得讨回来。”说着佯装伸手抓他。老叫花子往后躲开，说：“我可没说自己是，都是你们说的。我早就提醒过你们，你们不信嘛。”小灵子笑了：“瞧你吓那样儿。怎么说你也算帮过我们，我还得谢谢你呢，那些鸡就当是答谢了。”老叫花子盯着她看了几眼，见她好像真的没生气，才上前说道：“这就对了嘛。咱们现在又同在一个船上，很有缘分啊。”

侯三和老六扶着侯财旺站起来。侯财旺浑身上下湿漉漉的，还没忘了孟兰英，扭头问道：“那小娘子呢？”侯三在人群中找到了孟兰英，抬手指着说：“在那！”

孟兰英看到他们又盯上自己，吓了一跳，急忙跑到吴秋遇身边，小声说：“英雄救我。”吴秋遇看了一眼侯财旺，轻轻点了一下头，让孟兰英躲到他身后。孟五斤也走过来，他知道，有这个人在，姓侯的胖少爷不敢怎样。

老叫花子瞧见了，笑嘻嘻地对小灵子说：“你还有心跟我说话呢，小情人就要被别人抢走了。”小灵子回头看见孟兰英站在吴秋遇身边，顾不得再跟老叫花子闲扯，快步走了回来。

见小灵子上下打量着自己，孟兰英开口说道：“姑娘，你们救了船上的所有人，谢谢你们。我叫孟兰英。你们呢？”说着，又偷偷看了一眼吴秋遇。小灵子说：“你不用客气。我叫小灵子。”她故意不肯说出吴秋遇的名字。孟兰英也不好再问。

侯财旺心有不甘，却也不敢再招惹吴秋遇和小灵子，只得远远看着，咬牙切齿。

船到对岸。侯财旺浑身湿得难受，抢先下船，带着侯三和老六急匆匆走了。众人下船，对吴秋遇和小灵子或是称赞或是道谢，然后各自散去。抱着婴儿的少妇又对吴秋遇一番道谢，才转身离去。

孟五斤和孟兰英也走了。临走，孟兰英还回头看了吴秋遇几眼。小灵子一直盯着她。

曾被侯财旺赶下船的那个乞丐要拉着老叫花子一起走，老叫花子不去，他只好自己走了。老叫花子要跟着吴秋遇和小灵子一起走。小灵子说：“你呀，离我们一丈开外。”

第三十二章
义救弱女

楼烦古镇，街上人来人往。

吴秋遇牵着白马，陪着小灵子信步闲逛。老叫花子在后面远远跟着。

走到哪里，总能见到三五个乞丐成群结伙。奇怪的是，他们并不讨饭，也不要钱，只是交头接耳之后便匆匆地走过。

吴秋遇和小灵子都觉着奇怪。小灵子回头对老叫花子说："你不去问问他们在干什么？有什么好事可别落下你。"

老叫花子一听可能有好事，自是不甘落后，趿拉着一双破鞋凑上去，拉住一个乞丐问道："你们都在忙什么呢？"那些乞丐见他面生，上下看了他几眼。其中一个把右手扪在胸前，轻轻拍了三下，开口说道："你来我走，谁家有狗。"老叫花子拍手笑道："好玩好玩。"那几个乞丐相互看了一眼，也不和他多说，转身就走。

老叫花子叫道："你们别急着走啊！哎，我说！"那些乞丐没搭理他，急匆匆去了。老叫花子看着他们的背影，嘟囔道："这都什么人哪，多说两句都不愿意，真小气！你们来得早，地盘就是你们的了？有好事也不带上我，我一个人能吃多少？”

吴秋遇问小灵子：“他们是怎么回事？都是乞丐，为什么如此生分？”小灵子说：“我想那几个应该是丐帮的人，见他不懂规矩，知道他不是丐帮弟子，自然也就没什么话好说。”

吴秋遇惊讶道：“难道乞丐还不全是丐帮弟子？”小灵子说：“各门各派都有他们的规矩，都得进门入册了才算。这个老叫花子岁数不小，但是未必有人引荐加入丐帮，不然也不至于那么没骨气，在朔州替铁拳门的人作孽。”

吴秋遇点了点头，仍觉得那些乞丐的行动有点可疑：“这里的叫花子有些奇怪，总像是偷偷摸摸的，不知成群结伙的要干什么。”小灵子说：“那是丐帮的事，咱们跟丐帮没瓜葛，不用去想它。走，再到那边去看看。”老叫花子见吴秋遇和小灵子走远，赶紧又追了上来。

迎面走来几个青衣汉子。吴秋遇看到他们，若有所思。小灵子问：“秋遇哥哥，怎么了？”吴秋遇说：“那几个人的装束我好像在哪见过，只是一时想不起来。”那几个人擦身而过。吴秋遇仍在尽力回想。小灵子也留意着多看了几眼。

老叫花子凑到近前问道：“怎么了，怎么了？你们又看见什么了？”小灵子说：“我看见一伙叫花子发达了，脱离丐帮自己过日子去了，刚才那几个过去的就是。你不追上去问问，看他们在哪里发迹的？”老叫花子知道小灵子在耍他：“你又诓我。他们哪像丐帮的，我看叫青衣帮的还差不多。”

老叫花子信口一说，倒提醒了吴秋遇。他猛然想起来，自己跟师父下山以后，在莫家湾感生祠跟郧老二见面的时候，有个自称北冥教青衣堂的叫李袖的人来找过师父，他当时穿的就是这种衣裳。看来那几个也都是北冥教青衣堂的人。于是又勾起他心中一连串的疑问：北冥教青衣堂的人去找师父为的是什么事呢？在感生祠埋伏的人又是什么来路？他们为何要对师父下手，连北冥教青衣堂的李袖也一道射杀了？

小灵子见了，小声问道：“秋遇哥哥，你想起什么了？”吴秋遇说：“刚才那几个人应该是北冥教青衣堂的。”

老叫花子得意地说：“青衣帮，青衣堂，一个意思嘛。我说得没错吧？”小灵子看了他一眼，抬手说道：“你，一丈开外！”老叫花子还指着他们找饭吃呢，不敢得罪她，乖乖走开了。

“北冥教青衣堂？没听说过。你怎么会认得他们？”小灵子有点惊讶，看着吴秋遇。吴秋遇说：“我跟师父下山的时候，见过同样打扮的人。那个人是去找我师父的，后来被人当场害死了。我到现在也不知道他为什么要去找我师父，也不知道要害他和我师父的都是什么人。”

小灵子怕他想起师父又伤心难过，忙岔开话题：“哎呀，这楼烦镇还真是热闹，都可以和一个县城相比了。”

街上行人异动，人群闪开处，孟兰英和孟五斤仓皇跑来。

“站住！别跑！”是侯财旺的家奴侯三，正带着一伙人在后面追赶。

孟五斤本来就腿脚不便，听到侯三等人追上来，慌乱之间忽然绊倒在地，“哎哟”一声。孟兰英急忙回身去扶他。孟五斤推开孟兰英的手，说：“别管我，你快跑！他们是冲着你来的！你快走啊！”孟兰英犹豫了一下，在孟五斤的一再催促下，只得提着裙子再跑。

孟五斤见侯三等人追到近前，孟兰英还没有跑远，情急之下猛然扑到侯三的脚下。侯三吓了一跳，险些绊倒。后面的人也紧急停下。

孟五斤趴在地上，双手死死抱住侯三的腿，哀求道：“大爷，你行行好，放过我们吧。我们老哥俩就这么一个孩子啊。”侯三想把腿拔出来，却因为孟五斤抱得太死，挣脱不得，气得大骂：“老东西，你找死啊！”

家奴老六扶着侯财旺终于跟了上来。侯财旺又矮又胖，身形笨重，已经累得气喘吁吁，见众人停在那里，粗喘着骂道：“你，你们停下，停下干什么？追，追呀！”侯三挣脱不开，又怕被少爷责骂，于是说道：“少爷，这老家伙已经被我逮到。那小娘子跑不了。”侯财旺叫道：“那倒是抓……抓回来呀。”侯三扯着脖子冲孟兰英喊道：“小娘子，你再跑，我就打死这老家伙！”

孟兰英听了，果然停下脚步。孟五斤见状，大声喊道：“兰英，快跑啊！不用管我！”侯三骂道：“你再喊，我一刀捅死你！”孟五斤虽然心疼侄女，但也怕死，于是住了口。侯财旺让老六等人赶快去把小娘子抓回来。孟兰英本来就跑不快，现在心存犹豫，很快就被老六等人拉扯回来。

这时候，侯三在别人的帮忙下已经从孟五斤的手臂里挣脱出来，抬腿在孟五斤的后背上踩了一脚：“叫你找死！”孟兰英哭叫道：“别打我二叔！”侯财旺嬉皮笑脸地说道：“你要是从了我，我就不打他。”孟兰英跪在地上哀求道：“侯少爷，你就放过我们吧。我求求你了。”侯财旺色眯眯说道：“那可不行。谁让你长得这么好看呢，本少爷已经看上你了。带回去！”

两个人架起孟兰英就要走。孟五斤扑上前求着：“大爷，大爷！”侯三招呼人：“给我打！”眼看着二叔被人踢打，孟兰英拼命挣扎，凄惨哭叫。

吴秋遇正牵着马和小灵子说话，远远看到了，愤然说道：“光天化日，他们竟敢当街行凶！”小灵子看了一眼，说：“秋遇哥哥，你先别冲动，咱们过去问清楚了再说。”“不行，他们那样会把人打死的！”吴秋遇把马缰绳交给小灵子，快步冲了过去。老叫花子见吴秋遇要上前打架，祸福难料，先想着找个地方躲起来。小灵子叫住他，把缰绳往他手里一塞，转身去追吴秋遇。

侯三等人正打得兴起，忽然一团人影闪到，还什么都没看清楚，一伙人便被打得东倒西歪。

吴秋遇先救了孟五斤，又去将架着孟兰英的二人拆开了，看着侯财旺说道："光天化日，你们在大街上欺负人，真是可恶！"

孟兰英看到吴秋遇，心里踏实了，一委屈，便要扑到吴秋遇怀里大哭一场。小灵子正好走过来，赶紧挡在吴秋遇身前，扶住孟兰英。孟兰英知道小灵子和吴秋遇是一起的，不免有些尴尬，道了谢，便去察看孟五斤的伤势。

老六在渡船上吃过亏，一看到吴秋遇就躲得远远的，算是躲过一劫。包括侯三在内的其他家奴可就倒霉了，一个个倒在地上呻吟着。侯财旺慌乱得不知如何是好，发现吴秋遇正在看他，吓得一哆嗦，赶紧跪下磕头："好汉饶命，好汉饶命！"老六也跟着跪了下去。吴秋遇说："以后不许再欺负人！"侯财旺连连称是："我再也不敢了！再也不敢了！"吴秋遇看了看他们，说："你们走吧。"

"多谢好汉！"侯财旺慌忙从地上爬起来，就要带人离去。小灵子忽然说道："就这样走了？你们打伤人家，总得有个说法吧？"

侯财旺愣了一下，经老六小声提醒，才慌忙掏出两张银票，哆哆嗦嗦递给小灵子。小灵子说："我不要你的臭钱。该给谁你自己知道。""是，是。"侯财旺拿着银票，走到孟兰英身边。

孟兰英懒得看他的嘴脸，转过脸去。侯财旺只得把银票放到她手边。

小灵子说："给他们磕个头，赔个罪，你们就可以走了。"侯财旺本以为出了钱就可了事，没想到小灵子又让他给孟五斤磕头，不禁有些为难。孟五斤连连摆手："不用了，不用了！小老儿可受不起！"小灵子想了一下，说："嗯，他好歹是个大户人家的少爷，是不能随便给人磕头。这样吧，刚才谁打的你，就让谁给你磕头赔罪吧。你说呢，侯大少爷？"

侯财旺一听没自己的事了，当然乐意，赶紧吩咐："你们还愣着干什么？赶紧磕头啊！"侯三等人虽然不太情愿，但是既然少爷吩咐了，又有吴秋遇在旁边瞅着，也只得乖乖跪下给孟五斤磕头。孟五斤不知如何是好，慌乱得又是摆手，又是叹气。

小灵子说："这才乖了，你们可以走了。""多谢女侠。"侯财旺作了个揖，带着手下灰溜溜走了。

看着侯财旺等人走远了，老叫花子才牵着白马走过来，喝彩道："好小子，你真行啊！不愧是我的好徒弟！"小灵子瞪了他一眼。老叫花子急忙住口。

孟兰英扶着二叔走到吴秋遇面前。孟五斤作揖道:“多亏恩公！若不是恩公搭救,小老儿这条命就没了,兰英也被他们……唉！小老儿给你磕头……”吴秋遇急忙把他扶住:“不用,不用。”孟兰英也施礼说:“多谢恩公救命！小女兰英拜谢恩公！”

还没等吴秋遇反应,小灵子先抢着说道:“你们都不用客气了。现在坏人已经走了,你们快点赶路吧。要不然,他们一会儿再追来,你们的麻烦就大了。”孟五斤连声称是,便要带着侄女离开。

孟兰英却站着不动,低声叫了一声:“二叔。”孟五斤回头看着她,忽然转身笑道:“哦,是我糊涂了。恩公,是这样的。那个渡船不是随时都有。这个时辰估计已经没有了。我们只要没过河,早晚还会被他们追上。所以还得麻烦恩公再护我们一时。”吴秋遇点了点头。

小灵子看了看叔侄二人,心中不乐意,却也没再说什么。老叫花子在一旁见了,偷偷地笑。小灵子小声斥道:“你笑什么？”老叫花子说:“我没笑什么啊。呵呵,你心里应该知道的。”小灵子想要再说,老叫花子已经躲到一边去了。

孟兰英看出小灵子不高兴,便对吴秋遇说道:“恩公,若是不方便就算了,我们自去寻出路就是了。不打扰恩公了。二叔,咱们走吧。”小灵子看了她一眼,眼瞅着他们转身要走,心中暗喜。

却听吴秋遇忽然叫道:“姑娘。”小灵子一皱眉。孟兰英转回身问道:“恩公,还有何吩咐？”吴秋遇说:“既然今日已经没有渡船了,你们总是不安全。只怕他们还贼心不死,还会找来。不如先找个地方歇了,等明日有船的时候,我送你们去渡口。”孟兰英大喜,连声道:“多谢恩公。”说着,又偷偷看了小灵子一眼。

老叫花子蹲在地上,一手抓着白马左后腿,想叫它抬起蹄子。小灵子说:“你干什么？”老叫花子说:“这畜生,把两张银票都踩了。”一听到银票,孟五斤也凑了过去,和老叫花子一起抬马腿。

老叫花子把银票从马掌上揭下来,银票已经被踩磨得破烂不堪。孟五斤一把抢过去,说:“这是给我的。”老叫花子悻悻说道:“好,给你的。你拿了也使不出银子来,都烂了,作废了。”孟五斤端详着两张银票,慢慢站起来,痛惜道:“我的银票啊！都没了！你这泼贱畜生！”说着便要扬手打那白马。“住手！”小灵子叫道,“你不怕它踢了你吗？你们都离它远些。这马的脾气可不好。”老叫花子听罢,急忙跳开了。孟五斤也只得走开,拿着银票唉声叹气。

吴秋遇问小灵子:“灵儿,咱们现在怎么办？”小灵子说:“还能怎么办,先找个客栈投宿吧。你带着小娘子在街上招摇,早晚被人家看见,别再惹出祸来。”她故意用胖少爷的说法称呼孟兰英。吴秋遇心思单纯,并未多想,点头道:“嗯,你说的对。咱们现在就找客栈去。”

云来客栈。

伙计把白马牵去后院喂养。众人进了门。掌柜的问：“客官，你们要几个房间？”

吴秋遇没经历过这种场面，望着小灵子。小灵子说：“三间。”

孟兰英说：“灵儿姑娘……”

“叫我小灵子。”小灵子打断了孟兰英的话。她心里想的是：“只有秋遇哥哥才能叫我灵儿。”

孟兰英改口道：“哦，小灵子，三间房咱们怎么住啊？”

小灵子说：“你二叔和老叫花子住一间，我和秋遇哥哥住一间。你是大小姐，就自己住一间好了。”

“这……”孟五斤欲言又止，虽然和老叫花子同住他有些不情愿，但是小灵子要和吴秋遇同住更让他感到诧异。老叫花子闷头暗笑。

孟兰英望着吴秋遇，见他没什么反应，自己便说道：“小灵子姑娘，我看还是咱们住一起吧。”见旁边有人看热闹，她又凑到小灵子耳边小声说道：“你们孤男寡女住在一起，只怕惹别人闲话。咱们姑娘家可得处处小心些。”

小灵子是个明白人，不管孟兰英的本意如何，她的话还是对的，于是笑着说道：“我刚才只是说笑。姐姐你不嫌弃，咱们就同住一间好了。”

旁边众人见她是个小丫头，也只当她是说笑，一笑了之。

掌柜的安排了房间，吩咐伙计带他们去各自入住。

孟五斤忽然问道：“咱们这么住，店钱怎么算？”

小灵子见他如此小气，便故意吓唬他：“你们要是想报恩，就你们出钱好了。”老叫花子也在一旁说道：“我看行。”

孟五斤面露尴尬，一时不知如何是好。孟兰英轻轻拉了他一下，自己应承道：“兰英也是这个意思。还望恩公成全。”

吴秋遇还要推辞。小灵子对孟五斤笑道：“你不用害怕。我和秋遇哥哥好人做到底喽。”

孟五斤这才踏实了，招呼伙计：“走，带我们看房间去！”老叫花子紧跟在孟五斤身后，叫着：“你等等我。咱们可是要住在一间房里的。”

曾可以带着聂是非、柯老三、白鹿司、蒙昆等人边走边聊。后面还跟着七八个随从。

聂是非问：“公子，朔州铁拳门的成三路送皮不休一道来了，你打算什么时候见他？”

蒙昆在后面听了，惊喜地叫道："天山恶鬼好了？这回咱们又多了一个帮手。"

柯老三一把将他拉了回去："公子和聂先生说话，你别打岔。"

曾可以想了一下，说道："成三路我暂时先不见了。你传话给天山恶鬼皮不休，叫他做好准备，这几天就要用他。"

"嗯，我去安排。"聂是非点头应了，又回头对蒙昆小声说道："你这么想着那个天山恶鬼？看来你们的关系不一般啊。"

蒙昆骂道："就你花花肠子多。我只是盼着咱们多个帮手。刚才公子都说了，这两天要用他。"

曾可以抬头看见"云来客栈"的招牌，对聂是非说："你去问问还有没有空房。如果有，咱们就在这里住下。"

聂是非进去问了一会儿，出来说道："客房只剩两间了，咱们住不下。"

曾可以回头看了看众人，点了一下头，说："咱们走。"

小灵子和孟兰英住在吴秋遇的对门。老叫花子和孟五斤住在吴秋遇的隔壁。

老叫花子哪住过这么好的房间，一进门就兴奋地这里摸一摸，那里看一看。

孟五斤提醒道："你小心点！别给人家打破了。咱们赔不起。"

老叫花子满不在乎地说道："你急什么，又不是你出钱。我徒弟救了你们，还花钱让你住店，你也得念我的好处。"

孟五斤上下看着他，不屑地说道："你，就你，他能是你的徒弟？我才不信。"

老叫花子说："要不要把他叫过来问问？如果他真是我徒弟，这五个人的店钱都得你出！"见孟五斤已经半信半疑，老叫花子转身假装要出去，说："我现在就去叫他。"

孟五斤急忙拉住他，赔笑道："不用。我信，我信还不行么？"

老叫花子得意地看了孟五斤一眼，大啦啦走到床边，坐在床沿两手按了几下，然后便一头躺了下去。

孟五斤看了看自己刚才摸过老叫花子的手，直咧嘴，心中暗骂："这得多少天没换洗过了，我摸了一下都觉得手痒有味儿。好端端一床好被褥，就被他给糟蹋了。"

小灵子和孟兰英进了门倒没那么多话说，各自占了一张床，把东西放了。

孟兰英一边收拾床铺，一边往对门看。

小灵子见了，起身去把门关了，嘴里说道："赶了一天路，真是有点累了。咱们歇一会儿再去吃饭。"

孟兰英微笑着点了点头，没说什么。

小灵子在床上躺了一会儿，越想越觉得不对劲，便下了地，走出门去。

孟兰英本来也躺在床上想事情，发觉小灵子起来，也欠起身看了看，没听到对面有敲门声，就又躺了下去。

伙计拎着壶来送茶水。

小灵子拦住伙计，把他叫到僻静之处，问道："汾河上明天最早什么时候有渡船？"

伙计说："那可早了，天刚亮就有卖菜的小贩要过河来，渡船嘛，卯时就有了。姑娘为什么要赶这么早的船过河？"

小灵子说："我们急着过河去，不是今天的渡船已经没有了嘛，只能等明天最早的。"

伙计笑道："姑娘这是听谁说的？渡船到晚上酉时二刻三刻还有呢。吃过晚饭再去过河也来得及。"

小灵子一愣，嘀咕道："果然有鬼。"

"姑娘，这是我多嘴了。你们要退房，可别说是我说的。叫掌柜的听见，该骂我了。"伙计见小灵子脸色变化，自知失言。

小灵子笑道："谁说我们要退房了？我还得多谢你。没事了，你去吧。"

"多谢姑娘。我去送水了。"伙计急忙拎着壶走了。

小灵子一边想着事，一边往回走。

看见送水的伙计空着手回来了，小灵子刚要问话，那伙计胡乱说了一声"水已经送去了"，便慌忙走了，似乎是怕被人看见他跟小灵子说话。

小灵子正在纳闷，忽见自己的房门开了，孟兰英端着茶盘走出来。她急忙躲到柱子后面，暗中观瞧。

孟兰英敲开吴秋遇的房门。吴秋遇只叫了一声"孟姑娘"，还没来得及问她什么事。孟兰英抢先说道："我来给你送茶水。"然后也不等吴秋遇回答，就迈步往里走。

吴秋遇只得后退，让她进去，嘴里说道："有劳姑娘了。"

小灵子一皱眉，担心秋遇哥哥吃亏上当，急忙快步走了过去。

孟兰英把茶盘放到桌上，把茶杯端起来，递给吴秋遇，说："我刚刚泡好的，你尝尝。"吴秋遇伸手接了，道声："多谢。"

孟兰英又去把门掩了，回身问道："这茶好喝么？"

吴秋遇左手端着茶杯，右手揭起杯盖，刚要喝，听她一问，随便点头道："嗯，好。"

孟兰英掩口笑道："你都还没喝，就说好，分明是敷衍我嘛。"

吴秋遇尴尬地笑了笑，端起来喝了一口。

孟兰英盯着他，问："怎么样？"

吴秋遇重新点头道："嗯，不烫，现在喝正好。"说着，把一杯茶仰脖全喝光了。他对茶的评价也止于烫或不烫，全当是解渴的水而已，至于味道却没什么讲究。

孟兰英本来意思也不在茶上，话题也不再纠缠于此，轻声问道："小灵子姑娘和你是兄妹？我看不像。你们是怎么认识的？"

吴秋遇说："我们在朔州认识的。那时候我一个人正不知道该去哪，后来遇到了她。她很聪明，主意多。没有她，我都不知道怎么办呢。"

孟兰英又问："你们在一起多久了？"

吴秋遇大致算了一下，说："有几十天了。"

孟兰英得知小灵子和吴秋遇也不过才几十天的交情，不由得心中暗喜，那心情也带到脸上来。

吴秋遇把茶杯放回茶盘，说："孟姑娘，多谢你送茶来。你找我还有别的什么事情吗？"

孟兰英走到近前，几乎贴着吴秋遇，抬头望着，轻声说道："秋遇公子，今日多亏你出手相救，我和二叔才得以保全。要不然，我们都被那歹人给祸害了。叫我们如何报答你呀？"

吴秋遇嫌距离太近不好说话，往后退了一小步，摆手道："姑娘不用客气。遇见这种事，我和小灵子总归是要管的。"

听吴秋遇又提到小灵子，孟兰英稍稍愣了一下，才说道："我看小灵子姑娘是个好妹妹，你也是个好哥哥。秋遇公子，你有没有……"话说到一半，她忽然停下，不好意思问得太直白。

吴秋遇不解地看着她，问："什么？"

"秋遇哥哥。"小灵子在外面叫了一声，直接推门走了进来。

孟兰英吓了一跳，赶紧向后退了两步，离开吴秋遇。

小灵子假装刚看见孟兰英，随口说道："孟姐姐也在啊。我刚去外面转了一圈，口渴了，来这屋里找点水喝。"

吴秋遇说："正好，这有孟姑娘刚送来的茶水。"说着，给小灵子倒了一杯。

小灵子走过去，端起来喝了一口，失口赞道："好茶呀！孟姐姐，你好手艺！秋遇哥哥，你好福气！"

孟兰英脸上一红，低着头小声说了一句"你们聊，我先回房去了"，便匆匆走出门去。

小灵子坐下来，示意吴秋遇去把门关了。等吴秋遇也在桌边坐了，小灵子低声说道:“秋遇哥哥,我看他们不像好人,咱们得提防些。”

吴秋遇不解地看着她,说:“不会吧。我看孟姑娘和孟二叔不像是坏人。”

小灵子说:“我刚才去找客栈的伙计问过了,渡船一直到晚上酉时三刻还有呢。他们为什么说今天过不了河,非要跟咱们留在一起?”

吴秋遇一愣:“伙计是这么说的?那倒有些奇怪。别是他们信息不灵吧。”

小灵子说:“不论如何,咱们小心些,别叫别人算计就是了。你可不能再轻信别人了。”

吴秋遇点了点头:“嗯,放心吧。反正明天一早送他们过了渡口,大家也没什么相干了。”

小灵子说:“好,你歇着吧。我回屋去,看她还有什么鬼?”

第三十三章
灵儿吃醋

老叫花子躺了一会儿，猛然坐起来。

孟五斤正坐着喝茶，听见动静，扭头问道："你干什么？一惊一乍的。"

老叫花子下了地，在屋里来回走着，一面揉着肚子，一面嘴里叨咕："饿死了，饿死了。肚子都饿瘪了。"

孟五斤瞧了他一眼，挖苦道："肚子饿了？找你徒弟说去呀。在这里唠叨有什么用？"

"去就去。"老叫花子满不在乎。他开门出去，站在门外大声喊道："什么时候吃饭哪？饿死人啦。"

附近的伙计被惊动了，站在远处打量着老叫花子，大声喊道："我说要饭的，你在这里嚷什么？出去出去！"

老叫花子骂道："狗眼看人低！我是住在这里的客人，掌柜的都欢迎我来，你敢撵我走么？"

那伙计半信半疑。吴秋遇从房里出来，解围道："我们是一起的。"伙计连忙赔笑道："哦，原来是这样，误会误会。请问客官，晚饭你们是在房里吃，还是去前面点菜？"

吴秋遇刚要喊小灵子。小灵子正好开门出来，对伙计说："我们去前面，你不用管了。"

伙计应声走了。孟兰英和孟五斤也先后出来。五个人一起到前面大堂吃饭。

孟五斤怕让他出钱，不敢吭声。老叫花子不客气，抢着点了几个菜，见众人都在看他，尴尬地笑道："我只是随便说说，如果不合适，你们再点，你们来。"

小灵子说："算了，就让你得意一回吧。伙计，就按他说的，快点上菜吧。"

伙计不禁多看了老叫花子两眼。老叫花子叫道："你看什么，还不快吩咐厨子做菜去？"伙计摇着头走了，小声嘀咕道："这叫花子交什么好运了？"

枯等无聊，孟五斤说道："秋遇公子年轻有为，本事又好，小老儿一看就喜欢。我侄女兰英呢，虽然算不上大家闺秀，也是温柔贤惠，长得也还端正……"

听他把话头往吴秋遇和孟兰英身上转，小灵子急忙插话道："是啊，孟姐姐长得漂亮，有魅力，难怪那个胖猴子一见到姐姐就眼馋，三番五次要抢回去。"

被小灵子一搅和，孟五斤说不下去了。孟兰英忙道："小灵子姑娘又取笑我了。"

小灵子说："我说的是真的。将来，姐姐定能找个好人家。"

吴秋遇听不出他们话里的意思，只顾张望，等着上菜。

老叫花子闷头打量那三个人，偷偷暗笑。

很快，一桌饭菜送上来。五个人都是饿了，顾不得再闲扯，各自闷头吃起来。老叫花子和孟五斤看到好菜，偶尔相互争抢。唯有孟兰英做淑女状，端正坐着，小口咀嚼。

小灵子见吴秋遇也吃完了，便付了账，拉着吴秋遇去院子里散步。

孟兰英呆呆地望着他们的背影，也把碗筷放到了桌上。

孟五斤和老叫花子仍在为桌上的半条鱼拼抢，甚至都站了起来。

孟兰英叫道："你们不要抢了。"

孟五斤停下来，看到老叫花子把鱼抢了过去，又心有不甘。老叫花子笑道："来，丫头，一起吃，一起吃。"

"我吃饱了，先回房了。"孟兰英站起来，往后面客房走去。孟五斤不舍地往桌上看了看，也急忙跟了过去。

孟兰英回到房里，气哼哼坐了，见孟五斤跟来，埋怨道："二叔，你跟他抢什么，丢不丢人？"

孟五斤尴尬地笑了笑，岔开了话题："兰英啊，我跟你说点正事。"

孟兰英看了他一眼:“你能有什么正事？”

孟五斤先探头往外望了望，又把门关了，才回来低声问道:“你跟二叔说，是不是喜欢上那个小子了？”

孟兰英脸一红，说道:“二叔，你别乱说。”

孟五斤笑道:“是我乱说么？跟二叔还有什么不好讲的？二叔只会帮你。”

孟兰英偷偷看了他一眼，小声道:“他那儿已经有人了。”

孟五斤说:“你说谁？那个小丫头？小灵子她就是个孩子，男欢女爱的事，她哪懂啊？”

孟兰英眼前一亮，似是露出一丝惊喜，但很快又消失了，喃喃道:“可是，咱们明天就要走了。不知道以后还能不能见到。”

孟五斤说:“这个好办。你想想，咱们到楼烦镇干什么来了？你要是肯听二叔的，我告诉你怎么办。”

孟兰英想了一下，看着孟五斤，点了点头。

第二天一早。

小灵子穿戴整齐，叫孟兰英起床。

孟兰英挣扎着动了几下，似是无力坐起来，只得又躺下去歇着。

小灵子急忙走过去看她，开口问道:“孟姐姐，你怎么了？”

孟兰英勉强动了动，两眼迷离地望着小灵子，虚弱地说:“小灵子姑娘，我的病又犯了。麻烦你告诉我二叔，叫他快去找大夫。”

小灵子一面给她盖被子，一面趁机仔细观察，然后直起身说道:“孟姐姐，你先好好歇着。我现在就去找大夫。”说完就快步走到门口，开门出去，又回身把门关上。

孟兰英慢慢合上眼睛，嘴角露出一丝微笑。

小灵子没有急着去找大夫，也没去惊动孟五斤，而是先来到吴秋遇的房中。吴秋遇并没有插门，他甚至不清楚住客房还要插门，所以小灵子直接就推门进来了。

吴秋遇急忙迎上前问道:“灵儿，怎么了？这么早过来？”

小灵子示意他小点声，然后低声说道:“那个孟姑娘舍不得走，正在装病呢。”

吴秋遇惊讶道:“装病？孟姑娘不会做这样的事吧。会不会她真的病了？”

小灵子白了他一眼，不满道:“怎么，你心疼了？那就直接告诉她不用走就好了，她也不用费心再装了。”

吴秋遇道:“我是说，如果没病，那大夫来了一看不就知道是假的？怎么可能瞒得过去？”

小灵子道:“这你就不懂了。她指定叫她二叔去请大夫,到时候找个人来冒充大夫,和他们一道作假。那假大夫说她有病,别人又怎么知道是真是假?”

吴秋遇点了点头:“这倒是。”

小灵子忽然笑道:“不过这次活该她倒霉。她不知道你也是半个大夫。哈哈,秋遇哥哥,你去给她看,当场给她拆穿了,看她脸往哪儿搁。”

吴秋遇面露难色,迟疑地说道:“用不着拆穿了叫她难看吧。不如咱们只当不知道,早早劝他们过河就算了。”

小灵子轻轻哼了一声:“哼,我就知道你舍不得。也好,只要她答应今天就渡河去了,咱们就不为难她。”

吴秋遇见小灵子同意不再计较,这才放了心,跟着小灵子一起去给孟兰英看病。

小灵子一进门就轻声喊道:“孟姐姐,我把大夫给你请来了。”

孟兰英稍微欠了一下身,问道:“我二叔呢?”

小灵子说:“孟二叔年岁大了,腿脚不便,怎么好劳烦他去找大夫?我自己跑了一趟,把大夫给你请来了。吴大夫,进来吧。”

孟兰英暗自叫苦,欠起身子,定睛观瞧,却见是吴秋遇走进门来。她诧异地看着小灵子。

小灵子笑道:“孟姐姐,忘了告诉你了,其实秋遇哥哥也是个大夫。让他给你瞧瞧,说不定你的病马上就好了。”

孟兰英躺回到枕头上,心里忐忑不安。小灵子见了,心中暗笑。

吴秋遇走到床边,问孟兰英:“姑娘有何不妥?”

孟兰英说:“我浑身无力,很是虚弱。”

吴秋遇把两根手指轻轻搭在她右手的腕上,静静感觉脉象。

孟兰英深情地望着他,心中满是甜蜜。她渐渐侧过身子,轻轻抬起胳膊,伸出左手,把手摸在了吴秋遇的手上。

吴秋遇想把手撤回来,却被孟兰英紧紧抓住。

小灵子一皱眉,开口问道:“秋遇哥哥,她的病……怎么样?”

此时,孟五斤急匆匆走进门来,嘴里喊着:“兰英啊,你怎么了?”

老叫花子留在门口,倚着门框,自顾搓身上的泥,只偶尔往屋里看一眼。

吴秋遇缓缓说道:“没有什么恶重之疾。只是气虚血亏,虚弱无力,偶尔昏厥怕是有的,需要好好休息,还得进补用药。我给你开个方子吧。”

孟五斤惊叫道:“秋遇公子还精通医道啊?你说得太对了,她就是这个毛病。”

孟兰英深情地望着吴秋遇,低声道:“秋遇公子,多谢你。”

小灵子盯着吴秋遇，问道："秋遇哥哥，孟姐姐的病……你能确定吗？"

吴秋遇并没有回头，他望了望孟兰英的脸色，点头道："可以确定。"

小灵子见孟兰英仍抓着吴秋遇的手，不满地说道："孟姐姐，你再不放手，秋遇哥哥怎么给你开方子拿药？"孟兰英这才把手松开。

吴秋遇坐到桌边，思考着药方。一会儿，有伙计送来了纸笔。竟是老叫花子看清了形势，提前在门口招呼的。吴秋遇很快写好了药方，看了看在场的众人，把药方交给了孟五斤。

孟五斤拿着药方，看了半天，在那里犹豫。既有不敢，怕撞见侯财旺一伙；又有不甘，舍不得花钱。

小灵子看出来了，说道："叫伙计去吧，我这里有银子。孟二叔不便在街上露面，免得再被那帮坏人撞见。"

孟五斤连连点头称是，急忙把药方给了伙计。

小灵子出了钱，打发伙计出去买药，然后对吴秋遇和孟五斤说："大家出去吧，咱们在这里只会影响孟姐姐休息。"

孟五斤临出门嘱咐道："兰英啊，你好好歇着吧。今天咱们走不了了。"

孟兰英点了点头，叫了一声："秋遇公子。"吴秋遇刚要回头答话，硬是被小灵子推出了门。

小灵子拉着吴秋遇到对门房里，质问道："秋遇哥哥，你跟我说实话，她到底有病没病？"

吴秋遇点头道："孟姑娘真的是有病在身。"

小灵子见他语气坚定，也不再多问，赶紧回屋去照看孟兰英，顺便观察动静。

伙计把药买回来，小灵子亲手去熬药。等药熬好了，又亲手喂孟兰英喝了，然后安抚她睡一觉，自己提着药罐和瓷碗从屋里出来。

老叫花子见到小灵子，竖起拇指赞道："丫头，不错。"

小灵子看了他一眼，说："你也会不错的。来，拿着，去把这罐子和碗洗了。"

老叫花子暗骂自己多嘴，平白惹出这活儿来，只得无奈地接过罐子和碗，不情愿地去洗了。

孟五斤听到动静，在门口偷偷看了看，又急忙缩回头去。

小灵子又到吴秋遇房里闲聊。

孟兰英欠起身子看了看，本打算留神听听他们说什么，怎奈离得远，他们声音又小，只得静静躺好，看着房顶想事情。

小灵子问道："秋遇哥哥，孟姑娘的病严重吗？多久能好？"

吴秋遇说："说来也不算严重，只是气虚血亏，身体虚弱，遇有劳累或惊吓，容易发生昏厥。平时倒也能四处走动，没什么大碍。”

小灵子点了点头：“我看她有一半倒是装的。怎么一夜之间就忽然下不来床了？”

吴秋遇说：“说要一直卧床，确实夸张了些。也许孟姑娘娇生惯养，身子一虚就懒得动了。”

小灵子望着吴秋遇，叮嘱道：“我看他们还是心有所图，背后定有咱们不知道的事。秋遇哥哥，你可要多留些心眼，千万别再被人骗了。”

吴秋遇说：“我知道了。有什么事情，会和你商量的。”

小灵子回头望了对面屋里的孟兰英一眼，终于忍不住又对吴秋遇说了一遍：“我还是劝你离她远一些。她可不像你想的那么简单。”

吴秋遇只看着小灵子，笑了一下，没再说什么。

闲坐了一会儿，小灵子忽然说道：“闷在这屋里，实在无聊。秋遇哥哥，咱们出去走走吧。”

吴秋遇站起来说：“好。”

两个人从房里出来，刚要走，就听孟兰英轻轻叫道：“秋遇公子，你来一下。”

小灵子嘀咕道：“又来了。”

吴秋遇对小灵子说：“灵儿，你等我一下，我去看看孟姑娘有什么事。”

小灵子说：“你不用管我了，去看孟姑娘吧。我找掌柜的去问问，这附近有什么好玩的。”说着便甩手走了。

吴秋遇不作他想，转身走进孟兰英房里，进门问道：“孟姑娘，你找我什么事？”

孟兰英说：“我想问问你，我这个样子，能下地走动吗？要不要紧？”

吴秋遇又上前给她号了一下脉，然后说道：“孟姑娘，放心吧。你没什么大事。稍微注意一下调养就是了，完全可以四处走动。老这样躺着，只会更虚。”

孟兰英轻轻抬起一只胳膊，说：“好，那你扶我起来。”

吴秋遇扶她坐起来，然后退到一旁，转过身去，说道：“孟姑娘，你下地试试。”

孟兰英坐在床沿，把鞋子穿了。她看了一眼吴秋遇，又把刚穿好的鞋脱了，轻轻放在地上，然后佯作虚弱地说道：“秋遇公子，你帮我穿鞋好吗？我怕弯腰的时候栽倒下去。”

吴秋遇转过身来，蹲在地上，拿起一只鞋给她穿在脚上。

孟兰英伸手轻轻摸着吴秋遇的头发，很轻很轻，生怕吴秋遇发觉。

吴秋遇心无旁骛，把另一只鞋也给她穿好了，站起身说道：“孟姑娘，鞋穿好了，你站起来试试。”

孟兰英伸出右手，抓住吴秋遇的胳膊，说：“你扶我。”

吴秋遇便伸手搀着她的胳膊，扶她站起来。

“哎呀。”孟兰英身子一晃，站立不稳，便软倒在吴秋遇怀里。

吴秋遇吓了一跳，本能地就要闪开，忽然想起面前是个病人，便急忙站稳，把她揽住。

孟兰英就势把吴秋遇抱住，久久不愿松开。

吴秋遇刚才只是怕她跌倒才临时把她揽在怀里，此刻见她人已站稳，忙说道：“孟姑娘，你没事吧。我扶你站好。”

孟兰英本来还舍不得放手。吴秋遇两手扶着她的胳膊，自己向后退了一步，说道：“看，你站起来了，没什么事吧？”

孟兰英也不好再上前纠缠，只得笑笑说道：“谢谢你，秋遇哥哥。”

她一叫“秋遇哥哥”（原来叫的是“秋遇公子”），吴秋遇稍稍一愣，心想她一定是跟小灵子学的，随即说道：“你不用客气。每日坚持用药进补，多下地走动，很快就会好起来。”

孟兰英说：“嗯，我听你的。我在床上躺久了，有些憋闷。秋遇哥哥，你愿意陪我到院子里走走吗？”

吴秋遇想到了小灵子，有心回绝，可转念又一想，反正就在院子里，待会小灵子问完掌柜的回来，在院子里就能找到他，先陪孟姑娘出去走走也无妨，便点头应了，扶着孟兰英从门里出来，往院中走去。

孟五斤探头看了看，笑着点了点头。他忽然想起一件事，捏着下巴想了一会儿，又四下望了望，见周围无人注意，便悄悄向后院走去。

吴秋遇陪着孟兰英在院中慢慢闲走。

孟兰英说：“我从小落下这气虚血亏的病根，母亲又去世得早，爹爹把我一手带大不容易，也没有余钱给我根治这个病。如今长大了，也有人上门提亲，我都是不愿意的，可爹爹非要我赶紧嫁了。后来他们听说我有这个毛病，就都反悔了。爹爹怕我这样病着嫁不出去，东拼西凑，也要给我治好这病。这才让二叔带着我出门找堪用的大夫。”

吴秋遇听了，心生怜悯，安慰道：“姑娘你放心，你的病不算严重，只要用对了药，进补得当，很快就能好的。”

两个人找地方坐下。孟兰英望着吴秋遇，说：“没想到，你武功那么厉害，竟然还懂得医术。遇见你……真好。”

吴秋遇只听出她是在夸赞自己，便说道：“都是我师父教的，可惜我还学得不好。”

孟兰英问：“你怎么跟小灵子在一起了？你师父呢？”

吴秋遇扭过脸去，叹息道："我师父被坏人害死了。"

"哦，对不起，说到了你的伤心事。"孟兰英感觉到了吴秋遇的伤心。

吴秋遇说了一声"没事"，便沉默了。

孟兰英轻轻把手放到了吴秋遇的手上："秋遇哥哥，能跟我说说你的事吗？"

吴秋遇下意识地想把手抽走，却被孟兰英紧紧抓住，他有点惊讶地抬头看了孟兰英一眼，问道："我的什么事？"

孟兰英说："我想听听你的故事，你的经历。"

吴秋遇看着孟兰英，犹豫了一下，见她正恳切地望着自己，急忙转过脸去，说道："我是个孤儿，从小在寺庙长大。后来下山受了伤，被我师父带回去救治。师父对我很好，教我武功，教我认穴用药。后来师父带我下山，好心去给人看病，却被坏人暗中下了毒。都怪我太贪玩，没有好好跟师父学，惹了祸，还不能救师父……"说着说着，他又伤心起来。

孟兰英安慰道："都是坏人可恨，他们早晚会得报应的。事情已经过去了，你也不要太伤心了。"

吴秋遇点了点头，继续说道："嗯，他们不会有好下场。当时我正不知道该怎么办，就遇见了小灵子，她帮我去闹，好好整治了一回那帮坏人，替师父出了气。"

孟兰英稍稍愣了一下，喃喃道："小灵子姑娘好有福气。"

吴秋遇看了孟兰英一眼，不明白她这话是什么意思。

孟兰英赶紧说道："哦。我是说，小灵子姑娘很能干，能帮你出气，这是你的福气。"

吴秋遇点了点头，说："是啊。她可聪明了，有的是主意。后来我什么都听她的。"

孟兰英听了，心中有点不是滋味。

小灵子从掌柜的那里知道，楼烦镇有个关帝庙很热闹，值得一去，便高高兴兴地回来找吴秋遇，要去那里逛逛。

小灵子回到房间，不见吴秋遇，就连刚才卧病在床的孟兰英也不在房间里。她又到另外两个房间去看，也都空无一人，不由得心中纳闷。

这时候，老叫花子把药罐子和碗洗刷干净，嘟嘟囔囔走回来。刚到门口，忽见小灵子从里面出来，把他吓了一跳，险些把碗掉在地上。幸亏他反应及时，牢牢抱在怀里，口中埋怨道："丫头，你干什么？这要是摔了，可不赖我啊。"

小灵子顾不上搭理这事，而是开口问道："你见到秋遇哥哥了吗？"

老叫花子看了她一眼，没有作声，只顾挤进门里，去把罐子和碗放到桌上。

小灵子转身回来，跟上去问道："我问你话呢，你到底看见没有？"

老叫花子慢条斯理地坐下来，说道："看是看见了。我在想，应不应该告诉你？”

小灵子道：“老泥鳅，卖什么关子？说出来，本姑娘有赏。”

老叫花子笑道：“说话算话？好。说出来，你可不准生气啊。这事跟我可没关系。”

小灵子见他仍在闲扯，哼了一声，道：“快说，他在哪？”

老叫花子说：“我刚才过来的时候，看见他和孟老头的侄女在院儿里坐着呢，俩人手拉着手，说得可热闹了。那……”

没等他说完，小灵子已经急匆匆走出门去。

“我已经说了，你的赏呢？”老叫花子站起来叫喊。见小灵子没理睬，他嘟囔道：“说话不算话！”

小灵子走出几步，慢慢停了下来。她向院中望了一眼，转身又往回走。进到自己的房间，倒了一杯水喝了，闷坐着，心中不爽。

孟五斤悄悄溜到后院，找到马棚，把白马的缰绳解了，偷偷牵出来。

客栈的伙计知道他和吴秋遇是一起来的，也没多想，还客气地打了招呼。孟五斤胡乱应了一声，便拉着马匆匆出了客栈。他一路打听着去找买卖骡马的市场，路上还得东张西望，小心别被侯财旺一伙撞见。好在一路平安无事。来到骡马市，找个显眼的位置把马拴了，插上草标，自己躲到角落里候着买主。

先后有几个人来看了白马，或夸赞或摇头，看看就走了。

孟五斤跑出来几次，见那几个人连价钱都没问就走了，暗骂大家不识货，心里也在盘算着，这匹马到底该卖多少钱。

曾可以和聂是非带着两个随从正好路过。

聂是非远远看见白马，惊呼道：“公子你看！”

其实曾可以也看见了，他四处张望了一下，不见吴秋遇和小灵子，便吩咐一个随从过去看看，问问卖马的是谁。

聂是非小声说：“公子，要不要多叫几个人来？”

曾可以看了他一眼，微微一笑，说道：“他们卖马，咱们就去买马，过去的事先不提。先看看卖马的是谁，待会我自有道理。”

孟五斤见有人来买马，便又从角落里出来，招呼道：“您要买马？”

那随从问道：“这马是你的？你从哪儿弄来的？”

孟五斤警惕地看着他，叫道：“这当然是我的。你要买就买，问那么多干什么？”

曾可以见卖马的竟是这样一个人，周围并没有吴秋遇和小灵子的身影，心中纳闷，便迈步朝这边走来。聂是非和另一个随从也跟了过来。

孟五斤见又有人过来，而且跟刚才那个人是一伙的，开始有点紧张，问道：“你们是要买马吗？”

曾可以说道：“当然。不知你这匹马要卖多少钱？”

孟五斤反问道：“那你们想给多少钱？”

聂是非叫道：“嘿，我说卖马的，这马是你的吗？哪有让买主说价钱的道理？”

孟五斤打量着这几个人，嘴里说道：“你们要买就买，不买就不买，我可没打算得罪你们。”

曾可以笑道：“你不用紧张，我是诚心想买。你说个价钱吧。”

孟五斤看了看面前这位公子，还算客气，心里踏实了些，说道：“我看公子是大富大贵之人，想必有好眼力。您看这匹马，多健壮，多干净。您要是真喜欢，说个价，合适我就卖了。”

聂是非还要堵他几句，被曾可以拦住。曾可以说：“我出三十两银子，你可卖得？”

“三十两？”孟五斤一下子懵了。他可从来没想过这匹马能卖这么多钱，心中狂喜之余，生怕对方反悔，赶紧应道：“卖得，卖得。”

曾可以吩咐人把钱付了。孟五斤接过一大一小两锭银子，爱不释手，见众人都在看他，忙把银子揣进怀里，说道：“好了，这马是你们的了。”说完，高高兴兴地快步走了，头也不敢回，生怕他们忽然改变主意，再把银子要回去。

聂是非问：“公子，就这样让他走了？”

曾可以吩咐一个随从：“你去跟上他，看看他住在哪里，跟什么人在一起。一会儿到福星茶楼找我。”那随从领命去了。

曾可以摸了摸白马，自语道：“想不到，缘分都着落在你身上。”

他转身对聂是非说道：“聂先生，你把马牵回去，先去安排明天的事。我稍后就回。”聂是非点头应了，牵着白马走了，自去安排明天的事。

曾可以带着另外一个随从向福星茶楼走去。

孟五斤揣着银子回到客栈，难掩兴奋，见到伙计也都高兴地打招呼。

掌柜的不知道发生了什么事，就觉得他怪怪的，等他走了，小声问伙计：“他刚才干什么去了？”

正好门口的伙计过来，望了一眼背影，说：“刚才是牵着马走的，现在空手回来，多半是找到亲戚了。估计一会儿就该来退房了。”

掌柜的微微点了点头，见伙计仍在那里得意，说道：“还愣着干什么，还不赶紧招呼客人去？”

孟五斤一进门，见老叫花子在屋里，急忙收了笑容。

老叫花子早看见了，问道："什么事，叫你这么高兴？"

孟五斤说："啊，没什么事。那个，要不，你去问一下秋遇公子和小灵子，咱们中午吃什么？"

老叫花子说："要问你去问，我可不去。"

孟五斤见他赖着不走，故意气他："你这么懒，要饭都要不到热的。"

老叫花子说："这不是懒不懒的事。那丫头正在气头上，我可不去触那个霉头。"

孟五斤一头雾水："怎么了？出什么事了？"

老叫花子说："还不是因为你那个宝贝侄女。"

"兰英？兰英怎么了？"孟五斤一惊。

老叫花子说："她跟傻小子在一起开心，就有人不开心。怎么回事你不明白么？"

孟五斤一听是这个事，放下心来，问道："他们在哪？"

老叫花子说："在院子里呢。你出去那么长时间没看见？"

孟五斤怕把卖马的事说漏了，忙说道："劳烦你去帮我把兰英找回来，我好好劝劝她。可不能得罪了小灵子姑娘，要不然，咱们连饭都吃不上了。"

老叫花子看了他一眼，虽然不太情愿，可为了吃饭，还是嘟囔着出门去了。

孟五斤急忙把门关了，坐到桌边，从怀里掏出银子，仔细地把玩起来。

小灵子听到动静，出来观看，正听到孟五斤说了一句："想不到那匹马那么值钱。"

小灵子一愣，马上想到了那匹白马，急忙跑到后院去看。果然，白马已经不在了。问了伙计，知道是孟五斤把马牵走了，没再牵回来。

小灵子气冲冲回来找孟五斤算账。她一把推开门，质问道："你把马卖到哪儿去了？"

孟五斤吓了一跳，急忙把银子收起来，揣进怀里，支吾道："什么马？我不知道……你说什么……怎么了？"

小灵子怒道："你装什么糊涂？把我们的马弄哪儿去了？"

孟五斤闷不作声，来个死猪不怕开水烫。

吴秋遇和孟兰英跟着老叫花子一起回来了。

一进门看到屋里气氛不对，吴秋遇问道："灵儿，怎么了？"

小灵子指着孟五斤，对吴秋遇说："秋遇哥哥，他把咱们的白马偷去卖了！"

吴秋遇、孟兰英、老叫花子都是一愣。孟兰英上前问道："二叔，是真的吗？"

孟五斤抵赖道："没有的事，她诬赖好人！"

老叫花子不想掺和这事，走到床边，自去坐了。

吴秋遇低声道："灵儿，会不会是你弄错了？"

小灵子说："错不了的。我刚才去后面看过了，白马已经不在了。"

孟五斤说："白马不在了，也不能就说是我偷了。我要是偷了马，还能在这里坐着？"

小灵子说："那你说，那两锭银子是哪来的？"

孟五斤装糊涂："什么银子，哪有两锭银子？"

小灵子走上前，一把揪住孟五斤的胸襟。

吴秋遇急忙劝道："灵儿，有话好好说。孟二叔他……"

小灵子放了手，说："银子就在他怀里，我刚才看见了。你赖不掉的。"

孟兰英说道："小灵子姑娘，你先别生气。我问问好吗？二叔，有吗？有就拿出来。没有，也跟大家说清楚。"

孟五斤自知银子就在怀中，一搜便露馅，这是赖不过去的。他一边赶紧想着主意，一边慢慢把银子掏出来，轻轻放到桌上。

"二叔，你……"孟兰英气得说不出话来。

小灵子对吴秋遇说："秋遇哥哥，你看。白马就是被他给卖了。你去问他把马卖到哪去了。"

还没等吴秋遇开口。孟五斤抢先说道："秋遇公子，你听我说，白马的事我真的不知道。"

小灵子怒道："银子都摆在这了，你还想抵赖？"

孟五斤说："这银子……是我自己带来的。"

孟兰英质问道："二叔，你就别再错下去了。咱们哪来这么多的银子？"

孟五斤一脸委屈的样子，叹了一口气，说道："唉，一言难尽啊。事到如今，我也不得不说了。兰英从小落下气虚血亏的毛病，我大嫂死得早，大哥一个人把她拉扯大，过日子都难，哪有钱给她治病啊。我虽有心，怎奈家中贫寒，也帮不上忙。这不，姑娘大了，该出嫁了，我和大哥算计着，怎么也得先把姑娘的病治好，才能找个好人家。这才东拼西凑，好不容易才借了点银子。我这次带她出来，就是来给她治病的。听说这一带不太平，银子我一直贴身藏着，连兰英都不知道。兰英啊，二叔对不起你。本来这些事不应该对外人说的，现在不得不说出来，你可得原谅二叔啊。"

孟兰英听了，流泪说道："二叔，我错怪你了。秋遇公子……"她眼巴巴地望着吴秋遇。

因为事先听孟兰英说了类似的经历，吴秋遇完全信了，对小灵子说道："灵儿，看来咱们是误会孟二叔了。孟二叔，我替小灵子给您赔个不是。”

小灵子气哼哼说道：“秋遇哥哥，你怎么能信他的？就是他偷了咱们的白马，客栈的伙计都看见了。他是个骗子，他们俩都是骗子！她接近你，就没安好心！”

“小灵子，你……”孟兰英伤心地哭着，一激动，竟然昏厥过去。

吴秋遇急忙给孟兰英推拿，口中对小灵子埋怨道：“灵儿，你不要闹了。”

“秋遇哥哥，你说我闹？你信他们的，不信我？好，我走！”小灵子哼了一声，跑出门去。

老叫花子站起来，在后面喊道：“哎，丫头！”见小灵子已经走了，开始摇头叹息。

吴秋遇顾不得去追小灵子，急忙抱起孟兰英，送她回房间躺下，着手进行救治。

第三十四章

遭逢变故

小灵子负气出走，见不得街头的热闹，便专往偏僻的巷子里去。

她满脑子都是孟五斤的无赖嘴脸，以及孟兰英貌似无辜的样子，心中愤恨，同时也在想着他们的真实目的："难道他们刻意接近秋遇哥哥，就是为了偷卖那匹马吗？会不会还有别的阴谋？最可气的是秋遇哥哥，他竟然信了他们的鬼话，还说我胡闹！活该他被人骗了！我才不要管他！"

小灵子心里想着事情，没有留意道路，不知不觉地沿着小巷拐过了好几个弯。

"这是哪儿啊？"待她发觉的时候，已经身处一个破败的陋巷之中，只看到巷子口有个牌子写着"柳条巷"，此时已经分不清东西南北。

想要凭印象原路返回去，可是刚走了几十步就遇到岔路。该往哪走啊？都怪自己刚才只顾闷头想事情，对走过的街巷竟然没有任何的印象。

既然不清楚，多想也没用，她索性随便选了一个路口走下去，希望能找到大街。令她没有想到的是，几条巷子走下来，她竟然又回到了刚才的地方。小灵子一惊，心里开始有些着急。

她又尝试着走了好几遍，最后竟都转了回来。更为奇怪的是，刚才走过的几条巷子似乎都没有人家的门口，只看到光秃秃的围墙。现在想找个人问问都没有机会。

小灵子正自焦急，忽然发现前面不远处好像有个缺口，便迈步朝那里走去。

这也不像是个院子的门口。旁边的墙头都有一丈来高，这个四五尺宽的缺口只剩两尺多高的墙根，几扇木板在那里遮挡着。

小灵子想了想，又四顾无人，便打算进去看看，能找到出口也说不定。

她轻轻推开一块木板，侧身挤了进去。这里竟是一个开阔的庭院。

小灵子大喜。穿过这户人家，或许就可以走出去了，至少可以找这家人问问。

“有人吗？”她喊了两声，没有人回答。小灵子停了一下，又四处察看了一阵子，才小心翼翼地往前走。

小灵子个子小，步子本来也小，再加上走路又加了小心，每一步迈出去也就一尺多远。

她左脚刚着地，还没踩实，忽然“啊”地惊叫了一声，身子向后仰倒。

……

小灵子不在，中午的饭钱成了问题。

老叫花子埋怨道：“现在怎么办？钱都在那丫头身上带着。咱们晌午吃啥？”

孟兰英对孟五斤说道：“二叔，咱们的钱呢？”

孟五斤一看要自己出钱，还是有些心疼，但是小灵子是他气走的，没办法，只得掏出一点钱来：“我还不太饿。你们饿吗？要是大家都不太饿，咱们可以吃得简单些。”

吴秋遇心里想着小灵子，在一旁沉默不语。老叫花子看出来了，凑到他身边问道：“你要不要去找找？”吴秋遇刚站起来，孟兰英上前说道：“秋遇哥哥，先吃饭吧。小灵子姑娘身上有钱，亏不着自己的。”

中午好歹对付过去了，下午也平安无事。孟兰英仍是缠着吴秋遇给她看病聊天。

已经到了申时，小灵子仍然没有回来。吴秋遇开始坐立不安。

又枯等了一会儿，吴秋遇终于等不下去了，他急匆匆走出房门，在客栈门口跟伙计问了小灵子离去的方向，便上街寻找。

镇子这么大，镇上街巷又多，他一个外地人要找个人谈何容易啊。小灵子会在哪儿呢？

吴秋遇正在街头迷茫，忽然有个小女孩上前问他：“大哥哥，你是在等人还是找人？”

吴秋遇说：“我在找人。”小女孩问：“是不是在找一个姐姐？”吴秋遇一愣，急忙问道：“是啊，你知道她在哪里吗？”

小女孩伸手指了一条巷子，说：“我看见她往那儿走了。”

“多谢你。”吴秋遇喜出望外，顾不得再细问，便急忙往那条巷子追去了。

一条巷子走到头，前面出现了多个路口。吴秋遇犹豫难决。

一个人迎面走过来。吴秋遇上前问道：“大叔，您过来的时候有没有看到一个姑娘，这么高。”那汉子说：“看到了。好像是往那边去了。”

“多谢大叔。”吴秋遇顺着那汉子指引的方向追了下去。

转来转去，经过了多个路口，还没有追到小灵子。不过，每到一处岔路口，都能找人问到小灵子的去向，吴秋遇也就有了追赶的方向。

一路经人指引，吴秋遇找到了柳条巷。

正自茫然四顾，忽然听到小灵子的叫声：“你放开我！不要过来！”

吴秋遇急忙冲过去，用力推开那几扇木板，飞身跳了进去。

“灵儿！你在哪儿？我来救你！”他一边喊着，一边快步向前走。忽然脚下一空，“扑通”一声，落入陷阱之中。

刚才吴秋遇满脑子想的都是小灵子，脚下突然踩空，他完全是猝不及防。待到猝然下落，他惊觉不好，才急忙推拍两掌，稳住身形，稳稳地站在阱底。

吴秋遇心急如焚，他倒不是忧心自己的处境，而是担心小灵子。他定了定神，急忙四下观瞧，寻找爬出去的法子。

忽然听到上面有人说话：“秋遇哥哥，你没事吧？”正是小灵子的声音。

吴秋遇说：“我没事，灵儿。你不要害怕，我马上想法子出去救你！”

小灵子沉默了一会儿，说道：“秋遇哥哥，白马真的是被他偷去卖了。他回来还说，没想到白马那么值钱，我亲耳听到的。不信，回去你可以问门口的伙计，伙计看到他把马牵走了。”

吴秋遇说：“先不说这个了，我先想法子出去救了你再说。”

却听小灵子又说道：“他昨天谎称过不了河，就是要跟咱们一同住在客栈，设法接近你。今天孟兰英又称病赖着不走，然后千方百计缠着你，一定没安什么好心。难道这些你都看不出来吗？”

吴秋遇说：“可是，孟姑娘真的有病。”

小灵子质问道：“她真的病到不能走路了吗？昨天还和没事人一样，怎么今天就不能起床了？”

吴秋遇想了想，好像孟兰英的病确实有夸大之嫌。

小灵子说："我回去就要拆穿她，看她到底还有什么把戏？"

吴秋遇急忙劝解道："灵儿，不要吧。我看孟姑娘不像坏人。其实，她也挺可怜的。"

小灵子哼了一声，说道："到现在你还向着她。我看你才是真的可怜。你在下面好好待着吧。我这就回去教训他们两个。"

吴秋遇愣了一下，惊问道："灵儿，你……你没事？"

小灵子说："现在是你有事。在这好好反省吧。"

吴秋遇这才反应过来，自己中了小灵子的圈套，难怪一路都有人指引。可是，他又想不明白，小灵子怎么能在这么短的时间里布置出陷阱来？

过了一会儿，吴秋遇忽然意识到，当务之急是赶紧出去，于是高声喊道："灵儿，快放我出去！灵儿，灵儿……"可是他喊了半天，上面始终没有动静，看来小灵子已经走了。

小灵子回到客栈。前堂一个客人都没有。

有伙计看见小灵子回来，匆忙跑过来说道："姑娘，出事了。"

小灵子问："出什么事了？"

伙计说："你快到房间去看看吧。你和那位公子不在，我们掌柜的正发愁呢。"

小灵子一听，看来真是出大事了，急忙向客房跑去。

掌柜的正站在孟五斤和老叫花子的门口来回走溜。见小灵子回来，迎上前说道："姑娘，你可回来了，快进去看看吧。"

小灵子走进房间一看，顿时吓了一跳。只见孟五斤躺在地上，面额青肿，一动不动。老叫花子伏在床头，也是毫无动静。

小灵子走过去，用脚轻轻踢了踢老叫花子，说："起来吧，别装了。"

老叫花子撑起身子，回头尴尬地笑了笑，说："这你也能看出来？"

小灵子说："死人哪有放屁的？"

老叫花子站起来，看了看地上的孟五斤，说："他不是装的。看看死了没有。"说着，走过去伸手在孟五斤的鼻子下面试了试，惊喜道："他还活着！只是昏过去了！"

小灵子问："快说说，刚才发生什么事了？孟姑娘呢？"

老叫花子说："刚才来了一伙人，把那丫头抢走了，把孟老头打昏了。我只有装死，才躲过一劫。"

小灵子问："知道来的是什么人吗？"

老叫花子说："不认得。哎，我说掌柜的，你是本地人，你一定认得吧？"

掌柜的说:“我一直在前面柜台,后来听说出事了,才过来看看。那时候他们早走了。”

“老泥鳅,这儿交给你了。我去找秋遇哥哥。”小灵子好歹交代了一下,便跑出门去。

小灵子要去陷阱搭救吴秋遇,却在半路遇上了他。原来吴秋遇已然自行解脱出来,凭记忆找了回来。

吴秋遇刚要询问陷阱的事。小灵子抢先说道:“秋遇哥哥,不好了,孟姑娘被人劫走了。”

吴秋遇大惊,忙问道:“怎么回事?”

小灵子说:“我刚才回去,老泥鳅说来了一伙人,打昏了孟二叔,把孟姑娘劫走了。”

吴秋遇问:“是昨天追他们那伙人吗?”

小灵子说:“应该不是。要是他们,老泥鳅应该认识。咱们先去打听一下吧,看有没有人见到。”

吴秋遇来不及细问,便跟着小灵子一起去追查线索。

小灵子和吴秋遇到街上打听。遇见几个路人,都是摇头说“不知道”或“没看见”。只有一个人停下来,上下打量他们,问道:“被抢去的是你们什么人?”

吴秋遇似乎看到了希望。小灵子也这么觉得,忙说道:“倒不是我们什么人,只是昨天遇到了,就认识了。谁知今天又被人劫走了。”

那人说:“这样啊。要我说,你们也不用找了,找不回来的。”说罢,便要扬长而去。

吴秋遇拉住他再要细问。那人说:“唉,你拦我也没用。其实我什么也没看见。我只是觉得,你们人生地疏,多一事不如少一事。既然抢去的不是你们什么人,我劝你们就别操那份心了。”

小灵子叫吴秋遇松了手。那人便摇着头去了。

吴秋遇有些不甘心。小灵子说:“我看他说的是实话。”

吴秋遇说:“明明知道孟姑娘被人劫了,咱们怎能坐视不管啊。”

小灵子说:“我不是那个意思。我是说,那个人可能真的没看见。你想,这事都过去半个多时辰了,谁会在街上走这么久啊?现在街上的人没看见也属正常。倒是我刚才没想到这个。”

吴秋遇问:“那咱们现在怎么办?”

小灵子想了一下,说:“既然是一伙人,我看多半与豪绅大户或是江湖帮派有关。他们劫了人,光天化日的,未必敢在街上招摇。不如咱们设法打听一下这附近的各派势力，也许能有点线索。”

吴秋遇觉得有道理，便听了小灵子的主意，一起去人多客杂的茶馆打听消息。

云来客栈。孟五斤已然被老叫花子和掌柜的救醒，坐在桌旁发呆。

老叫花子安慰道：“你先别着急。他们已经出去找去了，回来会有消息的。”

孟五斤缓缓地抬起头，看了看老叫花子，继续唉声叹气。

老叫花子转换了话题，说：“现在就咱们两个人了，他们还不知道什么时候回来。咱们晚上吃什么呀？”

孟五斤微微摇了摇头：“兰英丢了，我哪还有心思吃饭啊。你自己去吃吧。”

“兰英丢了，他们已经去找了，你可不能再出事了。不吃饭哪行啊。”老叫花子继续劝。见孟五斤仍然不动，老叫花子终于说道：“那个，你有钱吧，借我点？”

孟五斤没吭声，摸出几个铜板，丢给他。

老叫花子数了数，觉得少了点，但是现在孟五斤正担心上火，也不敢再打扰他，说了一声“你想开点”，便出门去找吃的了。

福星茶楼。说是茶楼，其实也卖吃的。吴秋遇和小灵子找了一张靠在窗边的桌子坐了。小灵子简单点了一些熟食、点心，两个人边吃边观察动静。

小灵子留意观察周围的客人。吴秋遇偶尔望着窗外，幻想着能忽然看见劫持孟兰英的人出现。

靠近柜台有一桌，围了七八个人，在那里聊得热火朝天。有一个声音最大的汉子，偶尔提到一些江湖传闻，像是对江湖和武林有点了解。

小灵子站起来，便要过去相机打听。

吴秋遇忽然拉住小灵子，低声叫道：“灵儿，你看！”

小灵子顺着他指的方向往窗外看去，只见二三十个乞丐分成几伙，急匆匆走了过去。

吴秋遇说：“这些乞丐有点奇怪，看来有什么事要发生。”

小灵子说：“像是丐帮的弟子集结。丐帮虽说都是叫花子，可是还算有规矩，没听说他们干过什么坏事。孟姑娘应该不是他们抢走的。不过，他们这样急匆匆地，肯定有大事。我们不妨跟着去看看，说不定能有收获。”

吴秋遇点头同意。两个人又随便带了点吃的东西，便留了钱，急匆匆出门去追叫花子。

街上的叫花子越聚越多，最后足有三四十人，看来必是丐帮弟子无疑。领头的是个五十来岁的乞丐，他大致清点了一下人数，估计是人齐了，便带着他们一起钻进了一条巷子。

吴秋遇和小灵子一路暗中跟着这伙乞丐。

众乞丐走街串巷，来到街头的一棵大树下站住。吴秋遇和小灵子急忙就近藏了，暗中观察。

已经有三个乞丐事先等在那里。见人群到来，中间一个三十多岁的乞丐迎上前，叫了声："崔长老。"

领头的崔长老开口问道："李庆，情况都摸清了吗？他们有多少人？"

李庆指着不远处一个院落说道："就在那里。我们在这守了一天，刚才又去察看了一下，里面应该只有十几个人，咱们的人手应该够了。"

崔长老说："嗯。那就不用刘长老他们参加了。我刚才还让陈起子去送信，让他们守住路口，以防对方有帮手来。待会儿他来了，再让他跑一趟吧。"

李庆问："崔长老，咱们几时动手？"

崔长老说："等天一黑，咱们就悄悄摸过去，杀他个措手不及。"

躲在暗处的吴秋遇低声问小灵子："灵儿，他们这是要干什么？"

小灵子说："看来叫花子是来找人打架的。咱们有热闹看了。一会儿咱们也跟过去看看。"

吴秋遇点了点头。这还是他有生以来第一次遇到这样的场面。

崔长老带着人悄悄靠近那个大院。李庆翻过墙头，跳了进去。

一会儿，门开了，李庆站在门里招呼大家。崔长老便带着众乞丐悄悄摸了进去。

吴秋遇和小灵子也悄悄跑了过去。小灵子见吴秋遇跑向门口，急忙拉住他。吴秋遇不解。小灵子低声道："从门口进去，会被他们发现的。现在谁是谁非还不清楚，咱们不能露面。"

吴秋遇恍然大悟，问："那咱们现在怎么办？"小灵子说："先等着。等里面打起来，咱们从墙头往里看，就没人注意咱们了。"

院子里很安静。各个屋子都没亮灯。

李庆跟在崔长老身边，低声指点了一阵。崔长老便带着几个乞丐去后院了。

李庆安排剩下的乞丐堵住两个房间的门口，招呼一声："进！"众乞丐踢破房门，冲了进去。

"谁？""什么人？""啊呀！""啊——"顿时传来一阵惊呼喊叫和搏斗之声。

吴秋遇用肩膀托举着小灵子，站在墙外，什么也看不见，里面的动静也不知道怎么回事，便仰脸看着小灵子。

小灵子知道，叫花子偷袭得手了，便低头说道："这没什么好看的，咱们转到后面去。"

吴秋遇托着她慢慢下来。两个人绕着墙根朝后院跑去。

很快那两个房间里都没了动静。李庆带着人从屋里出来。

一个乞丐嘀咕道："怎么才这几个人？太不禁收拾了。"

李庆又问了另外一个房间的情况，也是只有三个人。李庆惊叫了一声，急忙吩咐道："你们四个留下，看好他们。剩下的跟我去后面，接应崔长老。"

崔长老带着几个人在后院挨着屋摸索，嘴里小声叫着："有人吗？吱一声。我们是丐帮的，来救你们了。"

靠近第三个房间的时候，隐隐听见里面有女子哭泣的声音。崔长老大喜，忙吩咐一个乞丐先过去撬门。

那门并未上锁，一推就开了。那乞丐只稍稍愣了一下，蓦然里面伸出一条腿来，直把他踹翻在地，滚出老远。

崔长老和众乞丐一惊，急忙摆开架势准备迎战。

吴秋遇和小灵子从墙上探出头来，往这边观看。

一个人从门里走出来，口中骂道："臭要饭的，敢来坏爷的好事！"只见那人头上没有几根毛发，癞头皮上扎着两根细绳，好歹把仅有的几根头发连在一起，胸前半敞着怀，露出一架薄皮瘦骨头。

见门外不只那一个乞丐，而是好几个人，那人也有些发毛，扯着脖子大喊道："来人哪！快来人哪！"喊了几声，无人响应，他不禁骂道："都他娘的死哪儿去了？"

崔长老笑道："胡二秃子，你不用喊了。他们这会都自身难保，救不了你了。快束手就擒吧。"

胡二秃子没有搭腔，鼓起嘴巴长长吹了一声口哨。

崔长老等人只道他是装腔作势，觉得好笑。有乞丐嘲笑道："你喊都喊不来，吹口哨就能把人吹来？哈哈。"

就在此时，不知从哪里冲出十几个人来，一个个手持钢叉，上前将崔长老等五个乞丐围住。崔长老吃了一惊。

胡二秃子大笑道："没想到吧？我这可比你人多。给我打！"十几个人便举钢叉朝乞丐杀来。

旁边四个乞丐手里还有根打狗用的棍子，崔长老则是空手迎战。由于对手都有兵刃，那钢叉也不好对付，几个乞丐便吃了亏，越靠越近。

眼看情势不利，崔长老忽然心念一闪："有道是擒贼先擒王，我何不先去把胡二秃子拿下？"想到此处，他抓住一把刺来的钢叉，将那人打倒，便跳出圈外，朝胡二秃子奔去。

胡二秃子自恃有两下子，并不回避，便与崔长老打了起来。一旦交起手来，他才发现，自己根本不是这叫花子的对手，不由得暗自悔恨。

十几个回合过后，崔长老一拳打中胡二秃子的左脸。胡二秃子还在捂脸号叫的时候，前胸又被崔长老一脚踹个正着，仰面跌入敞开的房门之中。屋里顿时一片女子的惊叫声。

李庆此时带人来到，见自己人被围在当中，都已经伤痕累累，显然是吃了亏。他招呼一声，便带人冲上来帮忙。丐帮人多，气势一下子扭转了过来。

崔长老见李庆带人来了，不再担心随身的弟子，索性乘胜追击，进入房中，去捉拿胡二秃子。

只听“啊”的一声惨叫，接着是一阵搏打之声，很快屋中便没了动静。

吴秋遇正在猜测。只见崔长老慢慢从屋里走了出来，右腿流着血，左臂被扭到背后，脖子上还架着一把匕首。吴秋遇一惊。小灵子倒似乎早有预料，只是微微摇了摇头。

胡二秃子推着崔长老出来，冷冷地喝道：“臭要饭的，你们还不住手？”

众乞丐瞥见崔长老被擒，一时不知如何是好，都暂时住了手。那些手持钢叉的家伙，趁势上前，要把乞丐们制住。

崔长老大叫道：“你们不用管我！除了这伙恶人再说！”

众乞丐这才醒过神来，急忙动手再战，而且义愤填膺，越战越勇。丐帮毕竟人多，胡二秃子手下渐渐不敌，不时有一两个被打倒在地。

胡二秃子用匕首在崔长老肩膀上深深拉了一刀，崔长老疼得头上冒出汗来，但仍是忍住了不叫，怕扰了丐帮弟子迎敌。

眼看手下抵挡不住丐帮弟子的进攻，胡二秃子急了，将匕首狠狠插入了崔长老的后背。崔长老毕竟是血肉之躯，剧痛之下，终于忍不住叫了出来：“啊——”

李庆大惊，一脚踢翻面前的汉子，大叫了一声：“崔长老！”

胡二秃子把匕首再次架到崔长老的脖子上，大喝道：“住手！不想叫他死的，都给我住手！”

李庆急忙招呼众乞丐暂时停手。手持钢叉的那伙人刚才吃了亏，倒也一时不敢上前。

在天百山庄，邵家父女也曾以小灵子的性命相要挟，逼吴秋遇自废武功，害得他险些自残身体。此刻见胡二秃子也使出同样的招数，吴秋遇气恨不过，便要从墙头上下来。小灵子急忙拦住他，低声道：“别急，再看看情况。”

胡二秃子见众乞丐真的有所顾忌，便更加有恃无恐：“你们把手里的棍子扔了，乖乖地束手就擒，老子可以留他一条贱命！”

众乞丐都看着李庆。胡二秃子的手下见有机可乘，倒在地上的也爬起来，向前逼近。

李庆不禁犹豫。如果不听他的，难免伤了崔长老，如果按他说的做了，万一这厮不讲信义，不但救不了崔长老，还会把大伙的性命都搭上去。

崔长老忍痛叫道："李庆，你们别管我，只管放手对付他们。咱们丐帮不轻易杀人。如果我死了，你们正好把他们一个个都杀了，给我报仇。"

小灵子低声赞道："他这话说得好。一方面告诉自己人不要被人牵制，一方面也形同警告对手，如果胆敢闹出人命，必遭灭门之祸。嗯，不愧为丐帮的长老。"吴秋遇想了想，也不禁点头称是。

果然，胡二秃子听了，不敢再轻举妄动。李庆稍稍放心，继续与敌手对峙。

胡二秃子把崔长老推给手下人看着，把匕首插回靴子里，斥问道："咱们素来井水不犯河水。你们擅自闯入我飞叉门的地盘行凶，是不是有点欺人太甚？"

李庆说："本来我丐帮与你飞叉门也没什么过节。只是你们近来太过嚣张，在这一带为非作歹，强抢良家妇女，便是与名门正派为敌。"

吴秋遇在墙头听见了，庆幸道："看来咱们跟着来是对了，估计孟姑娘也是被他们劫了。"小灵子说："那便省事了。如果一会儿叫花子摆不平，你就下去，把孟姑娘她们救出来。"吴秋遇点头道："好。"

就听胡二秃子哼了一声，说道："飞叉门如何行事，关你们屁事？"

李庆说："你们作恶多端，天底下任何一个名门正派碰见了，都是不得不管的。"

胡二秃子不屑地说道："哼，那也得看你们管得了管不了。我倒要看看，你们还有什么本事。"

崔长老说："你作恶多端，不怕遭报应么？"

胡二秃子冷笑道："报应不报应的，不是你说了算。你现在都被我捉了，还说这些废话有什么用？"

崔长老忽然大笑道："哈哈哈哈。你无非捉了我一个老叫花子，有什么得意的？天底下叫花子多的是，少我一个没什么。我也不妨告诉你，现在我丐帮的刘长老，另带着几十个人就在附近。只要这里发出信号，他们立马就会过来。到时候把你们一举歼灭。"

一听说丐帮还有人要来，胡二秃子的手下个个惊慌。

崔长老继续说道："识相的，赶紧把抢来的女子都放了，今日我丐帮也不与你为难。"

"哼，你说得倒轻巧。"胡二秃子当然没那么容易答应。他现在还不太相信崔长老所说的还有人手在附近。

这时候，一个乞丐匆匆跑来，高声喊道："崔长老，李大哥。刘长老他们那儿没有动静，要不要发信号叫他们过来？”

吴秋遇和小灵子认了出来，来的就是在汾河渡口躲在白马旁边一起上船的年轻乞丐。

崔长老说：“看来胡二当家的是下不了决心了。只好让刘长老他们一起来收拾场面。陈起子，现在就发信号。”

刚来的这个叫陈起子的乞丐应道：“好嘞！”说着便到怀里掏东西。

“等等！”胡二秃子虽然心有不甘，但自认没有把握打赢今天这场争斗，而且乞丐打完就可以走了，自己却是跑得了和尚跑不了庙，他思忖了良久，终于服软说道：“今天就给你们丐帮一个面子，我把人放了。日后要再来我飞叉门捣乱，定不会善罢甘休。来人，去把屋里的人都放了。”

有人进到屋里，捣鼓了一阵子。很快就见七八个衣衫不整的女子跑了出来，在门口看见胡二秃子，都惊得停了下来，见他并未发狠阻拦，才一个个仓皇而去。

吴秋遇和小灵子在墙头仔细看了，出来的女子中并没有孟兰英。

李庆上前察看崔长老的伤势。看守崔长老的飞叉门弟子见当家的都已经服软了，索性自己也退到了一边。崔长老说：“我的伤不碍事。”

见飞叉门果然把人放了，崔长老点了点头，对胡二秃子说道：“既然如此，今日的事可以就此作罢。今后咱们仍是井水不犯河水。我们走！”说着，便招呼弟子离去。

吴秋遇没看到孟兰英，见丐帮的人要走，情急之下便翻墙跳了下来，大声喊道：“等一等！”

院里的众人都是一愣，没想到那边竟然冒出一个人来。再一看，墙上还有一个。

丐帮的人停住脚。陈起子见是吴秋遇和小灵子，脸上露出兴奋的表情。

崔长老高声问道：“小兄弟，你有何话说？”

吴秋遇还没来得及回答崔长老的问话，就听小灵子在墙上喊道：“秋遇哥哥，你先托我下去呀。”吴秋遇急忙抱住她的腿脚，把她放了下来。

两个人一起走到众人面前。吴秋遇说：“应该还有一个姑娘。”

胡二秃子怒道：“你胡说什么？！”崔长老却问道：“这话怎么说？”

吴秋遇说：“今天孟姑娘在客栈也被人劫走了。刚才出去的人里边，却没有她。”

胡二秃子怒道：“天底下谁家丢了人，都要赖到我飞叉门的名下么？”

小灵子说：“敢不敢叫我们进去找找？”崔长老等人都盯着胡二秃子。

胡二秃子不耐烦地说道：“老子没工夫跟你们在这磨牙。你们要找便找。我找地方睡觉去了。”说罢，哼了一声，便甩手走了。飞叉门的弟子也乐得不用再打，各自散去抹药疗伤了。

吴秋遇和小灵子急忙走到屋里去找人。丐帮的众人便在门外等着。

过了一会儿，两个人从屋里出来。李庆上前问道："怎么样？找到没有？"吴秋遇摇了摇头，自语道："没有。怎么会没有呢？孟姑娘会在哪儿呢？"

这时候，陈起子走上前来，开口问道："你们说的孟姑娘，是不是日前在渡船上被侯胖子骚扰的那个？"

吴秋遇点头道："是啊，就是她。你知道她在哪儿？"

陈起子说："她在哪儿我不知道。不过，刚才走的那个秃头叫胡达，正是侯胖子的姐夫。我看，孟姑娘的失踪，多半跟他们也有关系。"

"难怪他心虚走了。"小灵子想了一下，忽然叫道："秋遇哥哥，咱们快去追他！"

陈起子说："胡二秃子在此地有个外宅，我知道在哪儿，我带你们去。"

吴秋遇说："太好了。咱们走。"

崔长老问："要不要我带丐帮弟子一起去？"

小灵子说："你们只要帮忙看好他的那些手下。对付那个秃头，我和秋遇哥哥两个人就好了。"

崔长老点头道："好，就按你说的，大家分头去看好飞叉门的弟子，别叫他们前去捣乱。"众乞丐领命去了。李庆留下给崔长老看伤上药。

第三十五章
再救兰英

陈起子带路，吴秋遇和小灵子去追赶二秃子胡达。小乞丐路很熟，很快三个人便找到了胡达的住处。

陈起子自告奋勇，要翻墙进去开门。小灵子笑道："不用那么麻烦。秋遇哥哥，你用短剑把门闩直接削断了就行。"

吴秋遇取出定心剑，插入门缝，上下一削，那门闩便断作两截。有一截门闩滑落到地上，发出"吧嗒"一声。

吴秋遇推开院门。三个人走了进去。

里面有两间屋子仍亮着灯。二秃子胡达已经听到动静，手持钢叉蹿了出来，看清来人，大怒道："好小子，你还敢追到这儿来送死！"

吴秋遇直问道："孟姑娘在哪儿？快点把她放出来！"

胡达哼了一声，冷笑道："就凭你们三个，一个傻小子，一个黄毛丫头，一个小叫花子，也敢来救人？哈哈，我看你们就是来送死的。老子叫你们走不出这个门去！看叉！”说着便举叉朝吴秋遇打来。

对方手里有兵器，吴秋遇不敢怠慢，施展小腾挪身法，小心应对。

这胡达貌似凶狠，本事却着实不济，不出十招，就被吴秋遇把钢叉夺去。肋下又被吴秋遇重重踢了一脚，跌撞到墙上，头脸戗出血来。

吴秋遇只想救人，不想伤人，因此也没追过去再打。胡达爬起来，怯怯地溜到门口，跌跌撞撞地跑了出去。

小灵子叫道："秋遇哥哥，别叫他跑了！如果这里找不到孟姑娘，咱们再抓他就难了！"

"哦！"吴秋遇应了一声，急忙丢掉手里的钢叉，追了出去。他跑了几步，又回来，取出定心剑，交给小灵子让她防身，才又快步去了。

胡达武功不行，跑得倒挺快。吴秋遇紧追不舍。只因路途太近，使不得追风架子，便只得用实力奔跑相追。

一伙北冥教青衣堂的人正在连夜赶路，为首的是一个四十多岁的汉子。旁边有人问道："康堂主，咱们这次能见到路大长老吗？"

康堂主点头道："你们这次有福气，正赶上路大长老到了楼烦，还说要接见你们呢。"那些人听了自然高兴。

忽见一人迎面跑来，康堂主不想平生事端，便让人把道路给他让开了。

胡达回头见吴秋遇追得紧，心中惶恐，慌乱中差点撞上北冥教的人。

康堂主只是微微皱了一下眉，并不气恼，只想让他过去便了。

胡达稍稍愣了一下，忽然说道："众位好汉，救救我呀。后面有歹人要杀我，要杀我呀。"也不等众人醒过闷来，他便跌跌撞撞地跑了过去。跑出了七八步，他又停下脚步，故意回头大声喊道："兄弟们，拜托了！改日咱们再一道喝酒！"

吴秋遇眼看着前面多出了一伙人，又看到胡达先是跟他们嘀咕了几句，临走又大声喊着要一道喝酒，心中便认定他们是熟人，不由得暗自加了小心。

北冥教青衣堂这伙人，仍是不愿多事，纷纷把路让开。胡达跑出几步，回头见了，再次大声喊道："那小娘子就送给你们了！咱们两清！可要记着兄弟的情，改天请我喝酒！"说完便匆匆逃走了。

北冥教的人一头雾水，起先没明白他什么意思。有个人低声说道："看来是这俩人在争夺一个女人，翻了脸，在这喊打喊杀的。瞧他们这点出息。"其他人也一个个跟着哄笑起来。

吴秋遇刚跑到他们近前，听到胡达那一句"小娘子送给你们"，又见众人哄笑，马上想到孟兰英是在他们手上，便停下脚步，警惕地看着眼前的一伙人。

康堂主旁边的人说道："小子，你不快追，在这乱看什么？"

吴秋遇想起当初跟师父下山时，在感生祠见过的青衣堂的李袖，嘀咕道："又是北冥教青衣堂的人。"他这么一想，嘴里竟然说了出来。

康堂主一愣，上下打量着吴秋遇，问道："这位兄弟，你还在哪里见过我青衣堂的人？"

吴秋遇不会撒谎，随口说道："灵丘县莫家湾。"他说完就后悔了。

康堂主惊诧道："你见过李袖？那他人去了哪里？"

吴秋遇说："我不跟你们说这些。我只想知道，你们把孟姑娘弄到哪儿去了？"

"什么孟姑娘？"康堂主当然不知道他在想什么，继续追问道："我问你，李袖去了哪里？"

吴秋遇犹豫了一下，还是说了："他死了。"

康堂主直盯着吴秋遇："你说他死了，又知道他叫李袖。难道说你看到他怎么死的了？"

吴秋遇点了一下头，又说道："求你们把孟姑娘放了吧。"

"不知你在说什么。"康堂主强忍着性子，盯着他问道："这么说，李袖的死跟你有关喽？"

吴秋遇先是点了一下头，然后又赶紧摇头。他心思再单纯，也知道这意味着什么。

这时候，北冥教青衣堂的人都围了过来。康堂主一把攥住吴秋遇的右臂，阴沉地说道："我劝你还是老老实实地把当时的情形说清楚。"

吴秋遇用左手掰开他的手，说道："我不想跟你说那个。我只想找回孟姑娘。你要把孟姑娘放了，我可以跟你讲，你问什么都行。"

康堂主只道他是在装傻充愣，有些动怒："小兄弟，你要是不说实话，怕是过不了今天这关。"

"你想怎么样？"吴秋遇盯着他，"我只求你们放了孟姑娘。你要是放了孟姑娘，问什么我都说。"

康堂主白了他一眼，自己往后退了一步，冷冷说道："我现在给你个机会，让你也亮亮本事。你要能在我康奇手下挺过三招，我放你回去，绝无二话。你若坚持不了三招，我再问话，你要是还这么装傻推搪，可别怪我以大欺小。"

吴秋遇摇头道："我不跟你打架。我只要找回孟姑娘。"

康堂主见他一门心思只顾磨叨"孟姑娘"，显得有些不耐烦，拉开架势说道："小子。你先动手吧。"

吴秋遇还是那两句话反复说。青衣堂的人都听不下去了，在一旁叫道："堂主，别听他废话了，打吧。"

康奇也实在听不下去了，手上运力便迎面打了过来。吴秋遇本无心打架，也就随便抬手一挡。

两人手臂一碰，吴秋遇惊叫不好，这康奇骨头很硬，力气也大，震得他手臂发麻，向后倒退了两步。不过好歹算挡过了一招，接下来可不敢再怠慢了。

康奇一招打过去，没觉得吴秋遇有多大本事，也就更加放心，手上还稍稍减了些力气，只怕伤了这个年轻人。

吴秋遇第一招吃到了苦头，马上集中了注意力，施展“小腾挪身法”跟对方周旋。

康奇又打出两招，都被吴秋遇灵活躲过，竟然连他身子都碰不到，不禁暗自称奇。

吴秋遇说：“三招打完了。现在可以告诉我孟姑娘在哪了吧？”

康奇不明不白就使完了三招，心有不甘，听他又问起“孟姑娘”，便乘机说道：“我刚才只答应你，能挺过三招就放你走。你要问那个孟姑娘的事，得再接我十招。”这次他留了余地，增加到十招。

吴秋遇无奈，说道：“要是我坚持过了十招，你可得说话算话，告诉我孟姑娘在哪儿。”

康奇只道刚才是自己一时失误，对新一轮交手是信心十足，便满口答应：“好，我答应你。如果你挺不过十招，就得告诉我李袖的事，也不能反悔。”

吴秋遇说：“好。一言为定。”

再次交起手来，康奇终于发现，刚才并非自己一时失误。这年轻人身上的功夫着实不弱，那身法是出奇地灵活，叫人完全接近不得。其实，他还不知道，吴秋遇是不想和他拼杀，才一味闪展躲避，吴秋遇根本没有主动打出过一招攻势。

眼看过了第七招，还丝毫没有取胜的机会，康奇暗自着急。旁边的人自然也看得出来，无不惊奇这小子的奇异身法。有两个人相互使了个眼色，有心暗中帮堂主一把，便悄悄靠近，上前封堵吴秋遇的退路。

吴秋遇见康奇又是一记重拳当胸打来，急忙向后退闪。哪知后路已被人堵住，在一个人身上撞了一下，被推了回来。吴秋遇大惊，眼看康奇的拳头已经到了，急忙攀拉住他的手臂，身子就势向旁边一跃。由于他是半途改变路子，就稍稍迟了一些，拳头贴着胸前挤蹭过去，打在右肩，疼得他几乎叫出来，身子也是向侧后一个趔趄。这是第八招。

康奇大喜，不等吴秋遇站稳，抬起一脚便踹了出去。吴秋遇左手刚要揉肩膀，康奇的脚就来了。他不敢怠慢，刚要后退，就惊觉后退无路，急忙出右手去抓康奇的脚腕，试图阻挡他踹来的力道。

吴秋遇的手很快，是把康奇的脚腕给抓住了，怎奈康奇腿上的力道太大，根本拦不住。吴秋遇只得绷着右臂支撑身子，随着康奇的腿脚向后撞去。他身后之人猝不及防，硬生生被撞了出去，仰面摔出好几步远。待到康奇的腿伸直没了力道，吴秋遇才松了手，转身观看。

被撞出去的那个人倒在地上，揉着胸口翻滚。吴秋遇一惊，便要过去给他推拿。

此时已经过了第九招，只差最后一招便要有人兑现承诺。

康奇见吴秋遇正背对着自己，哪肯错过机会，他上前一步，双手运足了力气，猛地奋力推出。

吴秋遇惊觉背后有风声，暗叫："不好！怎么还在交手之中，就想着帮人推拿的事了？"情急之下，他手上运力，左臂向后一挥，打出一招"干拍鬼影"。这是"降魔十三式"中的第二招，济苍生曾经用他打伤无际和尚。

康奇双手还没碰到吴秋遇的后背，自己便先中了一掌，向旁直飞了出去，正撞在一人身上，二人先后摔倒在地。

在一旁观战的青衣堂弟子本以为康堂主胜券在握，就等着拍手叫好了，哪想到会是这样一个结果，一个个目瞪口呆。

康奇在地上卧了一会儿，才愣愣地欠起身来，仍觉得半个身子酸麻，胳膊都抬不起来。幸亏吴秋遇那一掌是仓促打出，只有两三成的功力，不然恐怕康奇的半个身子就要废了。

吴秋遇急忙走过去，一面伸手想要扶他，一面抱歉道："前辈，我不是故意的。刚才我……我给你赔礼了。"

此时青衣堂众人才如梦初醒，有的人去扶康奇，有的拉开架势防范吴秋遇。

康奇吃力地站起来，自己摸着那酸麻的半个身子，羞愧道："小兄弟，你功夫了得，在下佩服！"

吴秋遇说："前辈，十招已经打完了。现在可以告诉我孟姑娘在哪里吗？"

康奇苦笑道："我真的没见过什么孟姑娘。你怎么就认定我们知道呢？"

吴秋遇说："那，刚才那个，他说送给你们，还要请他喝酒……"

康奇这才恍然大悟，对吴秋遇说道："嗨，小兄弟，你误会了。咱们都叫那个秃子给耍了。我还以为他在跟你喊话呢，没想到，你反倒认为我们跟他是一伙。"

"啊？"吴秋遇明白了真相，痛心疾首，悔不该在此耽误了时间，叫那个胡达给跑了。

康奇说道："小兄弟，按说我败在你手上，没资格再问你话。可是，我们真的很想知道李袖兄弟是怎么死的。"

吴秋遇只顾痛心疾首，根本没在听他说什么，忽然想到小灵子还在胡达住处，也顾不得跟众人道别，便急忙回去找小灵子了。

康奇望着吴秋遇的背影发呆。旁边有人问道："堂主，咱们要不要追过去？"康奇说："这年轻人武功甚高，咱们奈何他不得。等我先请示了路大长老再说。"

胡达的住处。一间亮着灯的屋子里。

孟兰英手脚都被牢牢捆着，在床上侧躺着。

胖少爷侯财旺在旁边死猪一样地睡着，酒气熏天。

刚才孟兰英已经听到了外面的动静，知道吴秋遇和小灵子就在外面，只是她的嘴被堵着，叫不出声来。后来，听到小灵子叫吴秋遇去追胡达，她心里着急，生怕他们就此去了，错失了解救自己的机会。于是她千方百计要弄出点动静来，无奈手脚被捆，嘴也堵着，只能用头往炕上撞。

偏巧此时小灵子和陈起子跟着吴秋遇到了门外，看着他去追二秃子胡达。小灵子手里拿着吴秋遇留给她的短剑，心中高兴："这一回，他倒细心。"

侯财旺一觉醒来，仍是醉醺醺的，似是口渴了，迷迷糊糊要爬起来找水喝。他坐起来，挪动肥大的屁股下了地，猛然看到炕上还有个人，吓了一跳。

孟兰英见侯财旺醒了，已经发现她了，更是惊慌。她奋力扭动着身子，但无济于事。

侯财旺揉了揉眼睛，见那里捆着的竟是孟兰英，喜出望外，酒劲也顿时醒了三分。他晃晃悠悠地走过来，摇头晃脑地说道："小娘子，你怎么在这？哦，我知道了，一定是我姐夫……把你弄来了。我这个姐夫啊，人长得难看，对我倒……真是不错。我谢谢他。你……不要害怕。我来了。"

孟兰英极力挣扎，但是丝毫没有逃闪的余地。她只能瞪大眼睛，拼命地摇头。

小灵子和陈起子见吴秋遇追着胡达去远了，又回到院中，一面呼喊着"孟姑娘"，一面挨屋寻找。

孟兰英听见小灵子的声音，又用力把头往炕上撞。

侯财旺仍有几分醉意，又一门心思都在孟兰英身上，对外面的动静竟然没有在意。他伸出两只肥手，慢慢上前摸来，嘴里还叫着："小娘子，我来帮你！"

小灵子正走到门口，听到侯财旺的声音，一脚踹开房门，闯了进来。

侯财旺醉醺醺地，反应迟钝，又仗着是在他姐夫胡达的隐秘住处，没有想到会有人来救孟兰英，只当是胡达的手下进来。他两手继续在孟兰英身上乱摸着，头也没回就骂道："混蛋！你们吵什么？都给我出去！别打扰本少爷的好事。"

小灵子冲过来，伸手揪住胖子的耳朵，用力往旁边拉。

侯财旺疼得直叫："谁呀？快放手！哎呀，疼，疼！"

这时候，陈起子也冲了进来，用打狗的棒子看住侯财旺，对小灵子说："小灵子姑娘，这个交给我吧。你去救那个姑娘。"

侯财旺这才看清进来的两个人，一个乞丐，一个把自己弄到河里的小姑娘。他一惊之下，酒劲又去了三分，傻呆呆没有话说。陈起子一脚踢在他的小腿弯，按着他跪下。

小灵子赶紧去把孟兰英扶了起来，用定心剑把绳子割了。

侯财旺家里富裕，又跟飞叉门有来往，也算是见过一些世面的人，但见到那短剑如此之快，仍颇为惊讶。小乞丐陈起子已经见过吴秋遇用短剑削断门闩，当时只道是吴秋遇力大，现在见小灵子也能轻易地挑断绳索，才意识到是短剑锋利，开口问道："小灵子姑娘，这是什么宝剑？这么快！"

小灵子一面帮孟兰英解脱绳索，一面说："这是定心剑。"她说完就后悔了，马上想到，这消息一旦走漏出去，说不定会惹出什么事来。她紧张地看了看侯财旺和陈起子。

好在那二人都是江湖上的小角色，根本没听说过定心剑的事，一时也没什么反应。小灵子才稍稍放心。

孟兰英来不及跟小灵子道谢，先快步走到侯财旺面前，扬手要打，可她恨恨地瞪了一会儿，终究下不去手。

小乞丐陈起子笑道："姑娘下不去手，我来！你说打几下，我替你打。"

孟兰英说："你随便吧。"

"好嘞。"小乞丐反正闲着无事，乐得帮孟兰英这个忙。

陈起子在汾河渡口受过这个胖子的气，因为自己是乞丐，被他拦着差点上不了船，又目睹了这胖子在渡船上的所作所为，知道他根本不是什么好人，再加上他是胡二秃子的小舅子，那便连胡达刺伤崔长老的仇也一并发泄在他身上。

小乞丐一连打了七八下，而且每一巴掌打在侯财旺脸上都是啪啪作响，疼得胖子"哎哟，哎哟"地惨叫。

孟兰英毕竟心软，看不下去，低声道："行了。"

小乞丐正好手疼了，便也停了手，对侯财旺说："你还不谢谢姑娘？"

侯财旺把手从脸上拿开，作揖道："多谢姑娘！多谢姑娘！"

孟兰英懒得理他，走到小灵子面前，说："谢谢你，小灵子！"

小灵子一笑："你不用客气，孟姐姐。还好我们来得及时。等秋遇哥哥回来，咱们就一起回去。"

小乞丐问道："这个胖子怎么办？"

小灵子抓起炕上的几段绳子丢过去，说："先捆上再说。"

小乞丐把绳子接了，吩咐侯财旺爬上炕沿趴好，然后高高兴兴地把他的手脚反绑到一起。又从屋里随便找了点东西，把他的嘴堵了。

忽听外面脚步声响。吴秋遇在院中喊道：“灵儿，你们在哪儿？”

小灵子急忙应道：“我们在这个屋里，秋遇哥哥。孟姑娘也在呢。”

吴秋遇走进门来。孟兰英一下子扑了上去，抱住吴秋遇，痛哭起来。吴秋遇看着小灵子，尴尬得不知如何是好。

小灵子默默地转过脸去，叫上小乞丐一起出了屋子，轻声说道：“我们在外面等。”

过了一会儿，吴秋遇和孟兰英从屋里出来。

他们刚出门，就听屋里“扑通”一声。

小灵子笑了：“想是那胖子在炕沿上待不住，掉到地上了。”孟兰英此时也破涕为笑。

四个人一起出了院子。

小乞丐刚才打侯财旺出了气，心情很好，对吴秋遇和小灵子说道：“我是丐帮阳曲分支的弟子，这次奉孙长老调动，从飞叉门解救他们抢来的女子。如今都已救出，算是圆满了。除了在本地谋生的弟子以外，我们都要跟着崔长老去太原面见孙长老。两位近期有空到太原，记得还有我这个熟人。”

吴秋遇和小灵子与他作别，陪着孟兰英一起回云来客栈。

孟兰英问：“我二叔怎么样了？”小灵子说：“他只是昏倒了，应该没什么事。你放心吧。”孟兰英说：“今天多亏了你们，要不然……”小灵子说：“孟姐姐，你就不要客气了。大家都是自己人。”吴秋遇也说：“是啊。”

小灵子把短剑递给吴秋遇：“秋遇哥哥，这个还是你收着。我可不愿意身上带这么个东西。”吴秋遇伸手接了，把短剑别在腰间，又用衣襟盖了。

看到两个人熟悉默契的样子，孟兰英若有所思。

云来客栈门口。

孟五斤正在心急如焚地往街头张望，忽见那位买马的公子朝客栈走来。“只怕是嫌马太贵了，来要银子的。”他想到这里，急忙跑进去准备躲起来。

老叫花子正在房中躺着，见孟五斤慌里慌张地跑进来，一下子坐起来，问道：“怎么了？又来歹人了？”

孟五斤把他拉下床，就往门口推。老叫花子叫道：“你干什么？坏人来了我可挡不住！”孟五斤说：“没有坏人。你出去走走，先让我一个人待会。”

“哎呀，我鞋，鞋还没穿呢。”老叫花子吵嚷着，硬是被推出了门口。

孟五斤把破鞋给他丢了出去，咣当把门关了，上了栓。

老叫花子敲了一阵子，见孟五斤始终不开门，只得到隔壁吴秋遇的房间里去歇着。

孟五斤拿着两锭银子，不知藏在哪里好。这试试，那瞅瞅，觉得搁在哪里都不安全。

曾可以在柜台描述了吴秋遇和小灵子的样子，询问他们住在哪里。掌柜的警惕地看着他，犹豫着该不该说。曾可以掏出一锭银子放在柜台上，说："我是他们的朋友。他们的房钱我先替他们给了。少了再找他们要，多的就不用找了。"掌柜的收了银子，高高兴兴地说："原来是朋友来访，那便没的说。那位公子住在地字二号房，转过去就看见了。"

曾可以按门牌找到吴秋遇的房间，轻轻敲了两下。

老叫花子刚躺下，以为又是孟五斤来骚扰，不耐烦地说道："你有完没完啊？我都躲开你了，还来吵啥？"

曾可以稍稍愣了一下，说道："秋遇公子，是我，蓟州曾可以。"

老叫花子也是一怔。他记起来了，在宁武野外那个庄稼地里的小屋，自己被小灵子拉去冒充丐帮帮主时，见过这个曾可以。他赶紧起来，在桌子旁边的椅子上坐好了，才一本正经地说道："门没关，你自己进来吧。"

曾可以走进门来，见只有老叫花子一个人在房里端端正正地坐着，不禁愣在那里。

老叫花子假装咳嗽了一下。曾可以才醒过神来，忙躬身施礼，口中说道："晚辈曾可以，拜见丐帮倪老前辈。"

老叫花子说："黑天半夜的，你不在家好好睡觉，怎么跑到这来了？"

曾可以解释道："听说秋遇兄弟住在这里，便想着过来看看。怕他白天出去游玩，见不到，这才深夜造访。不成想在这里见到倪老前辈，晚辈真是三生有幸。"

"哦，这样啊。"老叫花子点了点头，心里却在盘算着怎么把他打发走，免得时间长了露馅。他想了一下，说道："嗯，他们怕是一时半会回不来。你先回去睡觉吧，明天晌午再来，我叫他们等你。"

曾可以说："既然有幸在这里见到老前辈，晚辈正有事要跟您请教。"

老叫花子支吾着说："啊，什么事啊？"

曾可以说："武林至尊失踪多年，如今中原武林是群龙无首，散漫堕落，更有北冥教时时刻刻都在威胁。家父梓图公深以为虑，一直渴望和其他武林同道共谋大事，早解中原武林的危局。晚辈和家父梓图公久仰丐帮的声威和倪帮主的大名，有意结交。不知老前辈以为如何？"

老叫花子说："这种事，你们自己折腾就行了。我一个要饭的花子就不跟着起哄了。哈哈。"

曾可以说："老前辈武功高深，自是不必为自身忧虑。难道，您就不为丐帮千百万弟子的安危着想吗？"

老叫花子笑道："他们的事用不着我费心。好像也用不着你操心吧？"

一句话堵得曾可以没了话说。

吴秋遇、小灵子、孟兰英回到云来客栈。

客栈的伙计和掌柜的看到他们回来，一个个惊讶不已。先是小灵子负气出走，午后吴秋遇去找小灵子，后来小灵子一个人回来，听说孟兰英丢了，又出门去找。现在三个人竟然一起回来，确实有点匪夷所思。

掌柜的说："客官，刚才有朋友来找你，已经到你房间去了。"

吴秋遇一愣。小灵子急忙问道："是什么人？"

掌柜的说："也是一位年轻公子，说是跟你们相熟的，还帮你们把店钱给了。"

小灵子一时想不出来会是谁，拉着吴秋遇就往后面走。孟兰英也在后面紧紧跟着。

曾可以跟老叫花子话不投机，久留无趣，便拱手告辞。老叫花子继续到床上躺着。

曾可以从房间里出来，正见到吴秋遇和小灵子回来，忙迎上去说话："秋遇兄弟，小灵子姑娘，你们回来啦。我正在这等你们呢。"

小灵子只盯着曾可以，没有说话，心里却在想着："他怎么知道我们住在这儿？"

吴秋遇说："曾公子，你找我们有什么事？"

曾可以回头往房里看了看，低声说道："倪老前辈休息了，咱们借一步说话。"说着便请吴秋遇往院子里走。小灵子怕吴秋遇吃亏，便也跟了过去。

孟兰英不认识曾可以，想着他是吴秋遇的朋友，便微微点了一下头，然后走到孟五斤的门口，说："二叔，我回来了。"

孟五斤听到侄女的声音，急忙跑过来把门开了，上下打量着孟兰英，急切地问道："兰英，你没事吧？可吓死我了。你要有个好歹，我怎么跟你爹交代呀。"

孟兰英说："我没事。多亏了秋遇公子赶走坏人，小灵子姑娘及时赶到，救了我。"

"小灵子……"孟五斤一脸羞愧。孟兰英看在眼里，忙问道："二叔，你怎么了？"

孟五斤摇着头，叹了口气："唉，我对不起小灵子，叫她受委屈了。"孟兰英先是一愣，马上想到了早间争论偷马的事，盯着孟五斤问道："二叔，难道……真的是你把马拉去卖了？"孟五斤点了点头，继续摇头叹息。

“二叔，你好糊涂啊！”孟兰英知道了真相，也觉得脸红，“咱们明天就去把马找回来，然后好好赔罪。”

孟五斤说：“把马找回来倒也不难。只是我这老脸没处搁了。唉，谁让你这病需要花钱呢。我也是一时糊涂啊。”他东一句西一句的，孟兰英只记住了第一句：“你知道买马的人住在哪儿？”孟五斤说：“就是刚才的那位公子。”

孟兰英说：“那赶紧把银子拿出来，现在我就去找那位公子说。如果他不愿意，咱们就算把所有的钱都赔给他，也要把马赎回来。”

院子里。

曾可以对吴秋遇说：“秋遇兄弟，你将来作何打算？”吴秋遇说：“我没什么打算，跟小灵子在一起就行了。”曾可以笑道：“跟小灵子姑娘在一起自然是好事，但是总得有所归依吧。总这样在江湖上漂着，不是个事。”吴秋遇说：“你说的也许有道理。”

见吴秋遇并不排斥谈话，曾可以继续说道：“我看不如这样。家父梓图公热心武林公益，喜好结交英雄。我曾家虽说算不上武林正宗，但是近年来在江湖上也有一定的影响。如果秋遇兄弟一时找不到更好的去处，不如暂且到我曾家安身。”

不等吴秋遇作答，小灵子急忙开口说道：“公子你为人和善，像是个好人。只是你手下的蒙昆和天山恶鬼之流，怕是容不得我们。我们斗不过他们，也不想过那种提心吊胆的日子。你的好意呀，我们心领了。”吴秋遇也冲着曾可以点了点头，表示同意小灵子的说法。

曾可以知道蒙昆、天山恶鬼等人与他们有过节，小灵子的话是有道理的。不过令他心中暗喜的是，他们虽然没有答应，但是并没把话说死。既然他们顾忌的是蒙昆和天山恶鬼，将来只要设法让这些人与他们见不着面，事情还是有转圜的余地的，倒也不急于这一时。于是又试探着问道：“你们一直跟着倪帮主，难不成是要加入丐帮么？”

小灵子说：“加入丐帮有什么不好？”

曾可以笑道：“哈哈。丐帮也没什么不好，只是不适合你们。秋遇兄弟去了，没的说，顶多日子艰苦一点，忍一忍也能凑合着过。可是姑娘你呢，小灵子。你想想，天天周围都是一群叫花子，恐怕还都是男叫花子，是不是多有不便？你受得了么？”

小灵子想想也觉得可怕，但是嘴上却说道：“那有什么，总比整天提心吊胆过日子强。哎，对了，你怎会知道我们住在这儿？”吴秋遇暗暗赞叹，她脑子转得够快的，自己也一直纳闷呢，只是刚才一直听曾可以在说话，没来得及问。

曾可以说:“我与秋遇兄弟心有灵犀。他在哪里,我自然就能知道了。”

吴秋遇和小灵子都知道他在开玩笑,既然他不愿意说,也不好再问。

这时候,孟五斤和孟兰英走了过来。

孟五斤手里捧着两锭银子,上前对曾可以说道:“公子,我就是白天卖马的老汉。那马我们不卖了,这是你那两锭银子,还给你。求求你,让我们把马牵回来好不好?”

曾可以看了看他,问吴秋遇:“他不是替你们去卖马的?”吴秋遇摇了摇头。

孟五斤面带羞愧地说:“不是他们要卖,是我偷偷牵去卖的。现在你已经知道了,这马不是我的。我把银子还给你,公子你高抬贵手,让我把马领回来吧。”

曾可以听罢,仰面大笑,用手指了指吴秋遇和小灵子,说道:“哎呀,真是……一报还一报。你们……哈哈,要不是他偷着去卖马,我还不知道你们在这。我看这马呀,你也别打算再赎回去了。”

“公子。我求求你了。”孟五斤便要下跪。吴秋遇急忙把他扶住。

小灵子指着曾可以说:“哦,原来你是跟着他找来的。还说什么心有灵犀,好会骗人。”她又对孟五斤说道:“孟二叔,那马卖就卖了,卖给他咱们不亏。白马本来就是他的,就当是还给他了。这银子咱们不还了。曾公子,你没意见吧?”

曾可以笑道:“没意见,没意见。只是以后这白马我可得看好了,不能再被你们拿去卖一回。”

吴秋遇和小灵子也都跟着笑了,心里也认定他是个好人。

曾可以一拱手:“秋遇兄弟,小灵子姑娘,天色不早,不打扰你们休息了。我的话,希望你们再好好考虑一下。我曾家随时欢迎你们。”

神秘劫杀

兴风作浪凭设计，
冤家路窄用悬疑。
百变阴谋空回手，
路见不平显神奇。

绘图：张璐

第三十六章
柳巷惨剧

吴秋遇和小灵子送走了曾可以，一转身，却见孟五斤和孟兰英跪在地上，急忙上前搀扶。

孟五斤说："小灵子姑娘，我对不起你。我老糊涂，我不是人。白天叫你受委屈了。"

小灵子说："我看某个人比你更糊涂。真正叫我受委屈的，不是你，是他！"

吴秋遇明白自己冤枉了小灵子，也知道小灵子说的就是他，用手挠着脑袋傻笑道："灵儿，我错了。都是我不好。"

孟五斤把两锭银子捧到小灵子面前，说："都怪我，害你们没了白马。这是卖马的银子，你们收好了。"

小灵子手一推，说："这银子就留着给兰英姐姐治病吧。你可得当心些，别叫坏人看见，偷了去，抢了去。"

孟五斤和孟兰英还要推辞，经过吴秋遇和小灵子一番劝说，才勉强收了，千恩万谢。

叔侄俩相互扶着回去歇息。孟兰英仍忍不住回头望望吴秋遇和小灵子，心中百感交集。

吴秋遇对小灵子说："灵儿，你别生气了。我已经知道错了。"

小灵子瞅了瞅他，扑哧一声笑了，说："我早就不生气了。你不相信我，是让我很伤心。后来我把你引入陷阱的时候，看得出你是真心惦记我。你气了我一回，我也整了你一回，咱们俩扯平了。"

吴秋遇见小灵子不再生气，也跟着傻笑。说起陷阱，他忽然问道："灵儿，那么深一个陷阱，你是怎么挖出来的？"

小灵子说："那不是我挖的。当时我迷了路，从那走的时候也差点掉进去。幸亏你教过我几招身法。我发觉脚下松软，赶紧往后一撤，才躲了过去。"

"不是你挖的？"吴秋遇一头雾水，"那里怎么会有一个陷阱呢？"

小灵子说："估计是有人在那儿设下圈套，准备害人。没想到被我无意中发现，先给你用了一回。"

吴秋遇点了点头，庆幸道："幸亏被咱们先发现，叫我把陷阱给毁了。要不然，还不知会害多少人呢。"

小灵子好奇地问道："秋遇哥哥，你是怎么爬上来的？"

吴秋遇说："我用短剑在旁边挖了几个洞，一步一步踩着就上来了。"

小灵子问："那你又是怎么找回来的？"

吴秋遇不解地看着她，说："我原路走回来的，怎么了？"

小灵子难以置信："我可是走了好几回呢，每走一回就做点记号，费了好大工夫才转出来。你怎么直接就能走出来？"

吴秋遇笑道："我从小在山里长大，倒有认路的本事。这原路返回算是简单的了。"

小灵子听了，不禁摇头苦笑。

……

夜里，孟兰英辗转难眠，侧身看了看熟睡的小灵子，心存感激。她心中暗想："二叔那么冤枉她，她不但不记仇，还救了我，又把银子给我治病，真是心地善良的好人。小灵子聪明机智，又是那么的活泼可爱。她才是秋遇哥哥的好伴侣。"至此，她已经决定放弃吴秋遇。

第二天一早。

孟兰英起床之后，开始收拾东西。小灵子问："兰英姐姐，你干什么？"孟兰英说："小灵子，我和二叔商量好了，我们今天就要走了。这两天多谢你和秋遇哥哥的照顾。我永远也不会忘了你们的。”

小灵子劝了几句，只是孟兰英去意已决，她只好说道：“那就吃过早饭，让秋遇哥哥送你们去渡口吧，免得路上再被坏人骚扰。”

孟兰英感激地看着小灵子，点了点头。

吃罢早饭，孟兰英跟小灵子道别，小灵子不免又多嘱咐几句。孟五斤对老叫花子也多少有些不舍，老叫花子也说了几句客套的话。然后，吴秋遇、孟五斤、孟兰英三个人出了客栈。吴秋遇送他们叔侄二人一道去渡口。

日上三竿。吴秋遇还没回来。

小灵子兴冲冲地来找老叫花子，开口问道：“想不想跟我去关帝庙逛逛？”

“好啊，好啊。我随时都有时间。”老叫花子本来在床上躺着，一听可以出去逛，马上翻身起来。

两个人锁了门，便从客栈走出来。

老叫花子问：“不用等那个傻小子吗？”小灵子瞪了他一眼：“你再说他傻，我就不带你去玩儿了。”老叫花子忙说：“不叫，不叫。不过，真的不用等他吗？”

小灵子说：“说好了今天要去关帝庙，他知道的。回来见不到我们，他自己就会去找的。”

老叫花子嘟囔道：“去了那么久，他怎么还没回来？就是我这腿脚慢的要去送，现在也该走回来了。”其实，小灵子心里也在嘀咕这个事。

北冥教青衣堂的堂主康奇与小灵子擦身而过。他旁边还有一个人。那人身材高大，腮下胡须浓密，身上全黑的装扮更显威严，令人望而生畏。

小灵子虽然不认识他们，也不禁扭头多看了两眼。

那大汉问康奇：“康堂主，那个人是何来路，打听清楚了没有？”

康奇说：“昨晚我派人跟过去打探了。他跟丐帮的人搅在一起，还从飞叉门救了个人。一时也看不出来路。不过他年纪轻轻，竟有如此好的身手，看来必是师出名门。”

小灵子停下脚步，回头看着那两个人。她隐隐觉得，他们说的那个人像是吴秋遇。

老叫花子见她停住，问道：“怎么了，丫头？怎么不走了？看什么呢？”

小灵子低声道：“不要说话，咱们跟上那两个人，看看他们要干什么。”老叫花子出门全仰仗小灵子施舍，自然她说什么就是什么。他们便悄悄跟在后面，偷听那两个人说话。

那大汉点了点头：“从你对他武功的描述，很像是中原武林至尊翁求和的门下，至少也有‘随心所欲手’的影子。最后打你那一掌，应该是‘降魔十三式’中的一招。”

“随心所欲手？降魔十三式？”康奇当了六七年的青衣堂堂主，也算是有些资历了，可这些他听都没听说过，不知道天底下竟然还有这两种武功。他还有更为好奇的问题，于是问道：“路大长老，这些您是从哪里知道的？”

这个大汉原来就是被康堂主及其属下奉若神人的北冥教的大长老路桥荫。听康奇问起这两样武功的来历，路桥荫想了一下，说道：“都是几年前的往事了，今日不必再提。几个月前，彭玄一探听到神医济苍生的去向，派李袖去请，不想这李袖一去就再也没有回来。既然那个人说见过他，这也是意外之喜，希望这次能问个明白。康奇，你怎么了？”路桥荫注意到了康奇的表情变化。

“几个月前？彭……彭堂主，他还活着？”康奇瞪大了眼睛，“那怎么……”

路桥荫看了看康奇，笑道：“那怎么会安排你接任青衣堂的堂主是吧？哈哈，你不必如此大惊小怪。你只管安心当好你的堂主。”

康奇急忙说道：“属下不是那个意思。彭堂主对我有救命之恩，我巴不得他早点回来。这些年我一直以为他……以为他已经……没想到他还活着。太好了！请大长老禀明教主，还是请彭大哥回来重新当堂主吧。”

路桥荫满意地点了点头：“他果然没有看错你。让你继任青衣堂堂主，就是他提出来的。”

康奇一头雾水：“这到底是怎么回事？彭大哥现在哪里？”

路桥荫说：“你不用担心他。彭玄一现在是教主的密使，等到司马教主再度出山，他很快就会升任长老。”

“那太好了，我得好好恭喜彭大哥。”康奇难掩内心的欢喜。他忽然又觉得哪里不对，问道：“教主再度出山？教主不是一直在挂月峰主持大事吗？怎么，他老人家也要下山？莫不是要巡查我等？”说这话的时候，他又是兴奋又是紧张。

路桥荫看了看他，微微一笑，说道：“呵呵，你不用心急，也不用紧张。不出半年，教主就会亲自接见你们。到时候，你们青衣堂的人都能见到教主。”

康奇当然高兴，兴奋地说道：“太好了。多谢教主和大长老对我青衣堂的厚爱。”

路桥荫嘱咐道：“这个消息你自己知道就行了，先不必告诉你的属下。免得他们张扬出去，让其他堂口的人知道了，徒生事端。”

康奇连连点头：“是，是，属下明白。”

走不多远，抬头看见“云来客栈”的招牌，康奇用手指着说道：“大长老你看，那就是云来客栈。那后生就住在那里。”

路桥荫点了点头，加快了脚步。康堂主赶紧跟上。

老叫花子还要跟着往前走，小灵子急忙拉住他，小声说道："他们果然要找秋遇哥哥，居然都找到客栈来了。我看那个人不好惹，咱们得赶紧去告诉秋遇哥哥，别叫他们遇见了。"老叫花子点了点头，便跟着小灵子一起去找吴秋遇。

北冥教青衣堂的八个人坐在大树下乘凉。堂主康奇陪着路大长老去寻访昨晚遇到的那个年轻人，怕人多碍眼，便留下他们在此等候。

一伙人谈论着路大长老的长相，猜测着他的武功。有人说："路大长老果然英武，一看就是了不起的人物。"另一个人说："那当然了。那可是咱们北冥教的两位护法大长老之一。""那岂不是仅次于教主的人物？""本来就是啊。我听丘岳旗堂的弟兄说，现在教主正闭关练功，很多事都仰仗路大长老。""啊？这么厉害。"

有一个人一直坐着没说话，见众人说得越发大声，忽然冒出一句："张青，这种话你也敢说？"众人马上安静了下来。

说起教主闭关练功的那个张青问道："怎么了，刘开大哥？"刘开说："教规不准私下打听长老们和其他堂口的事。你怎么胡乱说起教主的事来？"张青急忙掩了口，吓出一身冷汗。

刘开又指着其他人说："还有你们，在这大声议论路大长老，叫他听见了，小心教规处置。你们以为长老们也像咱们堂主一样好说话？怎么连这规矩都忘了？"众人连忙拱手道谢："多谢刘大哥提醒。你可千万不要告诉堂主和路大长老。"

"我是那种人吗？"刘开瞅了那个说话的一眼。他又扭头说道："张青，你去看看堂主和大长老他们回来没有？"

"好。"张青急忙站起来，走到街边去张望。其余众人一时没了话题，就都默默坐着。

张青望了一会儿，远处也不见堂主和路大长老的身影，正要转身回来告诉大家，忽然被人在脑后打了一下，昏了过去。

一个叫花子扛起张青，撒腿就跑。

由于刚才刘开已经好心提醒过，大家也不敢再多嘴，怕惹出是非。那几个人枯坐无聊，便用石子在地上乱划。有人忍不住说道："这张青也真是的，堂主他们回没回来他倒是说一声啊。去了这么半天，连个招呼都没有。"

刘开无意间抬头看了一眼，正看到叫花子扛着张青往巷子里跑。他一下子站起来，招呼道："张青被叫花子劫走了！快追！"

另外几个人也都看见了，急忙站起来，追了过去。刘开心细，怕堂主和大长老回来见不到人，特意在地上做了记号。

那叫花子肩上扛着一个人，竟然还健步如飞。青衣堂的人只能远远跟着，还一时追不上他。

刘开每过一个街巷，就要在墙上留下记号，便于堂主和大长老找来，所以耽搁了一点时间，渐渐落在了后面。

扛着张青的叫花子走进串巷，只顾往前跑，头都不曾回过一下。青衣堂的几个人一路追赶叫花子，就来到了柳条巷。

叫花子扛着张青停了一下，发觉青衣堂的人已经追了上来，便急忙跨过墙上的缺口，钻到院子里面去了。青衣堂的人紧追不舍，相距也就三十几步。见叫花子把张青弄到那院里去，自然就都跟着跨过矮墙，冲了进去。

刘开在后面慢了一步，等他赶到柳条巷的时候，已经不见了人影，不禁心中惊愕。

叫花子把张青扔到地上，蹲在一旁歇着。

青衣堂的人往前一冲，扑通扑通，便有两个人几乎同时踩中陷阱，掉了下去。

后面的四个人大惊。两个人赶紧想法搭救同伴，另外两个人警惕地观望着，怒问道："叫花子，你平白无故抢我北冥教的人，你想干什么？"

那叫花子原本是背对着他们蹲着，这会儿站起来，慢慢转过身，淡淡地说道："我不抢他，你们怎么会跟我到这来？"

四个人知道上了当，顾不得救陷阱里的人，急忙先拉开架势防范："叫花子，你想怎么样？"

叫花子身形高大，只是长发遮脸，看不清样子。就听他阴森地说道："马上你们就知道了。都出来吧，别让老子一个人在这忙活！"

霎时间，院子里又钻出十几个乞丐来，各持刀枪，围了上来。

青衣堂的人问道："我们北冥教与丐帮向来是井水不犯河水。你们设了套要害我们，这到底是为什么？"

那个叫花子说："这你们就不用知道了。上！"另外那十几个乞丐听到他一声令下，马上冲了上来。

四个人知道多说无益，只得抽刀应战。双方打在一起。

刘开在巷子里听到动静，急忙赶了过来。

青衣堂的人明显太少，处于劣势，很快便一个个倒了下去，最后剩一个也被逼入了陷阱之中。

刘开在矮墙缺口一探头，被领头的叫花子看见了。那叫花子吩咐道："那儿还有一个！留活口！"六七个乞丐马上扑了过去。刘开看不到院子里有活着的同伴，急忙抽身后退，转身就跑。

剩下的乞丐问:“三爷,下边的几个怎么办?也要活的?”那领头的叫花子说:“留一个活口就够了。”他一挥手,做了个砍杀的动作。

众乞丐便一齐上前,把刀枪往陷阱里一通戳插。几声惨叫之后,陷阱里便没了动静。

刘开撒脚狂奔,只想着赶紧去给堂主和大长老报信。

后面六七个乞丐紧追不舍。其中一个乞丐摸出匕首,捏住刀尖,暂停了一下脚步,瞄准了刘开的后腰,便当飞刀一样打了出去。

刘开奔跑之中,脚步不稳,忽然大腿上被那刀子扎了一下,疼得他“啊”的一声,几乎向前扑倒。有个乞丐惊喜地叫道:“真有你的,六子!”

索性那匕首失了准头,又扎得不深,颠晃了几下便掉了下来。饶是如此,刘开的步子也就慢了,渐渐被后面的几个乞丐追了上来。

几个乞丐扑上前,围住刘开便砍。刘开奋力打倒了他们两个,怎奈对方人手太多,他终于抵挡不住,身上被砍了十几刀,倒在地上,汩汩地流着血。

那些乞丐见刘开只剩半条命,便也不再下手,随便说了几句“叫你知道我们丐帮的厉害”,就走了。

刘开粗喘了几口气,由于失血过多,昏了过去。……

路桥荫和康奇在云来客栈没找到吴秋遇,便回来与青衣堂的那几个属下会合。见大树下空无一人,康奇心中纳闷,赶紧四下寻找。

路桥荫看到刘开在地上留下的记号,问道:“那是什么?”康奇看了一眼,叫道:“这是我堂下刘开做的记号。他们往那边巷子里去了。一定是发生了什么事,他们才急着去了。”路桥荫说:“走!咱们也过去看看!”

两个人便进了巷子,循着刘开在墙上留下的记号,一路追了下去。

一到柳条巷,就见刘开倒在地上,浑身是血。

康奇急忙跑过去,在刘开鼻子底下摸了一下,叫道:“他还活着。大长老。”

路桥荫走过来,叫康奇把刘开扶起来,便出手给他运功救治。

刘开缓缓醒了过来,喘了几口气,脸上抽搐了几下,睁眼见是康奇扶着自己,一下子哭了出来:“堂主!那几个兄弟……”

康奇问:“他们在哪儿?”刘开用手一指那个墙上的缺口:“都在那里面。唉。”他说不下去,便只顾摇头叹息。

路桥荫快步走了过去。康奇说了一声“你先在这等着,我过去看看”,便也跟着冲了过去。

一进去,就看见三个属下倒在地上,浑身是血,伤口无数。康奇一一去检查了,发现都已经死了。又瞥见张青远远地在那边侧躺着,背上和两腿倒是看不到伤口。康奇急忙跑过去察看。等把张青翻过来，才发现他胸前有一大片血渍，像是用刀扎过的痕迹。康奇眼含热泪，疯了似的狂吼道："都死了，他们都死了！这是谁干的？！"

路桥荫走到陷阱旁边，往下看了看，见里面一共有三个人，也都是青衣堂的属下。他强忍怒火，闭上眼睛，叹了一口气，难掩心中悲痛。

忽然听到下面好像有动静，路桥荫睁眼看去。有一个人动了一下，嘴里发出微弱的声音："堂主，救我。"

路桥荫叫道："康奇，快来！这有一个没死。"

康奇急忙跑了过来，毫不犹豫地跳下陷阱，找到那个活着的属下，察看了一下伤势，便把他抱起来，双手往上托近阱口。路桥荫伸手接了，把那个人轻轻放到地上，给他运功疗伤。

康奇见另外两个人都已经死了，也就不急着把他们弄上来，赫然发现土壁上有可以攀登的凹槽，便小心翼翼地借助那些孔洞爬了上来。见大长老正在给属下疗伤，不敢打扰，想起刘开，便要去接了他来。

此时，刘开已经一瘸一拐地走了过来，哭道："堂主，大长老。得给弟兄们报仇啊。"

康奇问道："是什么人干的？"刘开说："是丐帮！他们先是劫持了张青，把我们引到这来。十几个叫花子围攻我们。他们还有刀枪，我们寡不敌众啊。"

"你确信没有看错么？"路桥荫轻轻把那个重伤的属下放躺，看着刘开问道。刘开说："我亲眼看到的，是一群叫花子！他们七八个人打我一个，我再怎么眼花，也不会看错！"这时候，那个躺在地上的也挣扎着说道："是丐帮！是丐帮！"

路桥荫站起来，恨恨地说道："我北冥教与丐帮素无瓜葛，更没仇怨。他们如此下作，设圈套害人，当真是欺人太甚！六条人命，两个重伤，我定要找他们算个清楚！"

吴秋遇迟迟没有回来。小灵子估计吴秋遇可能直接去了关帝庙，便和老叫花子一起去关帝庙寻找。关帝庙人很多。两个人里里外外找了好几圈，都没看见吴秋遇。找人打听，也都说没看见。小灵子说："看来秋遇哥哥还是先回客栈了。咱们回客栈。"

回到客栈。伙计说："他早上出门以后就没再回来过。倒是中间有两个人来找过他。没找到，他们就走了。"小灵子知道伙计说的是路桥荫和康奇，便不再细问，对伙计说道："如果他回来，就告诉他别再出门，就在房间里等我。"伙计点头应了，又去招呼别的客人。

两个人又从客栈出来。老叫花子问："咱们这次去哪儿啊？"

小灵子说:“去渡口。”此时她心中已经隐隐有些不安。

老叫花子说:“我看去了也白去！他要回来早就回来了。”

“你胡说什么！”小灵子瞪了他一眼。

老叫花子见小灵子瞪他,便故意气她:“我说的是实话嘛。那个孟姑娘温柔体贴,人也漂亮,是男人见了都会喜欢的。唯一的不好呢,就是她身体有病。不过这也没什么,正好傻小子会治病嘛,早晚能给她治好了……”

小灵子当然知道他想说什么,这也正是他所担心的。

老叫花子心中暗笑,继续说道:“我是怕他跟着孟姑娘走了。怎么,你不担心么？”

小灵子强作镇定,说:“哼,你少来气我。秋遇哥哥不是那样的人。”

老叫花子说:“不是哪样的人？孟姑娘有病,他跟着去治病,也算是积德行善的事,怎么不能去了？你想想,昨天那姓孟的丫头犯病,傻小子有多殷勤。保不准在送别的路上,那丫头再犯个病,傻小子就不知如何是好了,跟着走了也说不定。”

小灵子沉默不语,心里却乱成一团。

老叫花子见小灵子当真了,知道自己惹祸,忙解释道:“我随便说的,你别当真啊。”

小灵子看了他一眼,无力地说道:“没什么。走吧。”

二人找到渡口。

渡船刚从对岸返回,还在河中央。小灵子焦急地等待着,不住地往船上张望。

老叫花子也往船上望了几眼,说道:“船上好像没有。他没在船上。”

好不容易等到船靠岸了,船上的人开始陆续下来。

船家的孩子蹲在船头,拉着缆绳。小灵子走上前问道:“小兄弟,你还认得我么？”那孩子一眼便认了出来,说道:“是你呀,姐姐。我当然认得。”他四下看了看,又低声道:“前天你们在船上可真是威风。大伙看到你们收拾那恶少,都觉得解气。”

小灵子问:“那天跟我在一起的那个哥哥,你还记得吧。你今天见过他吗？”

那孩子说:“见到了。他一早就来了,是跟那个被恶少欺负的姑娘一起来的。还有一个老头,好像是那位姐姐的叔叔。”

小灵子说:“嗯,这个我知道。那个哥哥,送他们来了之后,又往哪走了你记得吗？”

那孩子说:“过河了,和那个姐姐一起过的河。怎么,他没告诉你？你们不是一起的么？”

小灵子简直不敢相信，又问道：“你亲眼见他过河，没再回来？”

那孩子十分肯定地点了一下头，说：“嗯，当然了。他们就是坐我们的船过的河，我不会记错的。不信你问我爹。”

老叫花子两手一摊，躲到一边去了。小灵子仍不死心，又跳上船去问撑船的汉子。

撑船的汉子正坐在船上歇着。听小灵子问起，稍稍想了一下，点头道：“不错，他是跟一个姑娘过河了。应该是没有坐我们的船回来。虽然往来人多，但是我认得他，应该不会错。”

小灵子道了谢，垂头丧气地转身回来。那孩子关心地问道：“姐姐，你没事吧？要不要坐我们的船过去找他？我可以跟爹说说，不要你的船钱。”

小灵子朝他勉强笑了笑，说：“我没事。谢谢你。”从船上下来，小灵子心中茫然。

老叫花子上前问道：“怎么样？”

小灵子看了他一眼，苦笑道：“也许你说得对。他真是和她一起走了。”

关于吴秋遇和丐帮在楼烦救人的经历，有诗《仗义救人》赞曰：

连番救下美人归，
哪知无防醋意飞。
仗义施为由心善，
不关富贵与卑微。

第三十七章
冤家路窄

天山恶鬼皮不休和铁拳门的成三路沿着河边走来。

成三路说:“皮兄,曾公子怎么还不安排见我?是不是对我有什么看法?”

天山恶鬼道:“你急什么,等他闲了,自然会派人来找你。”

成三路说:“我可是诚心诚意来投靠他的。他怎么一点诚意也看不出来。”

天山恶鬼停下脚步,看着成三路,问他:“你说你诚心诚意,你的诚意在哪儿?拿出来瞧瞧!”

成三路叫道:“你这话什么意思?”天山恶鬼说:“连点见面礼都没有,拿什么说明你的诚意?”成三路尴尬地说道:“你说的是这个呀。我倒一时真拿不出什么像样的见面礼。要是那把短剑还在就好了。”

天山恶鬼“呸”了他一声,说:“你还好意思说。那短剑是你的么?那本来是老子的,不小心被丁不二偷去,不知怎么就落到你的手里。”

成三路自然不服,争辩道:“呵呵。那短剑怎么就是你的?是你亲手打的,还是你亲自生的？你还不是从哪儿抢的。落到谁手上，就是谁的！”

天山恶鬼道：“现在说这个还有什么意思？竟然叫人在众目睽睽之下，从你铁拳门把短剑拿走，你们屁都不敢放一个。我看就冲这个，也活该让人瞧不起你们。”

成三路心中暗骂，却也不得不承认天山恶鬼说得对。“都是那两个可恶的，叫我逮到，非把他们活剐了不可。”想起那两个假冒的雌雄双煞，他忍不住咬牙切齿，很快又开始担心起来：“当初我得罪过婉儿大小姐，跟她动过手，还打死了她的马。不过那都是误会，我也赔过不是了。倒是你说的这个，我怕曾公子也有什么想法，看不上我。那我找上门就真是热脸贴人家冷屁股了。”

天山恶鬼见他语气软了，也不再刺激他，转而安慰道：“你先别想那么多。其实我和你一样，咱们都是后来投靠，比不得柯老三他们。只求好生表现，换他们一点真心对待。不然你现在还能到哪里去？”

成三路总算听到他一两句知心话，感激地看了看他，叹道：“是啊，我还能到哪儿去？原来师兄闭关，我临时替他打理，当个代掌门，倒也自在快活。只是几件事办砸了，结怨太多，铁拳门名声也坏了。下个月他就要出关，只怕不会轻易放过我。”

天山恶鬼道：“所以说嘛，你耐心点，只要曾家肯收留你，铁拳王也不能把你怎么样。”

成三路点了点头：“嗯，你说得对。只可惜，我没什么拿得出手的见面礼，实在不好意思见人。好在临走的时候，从铁拳门带了不少钱财。你帮我想想主意，买点什么。”

天山恶鬼笑道：“你先给我打一把好刀，我帮你找见面礼去。”

成三路看了看他，说道：“好说好说。最好能把那个短剑找回来，到时候送给曾公子，不怕他不喜欢。这个算咱们俩的都行。”

提起短剑，天山恶鬼脸上仍假意笑着，心里想的却是：“要是能把那个找回来，老子就自己收着了，还会送人？”

小灵子脑子里很乱，都在想着吴秋遇和孟兰英的事。老叫花子在一旁也不知如何安慰她。

老叫花子忽然看到成三路和一个骷髅一样的人走过来，便叫着小灵子急忙躲藏。他是认得成三路的，曾经被他找去冒充铁拳王谋害济苍生。

小灵子撞见成三路，比老叫花子还惊慌。当初假冒雌雄双煞大闹铁拳门，这可是结了死仇的。如果吴秋遇在这里，倒也不用怕他。如今吴秋遇不在，就自己和老叫花子两个人，无论如何也不是成三路的对手，更何况他旁边还有一个像鬼一样的人。

刚下船的人都已陆续散去。渡船已经离岸，向河对岸驶去。河边开阔，实在找不到能藏人的地方，又没有别的退路。两个人只好硬着头皮，尽力用手臂遮挡着，慢慢往前走，只盼别被他们认出来。

成三路瞥见老叫花子，认了出来，也很意外。他一时无聊，便上步挡到二人身前，说："站住。"

天山恶鬼看了看他，不知他要干什么。

小灵子停下脚步，紧张得不得了。老叫花子知道蒙混不过去了，便抬起头，尴尬地笑了笑，说道："是铁拳门的成老爷呀，幸会幸会。不耽误您发财了，我……要饭去。"

成三路的目光落到了小灵子身上。

小灵子紧张到了极点，就想着马上使起跟吴秋遇学来的"追风架子"寻机跑了，好歹不能落到成三路的手上。

成三路看了看小灵子，对老叫花子说道："老家伙，你这是在哪拐来的人口？要不要我去报官哪？"

小灵子忽然被成三路拦住，本来是怕得要命，现在听成三路这样问话，她先是一愣，很快就想通了。

原来，小灵子虽然冒充雌雄双煞去过铁拳门，可成三路当时见到的是个丑陋凶恶的老太婆。等他知道上当，追到树林的时候，也只见到吴秋遇，那时候小灵子已经走了。所以成三路并未见过小灵子现在的样子。

想通之后，小灵子顿时冷静下来，不等老叫花子答话，便抢先拉着老叫花子说道："爹，我害怕。"

成三路大笑道："老家伙，你可真是要饭的贱命。一个人要饭还不够，还把亲闺女也带出来了？哈哈哈哈。"说着，把道让开，说了声："滚吧。"

老叫花子不断地鞠躬，含糊应道："大爷说得是。让你见笑了。多谢大爷。"

天山恶鬼在旁边不屑地哼了一声，不明白成三路为什么跟一个叫花子说得这么开心。

小灵子暗自松了一口气，拉着老叫花子赶紧走。

"等等！"成三路忽然在后面叫道。

小灵子暗叫不好："莫非他还是认出我了？"她慢慢转过身，低着头偷偷观瞧，也做好了随时逃走的准备。

成三路叫过老叫花子，在他手里丢下几个铜钱，说道："这是赏你的。现在可以滚了。"

老叫花子接了钱，点头哈腰谢过之后，拉着小灵子正要走。

忽听有人高声喊道："你们怎么跑到这来了？老子找你们，腿都要断了！"

小灵子听到那声音，隐隐觉得耳熟。她偷偷扭头一看，不由得大吃一惊。来人竟是蒙昆！他屡遭小灵子算计，对小灵子早已恨之入骨。要命的是，他认得小灵子。小灵子知道，再不走就来不及了，她拉起老叫花子闷头就走。

蒙昆是来找成三路和天山恶鬼的，远远看到他们在河边，就高声喊了两句。

天山恶鬼笑着回应道："三路兄在这有亲戚，到这叙旧来了！"

成三路知道他在拿老叫花子挖苦自己，却也不以为意。蒙昆信以为真，大声问道："是吗？什么亲戚？在这河边住着？"

天山恶鬼抬手一指老叫花子的背影："这不是么。就是他们。哈哈。"

蒙昆定睛看去。他对老叫花子没什么印象，倒是一眼看到小灵子，觉得有点眼熟。他眨巴眨巴眼睛，想了一下，忽然认了出来，高声叫道："你们怎么放她走了？"

小灵子知道蒙昆看到了自己，急忙加快了脚步。老叫花子虽然不知道过去的事，但从蒙昆的话里听出他不怀好意，也就紧紧跟着。

天山恶鬼笑道："不放走，你养着他们啊？你也要认叫花子作亲戚？"

蒙昆叫道："那丫头就是假扮雌雄双煞的老太婆！嗨，那鬼老太婆就是她假扮的！"

成三路如梦方醒，一跺脚："嗨呀，我竟没认出来！快，抓住他们！"

此刻，天山恶鬼也明白了怎么回事，跟着成三路便追了过去。蒙昆则是抄近路堵截。

小灵子刚要使出"追风架子"，老叫花子忽然从后面拉住她，小声叫着："丫头，你等等我呀！"小灵子心里着急，却也一时挣不脱他。眼看蒙昆等人已经分两路追了过来，跑是跑不掉了，她急忙另想应对的办法。

蒙昆堵在小灵子面前，得意地冷笑道："臭丫头，这回看你往哪跑！"此刻，天山恶鬼和成三路也追了上来。成三路心里恨极，便要动手来拿小灵子。

小灵子忽然叫道："你住手！"

成三路不明所以，稍稍愣了一下，暂时住了手。天山恶鬼上下打量着小灵子。

蒙昆愣愣地望着小灵子："臭丫头，你又要耍什么花样？"

小灵子扶着老叫花子的胳膊，说道："我师父在这，你们还敢欺负我？"

"你师父？"蒙昆和天山恶鬼都开始上下打量老叫花子。

成三路笑道："你说的就是这个老叫花子么？哈哈哈哈，你要蒙别人也就罢了，我可是知道他的底细。”

老叫花子尴尬地看着小灵子，点了点头。小灵子轻轻拍了拍他的胳膊，小声说：“没事。你听我怎么说。”

成三路得意地说道：“傻了吧？哈哈。你还有什么花样，尽管使出来。反正你今天不可能活着离开这，你要演，我就让你演个够！”

小灵子说：“我倒要听听，你知道他什么底细？”

成三路看了看她：“你还不信是吗？好，我就说给你听听。他无非就是朔州城里一个乞丐，我看他骨瘦如柴，天生一副要死的样子，就把他叫到府里，洗刷干净，换了身衣裳，让他假扮我师兄铁拳王。然后请得罪过我们的神医来瞧病，任他有天大的本事，也看不出这根本没病的人得了什么怪病。我说师兄练功走火入魔，内力全失，那老家伙也信了，我这才有机会下药害他。我找他装扮了一回师兄铁拳王，你今天想找他来装谁？我怕你来不及给他换衣裳了。哈哈哈哈。”

蒙昆跟着哈哈大笑。天山恶鬼脸上也露出一丝阴森的笑。

小灵子满不在乎地看了看他们，弄得三个人都是一愣。小灵子说：“你呀，真是有眼无珠。”

成三路怒道：“臭丫头，你说什么？”

小灵子说：“你当那是得意的事么？实话告诉你，我师父遍察人间善恶疾苦，将来都是要逐一清算的。说出他的名字来，保准吓得你们半死。我师父他老人家，就是丐帮的现任帮主——倪帮主是也。”

天山恶鬼一皱眉，开始上下打量老叫花子。成三路显然不信：“丐帮帮主？哼，你说是就是了？那我还是武林至尊呢。老蒙，别理她！先把她拿了再说！”

小灵子不慌不忙地说道：“有个叫柯老三的，还有个叫曾可以的，想必你们也是认识的。我师父是不是丐帮帮主，你们回去问问他们就知道了。”

蒙昆愣愣地站在那里，直盯着老叫花子，忽然拱手问道：“敢问前辈，你真的是丐帮的倪帮主么？”

小灵子悄悄攥了老叫花子胳膊一下。老叫花子对蒙昆说：“你说是就是喽。”

老叫花子说得很随意，倒叫蒙昆犹豫起来。成三路叫道：“老蒙，你不会信了吧？你看他骨瘦如柴，从哪看像是当帮主的材料？”其实，天山恶鬼也是这么想的，怎么看老叫花子也不像绝世高手。

小灵子笑道：“你们不信也没关系。不过呢，我还是想和你们说一声。上回，柯老三和邵老头来追我，在小茅屋见到我师父。我已经跟他们说了，我师父是丐帮帮主，他们不信。柯老三非要出风头，当着我师父的面就要对我动手动脚。你想，我师父能干吗？他随便一抬手，连半招都没使，那柯老三就飞到了门板上，当场就差点见阎王了。他大口大口吐着血，就像这样，看到了吧。你们不信，可以去问问他。恐怕到现在他还没好利索吧。”

天山恶鬼和成三路最近还没见过柯老三，但知道蒙昆一直和他在一起，便都扭头看着蒙昆。

蒙昆不敢靠得太近，绕过老叫花子，走到成三路和天山恶鬼身边，对二人点了点头，小声说道：“我听柯老三说过，有这回事。他到现在还在后悔，只怪当时太冲动。早知道就让邵青堂先动手了，那样受伤的就不会是他。”

天山恶鬼开始重新打量老叫花子，仍是难以置信。成三路也一时没了主意，不知该信还是不信。

小灵子见三人迟疑，心中更有了底，继续说道：“我师父为人谦和，不拘小节。刚才委屈自己，叫你们一声大爷，也算给足了你们面子。你们要是再敢放肆，惹恼了他，就不会像柯老三那么好运了。我师父一生打狗无数，你们知道那些狗都是怎么死的么？”

三个人都愣愣地看着她。蒙昆还摇了摇头。

小灵子说：“乖巧听话的，一掌毙了，那算是它的造化。狂吠咬人的，我师父先会打断它的狗腿，再拆烂它的狗嘴，然后才捏破它的喉咙，慢慢放血。这样的狗肉吃起来才香。你们有没有试过？”

蒙昆连连摇头。成三路的头上也流下汗来。天山恶鬼不露声色，悄悄往后退了一步。

小灵子看了看三个人，忽然笑道：“你们不会真的信了吧？我开玩笑的。其实，你们不用把他当丐帮帮主，他自己都不把自己当帮主。他心情好的时候，也不会像打狗那样杀人。我说，你们谁的武功好一点，可以过来跟他比试比试啊。”

三个人被小灵子说得心里发毛，一时难辨真假，但宁可信其有，不可信其无，一个个站在那里，不敢上前。

小灵子先对老叫花子说：“师父，你一会儿尽管教训他们，不用给我留面子。”她又用手指着三个人：“你们谁先来？你？你？还是你？”

被她手指点到，蒙昆、成三路纷纷退后。天山恶鬼由于事先退了一步，便把手摸到了弯刀把上，准备随时防身。

小灵子见三个人都被吓到，心中暗笑，对老叫花子说道：“师父，我看他们还算识趣，就别跟他们计较了。咱们走吧。”

老叫花子看了看那三个人。那三个都紧张得不得了。老叫花子说：“也好，听你的，咱们走。”

蒙昆拱手道：“恭送倪帮主。”成三路也愣愣地跟着拱了拱手。天山恶鬼虽然满腹狐疑，由于有柯老三倒霉在先，却也不敢贸然出去当冤大头。

小灵子扶着老叫花子，转过身慢慢走开。又让老叫花子冒充了一回丐帮帮主，骗过了蒙昆等人，小灵子暗自庆幸。生怕他们忽然醒过闷来，于是虽然心中紧张，还得装作从从容容往前走，头也不敢回。

蒙昆、成三路和天山恶鬼呆呆望着老叫花子的背影，或庆幸，或狐疑，都只是站住不动。

小灵子和老叫花子刚走出十几步。忽然前面多了两个人，正是北冥教青衣堂的堂主康奇和大长老路桥荫。

路桥荫看着老叫花子，开口问道："你是丐帮的人？"他声音洪亮，天山恶鬼老远就听见了，小声招呼道："走，看热闹去，正好看看他是真是假。"

从路桥荫的表情和语气，小灵子猜得出来，他绝不是丐帮的朋友，多半是来寻仇的。正要让老叫花子摇头否认，却见蒙昆等人跟了上来，她一时不知如何是好。

天山恶鬼用尖厉的声音喝道："丐帮的倪帮主在此，你不得放肆！"乍一听，他好像是站在老叫花子一边，就算老叫花子真是倪帮主，将来也挑不出理去。如果老叫花子是冒充的，他故意说出老叫花子是丐帮帮主，正好让来人戳破，自己同样不用冒风险。天山恶鬼果然比蒙昆和成三路要狡猾得多。

小灵子暗自叫苦："这丑鬼不怀好意！看来要有麻烦。"

"倪帮主？"路桥荫看了一眼天山恶鬼，又把目光落到老叫花子身上，"阁下就是丐帮帮主倪大鳅？哼，来得正好！"

老叫花子不知这回又该如何应对，便望着小灵子。小灵子问道："两位找丐帮有什么事？"

路桥荫说："丐帮的人无故挑衅，在柳条巷害我北冥教六条人命。今日倪帮主在此，怎么也得给个说法！"

小灵子此刻是左右为难。如果承认老叫花子是丐帮帮主，那对方马上就要过来寻仇，六条人命的过节可不是随便说说就能算了的。如果说他不是丐帮帮主，或许可以把这两个人打发走，那另外三个就没法对付了。左右都是死路一条，无非先死的是她自己，还是老叫花子，或者一起死。

天山恶鬼等人也都盯着小灵子和老叫花子，看他们如何回答。

路桥荫见老叫花子一直不说话，有些不耐烦："倪帮主，你以为不说话，这事就可以算了么？"

老叫花子无奈道："你叫我说什么呀？"路桥荫只道是老叫花子耍赖，火气就要上来。

小灵子赶紧走到路桥荫面前，轻声说道：“路大长老，你先不要着急，咱们有话慢慢说。其中有什么误会也说不定。”

康奇和路桥荫都是稍稍一愣，没想到眼前这个小姑娘竟能认出“路大长老”。路桥荫惊讶地问道：“姑娘，你怎会认得我？”

小灵子说：“我不光认识你，我还认得他。这位是青衣堂的康堂主，我说的没错吧？”

康奇更是惊讶，说道：“正是康某。姑娘你究竟是什么人？怎会认得我们北冥教的人？”

小灵子见已经成功地岔开了话题，心中暂时松了一口气，继续说道：“我不光认得你们，还知道你们除了找丐帮，还在找另外一个人。”

康奇问：“什么人？”

小灵子说：“一个年轻人。他见多识广，武功非凡。嗯，反正你是打不过他的。”

康奇和路桥荫对望了一眼，更觉得惊奇，又问道：“姑娘你到底是什么人？”

小灵子扫了一眼天山恶鬼等人，故作神秘地对路桥荫小声说道：“这个不能叫他们知道。你跟我来，我单独告诉你一个人。”

路桥荫点了点头，便跟小灵子往旁边走了几步。其余众人都是一头雾水。路桥荫道：“姑娘，现在你可以说说了吧？”

小灵子说：“我先问你，你们找那个人是要干什么？”

路桥荫见这姑娘知道得甚多，猜想她定能说出一些有用的信息，便实言相告：“数月前，青衣堂的人打听到神医济苍生的下落，便派了一个叫李袖的属下悄悄去请。不成想，他一去不归，音信皆无。昨夜康堂主偶遇那个少年，听他说李袖已经死了，而且是他亲眼所见。便要找他问个究竟。一是要给李袖报仇，再有就是要询问神医的下落。”

小灵子说：“原来是这样。那我可以告诉你。你们要找的那个少年，是我秋遇哥哥。你们要找的神医，是他的师父……”

路桥荫大喜，失口叫道：“太好了！他们在哪儿？”康奇等人都在往这边看，不知小灵子跟他说了些什么，竟叫他如此激动。

小灵子叹了一口气，说：“秋遇哥哥过河走了，我们到这来，也是来找他的。”

路桥荫问：“那你知道神医在哪儿吗？”

小灵子看着他，迟疑了一下，低头说道：“几个月前，在朔州被人害死了。”

“被人害死了？你不要诓我！”路桥荫显然不信，“神医济苍生不但医术了得，而且武功高深。朔州这种地方，怎么可能有人能害得了他？”

小灵子轻轻一指成三路：“秋遇哥哥和他师父刚到朔州的时候，路见不平，曾经教训过铁拳门的人，因此结了仇。铁拳门的人就找人冒充铁拳王装病，假意请神医去看病，暗中下了毒，并偷换了他的医囊，还叫全城的药铺不卖药给他们。结果，神医师父就毒发死了。后来，秋遇哥哥遇到我，才流落到这里。”

路桥荫失望之余，恨恨说道：“唉。可惜呀，太可惜了。这天杀的王俊昌，他害死神医，真是造了天大的罪孽。”

“那不是铁拳王干的，是那个人。他背着铁拳王为非作歹，被神医撞见教训了一下，便怀恨在心，下了毒手。”小灵子说着轻轻指了指成三路。

路桥荫远远瞪了成三路一眼。正巧成三路在和蒙昆嘀咕什么，没看见。

小灵子说：“你先不要太失望。如果家里有病人需要大夫，等我找到了秋遇哥哥，可以让他帮忙去看。他跟了师父几年，多一半心思都在学医上，现在也颇有些手段。”

路桥荫眼前一亮，见小灵子说得一本正经，不似有假，便点了点头，说道：“如此甚好。如果见到他，请他务必跟我青衣堂的人联系。到时候，我亲自来迎接。”

小灵子说：“放心吧。治病救人的事，秋遇哥哥可做了不少。”

老叫花子见小灵子这边还没说完，怕自己一个人应付不了眼前的场面，有些着急，在那里喊道：“丫头，你们说完了没有？”

路桥荫瞥了一眼老叫花子，问小灵子：“你怎么会跟丐帮的帮主在一起？”

小灵子低声道：“他不是倪帮主，他连丐帮的弟子都不是。你看他那个样子，哪像个会武功的人啊。他就是个要饭的。”

路桥荫刚才就看着老叫花子奇怪，现在才明白那是个假的，又疑惑地问道：“你们刚才在搞什么？那个丑鬼怎么说他是丐帮的倪帮主？”

小灵子说：“他们要害我，我一着急，就谎称老叫花子是丐帮帮主，暂时把他们吓住了。他们本来也不太信，见你们来找丐帮寻仇，就跟着来看虚实了。我刚才可是左右为难呢。”

路桥荫微微点了点头，赞许道：“姑娘，你果然聪明。要不要我帮你把他们打发了？”

小灵子说：“既然他们这次没伤到我，我也不想跟他们计较。你只要帮我把戏演下去就行了。”

路桥荫笑道：“这个不难。走，我再去会会那个倪帮主。”

见小灵子和路桥荫走了过来。那几个人都专心地看着他们。

小灵子说：“师父，我刚才和这位大长老说好了。今日大家都还有事要忙，改日你们再相约决斗。”

老叫花子点头说：“好，好。”

路桥荫拱手道:“既然如此,倪帮主,咱们后会有期。”老叫花子又是点头称好。

蒙昆愣愣地嘀咕道:“六条人命的梁子,今天就这么完了?”

成三路在一旁说道:“要不还能怎么着?他能打得过倪帮主么?”

路桥荫看了成三路一眼,微微一笑:“你找死么?”

成三路吓得往后退了一步,嘴里却不服,大声叫道:“老蒙,恶鬼兄,动手啊!教训教训他!”

天山恶鬼刚才见路桥荫和小灵子嘀咕了半天,怀疑他们合伙作假,便有意试探一下,悄悄把弯刀拔了出来,执在手里。蒙昆也鬼使神差地竟往前挪了一步。

路桥荫眼睛一瞪,忽然朝天山恶鬼打出一掌。天山恶鬼还没看清怎么回事,就被震飞出去,重重地摔在地上,吐出一大口血。

蒙昆大惊,急忙后退,不小心一脚踏空,跌入河里。

成三路连忙跪倒在地,磕头求饶。

“哼,不知死活!”路桥荫哼了一声,带着康奇,大步离去。

小灵子看了看受伤的天山恶鬼和在水里挣扎的蒙昆,故意说:“他嘴贱得罪了人,倒叫你们两个倒霉。哎呀,实在是没天理呀。”

天山恶鬼听罢,狠狠瞪着成三路。

小灵子说:“姓成的,我师父被你诓去铁拳门冒充病人,刚才你又叫他老家伙,这笔账怎么算?”

成三路跪在地上以头撞地:“倪帮主,你饶了我吧。我再也不敢了。我混蛋,我不是人!”

小灵子说:“你嘴贱,就该掌嘴。”

成三路闻言,扬手便在自己的脸上打:“我嘴贱,我该打!”

小灵子说:“这么打,看你下不去手,挺为难的。这样吧,你们两个,谁愿意给他帮忙的,可以过来帮他。”

天山恶鬼心里正恨,便要爬过来动手,可刚挪了两步,又吐出血来,便喘着对蒙昆说道:“老蒙,你来!”

蒙昆好不容易才从河里爬上来,刚才呛了几口河水,正在窝火。一听有打人的差事,当然是“义不容辞”,上前便狠狠在成三路脸上扇了一下,疼得成三路咧嘴大叫。

小灵子说:“这个好。就照这样。”天山恶鬼看着也解恨。

蒙昆问:“倪帮主,打几下?”老叫花子说:“你愿意打几下就打几下。”蒙昆心中暗喜,不顾一切地在成三路脸上打了起来。

小灵子见三个家伙都已经被整治,心满意足,便和老叫花子一起高高兴兴地走了。

蒙昆连着打了成三路十几巴掌，火气渐渐消了，见小灵子和老叫花子已经走远，便停了手。

成三路捂着肿胀的脸，嘟囔道："你还打起来没完了？你他娘的太狠了！"

蒙昆此刻也暗自觉得有点不合适，但是嘴上不这么说："可不是我想打的。这都是倪帮主的吩咐，我不照办行吗？有种的，你去找他评理去！"

成三路刚才只顾闷头挨打，不知道老叫花子他们人在哪里，听蒙昆一说，赶紧四下张望，见他们人走远了，才放下心来。

天山恶鬼刚才看着成三路挨打，也暗自解气，现在渐渐恢复了一些，不再吐血，便站起来问道："老蒙，曾公子他们现在哪里？"

蒙昆赶紧说道："他们都在福星茶楼等着呢。我出来找你们，耽搁的时间可不短了。咱们赶紧走吧。成当家的，你是一起去，还是改天再说？"

成三路已经等了好几天，终于等到曾可以要见他，也顾不得脸上的胀痛，说道："难得你费心来请，一起去吧。"

三个人各自倒了霉，相互都有把柄，便像什么事都没有发生一样，一起走了。

第三十八章
投奔丐帮

老叫花子说："想不到丐帮帮主的名头那么好用。加入丐帮，一定不会受人欺负。我想去投奔丐帮。"

小灵子说："那样也好，加入丐帮对你也是个不错的选择。"

老叫花子问："那你去哪儿？"

小灵子说："秋遇哥哥走了，我也不知道该去哪儿。不过，我可以先跟你去丐帮走一趟。"

老叫花子很惊讶："你也要去丐帮？那太好了！看你这么机灵能干，我以后还跟着你吧。"

小灵子说："我去丐帮可不是要当叫花子，我有我的事办。"

老叫花子觉得奇怪："除了入伙，你还有什么事要到丐帮去办的？"

小灵子说："刚才那两个人是北冥教的，要找丐帮寻仇。他们说丐帮害了他们六条人命，这可不是小事。两边要再打起来，怕是还会死更多的人。我得把这个消息告诉丐帮主事的，让他们早做准备。如果是误会，也好提前查问明白，才不至于闹出更大的事来。”

老叫花子赞道：“丫头你真是有心。如果能让他们少打一架，倒真是可以救下不少人。这是好事，我怎么就想不到呢。”

小灵子说：“现在最要紧的，是要找到丐帮的人在哪儿。”

老叫花子说：“我看街上有几个叫花子，咱们前天过河的时候还见过一个，不如去找他们问问。”

一听老叫花子提起过河的时候见过，小灵子马上想到了陈起子，也想起在胡二秃子住处解救孟兰英之后陈起子跟她说过的话，不由得大喜：“我想起来了，你说的那个人叫陈起子，他是丐帮太原分舵的弟子。咱们就去太原找他。有他引见，你加入丐帮的事就更顺利了。”

老叫花子自然也高兴，又忽然问道：“你什么时候认得他了？还知道他的名字。”

小灵子没有理他，而是望着河面出神。

渡船又载了一船人从对岸返回，即将靠岸。

“我们就要出发去太原了……”小灵子又想起了吴秋遇，“秋遇哥哥你在哪儿啊？”

老叫花子见小灵子自顾发呆，知道她在想吴秋遇，不敢打扰她。

小灵子忽然说道：“再跟我到渡口去一趟。”说完，便转身朝渡口走去。

老叫花子赶紧在后面跟着，嘀咕道：“去太原要先过河吗？”

渡船一靠岸，小灵子便挤上前去，对船家的孩子说道：“小兄弟，如果那个哥哥回来，你见到他就跟他说，我们去太原了，叫他到丐帮去找我。”

那孩子说：“嗯，我记下了。”

小灵子又掏出一些银子交给那孩子，说：“他走得匆忙，身上没带钱。这些银子是留给他做盘缠的，你也帮我转交给他吧。”

那孩子接过银子，另外收好了，说：“你放心吧，姐姐。如果他回来，我一定转告他，叫他尽快去找你。”

“谢谢你，小兄弟。”小灵子全都交代完了，才终于舒了一口气。

那孩子忽然问道：“姐姐，去太原，你们怎么去？”小灵子一愣，她还没想过这个事。那孩子说：“前面有船，可以沿河往东，直达太原。那样会省劲不少，走得也快。你看，就在那里。”

小灵子顺着他的手指望去，果然不远处有另外一个码头，停靠着两条船。

再次谢过了船家的孩子，小灵子和老叫花子朝那个码头走去。

两个人找到船家，付了钱，上了船。估计船上的人够数了，船家便解开缆绳，长竿一撑，那船便离了岸，沿着汾河向东南而去。

在船上，小灵子对老叫花子说：“你加入丐帮以后，就得守丐帮的规矩。再像原来一样好吃懒做是不行的。”

老叫花子说：“这个我知道。大不了跟着别人一起去，他们干啥我干啥，这总行了吧。”

小灵子说：“最要紧的还不是这个。你要有点骨气，别再为了几顿饭几文钱就去帮着坏人做坏事。”

老叫花子说：“我干过什么坏事了？”

小灵子说：“你帮着铁拳门装神弄鬼，骗了秋遇哥哥的师父，让他被坏人下药害死了，这还不是坏事么？你这是在作孽。以后这种事可不能再干了。”

老叫花子说：“我现在知道了。那……你让我冒充倪帮主骗人，这算不算做坏事？”

小灵子说：“我让你冒充倪帮主，是为了震慑坏人，这个不算。要不然，咱们今天就没命了。”

老叫花子说：“你那么聪明能干，反正也没地方去，不如跟我一起加入丐帮，以后我还跟着你。”

小灵子笑道：“我可干不了叫花子的活儿。你们人已经够多了，不缺我一个。”

老叫花子说：“这次你可是要帮丐帮一个大忙，他们一定会好好答谢你的。到时候可不要忘了我。”

小灵子说：“你马上就要成为丐帮的人了，还想贪图这个？小心我告诉叫花子的头儿，让他们好好收拾你。”

老叫花子忙说道：“我随便说说的，这不是还没加入丐帮嘛。人家要不要我还不一定呢。”

小灵子不再跟他取笑，说道：“我倒不求他们答谢我什么。我这次帮了他们，也希望他们能帮我一个忙，帮我打听秋遇哥哥的消息。丐帮的人那么多，一定能找到秋遇哥哥。”

老叫花子听了，知道她又开始想吴秋遇了，不敢再多说什么。

小灵子望着汾河左岸，似是自语道：“如果他们都打听不到秋遇哥哥的消息，我恐怕就再也见不到他了。”

老叫花子安慰道：“你先不用着急了。你也说了，丐帮人多嘛，让他们去找就行了。”

船过古交，折向东北，又行几十里，沿河转向正南。

乘船走水路，一路平安无事，很快就到了太原。

船一靠岸，小灵子和老叫花子就下了船，混在人群之中，说着话，不免招人多看几眼。一个小姑娘，一个叫花子，走在一起终究有些奇怪。

两个人沿途打听丐帮分舵的所在。

老叫花子接连问了几个人，都没问出什么来。甚至别人见了他，都巴不得绕着走，躲不过去的，便随便说句“不知道”了事。

小灵子见状，便叫老叫花子走在后面，自己找人询问。正见一个汉子推着车迎面走过来，小灵子上前问道：“这位大哥，请问，你有没有在城里见过叫花子？”她知道，普通百姓并不关心江湖帮派的事，对丐帮就更没什么兴趣了，于是开口不问丐帮，而是问哪里有叫花子。

那汉子停下来，看了看小灵子，往她身后一指，说：“叫花子呀，那儿就有一个。”

小灵子知道他说的是老叫花子，忙解释道：“他和我是一起的，我们要找的是丐帮。丐帮你听说过吗？或者，哪里有成群结伙的叫花子？”

那汉子知道闹误会了，想了一下，说道：“要找叫花子，那你们也不必急着进城了。从这里往南，二里多地，有个五丈窑台。那里常有叫花子成群出没，是不是丐帮的我就不知道了。你们可以到那里去看看。”

“多谢大哥。”小灵子点头谢过。那汉子便推车走了。小灵子和老叫花子有了乞丐出没的消息，便直接往南走，去找那个五丈窑台。

果然，走了二里多路，见到一个废弃的砖窑瓦场。六七个乞丐正懒坐在太阳底下，有的在捏虱子，有的在打盹儿。

老叫花子兴奋地叫道：“一定就是这里了。”小灵子说：“走，过去看看。”

正在捏虱子的那个乞丐见到有人走过来，慢慢站了起来。他上下打量着小灵子，朝老叫花子喊道：“兄弟，你怎么领个小姑娘来？”

老叫花子说：“我是来加入丐帮的。她也有事儿要跟管事的说。”

一听两个人都不是丐帮的人，又都是来找丐帮的，那个乞丐警惕起来，把地上打瞌睡的也都踢醒了，低声道：“有人来了，都起来！”

“怎么回事？小李哥。”那几个乞丐刚被他踢醒，还都懒洋洋的。姓李的乞丐催促道：“有人来了！快点！”听说有人来了，那几个乞丐赶紧摸了打狗的棍子，一个个爬了起来。

老叫花子见众乞丐手里都拿着棍子，严阵以待，顿时停在那里，不敢再上前，嘴里说道：“我是来投奔丐帮的，自己人，自己人。”

姓李的乞丐问道：“你说要投奔丐帮，可有引见？”

老叫花子说：“我也是叫花子，加入丐帮还要啥引见？”

那姓李的乞丐道:“那就是说没有了? 按照丐帮的规矩,新来加入的,都要有本帮弟子的引见。既然你没有,那就回去找好了再来吧。”

老叫花子本以为只要来了报个名就行了,没想到加入丐帮还这么麻烦,一时没了主意。

小灵子说:“他是个叫花子,论年岁比你们都大,要饭时间比你们都长。他千里迢迢前来投奔,你们何必刁难他?”

姓李的乞丐有些不高兴,上下打量着小灵子:“这是我丐帮的规矩,怎么是刁难?你不是我丐帮的人,不知道这个也正常,我不跟你计较。哎,对了,你也是来找我丐帮的?你有什么事?”

小灵子问:“你是这里管事的长老吗?”

姓李的乞丐说:“我是丐帮四袋弟子,他们几个是两袋和三袋弟子,你有事就跟我说好了。”言语之间略显得意。

小灵子虽然不懂他这三袋四袋是怎么回事,但至少知道他不是管事的长老,于是说道:“我有很重要的事要跟你们长老说。你们谁去找个长老出来?”

那姓李的乞丐心中不悦,冷冷说道:“你有事跟我说就行了。如果需要跟长老说,我自会去禀报。”

小灵子说:“你不要生气,我没有别的意思。只是这件事事关重大,还是请管事的长老来吧。”

姓李的乞丐认定小灵子瞧不起他,有意在其他弟子面前给他难看,怒道:“你不想说就算了!这里是丐帮重地,请你离开!”

小灵子说:“我真的有要紧事跟你们长老说。”

姓李的乞丐把棍子提起来,在手里敲打着,说道:“赶紧走!再啰唆,别怪我手里的棍子不认人。”

老叫花子赶紧劝道:“不要生气,不要生气。我们走就是了。”说着便要拉小灵子离去。

小灵子说:“把我好心当了驴肝肺。到时候真出了事,你们后悔都来不及!”

姓李的乞丐喝道:“滚!我们不要你的好心!”

小灵子见他态度恶劣,心里也憋了火,说道:“丐帮有什么了不起?我走就是了!”又转头对老叫花子说道:“我看你也不用加入丐帮了。你看看丐帮都是什么人。咱们走!”

两个人刚转身要走。姓李的乞丐却已经恼了,跳出来叫道:“臭丫头,你说什么?看我不教训你!”说着便快步走了过来。

其他乞丐也跟在他身后,有的小声劝道:“小李哥,我看算了吧。就是个小姑娘，不用跟她计较。”

“孙河你别管！”姓李的乞丐哪里听得进去，几步便追到了小灵子身后。

小灵子回头看着他：“你要干什么？”

姓李的乞丐伸手便要抓小灵子的胳膊。小灵子灵活一闪，躲了过去。姓李的乞丐没想到她动作这么快，稍稍吃了一惊，紧跟着又出手去抓，再一次抓了个空。

在几个两袋、三袋弟子面前，自己两招制不住一个小姑娘，姓李的乞丐面子上有点挂不住。他抡起手里的棍子便朝小灵子的腰间打去。

乞丐孙河一惊，急忙过来抱他。小灵子乘机跳开。姓李的乞丐身子被孙河抱住，刚才一棍子打偏，回头怒道：“孙河你干什么？放手！”孙河小声道：“帮规，帮规。小心犯了帮规。”

“我管不了那么多！放手！”姓李的乞丐奋力挣开孙河的两手，又把棍子挥了起来。

忽听旁边一声高喊：“不要动手！”

小灵子扭头一看，喊话的竟是小乞丐陈起子，不由得心中大喜。

陈起子快步跑过来，顾不得跟小灵子打招呼，先对姓李的乞丐说道：“李苛大哥，打不得。”

叫李苛的乞丐先是愣了一下，然后盯着陈起子问道：“你又是谁？来管这个闲事。”

陈起子说：“我是崔长老手下的陈起子，咱们去年见过。这位是小灵子姑娘，是咱们丐帮的朋友，崔长老也认识的。”

李苛仍在气头上，说：“你少拿崔长老来压我！我是孙长老的手下，他管不着我！”

“你！”陈起子没想到他会说出这样的话来，一时气得说不出话来，只是挡在他面前，瞅着他。

“你躲开！”李苛一把推开陈起子，又去追打小灵子。

小灵子跟吴秋遇学了点“小腾挪”身法，若是李苛赤手空拳还真未必奈何得了她。可现在李苛手里有棍子，攻击范围大，小灵子就不得不离他远些。

既然有理讲不通，这乞丐连同是丐帮弟子的陈起子都不放在眼里，小灵子索性先走了再说。她趁李苛还没有靠近，匆忙使出“追风架子”，快步跑了出去。

李苛追不上小灵子，就此放弃又觉得没面子，于是还紧追不舍。有一个跟他相好的乞丐也跟着追了过去。

小灵子跑到河边，再无去路。

乞丐李苛见状，心中窃喜，招呼跟他一同追来的乞丐前去堵截，自己快步上前，向小灵子逼近。

小灵子不会水，岸上又被他们封死，眼看走投无路了，她心中焦急，嘴里喊着："你们不要乱来！"

李苛哪管那些，抡起棍子便朝小灵子打去。小灵子无处躲闪，急忙双手护住头脸，向下一蹲，闭眼等着这一下。

只听"啪"的一声，一团泥巴打在李苛手背上，疼得他惨叫一声。棍子脱手飞了出去，从小灵子头上划过。

小灵子睁眼一看，见崔长老正一瘸一拐地走来，她高兴地跳起来，急忙迎了上去："崔长老，你来得太好了！"

崔长老刚才路过，见李苛要对一个小姑娘下狠手，情急之下，便抓起一把泥巴打了出去，救下小灵子。此刻小灵子走过来，他才认出来："是你呀，没事吧？"

小灵子说："我没事。幸亏你来得及时。"

另一个乞丐刚才只顾堵截小灵子，没看清发生了什么事，听到一声惨叫，又见李苛一脸痛苦，忙上前问道："小李哥，你怎么了？"

李苛捂着手背，转身怒视着崔长老。他认得崔长老，一时也不敢造次。

崔长老对小灵子说："没事就好。你怎么会到了这里？"

小灵子说："我有重要的事要告诉你们。可我到了五丈窑台，他们不让我去见你们长老，还把我追到这来。"

崔长老瞪了一眼李苛和另外那个乞丐，喝道："你们怎敢动手欺负一个小姑娘？忘了帮规是怎么说的了？回去自己领二十棍子！"

李苛只淡淡哼了一声，心里不服。另外那个乞丐有些怕了，忙求饶："崔长老，这都是误会。你就饶过我们这一回吧。"

"不行！你们违反帮规，就得受到惩罚，不要指望能躲过去。"崔长老态度坚决，又转身对小灵子说："姑娘，咱们走。"小灵子本来还想劝两句，见李苛仍不认错，也就忍住没说，跟着崔长老转身离去。

崔长老腿上的伤还没好，走路仍有些吃力，一瘸一拐地。小灵子便扶着他。

李苛正暗自发狠，一眼看出崔长老腿上有伤，而且好像伤得不轻。他心中暗喜，悄悄拾起地上的棍子，对另外那个乞丐使了个眼色，两个人便快步跟了上去。

崔长老听到动静，猛一转身。正好李苛一棍打来，打在他的伤腿处。崔长老"啊"的一声，单腿跪在地上，剧痛难当。小灵子大惊："你们要干什么？"

李苛见偷袭得手，叫了一声："打！"便又举棍袭来。另外一个乞丐见崔长老跪地，胆子也壮了，也举起棍棒上前。

崔长老行动不便，无处躲闪，只有冒险硬接。他一把抓住李苛打来的棍子，用力一拖，又架住了另外一根棍子。李苛手里的棍子被他一拉，站立不稳，便向崔长老撞去。崔长老右手运力，使出全身的力气，猛然打出一掌，正中李苛的前胸。

“啊……”李苛惨叫一声，一口鲜血喷出，人便向后跌了出去。他挣扎着站了起来，晃了几下，终究站立不稳，踉跄了几步，竟栽入河中。

另外那个乞丐吓坏了，把手里的棍子松了，急忙退出几步，跪在地上就磕头：“崔长老饶命，崔长老饶命！我再也不敢了！”

崔长老忍着剧痛，头上的汗也流了下来。

小灵子见状，知道刚才那一下崔长老已经用尽了全力，这个小乞丐只是一时被吓到了，等他看清了情势，醒过闷来再斗，恐怕崔长老没有胜算。于是说道：“你还不去拉他上来？难道要看他活活地淹死不成？”

那个乞丐只道是小灵子传达崔长老的意思饶了他，赶紧磕头：“多谢长老，多谢姑娘！”说完，跌跌撞撞地爬起来，去河边搭救落水的李苛。

崔长老粗喘了几口气，擦了擦头上的汗，对小灵子微微点了点头。小灵子扶他起来，往丐帮分舵走去。

李苛被拉上岸，瘫坐在地上，咳喷着水。吐出的水里都带着血。

旁边那个乞丐说：“小李哥，这回咱们可惹祸了。”

李苛望着崔长老和小灵子的背影，恨恨地说道：“咱们走着瞧！”

回到五丈窑台。

老叫花子和陈起子等人正在那里着急。见小灵子和崔长老一起回来，两个人急忙迎了上去。其他几个乞丐探头张望，却看不到李苛他们。

老叫花子问小灵子：“丫头，你没事吧？”小灵子说：“我没事。幸亏刚才崔长老路过，救了我。”

陈起子庆幸道：“崔长老，我到处找您找不到。没想到，这事还是让您给碰到了。”崔长老只轻轻点了一下头，没说什么。

小灵子赶紧给崔长老介绍老叫花子：“崔长老，他是跟我一起来的。他要加入丐帮，刚才就是没有人引见，才闹出误会来。你看看，他这个人怎么样，你们能不能收留他。”

崔长老随便看了老叫花子几眼，说：“想来加入丐帮是好事，报个名，入了册子就行了。到时候可以跟我，也可以跟着孙长老。这个事，起子你去办吧。”

陈起子点头应了。老叫花子很高兴：“谢谢崔长老，我就跟你了，跟你了。”陈起子说：“你跟我来吧。”

崔长老对小灵子说："走，我带你去见过帮主和其他长老。"

"帮主也在？这里不是分舵吗？"小灵子很意外，又惊又喜。

崔长老说："平日帮主是不在这里的，这次刚好云游到此。你刚才说的事很要紧，正好当面向帮主禀报。走吧。"

老叫花子刚要跟着陈起子去报名，一听说崔长老要带小灵子去见帮主，马上走了回来，说道："我也去。"

崔长老面露难色。小灵子说："他跟我一起来的，这件事他也知情。就叫他一起进去吧。"崔长老想了一下，点了点头。

早有守门的小叫花子进去通报，出来说，帮主正在里面等着，可以进去。崔长老便带着小灵子和老叫花子往窑洞里走去。

虽说这里是个废弃的砖瓦窑，经过叫花子整修之后，里面倒也通风亮堂。

小灵子心里很好奇，已经让老叫花子冒充了两回丐帮帮主了，还不知道真正的丐帮帮主长什么样子。其实老叫花子也很想见见真正的丐帮帮主，这马上就要看到了，他自然十分兴奋。

窑洞里坐着两个人。

正中座位上是一个中等身材的乞丐，头发花白，面色红润，虽然是淡然闲坐，却显得极为精神。想来应该就是丐帮的帮主倪大鳅。即使不仔细观看头面，单只看身量，老叫花子跟他也相差甚远，看来蒙昆等人确实都没见过倪帮主，要不然当初也没那么容易蒙混过关。

旁边坐着一个胖大乞丐，一脸赘肉，大咧咧地看着崔长老带着两个人进来，随口说了声："老崔，来了？"

崔长老朝他点了一下头，叫了声"孙长老"，然后对中间那个乞丐拱手道："帮主，这位是小灵子姑娘。那个……哦，他是来投奔丐帮的，刚到，还没来得及登记入册。"

还没等帮主说话，孙长老抢先说道："老崔，都说你是个细心的人，怎么今天倒犯起糊涂了。一个新来的弟子，你怎么直接带来见帮主了？"

倪帮主一摆手，示意孙长老不要为难他们，开口说道："崔长老，你的伤还没好，怎么又四处走动了？快坐下。今天带他们来有什么事？"

"谢帮主。"崔长老正好腿疼得厉害，便先找凳子坐了，然后说道："他们从楼烦镇远道而来，说是有要紧的事要跟帮主禀报。小灵子姑娘，你说说吧。"

倪帮主看了一下小灵子，说："你们也坐，坐下来慢慢说。"

老叫花子随意惯了，也不客气，直接到崔长老旁边去坐了。孙长老瞪了他一眼。

小灵子没有急着去坐，而是走到倪帮主面前，问道："有一个北冥教，不知你们听说过没有？"

"北冥教？"孙长老一愣，"北冥教怎么了？"

倪帮主倒很平静，淡然问道："姑娘要说的事跟北冥教有关？"

小灵子说："跟北冥教有关，跟你们丐帮也有关。"

孙长老有点不耐烦："卖什么关子！你就快说吧！"

小灵子说："有两个北冥教青衣堂的人，一个是堂主，一个是他们的大长老，说你们丐帮的人无故挑衅，在柳条巷害了他们六条人命，嚷着要上门讨说法呢。"

倪帮主只看着小灵子，一时也没说什么。

"胡说八道！"孙长老一下子站起来，"我们丐帮啥时候去招惹他北冥教了？"

崔长老劝道："孙长老，你先别激动，先听小灵子姑娘说完。"

这时候，倪帮主慢慢站起身来，问道："不知姑娘与北冥教有何渊源？"

小灵子说："我跟他们没什么关系，就是路上遇见了，随便聊几句。"

倪帮主微笑着说道："姑娘与北冥教无关，与我丐帮也不熟。这北冥教与丐帮有仇，本该直接来找我丐帮，怎么反倒给你一个不相干的人说了此事？"

孙长老听帮主说完，觉得有理，也问道："就是啊。这你怎么解释？哼，想来我丐帮蒙事，可没什么好玩的。"崔长老也不解地看着小灵子。

小灵子知道敷衍不过去，便如实说道："我说了，你们可不要生气。是这样的，我们被坏人追杀，情急之下，就让他冒充倪帮主……"

孙长老叫道："你们好大的胆子！竟敢冒充倪帮主招摇撞骗！来人……"倪帮主一摆手："先听她说完。"

小灵子继续说道："我知道这样做不对，可是当时也没有别的办法，只能蒙得一时算一时。幸亏他们都知道倪帮主的大名，却不认识倪帮主，一时分不出真假，才不敢对我们动手。本以为就这样没事了，偏巧那两个北冥教的长老和堂主找上门来，也把他当成了倪帮主，说要给他们遇害的弟子报仇。"

孙长老哼了一声："那你们还有命回来？"

小灵子说："我把那个大长老叫到一边，把实话跟他说了。他也看老叫花子不像帮主，后来就走了，说改日再找丐帮讨说法。"

孙长老说："你的嘴倒好使！怎么知道你说的是真的假的？"

倪帮主沉吟了一会儿，扭头问崔长老："你们在楼烦，可有人去过柳条巷？"

崔长老想要站起来。倪帮主示意他坐下。崔长老摇了摇头："没有。我们这回去，只为解救飞叉门抢掠的女子，没到别处走动。刘长老他们当时都在附近接应，应该也不会去招惹北冥教的人。后来也没听他说过这个事。"

小灵子说："柳条巷我倒是去过，像个迷宫一样，差点绕不出来。后来进了一个院子，那里是有陷阱的，秋遇哥哥后来就掉进了那个陷阱。我看他们说的，多半就是在那儿被人袭击了。崔长老他们去飞叉门的时候，我们还在那儿看热闹呢。后来陈起子还带着我和秋遇哥哥去追胡达，救了兰英姐姐。我看你们丐帮也是行侠仗义的，那件事应该不是丐帮的人做的。定是有人冒充丐帮弟子，在那儿设了埋伏，要害北冥教的人。"

小灵子一口气说了这么多，又是秋遇哥哥，又是兰英姐姐的，孙长老听得稀里糊涂，不满地说道："怎么哪里都有你？我看这个事，你也脱不了干系。"

崔长老支撑着站起来，对倪帮主说道："我们去飞叉门的时候，小灵子姑娘确实在场。后来他们还跟着陈起子去追击胡达，救了一个姑娘，我们此行才算圆满。"

倪帮主点了点头，先示意崔长老坐下，说道："看来有人要成心挑起事端，让北冥教和我丐帮为敌，斗个两败俱伤，他们好从中渔利。"

孙长老问："这可能吗？"

倪帮主说："武林至尊翁求和失踪多年，少林方丈一直隐忍不说。如今中原武林群龙无首，难免有人会动歪心思。北冥教是北方第一大教，我丐帮是天下第一大帮，如果斗个两败俱伤，有心人正好乘势而起。到那时，又将是一场腥风血雨。"

崔长老说："帮主说得极是。这件事可要妥善处理。咱们丐帮可不能被人利用和算计。"

孙长老说："他奶奶的，这种人唯恐天下不乱。将来叫我逮到了，定好好修理他！"

倪帮主对小灵子说："多谢姑娘前来送信。这件事我知道了，会妥善处理的。崔长老，你先安排人送姑娘去城里客栈歇息吧。"

"是。我这就去安排。"崔长老站了起来。

小灵子说："我也有一件事想求倪帮主帮忙。"

倪帮主说："嗯，你说吧。"

小灵子说："我和秋遇哥哥失散了。丐帮弟子众多，我想请你们帮我打听他的下落。"

倪帮主刚才还怕她借报信之机提出什么为难之事，一听是这等小事，马上说道："这个好办。也让崔长老一并去安排就行了。"

"多谢倪帮主。"小灵子见倪帮主答应帮忙，心中自然高兴。

老叫花子见小灵子的事都说完了，坐不住了，站起来看着倪帮主。

倪帮主看见了，问他："你有话要说？"

老叫花子刚才还在犹豫，此刻见帮主问起，忙说道："我想加入丐帮。"

孙长老哼了一声："你冒充帮主的事还没跟你算呢。按照帮规，应当……"

倪帮主一摆手，说道："那时他还不是丐帮的弟子呢，帮规用不到他身上。你们呀，冒充我的名头，确有不妥。不过你们成功震住了歹人，总算没辱没我丐帮的名声。又阴错阳差得到了北冥教寻仇的消息，跑了几百里路前来报信，还是有功的。冒名的事就算了。你说呢，孙长老？"

"帮主这样说了，那就这样吧。"帮主发了话，孙长老也没话好说。他看了一眼老叫花子，转过脸去。

倪帮主问老叫花子："你会武功么？"老叫花子摇了摇头："不会。"倪帮主说："这样吧，崔长老，你收下他，日后好生调教，勿要违反帮规。他年岁不小，又不会武功，若从头做起，难免受年轻一辈欺负，念其报信有功，可以叫他从三袋弟子做起。"

小灵子暗赞倪帮主的胸襟和细心。老叫花子知道帮主是答应了，还给了个三袋弟子的头衔，当然高兴，乐得合不拢嘴。孙长老看了一眼老叫花子，又看了看帮主，欲言又止。

"是。"崔长老领命，又拉了一下老叫花子，低声道："还不快谢过帮主？"

"多谢帮主！"老叫花子跪在地上就磕头。

"你这是干什么？"崔长老急忙去拉他，"咱们丐帮不兴这个。快起来。"

倪帮主微微一笑："你们先去吧。我跟孙长老合计一下北冥教的事。"

"属下告退。"崔长老躬身施了一礼，带着小灵子和老叫花子往外走。

出了窑洞。小灵子问："崔长老，那个李苛的事不要跟孙长老说一声么？"

崔长老说："我已经教训过他了，他们若是知错，自己会去领二十棍子。这个事就不必再惊动帮主和孙长老了。"

小灵子说："我不是这个意思。我看孙长老脾气暴躁，李苛又是他手下的人，如果李苛他们回来，恶人先告状，编排你的不是，我怕孙长老会被他们蒙蔽，记恨你。"

崔长老想了一下，说道："我想还不至于吧。我不过是丐帮的八袋长老，孙长老是九袋长老，这点胸襟他还是有的。再说，上面还有帮主呢。帮主他老人家明察秋毫，必能主持公道。"

小灵子点了点头："如此最好。那是我想多了。"

崔长老说："没有没有。姑娘年岁不大，竟能想到这些，难得难得。我先安排人带他去挂名登记，然后送你去客栈。"

“好。”小灵子站在一边去等着。

崔长老唤过陈起子:“你带他去登记入册。帮主吩咐,他报信有功,直接从三袋弟子做起。”

“哇。”陈起子惊讶了一下,一拉老叫花子,“跟我来吧。”

老叫花子看着小灵子,说:“丫头,你这就走了?”

小灵子笑道:“怎么,你还舍不得我么?”

老叫花子腼腆地笑了一下,说:“你不是还要等傻小子消息吗?”

小灵子说:“我不走,只是先去客栈住着。以后会再来看你的。你都是丐帮的三袋弟子了,可得有点出息了。快去挂名吧。”

老叫花子依依不舍地从小灵子面前走开,跟着陈起子去挂名登记。按说新进的乞丐,只能从一袋弟子做起,根据功劳慢慢熬到二袋、三袋甚至更高辈分。老叫花子意外走运,从此正式加入丐帮,成了丐帮的三袋弟子。

第三十九章
土岗劫杀

老叫花子加入丐帮，开始跟着其他丐帮弟子学规矩。小灵子在太原城外就近找了个客栈，住了下来，等着吴秋遇的消息。

楼烦渡口。吴秋遇走上渡船。船家的孩子一眼看见吴秋遇，上前叫道："大哥哥，小灵子姐姐让我告诉你，她和老叫花子去太原了，叫你到丐帮去找她。"

吴秋遇一愣，嘀咕道："她自己先走了？怎么没等我一起去？"

那孩子把小灵子留下的银子交给吴秋遇，说："这是她留给你的。"

吴秋遇接过银子，说："多谢你了。从这到太原有多远？怎么走最快？"

那孩子说："那可远了，少说也得有两百五十里。最快的，就是骑马去，不过路上不太好走。姐姐他们应该是乘船去的，现在也该到了。你也可以坐船去，还能省些力气。"

吴秋遇问："如果不坐船，应该往哪边走？"

那孩子说："要是想骑马去，那你也不用过河了，就从这沿河岸附近的道路向东去，路上再打听一下就行了。”

吴秋遇谢过了他，从船上下来，找到东去的大路，便使起“追风架子”，飞速向东奔去。

路人见了，无不惊愕：“这个人怎么跑得比马还快？”

一口气跑出五十里，吴秋遇慢慢停下来，打算先稍稍歇一下，后面好有力气再继续快走。他找个土坡坐下来，靠在坡上闭目养神。

忽然听到不远处有打斗的声音，吴秋遇一惊，急忙爬上土坡，伏身定睛观看。

只见一群叫花子将一伙人围住，正在厮杀。从衣着上可以看出来，那伙人是北冥教青衣堂的人。这两伙人怎么会在这打起来？吴秋遇心中纳闷。

叫花子人多，北冥教的人在阵势上吃亏，只能勉强支撑。

忽见两个人快步跑来，飞身加入战团。其中一个是北冥教青衣堂的堂主康奇，另一个吴秋遇不认识，正是北冥教的大长老路桥荫。

路桥荫和康奇自然不把这些叫花子放在眼里，一出手就放倒了十来个。吴秋遇暗赞，那大个子好厉害，比那个堂主康奇可厉害多了。

见堂主带着一位高手赶来支援，北冥教青衣堂的人心中有了底，也一个个越战越勇。顷刻之间，形势扭转，一群叫花子被打得七零八落。

眼看叫花子就要溃散，忽听一声口哨呼啸，叫花子又都圈了回来。

吴秋遇正在纳闷，就见一团黑影不知从哪里冒了出来，飘落在路桥荫的面前。

路桥荫稍稍愣了一下，看了那人一眼：“你是丐帮的长老？”

那人黑布罩头，黑纱蒙面，一句话不说，就出手打来。

路桥荫本来也没把丐帮的人放在眼里，除了丐帮帮主倪大鳅，他并不顾忌丐帮的任何一个人。可双方交起手来路桥荫才发现，这黑衣人来者不善，虽然一时看不出他的武功路数，可他的武功绝不在自己之下。

两个人斗了三十多个回合，仍是难解难分。路桥荫暗自称奇，丐帮除了帮主倪大鳅，竟然还有这样的高手？难道这个黑衣人就是倪大鳅？

吴秋遇也暗自赞叹，这两个人的武功都那么厉害。

黑衣人见三十多招不能取胜，主动收了手，点头赞道：“好一个路大长老，果然非比寻常。”

路桥荫看着他，隐隐觉得声音有些耳熟：“我们在哪里见过？阁下何不摘下面罩，以真面目相见？”

黑衣人说：“我们当然见过。刚才老夫让了你三十余招，便是看在故人的情面上。”

路桥荫一愣：“你究竟是丐帮的哪位长老？路某不记得和丐帮打过交道。”

黑衣人说:“丐帮的长老？哈哈,你太小看我了。”

“这么说,你就是丐帮的倪帮主了？”路桥荫把心中的猜测说了出来。

吴秋遇心中好奇,难道这个黑衣人就是丐帮的帮主么？

黑衣人又哈哈笑了几声,站定身形,暗自运力。路桥荫早看在眼里,也加了小心。黑衣人往前上一步,二人再次打到一起。

几招过后,忽听路桥荫叫道:“你不是丐帮的！这是……少林派的功夫？”言语中透着几分惊愕。

黑衣人并不答话,继续进攻,一招紧似一招。

吴秋遇在土坡上看着,心中暗想:“不是丐帮和北冥教青衣堂的人打架么,怎么又出来了少林的武功？”他从小在寺庙里长大,自然对少林寺和少林武功也多少有所耳闻,觉得黑衣人使出来倒确实厉害。看着看着他又觉得有点奇怪,又不知道哪里奇怪。

黑衣人忽然使出少林绝学,叫路桥荫有些摸不着头脑。而且这黑衣人的招式变化也多,好像不只是龙爪手那么简单。

吴秋遇忽然想了起来。这黑衣人所用的招式中,竟然偶尔有一两招“随心所欲手”的影子。这叫他惊诧不已:“难道这个黑衣人和我师公翁求和也有关系？”

路桥荫又和黑衣人斗了二十几招,渐渐难敌对方的招式变化,开始有些乱了章法。

黑衣人突然往后退出几步,仰头呼啸了一声。

路桥荫还没明白怎么回事,就见一张大网从天上盖了下来,把他罩在了当中。路桥荫反应也真是快,急忙举手把网子撑住,才不至于裹到身上。

四个黑衣人远远拉着网绳,围着路桥荫快速绕转。路桥荫也不得不跟着转身。由于路桥荫武功甚高,虽然被网罩住,别人也不好直接上前把他拿住。

康奇瞥见了,惊叫了一声“大长老”,便扑过来,用刀砍那网子。

蒙面的黑衣人笑道:“不用费心思了。这是天蚕罩网,你那铁片是砍不动它的。”

康奇连砍了几下,果然都奈何不得。那网子只会抖动一下,砍过的地方竟然连痕迹都不留。康奇大惊。

吴秋遇也是颇为诧异,怎么这网子会如此结实,用刀都砍不破的。他下意识地摸了摸自己的短剑,心念一闪:不知定心剑能不能割破他们的网子。

路桥荫叫道:“不要砍网子了,砍人！”

康奇如梦方醒,急忙挥刀向拉网绳的一个黑衣人砍去。

蒙面的黑衣人一惊，急忙飞身跃了过去，直拍康奇的头面。康奇听到动静，随手挥刀一撩，要削他手臂。那黑衣人竟不躲闪，身子一扭，一手将钢刀捏住，一手在康奇脖颈上一按，便把康奇制住，两脚稳稳地落在地上。

蒙面人把康奇推到一边。四个人继续围着路桥荫绕转。康奇动弹不得，只恨刚才自己没有早点想到去砍杀拉网的人，白白耽误了时间。青衣堂的弟子毕竟人数太少，又见堂主和来帮忙的高手都被制住，一时丧了气，纷纷被叫花子拿下。

路桥荫对蒙面人怒吼道："你究竟是什么人？"

蒙面人说道："很快你就知道了。如果不想你手下的这些人死，就乖乖地束手就擒，莫再做无谓的苦撑。"

吴秋遇心中暗恨："又是这一套。"在天百山庄他也曾被邵氏父女要挟，为了救小灵子差点成了废人，所以最恨别人以人命相威胁的勾当。

路桥荫大声骂道："狗贼！有本事冲我来，不要打他们的主意！"

蒙面人笑道："他们的命在你手上。如果你肯服输，听我的安排，我可以饶了他们。那他们的命也算是你救的。"

事关康奇和青衣堂十多个弟子的生死，路桥荫也不得不慎重考虑，大声问道："你想怎么样？"

蒙面人说："我想知道司马教主的事。"

一听他提到教主，路桥荫断然喝道："你休想！"

蒙面人说："你真的不管手下十几个人的死活吗？"

路桥荫看了看康奇等人："你们怕死么？"

康奇脖子一挺："路大长老，你不用受他威胁。我们不怕死。你们说是不是？"青衣堂的弟子一听那个人是路大长老，心中激动，也一个个挺直了腰杆，纷纷说道："我们不怕死。""不怕！"

蒙面人冷笑了一声："那我就先杀两个试试，看你们是不是真的不怕。"说着便命人把两个青衣堂的弟子押到路桥荫面前。

两个叫花子慢慢举起手里的刀，看着蒙面人，只等他一声令下。

"住手！"吴秋遇大喊一声，从土坡上跳下，飞奔了过来。

在场的众人只有康奇一个人认得他，不由得心中暗喜。

蒙面人见跑来的是个毛头小子，根本没放在心上，对那两个叫花子一挥手："杀！"

吴秋遇一惊，脚下不停，手上运力，两掌同时向前平推，猛然发出一招"驱伏双鬼"。那两个要砍人的叫花子还没明白怎么回事，就双双被打了出去，钢刀险些砍到其他叫花子。

蒙面人吃了一惊，虽然没看到吴秋遇发招，但知道肯定就是他打的，这才开始仔细打量吴秋遇。

叫花子和青衣堂的人都愣愣地望着吴秋遇。路桥荫也不例外，知道是他刚才救了两个青衣堂弟子，不免心存感激，高声喊道："小兄弟，你惹不起他们。快些走吧，不要枉送了性命！"

吴秋遇知道蒙面人的武功厉害，动起手来自己打不过他。如果直接跟蒙面人交手，自己吃亏是小，只怕救不了那些人，于是他灵机一动，有了主意。只见他双掌运力，把刚才那招"驱伏双鬼"又打了一遍，只不过这次两臂分开的角度更大了些。他掌力所到之处，两个拉着网绳的黑衣人应声倒地。

蒙面人失口叫道："降魔十三式！"

路桥荫马上反应过来，心中大喜，双手在头上把网子用力一扯，另外两个黑衣人便被扯了过来，被他用脚踢飞出去。

吴秋遇快步过去，用短剑在网子上胡乱划了几下，那网子便应声断了，散落成几块。路桥荫把身上的网子摘扯了，高兴地说道："多谢你，小兄弟！"

青衣堂的弟子见有人帮忙，大长老脱身，无不欢喜。

蒙面人惊见吴秋遇会使"降魔十三式"，又见他先去解救了路桥荫，知道大势已去。对这个毛头小子虽然愤恨，却也不得不暗自赞叹，高声问道："小子，你叫什么名字？师父是谁？"

吴秋遇说："我叫吴秋遇。我师父已经死了，不用你挂心！"

蒙面人点了点头："好，小子，我记住你了。我们走！"说完，便带着那四个受伤的黑衣人和一群叫花子走了。

路桥荫先去查看了一下康奇等人的情况。康奇说："我们都没事，大长老。我说的那个人，就是这个小兄弟。"

吴秋遇见一个青衣堂的弟子胳膊脱臼，便蹲下去，给他把膀子安了。

路桥荫招呼道："今日多亏了这位小兄弟。你们的命都是他救的，快来拜谢。"

康奇率众属下拜谢吴秋遇。吴秋遇有些不好意思，忙说："你们不要这样。我就是路过遇上了，看他要杀人相威胁，一时气愤才忍不住出手。其实你们的大长老挺棒的。你们也都很有骨气。"

路桥荫走到吴秋遇面前，说道："小兄弟年纪轻轻，武功如此了得，又懂得拿捏正骨，不愧是神医济苍生的传人。"

吴秋遇倒很惊讶："你知道我师父？"

路桥荫说："看你的武功也猜个大概。不过，这都是小灵子姑娘告诉我的。"

吴秋遇更加惊讶："小灵子告诉你的？那她现在在哪儿？"

路桥荫说："我还是在楼烦渡口见过她。现在去了哪里，我也不知道。你们不是一起的么？"

吴秋遇说："我们走散了。听说她去了太原？我正要去找她。"路桥荫说："本来我们也是要去太原……"吴秋遇大喜："你们也要去太原？那咱们正好同路，可以一起去！"

路桥荫说："我们去太原是要找丐帮讨要说法，不成想在这黑土岗就跟丐帮的人遭遇了，还遭了他们算计。要不是你及时出现，我们就凶多吉少了。"

吴秋遇一愣："你们怎么会跟丐帮结下仇了？"

路桥荫说："本来我北冥教与丐帮素无瓜葛，向来是井水不犯河水。日前在楼烦镇柳条巷，丐帮的人设下陷阱，伏杀我北冥教青衣堂的弟子，造成六死两伤。我正要带人去太原找他们讨要说法，没承想他们又在此设下埋伏。"

吴秋遇摇了摇头。路桥荫见了，问道："小兄弟有何见解？"吴秋遇说："我想，丐帮的人也行侠仗义，应该不会干这种事吧。会不会其中有什么误会？"

路桥荫说："我也这么想过。不过，上一次是死里逃生的两个属下亲眼所见，这一次又是我亲身经历，不得不信。"

吴秋遇说："我总觉着，刚才那些人跟其他丐帮的人不太一样。"

路桥荫不解，问他："怎么说？"

吴秋遇说："丐帮的人都是叫花子，一般手里都是拿根棍子。刚才那些人，个个拿刀拿枪的，看着有点奇怪。"路桥荫想了一下，说："这个倒是。"

康奇在一旁说道："他们平素入户行乞，带根棍子用来打狗也就够了。此番是要行凶害人，换了刀枪兵刃也不奇怪。"

路桥荫手里摆弄着天蚕罩网的碎片，沉吟道："倒是后来那几个黑衣人，应该不是丐帮的。丐帮的叫花子用不起天蚕罩网。他们竟能和叫花子混到一起，似有默契，其中倒有几分蹊跷。"

吴秋遇问道："那个蒙面人后来使的，真的是少林武功吗？"

路桥荫说："应该是，至少有几招像是少林武功的路数。他招法变化太多，看不准。"

康奇忽然说道："难不成是丐帮勾结少林派，合伙袭击我们？"

路桥荫陷入沉思。

康奇说道："丐帮和少林向来号称名门正派，在江湖上又都颇具实力，要说他们为了青衣堂十几个人合伙兴师动众，确实也犯不着。除非他们早有消息，知道大长老您也要来。哎，好像就是咱们现身之后，那黑衣人才出现的。他们要对付的就是大长老你？”

路桥荫想起蒙面人逼问司马教主消息的事，暗自认定那伙黑衣人就是冲自己来的，喃喃道：“这样看来，他们倒有可能是少林派的人。”

吴秋遇问：“大长老与少林寺有什么仇怨吗？”

路桥荫看了看他，说道：“倒也算不上仇怨，要说有过节，也该是我去找他们，而不是他们来找我。”

见路桥荫有点激动，吴秋遇不好再问。

路桥荫一时理不出事情的头绪，便说道：“唉，此事费解，尚难定论，须得尽快查个明白。如果真是他们做的，说不得，好歹要找他们讨回公道。若是有人存心嫁祸，咱们也犯不着平白招惹丐帮和少林。康堂主，你传话下去，尽快查清那些叫花子和黑衣人的底细。”康奇领命。

吴秋遇暗自点头，这位大长老遇事冷静，是个讲道理的人。

路桥荫又对吴秋遇说：“小兄弟，你是神医的弟子，听小灵子说，你也医术了得。我教正好有个病人需要医治，能否请你去帮忙看看？”吴秋遇说：“他什么病，多久了？”路桥荫说：“已经七八年了，虽然痊愈了不少，但仍有病根。”

吴秋遇说：“那也不是很急吧。等我先去太原找到小灵子，我们一起去可以吗？”

路桥荫想了一下，说：“也好。那我就等你的消息。你们也不必再返回楼烦，可以就近向东去寿阳，在那里也有我青衣堂的人。”

吴秋遇拱手告辞。

“等等。”路桥荫叫了一声。他动手把几片天蚕罩网卷裹起来，赶上来，塞到吴秋遇手中，说：“这个你拿着，到太原找裁缝改作一件天蚕宝衣，刀枪不入。”

吴秋遇说：“这么好的东西，我不能要，还是你们留着吧。”

路桥荫笑道：“这东西刀枪不入，没有你的短剑，哪个裁缝剪得了它？你就拿着吧。你不穿，送给小灵子姑娘也好啊。宝剑宝衣正是一套。”

一想到小灵子可以穿上它防身，吴秋遇便不再推辞，高高兴兴地收了。路桥荫又帮他重新包裹好了，搭在身上。

吴秋遇这才辞别了北冥教的人，继续向东，奔赴太原，去找小灵子。

使用“追风架子”虽然跑得快，但毕竟还是靠两条腿走路，时间长了仍然会累。吴秋遇每走五六十里便要停下来稍稍歇息一下。他暗自有些后悔，早知道路程这么远，应该骑马来。几百里路马不用歇着，骑马可能还更快。

过了古交，往东几十里，汾河开始向东南拐弯。

吴秋遇急着去找小灵子，只一心快速赶路，一发足便是几十里跑下去，中间舍不得停下。他只知道一路向东，却没注意自己已经离汾河越来越远。等到他停下来歇息的时候，身上有汗，想去河边洗把脸，才发现大河不见了。

吴秋遇心中纳闷，想要找个人问问，可是周围一个人都没有。他在犹豫，是该原路回去，还是继续向前。抬头看了看天上的日头，能辨明方向，知道自己刚才从西而来确实没错。他想了一会儿，决定先继续往东走，等遇到人再好好问问。

又走出二三十里，看到一辆大车从前面缓缓走来，吴秋遇心中大喜，急忙迎了上去。

赶车的是一个四十多岁的汉子。吴秋遇上前问道："大叔，太原城是在前面吗？"赶车的汉子说："你要去太原，那走错了。这里已经是阳曲县的地界，再往前走就到系舟山了。"

吴秋遇暗叫不好，走错路了。赶车的汉子说："我们也是去太原，如果你不嫌颠簸，可以搭我的大车去。"吴秋遇正好累了，高兴地说道："那太好了，多谢大叔。"

汉子把骡子带住，叫吴秋遇上了车。吴秋遇这才发现，车上还有一个人，是位老妇，用被子裹着靠卧在垫子上，闭着眼睛，似是正睡着。

汉子叫吴秋遇坐好，又把骡子赶起来，大车继续缓缓向前行进。

吴秋遇顾忌老妇在睡着，不敢多说话。那汉子却问道："小兄弟，你从哪来呀？"吴秋遇说："楼烦。"那汉子看了看他："楼烦？那可不近哪，两百多里呢，你自己走着来的？"吴秋遇点了点头。那汉子说："嗨，你从西边来，过了古交，就该顺着汾河拐弯了。这么一来，你得多走七八十里的冤枉路。"吴秋遇苦笑道："幸亏遇到大叔，要不然，我还不一定走到哪去呢。"那汉子笑道："你也不常出门吧？到陌生的地方，得学会问路。"吴秋遇点了点头。

车轱辘轧到坑洼，大车颠簸了一下。一直闭着眼睛的老妇咳嗽了一声。吴秋遇尴尬地望着赶车的汉子，不知道是不是自己跟大叔说话吵醒了她。那汉子说："这是俺娘，病了有些日子了，请了几个大夫看，一直也没见好。俺说这回带着她到太原府看看。那里有大药铺，好大夫也多。"

吴秋遇见老妇脸色苍白，十分虚弱，像是病得不轻，便有心替她看看，于是问道："我师父是个大夫，他给人瞧病的时候，我多少看一些。我能不能……"

"你师父是大夫？那好啊，你看吧。乡下人没那么金贵。"那汉子倒很爽快，先叫骡子停下，然后回身爬到车上，轻轻掀开一角被子，把老妇的右手拿了出来。老妇也慢慢睁开眼睛，看着吴秋遇。

吴秋遇给老妇号了脉，然后把她的手轻轻地放回去，把被子盖好。那汉子问:“怎么样？”吴秋遇说:“不是什么要命的大病,但是得赶紧治,不然可能下不了地,还可能会失明。”

老妇虚弱地说道:“你说得没错。俺也觉着呀,手脚越来越不听使唤,眼睛看东西也一天比一天模糊。”那汉子见吴秋遇果然懂行,大喜:“小兄弟,既然你懂这个,那就帮俺娘治治吧。”

吴秋遇说:“这需要针灸用药,我身上没有这些东西。等到了太原府,我陪你们一起去找大夫。这病难在不易识别,治起来倒不难。他们如果瞅准了病症,应该都能治的,而且花不了几个钱。”

听说这病好治,又花不了几个钱,老妇和赶车的汉子都很高兴。

既然老娘已经醒了,赶车的汉子就不再顾忌,叫吴秋遇扶着老妇坐稳了,长鞭一甩,那骡子便跑起来。大车直向太原府城奔去,在小道上扬起一路尘土。

丐帮危机

本不相干各自为，
偏作阴谋欲害谁。
五丈窑台生祸乱，
由来江湖有是非。

绘图：丁平

第四十章
紧张备战

太原城外。五丈窑台。

陈起子和老叫花子坐在一个土坡上闲聊。这几天陈起子的任务之一，就是给老叫花子讲说丐帮的规矩。虽然老叫花子是新来之人，但毕竟已是三袋弟子，若是一点规矩也不懂，难免惹人非议。这都是崔长老特意安排的。

老叫花子问："这个地方为什么叫五丈窑台呀？"陈起子告诉他："这里原来是个窑场，专为官府出砖瓦。为了方便官老爷们视察点验，就在窑顶上搭了个五丈见方的高台。由于它在高处，老远就能看见，这里就成了老百姓看路的标志。后来这个窑场废了，上面的高台也塌了。但是五丈窑台这个名字却流传了下来。"

忽然一个小乞丐匆匆忙忙跑了回来。陈起子嘀咕道："小三子？他这么急匆匆的，一定有什么大事。"老叫花子还不太了解丐帮里的事，只是好奇地望着。

守在窑外的乞丐孙河见了，迎上前问道："怎么回事？"

小三子没有直接回答他，而是问道："帮主和孙长老在里面吗？我有重要事情禀报。"

孙河见他手里拿着一个红色纸条，知道是有紧急情况，也不敢怠慢："都在呢。你去吧。"

小三子急急忙忙进了窑洞。

孙长老正在跟倪帮主说话，忽见小三子跑进来，呵斥道："慌里慌张的，像什么样子！什么事？"

小三子双手把纸条捧到孙长老面前："这是刘长老从楼烦传来的加急消息。"

孙长老一把将纸条抓过去，只看了一眼，便急忙走到倪帮主面前，说道："他们果然来了。"

倪帮主接过纸条，仔细地看完了，沉吟了一会儿，说道："既然如此，咱们也不得不早做准备。通知本地所有弟子，一律不得远去，更不准单独行走，随时待命。另外，速去召集徐、程二位长老，叫他们带上得力弟子，速来太原集结。"

"好。我这就去办。"孙长老领命，赶紧出去安排。

他先叫过小三子："你速去福来客栈通报崔长老。"小三子领命去了。

孙长老四下看了看，问道："李苛呢？"孙河忙上前回道："李苛他……受伤了。"孙长老稍愣了一下，先顾不得过问李苛的事，对孙河吩咐道："那你去，召集所有太原分舵的弟子，叫他们申时以前都来这里集合。"

"是。"孙河也不敢多问，急忙带了几个二袋弟子，分头去召集人手。

陈起子在土坡上看见了，知道有人事要发生，扭头对老叫花子说道："你在这等着，不要乱走。我去问问情况。"说着便从土坡上跳了下来。老叫花子在后面叫道："你干什么去？等等我！"

陈起子顾不得理他，快步跑过来问道："孙长老，发生什么事了？"

孙长老看了他一眼："你来得正好。速去通知崔长老带来的所有弟子，申时也到这里集合。帮主有大事宣布。"

陈起子知道事关重大，一刻也不敢耽搁，急忙去了。

孙长老又亲自书写了几封短信，派人赶紧用飞鸽发了出去。一切安排停当，才回到窑洞向帮主禀报。

福来客栈。

崔长老正陪着小灵子聊天，忽见小三子匆忙找来，开口问道："小三子，你怎么来了？"

小三子说："楼烦的刘长老发来紧急消息，说有北冥教的人正在大量集结，往太原进发，准备对我丐帮不利。"

崔长老一愣："这么快就找上门了？上次听了姑娘叙说，孙长老还不太相信。这次看来，一场争斗是无法避免了。"

小灵子说："如果其中有什么误会，最好尽快查清楚，免得真打起来，两败俱伤，倒叫坏人捡了便宜。"

崔长老说："话是这么说，事情也得查，不过既然他们找上门来，我们也不得不加以防范。帮主和孙长老有何安排？"

小三子说："帮主吩咐，让孙长老召集所有本地弟子，不得远出，不准单独行走，随时待命。还让召集忻州的徐长老和阳泉的程长老带着属下的得力人手赶来支援。"

崔长老点了点头："帮主的安排甚为合理。有帮主和孙、程、徐三位九袋长老在，对方的高手再多也讨不到便宜去。"

丐帮的内部事务，小灵子不便多问，只在一旁认真地听着。

小三子说完了情况，便告退离去了。

崔长老说："丐帮弟子要在五丈窑台集结，我到时得去看看。"小灵子说："我也去。"崔长老想了一下，说："也好。到时候我来找你。"

孙河奉孙长老之命，安排人分头去通知散布各处的太原分舵的弟子，然后独自来找李苛。

李苛得知孙长老过问了他的事，知道早晚瞒不住，索性跟着孙河，直接去找孙长老。

孙河嘱咐道："咱们跟了孙长老多年，你又是他手下最为得力的四袋弟子，待会见了孙长老，只要好生哀求，真心悔过，估计他不会为难你的。"

李苛看了看孙河，又拍了拍他的肩膀："你放心。我知道该怎么做。"

来到孙长老的窑洞门口。李苛一狠心咬破自己的手指，把血抹在嘴角，然后对孙河使了个眼色，开始假装咳嗽。孙河会意，一面扶着他往窑洞里走，一面大声禀报："孙长老，李苛来向您请罪了。"

孙长老正在自己的窑洞里等消息，见李苛由孙河扶着走进来，步履艰难，脸色难看，好像伤得不轻，急忙站起来，问道："这，这是怎么回事？"

李苛"扑通"一声跪在地上，咳喘着说道："我犯了帮规，请孙长老……任意处置。"

孙长老快步走到他面前，一把托起他的下巴，看了看，问道："怎么会成了这个样子？说，谁干的？"

李苛说："属下无能，给您丢脸了。这个您就不要问了，我认罚就是了。"

孙长老见他如此可怜，不免心疼，盯着孙河问道："你说，这到底是怎么回事？”

李苛一把抓住孙河的衣襟，拼命地摇头：“不能说，不能说呀。”孙河左右为难。

孙长老喝道：“我叫你说你就说！到底是谁干的？”

孙河装作无奈地说道：“是崔……崔长老。”李苛开始在地上捶打。

“崔长老？他怎敢对我的人下手！”孙长老的火气一下子冒了上来。

李苛说：“这不怪崔长老，是属下违反帮规在先，崔长老才出手教训，虽然出手重了些，但都是属下的不是。”

孙长老问：“你到底犯了什么事，他下这样的狠手？”

孙河在一旁说道：“日前那个小灵子姑娘来找帮主，小李哥上前盘问了几句，她仗着有崔长老撑腰，什么也不说，就一定要见帮主。小李哥就跟她理论了几句。先是崔长老手下的陈起子出来挡横，后来崔长老又亲自动手，把小李哥打伤，还推到河里。”

李苛趴在地上，开始抱头痛哭。

孙长老怒道：“可恨！可恼！他一个外来的八袋长老，有什么权力管教我的手下！走，我找他去！”

李苛一下子抱住孙长老的双腿，哭劝道：“不要啊，孙长老，千万不要为了我一个四袋弟子，伤了你们长老的和气。都是我不好，都是我不好。”

孙河也在一旁劝道：“小李哥说得是，现在大敌当前，可不能伤了和气。咱们不如暂且忍了，以后找机会再说。”

孙长老看了看地上的李苛，又瞅了瞅孙河，强压住怒火，说道：“你扶他起来，回去好生养着。日后我定与你们做主！”

“多谢孙长老。”李苛松了手。孙河扶他起来。

两个人告辞退下，慢慢走出了窑洞。

孙河笑道：“你装得可真像！”李苛说：“还不是多谢你帮忙？走，跟我去赌两把。”孙河说：“我可不敢，我劝你也老实点，别再叫人抓住把柄。”

“没事！你不去，我可自己去了。”李苛也不再装，刚刚哄过了孙长老，他心情舒畅，得意扬扬地走了，忍不住又要去赌场玩几把。

时辰差不多了，崔长老和小灵子从客栈走出来。

小灵子好奇地打听着丐帮里的事，尤其是什么三袋、四袋、八袋、九袋的，到底有何区别。崔长老也耐心地给她一一讲解。

李苛赌了几把，像是赢了钱，高高兴兴地从赌场里面走出来。

崔长老正好见了，便要过去责问。小灵子急忙拦住。崔长老说：“帮规明令，不准赌钱。他这是明知故犯。”

小灵子说："上一回为了我，你已经教训过他了。毕竟他不是你手下的人，如果为了这一点小事，你再跟他计较，怕是管着他的长老面子上也不好看。"

崔长老说："想不到孙长老手下的人如此无状，他也该好生管一管了。我且饶他一回，等见到孙长老，我知会他一声，看他如何处理。"

李苛数了数手里的钱，高高兴兴地走进了一家饭馆子。

崔长老远远瞪了一眼，便带着小灵子一起往五丈窑台走去。

很多丐帮弟子已经到了，聚集在原来存放砖瓦的场地。

长老们还没来，这些弟子便结伙闲聊。级别高一点的，互相打听着发生了什么事。三袋以下的弟子，大多谈论的是哪里的生意好，哪里不好混。

老叫花子本来混在人群之中，见小灵子和崔长老来了，便挤出人群，迎了过来。

小灵子见了他，笑问道："这两天过得怎么样？入了丐帮，习惯吗？"老叫花子说："挺好挺好，习惯习惯。"

陈起子和李庆也挤出人群，来看崔长老。李庆问："崔长老，您的伤好了吗？"

崔长老说："都是皮肉伤，不碍事，已经好得差不多了。人都来齐了吗？"

陈起子说："咱们的人都到了。"陈起子是三袋弟子，李庆是四袋弟子，也都比较关心帮里的大事，便和崔长老细谈起来。

崔长老说："我先进去找孙长老说点事。你们做好准备。"

小灵子让老叫花子跟陈起子他们待在一起，自己也跟着崔长老走了进去。

孙长老不在自己的窑洞，估计是和帮主在一起。二人便进到帮主的窑洞。孙长老果然在那里。

倪帮主见崔长老进来，问道："你的伤好些了么？本来今天没有叫他们通知你来。"

崔长老说："多谢帮主挂念，我的伤无大碍了。帮中有此等大事，我怎能不来？属下特来听帮主差遣。"

倪帮主说："你坐吧。小灵子姑娘也坐。"孙长老只冷冷地看了崔长老一眼，没有吭声。

崔长老走到孙长老近前，对帮主说道："帮主，属下有几句话想先跟孙长老说一下。"

倪帮主点了点头。崔长老刚要说话，却听孙长老说道："有什么话你只管当着帮主的面说，我跟你没有什么私下可说的事。"

崔长老不明白他为何会作如此反应，也没多想，便小声说道："刚才我来的时候，见到有丐帮弟子出入赌坊，正是你手下的四袋弟子李苛……"

他故意压低声音，就是不想孙长老在帮主面前难堪。没想到孙长老听了却勃然大怒："哼！你既然亲眼见了，为何不把他拿来当面对质？偏要在这背后嚼舌根，你是何居心？"

小灵子暗叫不好，知道李苛肯定是恶人先告状，把上回的事颠倒黑白地跟孙长老说过了。倪帮主稍稍一愣，不知道究竟发生了什么事。

崔长老也是一愣："孙长老，你！我好心给你通报一声，就是不想此事闹大，怕有损你的威名。你何必如此说话。"

孙长老冷冷说道："前日你以大欺小，把李苛打成重伤。怕是他现在仍卧床不起，你却又来编派他赌钱。我看你就没把我太原分舵放在眼里，你眼里还有没有我这个九袋长老？"

"你！帮主……"崔长老不想与他争执，便扭头向帮主求助。

孙长老仍不依不饶："你不要仗着有些功劳，帮主信任，就任意胡闹。这里是太原，不是阳曲！"

倪帮主站起身，上前说道："你们有话好好说，不要吵了。还有客人在这里，像什么样子？"

崔长老见帮主出面，心里踏实了，便去对面找凳子坐了。

孙长老出了一口粗气，也不再言语。

小灵子说："其实这里面有误会。两位长老千万不要伤了和气。"

孙长老瞪了她一眼，刚要呵斥，被倪帮主拦住。

倪帮主说："是非曲直姑且不论。我只问你们，丐帮是天下第一大帮，能够长期在江湖上立足，你们知道靠的是什么吗？"

孙长老和崔长老相互看了一眼，各自扭过脸去，都不言语。小灵子打趣道："叫花子人多嘛。"

倪帮主说："丐帮人多不假，可咱们在江湖上立足靠的不是人数，而是骨气，是齐心。丐帮虽然都是叫花子，但是大家同心同德，严守帮规，秉持仗义。这样的叫花子聚到一起，就不再是乌合之众，而是令人敬仰的江湖门派。你们说是不是？"

崔长老说："帮主所言极是。"孙长老也轻轻"嗯"了一声。

倪帮主继续说道："如今强敌来犯，咱们正该同仇敌忾，一心对外。若是自己人先吵了起来，岂不自乱阵脚，反叫敌人占了便宜？"

"帮主教训得是。"崔长老说完又转向孙长老，"孙长老，兄弟先给你赔个不是，无论如何，是我打伤你的人在先。请你暂且息怒，先原谅兄弟这一回。咱们还得共同商议对付北冥教的事。"

孙长老见对方诚心服软，也不好再强做恶人，勉强说道："算了，崔长老，你也是为了丐帮的规矩。我刚才一时性急，你也不要放在心上。"

见双方和好，小灵子很高兴，心想：这孙长老虽然脾气暴躁了一些，但还是个明白事理的人。

倪帮主点了点头，微笑道："很好。有你们两位长老这样的气度，咱们丐帮还怕什么敌人？待会弟子们到齐，咱们一起出去，让弟子们见识一下咱们丐帮的气势。"

申时正。

倪帮主带着孙长老、崔长老走出窑洞，登上高台。小灵子也跟在后面。

很多弟子没见过帮主，不知道帮主也在。倪帮主巡游到此，只有孙长老、崔长老及少数几个亲信知道，其他弟子并不知情。见孙长老和崔长老陪着一个长者出来，身后还有个小姑娘，众乞丐不禁各自猜测，议论纷纷。有的人小声问道："孙长老旁边那个人是谁呀？""那个小姑娘是什么来头，怎么会跟在长老身边？"

孙长老将手里的棍子一举，现场顿时鸦雀无声。孙长老大声说道："今日你等有幸，得见帮主。这就是咱们的倪帮主！"

"帮主来了？""这就是帮主啊！"众皆哗然。

现场一阵惊呼之后，马上又开始欢呼："倪帮主！""帮主好！"

小灵子心中暗想："丐帮帮主虽说只是叫花子的头儿，但是手下人多，也有皇帝一样的感觉。"

倪帮主朝大家挥了挥手，现场又安静下来。叫花子们都殷切地等着听帮主讲话。尤其是老叫花子，更是一个劲地往前挤，旁边的人直瞪他。

倪帮主说道："我近日巡游到此，本来不想惊扰大家。怎奈我丐帮将有大事发生，才不得不把大家临时找来。"

一听要有大事发生，众乞丐又开始小声议论起来。孙长老赶紧示意大家安静。

倪帮主继续说道："今日楼烦的刘长老传来消息，说北冥教欲对我丐帮不利。他们正在集结人手，奔太原而来。"他声音洪亮，传出老远，在场的弟子都听得真真的。

北冥教是北方第一大教，江湖上传闻很多，丐帮弟子也多少有所耳闻。一听说北冥教要与丐帮为敌，乞丐中不免有人担心，开始交头接耳。

倪帮主看到大家的反应，微微一笑，坦然说道："大家不必担心，我已经让孙长老飞鸽传书，不出两日，忻州的徐长老和阳泉的程长老便会带人前来，加上咱们太原分舵，三个分舵的人手齐心协力，实力足以抵挡任何来犯之敌。”

孙长老也在一旁说道：“有帮主他老人家亲自坐镇，再加上徐长老、程长老我们几个九袋长老，还有崔长老他们几位八袋长老，北冥教的高手都来了又怎么样，咱们丐帮不是好欺负的！”

倪帮主高声问了一句：“大家有没有抗敌的信心？”

“有！有！”台下一片高呼。听倪帮主和孙长老说完，众乞丐都已安心下来。小灵子也被震撼。

倪帮主往台下扫视了一遍，点了点头：“孙长老，你给大家说说备战的安排吧。”

“好。”孙长老应了一声。在场的除了崔长老带来的少数弟子，大都是太原分舵他手下的弟子，他来传达最为合适。于是他对台下说道：“这几日，所有弟子不得远出，不准单独行走，都在附近随时待命！有什么动静，及时来报！大家听清楚了没有？”

“听清楚了！属下遵命！”台下又是一阵齐呼。

接下来的两日，阳泉和忻州的丐帮精选弟子先后到了。

倪帮主召集孙长老、程长老、徐长老以及崔长老等几个长老，共同商讨应对北冥教的策略。

程长老问：“他们有多少人？这个打听清楚了没有？”

崔长老说：“北冥教青衣堂的人都在附近，已经在路上了，其他堂口的人还没有确切消息。”

徐长老说：“不知北冥教有哪些好手会来？”

崔长老说：“北冥教护教五大长老之首——路桥荫，前几日曾经在楼烦出现，他是一定会来的。”

徐长老说：“这个人有些来头，武功不容小觑。”

孙长老说：“到时候，我第一个向他挑战，看看他到底有多大本事！”

倪帮主开口说道：“大家不要轻敌。既然他们敢来公开挑战，应该也是做足了准备，咱们不可大意。”

徐长老忽然说道：“帮主在太原，连我们事先都不知道，想来北冥教的人更不会知道。如果他们的目标只是对付太原分舵，也未必会把所有的高手都带来。现在有帮主亲自坐镇，又把程长老和我召集过来，我看是万无一失。”

程长老说：“咱们就给他摆好阵势，叫他们有来无回！”

倪帮主说：“如果他们果然来犯，一场厮杀在所难免。不过，我总觉得事有蹊跷，怕是其中有什么误会。咱们先要克制，能不动手尽量先不动手。最好他们能知难而退，免得打起来两败俱伤，叫居心叵测的人占了渔翁之利。”

崔长老说：“帮主说得极是！”

孙长老说：“打不打，就看他们的了。如果他们知难而退，咱们可以不跟他们计较。如果他们不知好歹，那咱们也不必手下留情！”

倪帮主叹了一口气，摇了摇头：“唉，本来大家相安无事，怎会凭空惹起一场争斗来？定要找出这个罪魁祸首。”

徐长老等人听了，也无不点头。

老叫花子正在土坡上和陈起子画地下棋，无意中瞥见一个人快步向五丈窑台走来。

那个人蒙着脸，块头很大，脚步掷地有声。

老叫花子看着他觉得眼熟，忽然想起一个人来，惊叫道：“不好，他找上门来了！”

陈起子一惊，急忙回头看去：“你认得他？”

老叫花子说：“他就是北冥教的大长老，是来找咱们帮主寻仇的！”

陈起子仔细看了两眼，说道：“他蒙着脸，你怎么认得出来是他？”

老叫花子说：“我在楼烦见过他。那时候小灵子叫我冒充帮主吓唬人，他带着人跳出来找我打架，问我是不是丐帮的。幸亏小灵子聪明，把他哄走了，我们才赶来报信。他虽然蒙着脸，但是个头和衣裳还能认出来。没错，就是他！”

陈起子站起来：“我得赶紧去报告帮主！”

老叫花子不会武功，此时不敢出头，便留在土坡上观望，只对陈起子嘱咐了一句：“他很厉害，你可别跟他动手！”

陈起子溜下土坡，顾不得拍屁股上的土，便向帮主的窑洞跑去。他还没到窑洞门口，蒙面人就已经先到了。

守门的几个乞丐把蒙面人拦住：“站住！你是什么人？”

蒙面人大声说道：“我要见你们帮主，快叫他出来！”

倪帮主正在和几个长老议事，忽有小乞丐慌慌张张跑进来禀报：“帮主，各位长老！外面来了个蒙面人，坚持要见帮主。我们拦不住，他就要打进来了！”

孙长老问：“知道是什么人么？”

小乞丐说：“不知道啊。他说要见帮主，不让他进来，他就动手打人。”

“岂有此理！”孙长老一下子跳起来，率先冲了出去。

倪帮主和另外几个长老也赶紧跟了出去。

蒙面人随手把几个守门的乞丐打倒在地。陈起子相信老叫花子的话，一时也不敢上前。

孙长老喝道："你是什么人？敢来这里撒野！"

蒙面人没有理他，见窑洞里先后出来好几个人，开口问道："你们谁是倪帮主？"

倪帮主走上前说道："我是倪大鳅。阁下是谁？怎知我在这里？"

蒙面人一拱手："在下是北冥教的长老路桥荫，听闻倪帮主在此，特来拜会。"

他此言一出，众人都是一愣，面面相觑。一是没想到北冥教的大长老路桥荫怎会独自一人来到这里，更没想到的是，他怎么会知道倪帮主身在太原。

倪帮主还了一礼，说道："原来是北冥教的路大长老，幸会。既然到了，为何不以真面目相见？"

蒙面人哼了一声，说道："明知故问！老子的脸，还不是被你们丐帮的人给毁了！"

倪帮主一愣："这话从何说起？"

蒙面人怒道："你们先在楼烦镇柳条巷设陷阱，造成我青衣堂属下六死两伤。又在黑土岗打埋伏，险些把我也算计了。我北冥教的人每到一处，都有你们的陷阱埋伏。我只想问一句，北冥教到底哪里得罪你们丐帮了？非要赶尽杀绝？"

倪帮主忙说道："我看这其中必有误会。你说的事，我丐帮上下都不知情。怕是有人故意陷害，成心挑唆北冥教与我丐帮争斗。路大长老切不可意气用事，还望详查。"

"呸！"蒙面人骂道，"你们下手的时候怎么不说是误会？现在我找上门来，你说是误会。就这么一句话，就想打发我走么？"

孙长老在一旁怒道："姓路的，你不要欺人太甚！我们帮主跟你好言相劝，你不要不识好歹！"

蒙面人对他理都不理，只跟倪帮主说话："我今天来，就是想找丐帮讨个公道。既然倪帮主在此，那就找你一人说话。"

孙长老见蒙面人对他不屑一顾，火气登时冒上来，叫骂道："你好生无礼！在这里由不得你撒野！看打！"说着便举拳打来。

蒙面人并不躲闪，左臂向上一挡，右掌突然打出。

孙长老一惊，急忙侧身后退了一步，两手护住胸前，这一招险些被他打中。他不禁失口叫了一声："好手段！"徐长老和程长老也不禁暗自惊叹：那人的动作实在太快了。

蒙面人冷笑道："丐帮是要仗着人多么？那也没什么，路某来者不拒！"

倪帮主说道："路大长老不要误会。你有什么章程，尽可说来听听。"

蒙面人说道："我独自前来，就是要和你单独决斗，也免得多伤无辜。不知倪帮主有没有这个胆量？”

倪帮主笑道:“你来就是要和我决斗的么？”

蒙面人说:“不错。不过,你若是不敢,尽可叫他们也一起上,好显得丐帮人才济济。”

程长老等人都憋了一肚子火,有帮主在,又都不便发作,几个人都看着倪大鳅。

倪帮主笑道:“难得路大长老一番苦心。如此也好,你我二人单独决斗,不论输赢,都可免伤无辜。既然如此,我便依了你。你要何时何地？”

蒙面人叫道:“痛快！既然是你我决斗,两个人都在这了,那也不必大费周章。咱们就在此走上几个回合。”

倪帮主点头道:“可以。不过咱们仍需事先说好,输赢该当如何？”

蒙面人说:“我若输了,任凭你丐帮发落！北冥教上下绝无二话！我若侥幸赢了,哼,就请你解散丐帮,你自行了断！”

第四十一章
暗有阴谋

“你放肆！”程长老再也忍耐不住。徐长老走到倪大鳅身边，低声道：“帮主，不可。”

倪大鳅也不禁一皱眉。要说万一输了，叫他个人如何都无所谓，可对方要求解散丐帮，这个关系到万千弟子的前途，怎是他一个人可以去赌的。

见倪帮主犹豫，蒙面人冷笑道：“哈哈，如果倪帮主觉得单打独斗风险太大，那我也不强人所难。咱们各自回去纠集人手，两日后决战。看看我北冥教死伤多少，你丐帮又能剩下几个？”

倪帮主实在不忍见两派厮杀，一狠心说道：“如果我输了，任你处置。丐帮解散之事，不是我一个人能做主的，此事我不能答应你。你若真心决斗，我乐意奉陪；你若只是刁难，那也随你怎样。”

蒙面人想了一下，说道：“也罢。那就不提丐帮解散，你只自行了断就行了。”

“呸！”程长老骂道，“你怎知我们就输了？等会败在我们帮主手下，你先想想自己怎么死吧！”

蒙面人说:“这个不劳你费心。倪帮主,请吧。”

徐长老还是劝帮主三思。

倪大鳅给他们简单交代了几句,上前两步,对蒙面人说道:“请！”

蒙面人话已说透,便不再客气,拉开架势,提气在手,晃了一下身形便逼了过来。

倪帮主也不敢怠慢,急忙运力相迎。两个人便打到一起。

两团人影,你来我往。四十个回合过去,仍是难分高下。

徐长老暗自惊叹之余,小声说道:“北冥教的大长老果然不同寻常,竟能跟倪帮主过上五十招不落下风。”

程长老却不屑地说道:“那是咱们帮主慈悲,到现在都没有使出硬招。不然他早就完了。”

孙长老刚才领教了蒙面人的招式,暗自为帮主捏了一把汗。

崔长老附在他耳边低声说道:“孙长老,我去查看一下。看看他后面是不是带了人来,在哪里埋伏着。”

孙长老一惊:“言之有理。你快去！”

崔长老急忙去了。孙长老望着他的背影,点了点头,不得不佩服他的细心。

蒙面人几十招不能取胜,开始变换路数,掌力也明显提升,进攻更加凌厉。

见帮主仍心慈手软,孙长老叫道:“帮主,这是决斗,不是儿戏！只管用力打他！”

倪帮主一直心存顾忌,不愿伤人害命,所以只是与对方周旋,并未全力对付。如今几十招过去,对方不但不收敛,反而变本加厉,他也怕自己一时大意,万一有个闪失,可就辜负了弟子们的期待。于是心一横,说道:“路长老,你要小心了！”

蒙面人冷冷说道:“你有多大本事尽管使出来！我正要领教！”

倪大鳅已经出言提醒,也算是仁至义尽,便不再顾忌。他一拳挡开对方的来脚,身子向后一撤,眼前留出几尺的空当。只见他身形晃动,两臂翻波,将内力往双掌一提,猛然打出一掌”。

蒙面人早就留意了,知道倪大鳅要打出硬招。可奇怪的是,他并不躲闪,而是马步往下一站,拉开架势,竟是要硬接倪大鳅这一掌。

徐长老和程长老都是一愣。孙长老也不禁轻轻“啊”了一声。

倪大鳅这一掌使出了七分力,那力道可是不小。掌力所及,只见蒙面人硬绷绷向后滑出了三四尺,却是没倒。

蒙面人半晌没有动静,紧皱着眉头。

倪大鳅问道："路长老，你怎么样？"

蒙面人缓缓地站直了身子，两手攥了攥拳头，说道："丐帮帮主果然厉害！"

孙长老见帮主一招打中，在一旁叫道："识相的，赶紧认输！"

却听蒙面人笑道："哈哈，认输？没那么容易。我还要领教倪帮主的高招！"

倪大鳅见对方硬接了自己一掌，竟能安然无恙，不由得暗自吃惊，嘴上说道："好。咱们再来打过。"

蒙面人知道了倪大鳅的厉害，不敢再轻易让他发掌，于是抢上前近身缠斗。倪大鳅几次想跳出都被他赶上缠住。

徐长老在一旁看出门道，暗笑道："刚才帮主那一掌，其实已经把他打怕了。只要再抽身出来，再打上一掌，他想不认输也不行了。"

程长老和孙长老听了，自然也都心中高兴。

倪帮主也一直在寻找机会，希望能留出空当再发一掌，尽快将对方制服。

蒙面人刚才硬扛了一掌，虽然看上去好像没什么损伤，但手上的动作却比原来迟缓了一些。他使了一招"双风贯耳"，两手同时朝倪大鳅的头上夹打而来。这其实是极为普通的一招。

倪大鳅当即来个"野马分鬃"，向外一分拆。蒙面人两条手臂被挡开，胸前就露出了破绽。倪大鳅知道机会难得，哪肯放过，右掌一收，猛然向他胸口打去。

蒙面人似是没有料到，惊呼了一声，胸前便挨了一掌，向后退出好几步。

"好！"孙长老和程长老见蒙面人挨了一掌，不约而同叫了一声。徐长老却突然一愣。

只见倪帮主惊愕地站在那里，把右掌展在眼前。手心上五个细小的红点，是隐隐冒出的血点。刚才一掌打在蒙面人胸前，就觉得手心被轻轻地刺了一下，现在想来应该是极短的针刺。那针刺并不长，只是浅浅地刺破皮肉，所以那几个血点才那么小。

徐长老刚要上前，倪帮主一摆手，叫他退下。

蒙面人站定身形，用手背轻轻抹了一下嘴角，说了声："好手段！"便又快步欺身上来。

倪帮主将掌心在衣襟上蹭了一下，也没当回事，见蒙面人已经冲上来，急忙抬手相迎。二人又打在一处。

程长老说道："这厮倒还禁打！挨了两掌，还能硬撑着。"

徐长老低声道："刚才见帮主神色有异，怕是手上也有什么不便。"

程长老一怔，忽然捏紧了拳头，以防帮主有什么不测。

又过了十几招，倪大鳅隐隐觉得右臂有些发麻，右手有些不听使唤。他马上就明白了，暗叫不好："那刺上有毒！"

蒙面人眼神流露出得意，进攻也更加紧密，逼迫倪大鳅不得不奋力迎战。

倪大鳅暗自焦急："他如此猛攻，就是要逼我耗用内力。毒已入血液，我越用力，便渗得越快。这可如何是好？"此时他的右臂越来越麻木，心里一急，头上不禁冒出汗来。

徐长老已经看到了，替帮主着急，他想了一下，忽然叫道："路长老，你们斗了百十来招，难分胜负。不如暂且休息一下，喝口水再斗不迟！"

孙长老不解地看着徐长老。徐长老低声道："我看帮主右手不便，多半是刚才那一掌受伤了。"孙长老一惊，定睛一看，果然不假。

蒙面人笑道："不急不急！我跟倪帮主再斗半个时辰，必能分出胜负！"

倪大鳅当然知道他的心思，无非要耗到自己毒入骨髓，发作难治。想通了这一点，不敢这样继续纠缠着，只想速战速决。

蒙面人也知道倪大鳅是怎么想的，偏偏不给他机会，仍是紧紧缠住。

徐长老等人已看出帮主动作变缓。孙长老小声道："一旦帮主有个闪失，咱们就一起冲上去，将那厮拿下！"徐长老说："不可！他们是一一决斗。咱们贸然上去，帮主不会答应的，还会辱没了咱们丐帮和帮主的名声。"孙长老说："那你说怎么办？"徐长老也没什么办法。丐帮几个长老，一个个暗自焦急，又无计可施。

程长老忽然说道："看样子，帮主像是中毒了。多半是那厮做的手脚。既然他作弊在先，也怪不得咱们不讲规矩。"徐长老点了点头："先看看，到时候再说。"

倪大鳅深感自己右半个身子已经不大灵便，知道不能再拖下去，索性拼命一搏，说什么也要再打出一掌。他不顾对方打来的一拳，提腿朝蒙面人膝后的弯处扫去。

蒙面人一惊，急忙向上飞跃。

倪大鳅趁机跨出一步，暗自运气，顿时一阵剧痛袭遍全身。他强忍着，回头瞅准蒙面人的位置，奋力打出一掌。这一招，倪大鳅用尽了全身的功力，只求最后一击，能够一招制敌。如果不成，就只能任人宰割了。

蒙面人双脚刚落地，倪帮主那一掌就到了。这一招着实厉害，掌风正打在蒙面人的肋下，直把他撞出七八尺远，才踉跄站住。

孙长老和程长老大喜。徐长老却担心地望着帮主。

倪帮主闭着眼睛歇了一下，头上的汗水哗哗地往下流着。他缓缓睁开眼，问道："路长老，还要继续打么？"

蒙面人弯着腰，忽然吐了一口血。他慢慢直起身子，看了看倪帮主，似乎难以置信。他喘了几口气，含糊地说道："你要打，我绝不含糊。"

倪帮主微笑道:“咱们斗了一百多个回合,难分高下。刚才我那一掌侥幸打中,我看路长老伤得不轻。不如今日暂且作罢,等你恢复了,咱们再来打过。”

蒙面人看了看若无其事的倪帮主和怒目而视的几位丐帮长老,一抱拳:“也好。咱们后会有期!”说完,便捂着左肋,匆匆去了。

孙长老不屑地哼了一声:“就这点本事,也敢来挑战倪帮主,真是不自量力!”

徐长老急忙走到倪大鳅身边,关切地问道:“帮主,你怎么样?”

倪帮主没有说话,抬手指了指窑洞的门口。徐长老和程长老扶着帮主走进了窑洞。

孙长老对外面的弟子喊道:“你们刚才都看见了,最厉害的敌人已经被咱们帮主打退。这几天严加戒备,防着他们来偷袭报复!”

众乞丐齐声称是,然后各自欢庆。孙长老这才高高兴兴地回到窑洞,去看帮主。

一进窑洞,倪帮主终于支撑不住,一口鲜血喷出,便倒了下去。

程长老急忙把帮主抱住。

“帮主!”孙长老一惊之下,不禁大叫了一声。徐长老急忙示意他噤声,低声道:“这件事不可以叫弟子们知道!更不能让敌人知道!”

程长老和徐长老一起把帮主抬到了卧榻上,开始察看他的伤势。

倪帮主缓缓抬起右手,喘着说道:“我中毒了。徐长老说得对,你们先要封锁消息,然后暗地去请解毒的大夫。千万不要把这个事传出去,免得动摇了弟子们的抗敌之心。”

众长老含泪领命。徐长老安慰道:“帮主击退强敌,我想他们一时不会来了。帮主好生休养,帮里的事务,有我们几个呢。”

倪帮主微微点了点头,想到自己和路桥荫一场决斗,如果能化解干戈,不知可以少损失多少无辜的弟子,不禁脸上露出了笑意。

孙长老骂道:“北冥教的人也太歹毒了!什么狗屁大长老,本事不济,倒学会了使毒害人!”

倪帮主要挣扎着起来,似是有话要说。徐长老急忙扶他坐起来。

倪帮主说道:“虽然说他使毒暗算,不是什么好汉所为,不过,这也只能说明他求胜心切。他能想到通过和我决斗来解决恩怨,说明他心存善念,不想死伤无辜弟子。这对他北冥教和咱们丐帮都是好事。北冥教能有这样的明白人,也算是难得。”

孙长老说:“他要是明白人,就不会无故上门取闹了。”

倪帮主说:“这也不能全怪他。你没听他说么,有人先在楼烦设陷阱,又在黑土岗打埋伏，险些把他也算计了。北冥教的人每到一处，都有陷阱埋伏，他怎能不着急？”

孙长老说：“这又不是咱们丐帮干的，他凭什么来这里捣乱？”

倪帮主说：“如果真是咱们丐帮弟子干的，这事倒简单了。双方当面对质，把误会说开了，顶多动手打一架，也就过去了。现在事情越来越蹊跷，怕是有人存心要挑动北冥教和咱们丐帮的仇怨。如果真是这样，那麻烦就更大了。咱们现在连真正的敌人是谁都不知道，还得提防北冥教的报复。”

徐长老点头道：“帮主说得有理。孙长老，咱们得多派人手出去打探，尽快查清是什么人从中挑唆。”

“嗯。”孙长老应了一声，又忽然问道：“和那个姓路的，这一架算是打完了吗？”

倪帮主说：“他中了我一掌，没有十天半个月的难以复原。这几天他应该不会再来了。你们要多派人手，严加防范，难说不会有别的高手来。”

孙长老说：“帮主放心，我已经吩咐下去了。崔长老也已经出去察看动静，一有消息，他马上就会来报。”

徐长老问：“帮主，你身上的毒……”

倪帮主说：“是我大意了，着了他的算计。他近身缠斗，苦苦纠缠，就是要逼我耗费内力，好让毒扩散得更快。尤其是最后那一掌，我拼尽全力，毒液已走遍全身。只怕要凶多吉少了。”

“不会的，不会的。”几个长老赶紧安慰。孙长老说：“我这就派人去城里请大夫！”

倪帮主点了点头。徐长老嘱咐道：“叫弟子悄悄去，悄悄回，最好让弟子和大夫出门前装扮一下，绕道走，千万别把消息走漏出去。”

丐帮四袋弟子李苛又在赌坊玩到天黑。这次不再有白天那般好运气，全输光了。他心有不甘，怎耐手里无钱，只得垂头丧气地从赌坊出来，在街上游走。

进入一条巷子，忽见前面站着两个黑衣人，他见势头不对，急忙转身往回跑，才发现来路已经被另外两个黑衣人堵住。

李苛好歹是丐帮四袋弟子，身上也有些功夫，便动手与黑衣人搏斗。那四个黑衣人将李苛圈在里面，很快就制服了，用麻袋罩了，扛着消失在黑夜之中。

福来客栈。

小灵子正闲得无聊。忽听外面一阵嘈杂，像是来了不少人。她一时好奇，便凑到门缝去看。只看了一眼，便吓出她一身冷汗。

来的是什么人？为首的正是曾可以，乱哄哄足有二十多个人。蒙昆、天山恶鬼、成三路等人也都在里面。聂是非对一众随从说道:"你们自去别处安置,随时待命。有事会叫你们的。"那些人领命去了,结伙各自去找房间。

曾可以、聂是非、白鹿司、柯老三、蒙昆、天山恶鬼、成三路,还有两个小灵子不认识的人,一个身穿暗红色长衫,一个穿的是灰色的,满脸大胡子。十来个人一起进了斜对面的房间。

小灵子心中暗想:"上一次在楼烦见到,这时候他们又来到太原。那曾公子倒还好说,跟蒙昆他们可真是冤家路窄。"

她正在犹豫,是赶紧离开,还是冒险去探听一下,看看他们来这要干什么。恰在此时,有伙计前来敲门。小灵子不等那伙计开口说话,便急忙把门开了,把他拉了进来。

伙计愣愣地望着小灵子:"姑娘,我来送水。你这是……"

小灵子低声道:"你不要紧张,先听我说。那个房间新来的客人,是来向我姐姐提亲的。我叔叔看他身边人杂,不放心他的人品,叫我打听一下他的底细。偏巧在你这店里遇见了。我想请你帮个忙。"

伙计很奇怪:"我能帮你什么忙?"小灵子微微一笑,说:"很简单。"然后附在伙计耳边低声说了几句。伙计看着她,想了一下,说:"好吧。那你也小心点,可别惹出麻烦来。"

小灵子说:"你放心吧。"说着,摸出一点银子,塞到伙计手里。伙计开始还不好意思拿。小灵子再三说了,他才把银子揣进怀里,高高兴兴地出去了。

曾可以正在房间里和聂是非等人闲聊。

忽听有人敲门:"客官,开一下门,我来送茶水。"柯老三就近把门开了。一个小伙计端着茶壶走进门来,却是小灵子假扮的。只是众人都在闲聊,谁也没有注意。

小灵子刚进门,又有一人紧跟着走了进来。

见到来人,原来屋里的人除了白鹿司和成三路以外,都是又惊又喜。曾可以急忙站起来,迎上前说道:"爹,您怎么来了?"其余众人也都纷纷打招呼。来人正是曾可以的父亲,蓟州曾家的主人——曾梓图。

白鹿司上前拱手道:"梓图公,小可白鹿司,是可以公子的朋友。"曾梓图冲他轻微点了一下头。

成三路也终于反应过来,挤上前施了一礼,谄媚地说道:"在下成三路,早就崇拜您老人家的大名!终于见到您老人家了!真是三生有幸!"曾梓图只看了他一眼,没说什么。

曾可以请父亲坐了。小灵子赶紧递上一杯茶水,趁机偷看两眼。只见曾梓图身形高大，矍铄有神，往那里一坐，就显得极其威严。

曾可以问道："爹，您什么时候来的，怎么也不提前告诉孩儿一声，我好早作安排呀。"

曾梓图先让曾可以坐下，然后笑着说道："我来了几天了。知道你们在楼烦干得不错。"

曾可以一指柯老三："都是柯三哥辛苦，在柳条巷当了一回叫花子。"曾梓图朝柯老三点了点头。柯老三受宠若惊："公子看得起我，把这个事交给我做，当一回叫花子倒也没什么。哈哈。"

小灵子这才知道，原来柳条巷丐帮袭击北冥教青衣堂的事是柯老三带人干的，嫁祸给了丐帮。

曾可以问："您怎么忽然到太原来了？这里有我们就行了。"

曾梓图说："我听说路桥荫在楼烦出现。此人武功甚高，心思缜密，我怕你们应付不了，就特意赶了过来。"

曾可以说："路桥荫？是北冥教的，还是丐帮的？我在楼烦没听说过这个人。"

曾梓图说："他是北冥教护法大长老之一，教主不在他都可以代为主持事务的。只是他近几年很少露面，你没听说过也不奇怪。"

"路桥荫，大长老，一定是他。"蒙昆心里这么想着，竟然嘴里说了出来。

聂是非看了看他："难道你见过？"

蒙昆说："我去找皮不休和成当家的，在汾河渡口见过那个人。就是他把恶鬼兄打伤，害我失足落水。当时嫌丢人，就没跟你们说。"

小灵子不慌不忙地翻开桌上的茶碗，一个一个慢慢地往里面倒着茶。听到这里，想起当时的情景，不禁心中暗笑。

曾可以问："那我们幸亏是错过了，要不然，意外被他撞见，怕是事情就办不成了。"

曾梓图说："嗯。你们对付不了他。所以我才专程赶来，为了保险起见，还特意带了天蚕罩网。"

曾可以一愣："他的武功那么高？竟连爹您都没有把握赢他？"

曾梓图说："战胜他我倒有几分把握。不过此人身上有秘密，我有心生擒他，若不精心安排，却也没那么容易。"

曾可以点了点头："父亲考虑得是。有了天蚕罩网，要拿他就容易得多了。"

"唉！可惜了！"曾梓图叹了一口气，"我在黑土岗设下埋伏，本已得手，将他困住。谁知半路杀出个愣小子，打伤拉网手，割破天蚕网，又把他救了！"

众人听罢，都吃惊不小。聂是非惊诧道："还有人能割破天蚕罩网？"

小灵子心头一震。她马上想到，曾梓图说的那个愣小子，多半就是吴秋遇。只有他才能在曾梓图这样的高手面前出手救人，只有他手里的定心剑才能割破他们奉为至宝的天蚕罩网。想到这里，她心里一阵欢喜，紧接着又惆怅涌上心头：秋遇哥哥现在会在哪里呢？

曾梓图说："那小子手里有把短剑，现在想来，必是翁求和的定心剑。"

聂是非更加惊讶："武林至尊的定心剑会在一个小子手里？"

成三路和天山恶鬼面面相觑，隐隐觉得他们说的定心剑自己也曾经拥有过，想不到那竟是武林至尊的宝物，不由得痛惜不已。

曾可以说："爹说的那个人，我可能知道是谁。我早晚把他收了。"

曾梓图看了看儿子，满意地点了点头，说道："如此甚好。这个事先不提了。说说你们接下来的打算吧。"

曾可以说："刚才听了爹的介绍，我现在是这样想的：先设法引路桥荫来太原，叫他跟丐帮帮主火拼。等他们两大高手打过，两败俱伤的时候，他们手下那些虾兵蟹将，应该不难对付。"

曾梓图大笑道："以儿，这两年你果然进步不少！路桥荫跟丐帮帮主决斗的事你不用操心了，已经打过了。倪大鳅中了毒，目前就是个废人。你们可以先对付丐帮，再图谋北冥教。"

曾可以惊诧道："爹，这又是你安排的？太好了。那我们便可直取丐帮。"

曾梓图微笑着提醒道："丐帮帮主到底不是等闲之辈，他听到风声，已经事先召集了几个长老，看上去也不是很好对付。你们可不要轻敌呀。"

曾可以说："现在丐帮帮主已经废了，又有爹您亲自坐镇，我们还怕他丐帮几个长老？"

曾梓图欲言又止，他看了看在场的众人，轻描淡写地说道："现在正是你历练的时候，不要什么事都指望爹爹亲自出马。"

曾可以忙说："孩儿知道了。这点小事，原本也不该劳烦爹爹大驾。不知道您今天要来，其实我已经有了主张。"

曾梓图好奇地望着儿子，道："说来听听。"

曾可以一眼瞥见小灵子，对她说道："这里不用你了，你出去吧。"

小灵子磨磨蹭蹭刚把几杯茶倒完，正要给众人分发，既然曾可以撵她走，也只得乖乖从命。

她装得很像，规规矩矩从房间里退了出来，还把门带上，并未引起众人的怀疑。后面他们说什么，就不得而知了。

忽见两个黑衣人抬着一个麻布口袋，进了曾可以的房间。小灵子心中纳闷，却又不敢再贸然靠近去看。她躲在自己房间，从门缝继续往外观瞧。

过了一会儿，两个黑衣人又抬着麻袋从房间里出来。小灵子等他们走远，也悄悄出了房门，跟了上去。

黑衣人走到一个巷子口，把麻袋轻轻放在地上，便匆匆离去了。

那麻袋鼓动了几下，从里面钻出一个人来。小灵子一看，那人竟是丐帮的四袋弟子李苛。

李苛活动了几下身子，见左右无人，又凭空骂了几句，在麻袋上用力踢了一脚，转身离去。

小灵子心中疑惑，便悄悄跟在后面，想看看李苛这次又要去干什么。

第四十二章
窑台决战

前面一路走，后面一路跟。小灵子紧紧跟着李苛，与他保持着二十几步的距离，以防被他发现。

李苛摸黑来到一个地方，停下来，开始四下张望。

小灵子定睛一看，朦朦胧胧认得出来，前面已经是五丈窑台。她心中暗想："他半夜来这里做什么？一个丐帮弟子，到丐帮的地盘，为什么鬼鬼祟祟的？哼，看他必定没什么好事！"

李苛在那里潜伏了下来，不再有什么举动。小灵子不明白他在干什么。

这时候听见有人说话："小三子，到亥时了么？该换班了吧？"

仔细一看，那里竟有两个丐帮弟子，在地上躺着。不注意，还真看不出来。小灵子心中纳闷："他们又在这里干什么？还要换班，莫非是在守着什么东西？"

小三子说："差不多了吧。好像下一班有那个新来的三袋弟子。要不我去迎迎他，怕他找不到地方。"另一个乞丐说："我也去。反正时辰快到了，我看这里也没什么事。”

两个人便站起来，一起走了。

小灵子知道，他们说的新来的三袋弟子就是老叫花子，不由得心中暗笑：“这么快他就有任务了。他啥也不会，怕是只能凑个数。”

李苛见两个乞丐都走了，慢慢站起来，四下张望了一下，便快步去了刚才那两个乞丐所在的地方。小灵子也悄悄往前挪了几步。只见李苛动手掀起地上的一张破草席，地面露出一个洞口来。小灵子这才明白，原来这里是水井，难怪有人守着。一个并不凸出的井口，上面还盖了草席，不是丐帮的人，还真是很难发现。

李苛从怀里掏出一个大纸包，放在地上。

小灵子马上想道：“看样子，他是要往井里投毒！定是被那个姓曾的收买了，要对丐帮的同门下手！我要不要大喊一声，把他吓走？”她刚要叫喊，又忽然想道：“这里没有别人，我若惊动他，怕是要遭他毒手。且先看看再说，最好老叫花子他们赶紧过来，叫他知难而退！”

李苛捋了捋头发，正要动手。他手还没摸到纸包上，忽听有人说话：“你先过去，我去撒个尿！憋不住了。”是老叫花子的声音。李苛赶紧往旁边一窜，接连滚出好几步，仓皇躲到了草丛里面。

和老叫花子一起来的，是李庆。他说：“哎，一起去吧。咱们到那边，离井口远一点。”说着两个人便朝李苛藏身的草丛走去。

李苛赶紧趴在地上，头也不敢抬。老叫花子和李庆解开裤子，开始撒尿。两个人说笑着，要比谁尿得远。李苛闭住呼吸，静静趴着，头上被老叫花子浇了尿，心中暗骂，却一动也不敢动。

小灵子悄悄过去，把纸包打开。那纸包太大，为防洒漏，裹了两层。小灵子把里面的纸包揣进怀里，把外面那张毛纸铺在地上，就地捧了一些细土，照原来的样子包好了，搁在原处。

老叫花子和李庆先后尿完了，系好裤子，转身往井口处走。

小灵子先快步走出老远，然后假装路过，忽然大声喊道：“哎，你们在这，太好了！”

老叫花子是熟人，李庆在楼烦也见过小灵子，两个人都快步迎了上去。

李苛听到动静，知道尿尿的人已经走了。他抬起头来，用袖子擦了擦头脸，心中暗骂。见老叫花子和李庆都去跟小灵子说话，正是机不可失，便悄悄爬出来，奔到井边。他抓起纸包，一把扯开了，便把里面的“药粉”洒入井中，然后快步消失在黑暗之中。

再次见到小灵子，老叫花子高兴得不知如何是好。李庆问：“小灵子姑娘，你怎么在这啊？”

小灵子已经看到李苛完事走了，心中暗笑，对李庆说道：“我不知怎么就转到这来了。我本来是要去找孙长老的，你们谁带我去？”

李庆面露难色：“这么晚了，有什么急事吗？”小灵子说：“十万火急。我今天一定得见到他。”李庆说：“那，好吧。只是我们负责看守水井，事关重大，我走不开，叫他陪你去吧。”说着又转向老叫花子：“你应该认得路吧？”

老叫花子很高兴，连忙说道：“认得认得。我去我去。”

小灵子心中暗笑，这水井早就被人下过“药”了，但又不便明说，便跟着老叫花子去找孙长老。

孙长老一听是小灵子，想不出来她找自己能有什么事，便传话出来：“不见。有事明天再说！”

小灵子心里着急，却也不便硬闯。她已经知道帮主中毒的事，不敢去打扰帮主。孙长老不见，崔长老此刻又不在五丈窑台。小灵子在外面来回走着，一时不知如何是好。

徐长老正在看书，听到动静，从窑洞里走了出来，见有一个小姑娘站在那里，很惊讶，开口问道：“姑娘，你深夜来此，有何贵干哪？”

小灵子没见过徐长老，见他是从窑洞里出来的，猜想也是个长老。老叫花子小声提示她：“这是徐长老。”小灵子忙说：“徐长老，我有要紧事，能不能到里面去说？”

徐长老看了看小灵子，知道她一定有很紧急的事，说了声：“请！”便带着小灵子往窑洞里走。老叫花子好热闹，也跟了进去。

徐长老请小灵子一起坐下，忽然瞥见老叫花子，便要打发他出去。

小灵子说：“不碍事的，叫他在这里吧，一会儿还有事要他去做。”说着从怀里把纸包掏了出来，放在用几块砖坯临时搭起的桌子上。

徐长老问：“这是什么？”

小灵子说：“有人要往窑台后面的井里投毒，被我偷偷给调换了。”

徐长老打开纸包，用手指轻轻蘸起一点药粉，在鼻子底下闻了闻，说道：“这是酥骨粉。这么大一包，足以叫上百人成为废人。姑娘，你是怎么发现的？”

小灵子便把刚才的经过简单说了。徐长老说：“此事非同小可。走，我带你去见帮主！”

听徐长老和小灵子说完，倪帮主紧急召见孙长老、程长老和住在窑台的几个八袋长老。

孙长老进来，见小灵子和老叫花子也在，心中有些不快。

倪帮主责备道："孙长老，刚才小灵子姑娘前来报信，你为什么不见？你险些误了大事！"

孙长老一愣，不知道发生了什么事，但见帮主把几个主要长老都找来，知道一定不是小事。

倪帮主见人已到齐，示意徐长老可以开始。徐长老说："帮主紧急把大家找来，是有非常重要的事。这一切都多亏了小灵子姑娘。小灵子姑娘，请你再跟大家说说吧。"

大家都把目光投到了小灵子身上，不知这小姑娘是什么来头。

小灵子站在倪帮主身边，见大家都在看着她，多少有些拘谨。倪帮主冲她点了点头。她才开口说道："我住在福来客栈，今天来了一伙人，我偷听他们说话，终于知道了事情的真相。北冥教和丐帮的误会，果然是有人从中挑唆，这都是蓟州曾氏父子干的。"

众长老听了，面面相觑。徐长老示意大家安静："小灵子姑娘，你继续吧。"

小灵子继续说道："曾可以手下有个叫柯老三的，是他带人在楼烦柳条巷设下陷阱，伤害了几个北冥教青衣堂的弟子，还故意留下活口，叫他们咬定就是丐帮干的。北冥教的人也是由此与丐帮结仇。"孙长老等人开始心中暗骂，恨不得把那个柯老三千刀万剐。

小灵子继续说："后来，那个曾老头亲自出马，在黑土岗设埋伏，暗算北冥教的路大长老，也是打着丐帮的旗号。本来已经得手，却无意中被秋遇哥哥给搅了。于是他们又想到，挑唆路大长老和倪帮主两位高手对决，让你们两败俱伤，他们再找机会各个击破。"她说的已经和蒙面人所说以及先前得到的消息对上了，大家自然信服。程长老骂道："这曾氏父子好歹毒啊！"

小灵子说："事情还没完呢。今晚，他们抓了李苛，然后派他来窑台后面的井里投毒。看，桌上这包就是他准备投到井里的酥骨粉。"

众长老看罢，无不胆战心惊。这酥骨粉可厉害，任你武功再高，一旦服下酥骨粉，不肖半个时辰便骨软筋酥，形同废人。程长老叫道："这么一大包子，我看对付二三百人都绰绰有余！他们这是要把咱们一网打尽哪。"

孙长老当时傻在那里，这要是叫李苛得手了，丐帮就得全军覆没。刚才小灵子来找他，自己竟然拒而不见，真是后悔莫及。他往下单膝一跪："帮主，属下有罪！调教弟子无方，又不能及时听小灵子姑娘来报，险些酿成大祸！请帮主责罚！"

倪帮主说："你是有错，不过，现在大敌当前，咱们最要紧的是如何抗敌。你先起来吧。”

程长老忽然问道：“这包药粉怎么会到了这里？”老叫花子忍不住说道：“都是这丫头机灵，偷偷给调换了。”小灵子说：“我趁他躲避李庆的时候，给他弄了一包假的，又让他有机会把假的投到了井里。现在他应该是回去领赏了。”

徐长老说：“大家都听明白了吧。咱们正好将计就计，给他们来个请君入瓮。”众长老相互看了看，全都会意，开始放声大笑。

第二天。李苛特地来给孙长老请安。

只见孙长老懒懒地躺在卧榻上，无力地说道：“你来了，坐吧。”李苛故作惊讶地问道：“孙长老，您怎么了？”孙长老说：“今天早饭以后，就觉得浑身没劲，懒得动，怕是病了。”李苛心中暗喜，知道是自己撒入井里的酥骨粉起了作用，便假装殷勤地说道：“那您先好好歇着，我这就去请大夫。”

李苛刚要走，孙长老忽然叫道：“等等。”李苛一愣。孙长老说：“好多弟子都病了，你多找几位大夫。待会儿，我们几个长老都到大窑洞去找帮主议事。大夫来了，直接去那里。”李苛一听是这事，更加高兴，只说了一声“好的，我去了”，便迫不及待地出了窑洞。

不远处，曾可以和手下的几十个人正在等候消息。李苛跑回来，兴奋地说道：“都躺下了！”

曾可以不放心，派柯老三先靠近去看看。果然见到一些丐帮弟子懒懒地在地上躺着，见有人来想起身却没有力气。柯老三远远地招了招手，高声喊道：“没有问题！”

曾可以大喜，带着人便向五丈窑台杀去。一路上，偶尔有三两个抵抗的乞丐，也很快被制服了。

李苛跑在头里，引着众人冲进了大窑洞。这个人窑洞就相当于丐帮议事的大厅。

倪帮主和几位长老都在里头，各自在一个小榻上卧着。见有人闯进来，似是都非常惊愕。

柯老三狂喜，大叫道：“这回可赚大发了！咱们把丐帮连窝给端了！”

小灵子扶着老叫花子从角落里转了出来，说道：“柯老三，你得意什么！倪帮主在此，你还不赶紧跪下！”

柯老三、蒙昆、天山恶鬼、成三路，这四个人见到老叫花子都吓了一跳。蒙昆傻傻地问道：“倪帮主不是中毒了吗？怎么会……”

小灵子笑道：“你看他像是中毒的样子吗？你们从哪里听了谣言，前来送死？”

“这……”蒙昆等人乱了方寸，不知所措。

曾可以也是一愣，几乎难以置信。难道父亲的消息也会有错？

李苛起先没明白怎么回事，觉得蒙昆等人的举动很奇怪，现在反应过来，大叫道："他不是帮主，他就是个新来的！躺在中间的那个才是倪帮主！"

曾可以仔细看了看，脸上露出了微笑："哦，原来如此。嘿嘿，原来你假冒帮主也就算了，现在在倪帮主面前，你还敢装神弄鬼？"

老叫花子见被人识破，急忙拉着小灵子往后退。小灵子却笑道："一个假的帮主，就把你们吓得屁滚尿流。如今真的倪帮主和各位长老在此，你们还不束手就擒，还等什么？"

柯老三、蒙昆等人恍然大悟，先后都被他们戏耍了不止一次，而且狼狈不堪，一个个别提多窝火了。蒙昆恨恨说道："臭丫头，死到临头你还嘴硬！今天老账新账一起算，老子绝饶不了你！"

小灵子说："我好怕呀。要不，你过来试试？"

蒙昆见小灵子一点也不惊慌，还在说笑，怕她身后另有什么埋伏，一时也不敢上前。

曾可以说："你们被她骗了，说明小灵子姑娘聪明过人，你们不用觉着委屈。"他四下看了看，问道："你那位秋遇哥哥呢？"

小灵子知道他们顾忌吴秋遇，便故意说道："秋遇哥哥就在这窑洞里，正在暗处看着你们。谁不老实，就第一个打死他！不信你们就试试。柯老三，你还记得宁武小茅屋的那一掌吧，那就是秋遇哥哥打的。"

丐帮的长老们都向柯老三看去，记住了这个挑唆北冥教和丐帮仇怨的杀凶。

柯老三不由得摸了摸自己的前胸，当时那一掌打得他半死，现在想起来仍心有余悸。他惊愕地抬头看了看："是那个小子？他怎会那么厉害？他在哪里？你出来！"

小灵子继续说道："你们曾老爷武功那么高，在黑土岗都拿秋遇哥哥没办法。就凭你们几个，不是白白送死么？"

蒙昆、成三路和天山恶鬼在朔州城外的小树林，也都被吴秋遇的"降魔十三式"打过，只不过当时看着他有些憨傻，无法相信他有那个本事。昨晚在客栈听曾梓图叙说黑土岗劫杀的事，他们就隐隐觉得那个愣小子是吴秋遇。现在小灵子竟能说出黑土岗的事，显然吴秋遇已经来了，一伙人不由得心里发毛。

曾可以一皱眉，暗叫不好，有吴秋遇在，只怕今日大事难成。他一抱拳，转着身喊道："秋遇兄，请出来现身吧。"喊了好几遍，无人应答。

李苛叫道："大家别听她的！那小子根本就不在！她前两天还求丐帮打听那小子的下落呢！"

小灵子正玩得兴起，不禁瞪了李苛一眼。

曾可以看了看小灵子，微微一笑，上前一步："小灵子姑娘，我想他说的是真的吧？"

小灵子说："是真是假，你们试试就知道了。我知道你们都是好汉，有不怕死的。谁想当第一个？"

她若无其事，有说有笑，蒙昆等人心里都没底，谁也不想出来当冤大头。小灵子昨晚在曾可以房间见到的两个陌生人就在曾可以身后，他们不明白为什么那些人会顾忌一个小姑娘和不知在哪的一个傻小子。不过既然曾可以没有发话，他们也不好强出头。

丐帮的倪帮主和长老们见小灵子一个人仅凭着口舌就把那伙人耍得团团转，无不暗自佩服，又觉得好笑。

李苛见众人都不动，心里着急，又想在曾可以面前出个风头，便抢先向小灵子扑过去。

"真来呀！"小灵子急忙拉着老叫花子往倪帮主身边跑。

蒙昆等人都愣了：不是有那傻小子暗中保护么，她跑什么？难道又叫她骗了？

"我说是假的吧。"李苛回头喊了一句。

他正在得意，忽见一团人影腾空而起，直奔他扑来。还没等他反应过来，那人用力拍下一掌，正打在他脑袋上，登时脑浆崩裂。还没等李苛倒在地上，那人又飞起一脚，将李苛踹了出去，重重地撞在了墙壁上。

曾可以等人都是一惊。

刚才出手的是丐帮的孙长老。本来大家都在看着小灵子戏耍来人，偏偏这个叛徒李苛三番五次要搅局。孙长老面子上早就挂不住了，见他又抢着追袭小灵子，心头火起，便跳起来一掌结果了他。

这时候，徐长老、程长老以及几个八袋长老也都站了起来，向前逼近。

曾可以等人无不惊愕，知道：上当了！

倪帮主慢慢坐起来，笑道："小灵子姑娘，我看你一张嘴能顶两百个人使。刚才玩够了没有？"

小灵子笑着说："我不玩了，该你们去打，让我也看看热闹了。"

倪帮主看了看曾可以："你是曾梓图的儿子？"曾可以点了点头。倪帮主说："这么说，他们都是你的手下，应该都听你的。那你来说说，是叫他们束手就擒，还是认真打一架？"

曾可以眼看大事不妙，不禁犹豫，心里也在想着主意。他暗自后悔没有坚持让父亲跟着一起来。

聂是非小声说道:"公子,那傻小子不在,倪大鳅果然中了毒,你看他都站不起来。我看丐帮其他人也就是乌合之众。来都来了,打吧,咱们未必没有胜算。"

曾可以心一横,决心一战。还没等他发话,蒙昆就已经冲了出去,去抓小灵子。崔长老走出来,将蒙昆拦住。

刚才对峙,谁都不好先动手。现在蒙昆已经开了头,大家知道早晚都得打,也就不再顾忌,各自找对手打了起来。

孙长老要守护帮主,只能抵挡靠近过来的对手,不敢出去找人打,怕离帮主太远,来不及救援。

俗话说,擒贼先擒王。徐长老和程长老一边打,一边有意向曾可以靠近。

小灵子昨晚在客栈见到的两个陌生人,一个红衫客,一个大胡子,也不知是对自己的武功比较自信,还是误打误撞,分别找上徐长老和程长老。

曾可以、天山恶鬼、白鹿司、柯老三等人就近跟丐帮的八袋长老交手。曾可以带来的其他手下,也与赶来的丐帮弟子分头打了起来。

好一场混战。

成三路一直偷奸耍滑,不跟丐帮的长老过招,只找武功差的丐帮弟子。他瞥见小灵子躲在倪帮主附近,没人照应,便悄悄溜了过去。

李庆见崔长老对付蒙昆有些吃力,便过去帮忙。这下轮到蒙昆难受,被逼得向后退出了好几步。

成三路离小灵子只有两步远,突然出手偷袭。小灵子惊叫了一声,急忙躲闪。她跟吴秋遇学了一些"小腾挪"身法,身形走转灵活,成三路在两三招之内还真碰不到她。小灵子不能还手,只能躲,渐渐就被逼到了墙角。成三路心中得意,眼看小灵子已经没有退路,他冷笑了几声,便伸手朝小灵子的咽喉抓去。

只听"啊"的一声,崔长老一棒打在成三路的手臂上。成三路的一条右臂骨断筋折,垂了下去。崔长老又趁势在他左右两腿各敲了一棒。成三路号叫着,瘫在地上,成了废人。小灵子不敢看,急忙从墙角跳开了。

李庆一个人打不过蒙昆,左臂已经被他的铁杖打伤。崔长老救了小灵子,赶紧又去对付蒙昆。

程长老和大胡子斗了二十多个回合,已经占了上风。他瞅准对方的破绽,一记黑虎掏心,打在大胡子的肚子上。大胡子腮帮子一鼓,强忍住没有把血吐出来,一手捂着肚子,头上开始冒汗。他急忙向后退出两步,暂避锋芒,却被其他丐帮弟子在头上和背上打了两棒,只得忍痛对战那两个丐帮弟子。

柯老三力大势猛,对面的八袋长老打不过他,身上先后挨了几拳。柯老三将对手逼退两步，瞥见了小灵子，一脚踢翻中间的丐帮弟子，朝小灵子打去。

小灵子眼看着孙长老打倒了想偷袭倪帮主的天山恶鬼，正在叫好。没想到柯老三突然来了，在她后背上重重地拍了一掌。小灵子“啊”了一声，扑倒在倪帮主的卧榻边上，口吐鲜血，昏了过去。

柯老三正觉得解恨。忽听旁边有人大叫了一声“灵儿”，一股掌风就到了。

来人正是吴秋遇，刚冲进来，就见小灵子被柯老三打伤。他又急又恨，运足了力气，对着柯老三便打出了一掌“震断心魔”。这一掌吴秋遇使出了十成功力。柯老三飞出十几步远才落地，大口大口吐着血。程长老命人将其看住。

吴秋遇抱住小灵子，急切地大呼：“灵儿，灵儿，你醒醒啊！”倪帮主也是愁眉不展，却又无计可施。

曾可以和白鹿司在他们那一伙人中算是武功最好的，跟丐帮的八袋长老打还算轻松，还能留意周围的动静，所以知道成三路、天山恶鬼和柯老三先后受伤。现在又来了个吴秋遇，对方是人越来越多，自己这一方能打的人却越来越少，他们心里着急。

两个人慢慢靠到一起。曾可以低声道：“想办法制造混乱，咱们趁机杀出去！”

白鹿司明白他的用意，应了一声，不再与面前的对手纠缠，将扇子合起来一扫，逼得对手向后退了一步，他趁机跳出去，直奔倪大鳅。

孙长老抽空看了一眼受伤的小灵子，甚觉惋惜，忽然注意到有人向帮主杀来，急忙起身迎战。

白鹿司并不与孙长老交手，而是虚晃一招，忽然将扇子用力一甩，扇子里射出七枚钢针，根根打向倪帮主的要害。

孙长老大惊，顾不得多想，急忙奋力一扑，用自己的肉体护在倪帮主的身上。七枚钢针，有两枚打空，其余五枚扎在了孙长老的身上。孙长老紧咬钢牙，几乎失去知觉，仍不忘两手用力撑着，只怕压到帮主。

白鹿司见孙长老受伤，倪帮主被压在底下，二人都动弹不得，正是机会难得。他两步跨上来，便对二人下了杀手。

吴秋遇见了，急忙腾出一手，仓促间来了一个“干拍鬼影”。虽然这一招使得不完整，功力不能完全发挥，但是白鹿司伤人心切，自己把整个肋下都暴露出来，全无防守，正被吴秋遇一掌打在肋骨上，跌了出去。

曾可以见了，大喊了一声：“倪帮主死了！”

丐帮众人不明所以，都愣了一下，扭头往这边看。

曾可以趁机扶起白鹿司，快步朝窑洞门口冲去。蒙昆、红衫客、天山恶鬼等人见曾可以走了，也跟着往外冲。

聂是非一直在角落躲着，见自己人都走了，也慌忙钻出来，甩着小步往外跑。不知道什么时候，老叫花子找角落藏身，也到了这边。一看聂是非的样子，就知道他也不会武功，便偷偷跑过去，把他抱住。聂是非挣扎了半天，终究是挣不开，便放弃了抵抗。

徐长老和程长老带人追赶曾可以。

白鹿司摸出一包药粉，交给曾可以。曾可以扬手往身后空中一撒。当即有两个丐帮的弟子闻了倒下。

徐长老知道那药粉有毒，不敢再追，便叫人在外面严加戒备，自己和程长老返回窑洞。

吴秋遇把小灵子抱到一个砖榻上，在旁边静静守着。

成三路右臂断折，两腿无力，蜷缩在地上颤抖。柯老三刚才吐血过多，已经昏迷。聂是非被丐帮弟子押着，蹲在墙角。有丐帮弟子问："这几个人怎么处置？"

倪帮主看了看，说道："柯老三冒充丐帮弟子，杀害北冥教多人，才造成北冥教与咱们丐帮的误会。派人跟北冥教的人联系，把柯老三交他们，要杀要剐，由他们去定。那个戴帽子的像是识文断字，多半是出主意的，应该知情，叫他写明原委，签字画押，然后把文书一并交给北冥教。至于那个手脚断了的，料他也不能再为非作歹，关几个月，等我和孙长老都恢复了，不至于泄露秘密，就把他和那个戴帽子的都放了，让他们自生自灭吧。"

崔长老领命，去做安排。

小灵子慢慢睁开眼，一眼看见吴秋遇，顿时有了精神，惊喜地叫道："秋遇哥哥！"她一动，又牵动伤势，轻轻"啊"了一声。吴秋遇急忙扶她躺好。

小灵子说："你来了就好了。先去看看倪帮主和受伤的长老们吧，我不要紧。"

吴秋遇点了点头，叫小灵子躺着别动，自己去察看倪帮主的情况。

徐长老和程长老正无计可施，忙着叫弟子找大夫，见吴秋遇要给帮主诊脉，也围过来观看。

倪帮主说："你若懂医术，先去给孙长老看伤吧。我这一时半会没什么事。"

此刻孙长老已经被抬到旁边的砖榻上。吴秋遇捡起地上的两根钢针，过去看了看孙长老身上那几根钢针的位置，又对照手里的钢针估计了一下扎入的深度，开口说道："打中的都不是要害，而且由于打中的时候他身子有移动，钢针插入得不深，应该伤不到内脏，只要小心拔出来，没什么大碍。"

程长老和徐长老都很高兴。倪帮主也点了点头:“还好。那就请你帮他拔了吧。”

吴秋遇说:“现在还不能拔。我写个方子,你们去买几服药,给他吃了。等他醒了,我给他封住几处穴脉,再想办法拔针。”

众人见他像是懂行的,悬着的心都放了下来。徐长老说:“小兄弟,快给我们帮主看看吧。”

吴秋遇给倪帮主把了脉,又看了看他手心的伤口,说道:“帮主中的毒已经很深了。”

徐长老说:“那赶紧开方子吧,我让人去买解毒的药。”吴秋遇摇了摇头,说:“这不是一般的毒,恐怕买不到解药。”众长老听罢,无不大惊。

吴秋遇安慰道:“这种毒虽说难解,毒性却不是很强,一般不会要人性命。只是毒液蔓延,会损伤经脉和神经,时间久了,怕是……”

在场的长老都是武林高手,自然明白他是什么意思。倪帮主左掌在砖榻上一拍,长叹一声,沉默无语。程长老忙问道:“那有没有什么办法?”

吴秋遇想了一下,说:“哪位长老功力深厚,可以先给帮主封住穴脉,控制毒液蔓延,再每日运功抗毒,只盼一时不会发作。我再想想,看有什么别的办法。”

程长老说:“交给我吧。我替帮主运功抗毒。”

吴秋遇武功高超,又懂医术。徐长老等人求吴秋遇和小灵子留下多住些日子,一是给帮主和孙长老疗伤解毒,一是再有强敌来袭,也好多个帮手。

吴秋遇和小灵子点头同意,便在五丈窑台住了下来。

此一番际遇,有诗《窑台之变》曰:

本不相干各自为,
偏作阴谋欲害谁。
五丈窑台生祸乱,
由来江湖有是非。

第四十三章
议定西去

上一次混战以后，一直没有人再来五丈窑台袭扰。

吴秋遇给孙长老拔除了钢针，叫他趴卧静养，暂时不要起来走动。孙长老便请前来探望的徐长老转告帮主，荐请崔长老代管太原分舵的事务。

倪帮主听了深感欣慰，知道孙长老对崔长老的误会已经解了，还特意推荐他暂代自己，便对徐长老说道："这一次崔长老功劳不小。尤其是小灵子姑娘前来报信，一直也是他从中牵线。嗯，我看可以给他备升九袋，下次长老大会，就正式讨论此事。"

程长老点了点头。徐长老说："如此甚妥。他为人机警，管理有方，早就有这个资格了。"

小灵子被柯老三打了一掌，有内伤，吴秋遇除了给她喂药调养，也每日给她运功疗伤。这一日，小灵子精神不错，也来看望倪帮主，正听到倪帮主他们谈论给崔长老升九袋，自是替他高兴，上前说道："崔长老人不错，你们记着他的功劳，说明丐帮还是讲理的。”

吴秋遇赶紧拉了她一下：“灵儿，别这么说话。”

倪帮主知道小灵子生性活泼，当然不会介意，笑道：“要说这次功劳大，小灵子你当数第一。可惜你不是我丐帮的弟子，要不然，给你个八袋长老也不为过。”徐、程二位长老都笑了。

小灵子说：“叫花子的活儿，我可干不了。真是可惜了我这么大的功劳。”

徐长老说：“帮主，这一次多亏了小灵子姑娘，要不咱们可就被人连窝端了。少林都有俗家弟子，我看给她挂名当个长老也使得，好叫丐帮的弟子们都知道尊敬她。”

倪帮主说：“小灵子姑娘，你听见了吧？不用你当乞丐，我给你挂名当个八袋长老，你可愿意？”

小灵子说：“你们太小气了。要给就给个九袋嘛，八袋太少了。”

倪帮主笑道：“多少弟子，一辈子也熬不到八袋，你竟嫌少。我丐帮的九袋长老都是要在一方坐镇的，如果你有意认领个地方，我们就让你当九袋。”

小灵子摆手道：“那算了。八袋就八袋吧。”

倪帮主和徐、程二位长老都笑了。吴秋遇在一旁挠挠脑袋，不知他们是在开玩笑，还是当真的。

小灵子问：“我这个八袋长老有什么权力？能使唤人吗？”

倪帮主说：“走到哪儿，你都可以就近召集四袋以下弟子。只要是跟丐帮有关的事，他们都会听你的。”

小灵子叫道：“这么好！那我多谢你了，倪帮主。虽然我不一定找他们，但是想想也觉得好玩。”

倪帮主说：“一会儿我让崔长老去给你做个牌子，弟子们看到牌子，就知道你是八袋长老。”

“好。”小灵子高兴得合不拢嘴。吴秋遇这才明白，他们说的是真的。

小灵子忽然收起笑容，说：“我来是有别的事儿。白捡了一个八袋长老的名头，只顾高兴了，差点把正事儿忘了。”

倪帮主问：“什么事？”

小灵子说：“跟我一起来的那个老叫花子，他虽然不会武功，但是将来会有大用处。我想请你们教他几招丐帮的功夫，最好是能吓唬人的那种。”

徐长老听了，摇头暗笑。程长老不解，小声问道：“你笑什么？”

倪帮主笑道：“你还想叫他冒充我是不是？”

小灵子说：“帮主就是帮主，果然明察秋毫。我是这么想的，现在你中了毒，一时也不易完全康复。提前预备个假的，关键的时候也能管用。”

想起小灵子戏弄蒙昆等人的情景，徐长老等人也觉得她说的有些道理。

倪帮主却说道：“万一他替我的时候遇到强敌，枉死了，岂不是我等的罪过？”

小灵子说：“倪帮主你多虑了。他武功不行，心眼儿可不少。扛不住的时候，他自然会说出实情。放心吧，他不会白白送死的，也不会辱没了你帮主的名声。”

“你这丫头！”倪帮主假装生气，说了她一句，最后还是忍不住笑了，“什么都瞒不过你。”原来他确实顾忌老叫花子冒充他的时候被人打了，给他丢脸。

小灵子说：“再说了，也不是让他一直冒充帮主。什么时候用他，当然得你这个真帮主说了算。那只是紧急时刻的最后一招。”

倪帮主点了点头，对徐长老说：“徐长老，你是传功长老之一，就教他一两招打狗棒法吧。”

躺了几天，小灵子有些闷了，要求到外面走动走动。

吴秋遇说：“我先给你看一样好东西。”说着便从包袱里取出一件白色的蚕丝背心。

小灵子问：“这是什么？”吴秋遇说：“你先穿上试试。”小灵子接过背心，比了比，稍微肥大了一点，便套在外面穿了，上下看着，感觉还不错。

吴秋遇没说话，从包袱里取出一把普通匕首，直接向小灵子身上砍去。小灵子吓了一跳，急忙躲闪。吴秋遇抓住她，看到小灵子惊愕的样子，知道自己太冒失了，便把匕首交到她手里，说：“你自己拉一下试试？”

小灵子愣愣地看了看吴秋遇，接过匕首，用刀尖在胸前轻轻划了一下，竟然割不断。她心生好奇，又稍稍用力划了几下，也都是一滑而过，一点痕迹都没有留下。小灵子这才明白，吴秋遇是送了一件防身的宝贝给她，惊喜地问道：“这是什么呀，这么结实？哪来的？”

吴秋遇说：“这是天蚕丝做的背心，我专门找裁缝给你做的。”

小灵子想起曾梓图说的黑土岗的事，知道这就是他们的天蚕罩网，没想到被吴秋遇夺了，改做了衣裳。小灵子很激动，扑到吴秋遇怀里，把他抱住，喃喃道：“谢谢你，秋遇哥哥。你对我真好。”

吴秋遇轻轻摸着她的后背，说：“你喜欢就好。”

小灵子说：“我很喜欢。这还是第一次有人送衣裳给我。没想到你还能想着给我做衣裳，还是这么好的。我要给它取个好听的名字。咱们就叫它‘天蚕软甲’，好不好？”

“天蚕软甲？好，好。”吴秋遇见小灵子真心喜欢，自己也很高兴，然后又说，

“除了这件背心，还有袖套、护腿，以后出门都可以戴上。”

小灵子说：“你真细心。”

吴秋遇守在窑洞门口。小灵子换了衣裳，把天蚕软甲穿在里面，然后走了出来。

老叫花子被徐长老叫去，学习打狗棒法。他一点底子也没有，好在不算太笨，耍了几遍就大致记住了。因为徐长老一共只教给他三招，反复练习，日子久了也总能熟悉。

吴秋遇陪着小灵子走上土坡。

小灵子忽然问道：“秋遇哥哥，那天你出门送兰英姐姐和孟二叔，怎么一去就没回来？你去哪儿了？”

吴秋遇说：“那天我送他们上了船，本来已经告了别，正要回来。忽然看见河对岸有个人，很像丁大哥，我就赶紧上了船，过河去找他。”

小灵子问：“那是他吗？”吴秋遇说：“等我过河以后，他已经不在那儿了。我在附近找了他两天，也没打听到他的消息。这才赶紧回来找你。听船上那个小兄弟说，你来了太原，我就一路狂奔，往这赶。”

小灵子说：“我还以为……”吴秋遇问：“以为什么？”小灵子调整了一下情绪，忽然笑道：“我以为你跟兰英姐姐私奔了。”

“私奔？”吴秋遇不知道那是什么意思，见小灵子笑，自己也跟着傻笑。

程长老每日给倪帮主运功抗毒，倪帮主未见好转，病情仍在一步一步加重。现在半个身子都几乎没有知觉了。

这一日，吴秋遇检查完倪帮主的伤势，忽然想起了一件事，开口说道：“我听说过一种药草，叫贺兰映雪，据说是可以解百虫百草之毒。如果找到那个，帮主的毒就不难解了。”

“贺兰映雪？”程长老一愣，“那不是早就绝迹了吗？”

吴秋遇说：“又出现了。几个月前，我跟师父下山，为的就是去找贺兰映雪。后来师父离开了，这件事也就放下了。现在能解帮主身上之毒的，恐怕除了下毒人的解药，就只有贺兰映雪了。”

倪帮主说：“我听说过贺兰映雪，只是一直没有亲眼见过。如果这次能找到贺兰映雪，就算不能全解我身上之毒，也算不枉此生。”

徐长老问：“这么说，秋遇兄弟知道哪里能找到贺兰映雪？”

吴秋遇说：“听说雌雄双煞种了一些。他们应该就住在贺兰山里。”

“雌雄双煞？”徐长老和程长老不禁面面相觑。

倪帮主说：“据说这二人生性凶残，武功又深不可测，只怕没那么容易给呀。”

徐长老也说:“是啊。武林巅峰,散花仙翁,雌雄双煞,了无神僧。雌雄双煞的名头可是不小,而且这么多年,没听说有人见过他们,还能活着回来。据说去找过他们的人都失踪了,恐怕早已遭了他们的毒手。”程长老说:“这可就难办了。如今帮主中了毒,凭咱们几个能打得过雌雄双煞吗?”

吴秋遇说:“最好不打。可以跟他们交换。”

“交换?”倪帮主等人都惊讶地看着吴秋遇。

吴秋遇解释道:“听说他们得了怪病,传出话来,谁能治好他们,他们愿意用贺兰映雪交换。”

“这倒是个机会。”程长老似乎看到了希望。

倪帮主说:“天下的名医也不少,至今没人拿回贺兰映雪,看来雌雄双煞得的定不是寻常病症。”

吴秋遇说:“帮主中毒已深,找不到黑衣人,就只有贺兰映雪可以解毒。我想去试试。”

倪帮主忙说:“不可!那太危险了。怎么能让你去冒这个险?”

吴秋遇说:“曾公子手下那些人都不是善类,恐怕不会善罢甘休。北冥教的人对丐帮也有误会,丐帮以后大概还会有麻烦。”徐长老叹息道:“是啊。丐帮的危机只是暂时解除,不知道后面还有多少麻烦等着。现在这个时候可少不了帮主坐镇。”又看向倪帮主说:“您老人家要尽快恢复啊。”倪帮主苦笑着摇了摇头。吴秋遇说:“为了老帮主早日解毒,我愿意去冒险。”

倪帮主说:“雌雄双煞凶残歹毒,万一……不行!不能让你为了老叫花子去冒险!少侠的好意,老叫花子心领了。”吴秋遇说:“我也不是随便去冒险的。我跟随师父在山里长大,除了练武,也学了不少行针用药的本事。”

倪帮主问:“不知尊师是哪位?”吴秋遇说:“我师父姓济,济苍生。”倪帮主眼前一亮:“你是神医济苍生的高徒?”吴秋遇点了点头。徐长老大喜道:“那此事有成了。”

倪帮主想了一下,说道:“要不要把小灵子姑娘请来,一起合计合计?”

吴秋遇赶紧去找小灵子。听说他要去贺兰山找雌雄双煞要贺兰映雪,小灵子当即说道:“不行啊,秋遇哥哥。那太危险了!咱们在朔州不是听说了吗,那两个老怪物可招惹不得。不能去!”

吴秋遇扶着小灵子的肩膀说:“小灵子,你听我说。丐帮行侠仗义,都是好人。咱们在楼烦不是亲眼见过吗?现在坏人正盯着丐帮,明着挑逗,暗中算计,要找丐帮的麻烦。只有倪帮主解了毒,恢复了功力,才能带领手下继续铲奸除恶,造福百姓。”

小灵子说:“我知道,可是……万一治不好呢?老怪物可不会跟你讲理的。我不希望你去冒险。你也千万不要冲动!”

吴秋遇说:“我知道你是为我好。我不是一时冲动,我是认真想过的。跟师父在山里那几年,我确实学了不少行针用药的本事,尤其是各种疑难杂症,师父着重跟我讲过。我觉得可以去试试。就算治不好,总不至于治坏吧。如果两个老怪不满意,我就跑。我有追风架子啊,他们追不上我。你说是不是?”

小灵子转过身去想了一会儿,忽然说道:“那我跟你一起去!”吴秋遇刚要开口劝止。小灵子说:“不让我跟着,我就不让你去!我一定能看住你!”吴秋遇犹豫了一下,点了点头:“那你得把追风架子再练习一下。”小灵子笑道:“你放心。我还不想死呢。”

两个人回到窑洞。简单聊了几句,小灵子看了看倪帮主,欲言又止。倪帮主说:“小灵子姑娘,你有话就直说吧。”小灵子说:“我们一来一回,不知道需要多少时日。倪帮主的病情仍在加重,不知还能坚持多久……”

倪帮主听出了她话里的意思,开口说道:“我和你们一起去!”

他此言一出,徐长老和程长老都吓了一跳。徐长老说:“此去贺兰山,路途遥远,须经大漠。帮主如此虚弱,怎么去得?不如在这里静养,只盼秋遇兄弟他们此行顺利,早日回来。”

倪帮主说:“再躺下去,我就真的废了。还不如冒险走一遭,就算有什么不测,也好过当半辈子废人。”徐长老和程长老仍是劝阻。倪帮主说:“我心意已决。你们不用再劝了。”

孙长老听到消息,也挣扎着来劝帮主。

倪帮主看了看几个长老,想了一下,说道:“我走了,丐帮的事就拜托你们几位长老。徐长老对帮里的事最为熟悉,可以暂代帮主。如果我回不来,你们就赶紧召开长老大会,另选有德有能的人担任帮主。”

徐长老伤心地说道:“帮主,你不要这么说。你一定能平安回来的。孙长老有伤在身,可以留下主持大局。我和程长老护送您西去。”程长老也用力地点了点头。

小灵子看了看他们,没有说话。倪帮主说:“这可使不得,你们不能去!丐帮刚遭劫难,后面的事还很难预料。你们得留下来,同心协力,看顾好咱们的丐帮弟子。”小灵子暗自点了点头。

徐长老说:“帮主说得当然对。可是,小灵子姑娘不会武功,又有伤在身。您老人家也暂时用不得功力。一路上仅靠秋遇兄弟一个人怎么能行?”

小灵子说:“我们此行要秘密地去,不能叫敌人知晓,人太多反而不行。如果怕秋遇哥哥照应不过来，我们可以再带上一个人。”徐长老问：“谁？”小灵子说：“老叫花子。”

“他？”程长老和孙长老都觉得很诧异。

小灵子说：“你们不要小看他。这一路上，他会有他的大用处。”

徐长老拿不定主意，看着帮主。倪帮主说：“就这么定了。”

孙长老和程长老还是很担心。徐长老心里也没底，派人赶紧去找老叫花子。

倪帮主见气氛沉闷，有意开个玩笑，便说道：“以后别叫他老叫花子了。在我们这些老家伙面前，叫他老叫花子，你让我们情何以堪？”

小灵子明白他的用意，顺着他说道：“那就请倪帮主给他起个名字吧，反正他现在是你的手下。”

倪帮主说：“我想想啊。”

这时候，老叫花子走进来。

倪帮主笑道：“我这个真帮主叫倪大鳅，你喜欢冒充我当帮主，你干脆就叫倪二鳅吧。”

老叫花子还不知道怎么回事。小灵子说：“帮主赏你个好听的名字，叫倪二鳅，还不赶紧谢谢他。”老叫花子赶紧鞠躬：“多谢帮主！我，我就叫倪二鳅了？”

在场的人都大笑了起来。

小灵子问：“我和秋遇哥哥要护送倪帮主去贺兰山，你想不想一起去？”

“想，想啊。我去我去。”老叫花子兴奋地叫了起来。

倪帮主问小灵子：“那咱们何时起程？”小灵子说：“简单准备一下，越早出发越好。”

西行之事既定，徐长老知道再劝也无用，便说道：“今天怕是来不及了，好歹歇过今晚。我先去打听一下西去的路线。秋遇兄弟，你也想想，看看该带些什么药材，写个单子，我好让人去备办。”

吴秋遇说：“好。”小灵子暗赞：“这徐长老果然细心。叫他暂代帮主，还是妥当的。”

徐长老出去打听事情。吴秋遇和小灵子回到自己的窑洞收拾东西。

到晚上，徐长老回来了，又把其他长老、吴秋遇、小灵子和改名叫倪二鳅的老叫花子聚到倪帮主的榻前。

徐长老说：“帮主和小灵子姑娘有伤病在身，翻山越岭多有不便，只能尽量找平地走，最好是多走水路。我仔细打听过了，并画了这张草图。大家来看。”说着便把一张地图铺在桌子上，用手指画着说道：“第一段可以先乘船走水路，沿汾河到楼烦。与汾河相接，有一条岚河源自吕梁山系。逆流而上，可找到一条山谷，穿过去，再往西，过黄河，走几十里又有无定河。无定河向西可到边塞。那一带去过的人少，地图就未必准了。如果向西能找到盐池，经灵武，奔银川，就离贺兰山不远了。”

小灵子说：“徐长老，你可真是有心。我们都没去过，有了你这张地图，就好找多了。辛苦你了。”

徐长老笑道：“你们护送帮主远行才辛苦。我们出一点力，也是希望你们西行顺利，你和帮主早日解除痛苦。”

这时候，崔长老走了进来，见徐长老正在说话，便静静站在那里。

倪帮主点了点头，说道：“嗯，好了。第一段路大家比较熟悉，只是北冥教和曾氏父子都在这一带有眼线，为了不节外生枝，还得另做些打算。”

小灵子说：“倪帮主说得是。这一次咱们是秘密西去，千万不能走漏消息。我看咱们都得装扮装扮，换个样子，叫他们认不出来。”

程长老说：“可惜这次彭长老没来，要不然，以他的手段，定能办好此事。”

吴秋遇说：“大家不用着急。灵儿干这事儿也在行。”

众人惊讶地看着小灵子。小灵子说：“这个好说。你们只要管住丐帮弟子的嘴，叫他们别去乱说。”

徐长老说：“这是自然。除了这里的几位长老，其他人都不让他们知道。”

小灵子说：“徐长老，麻烦你去找一辆马车，带棚子的。我明天一大早就给大家化了装，天亮之前就赶到渡口去，不能让别人看到我们跟丐帮的人在一起。”

徐长老说：“这个好办。我马上派可靠的人去找一辆马车，先停在附近隐蔽处。明天一早，你们到那里上车，不会惊动其他弟子。”

崔长老开口说道：“我去吧。”徐长老点了点头。崔长老把手里的木牌交给小灵子：“这是你的八袋长老身份，你可要收好了，莫叫旁人捡了去。”小灵子接过木牌看了看，兴奋地说道：“放心吧。这是我的，谁也别想拿走。”

崔长老出去找马车。徐长老又派人按吴秋遇和小灵子所列的单子去置办东西。

几个人早早就睡了。这一夜平安无事。

第二天一大早。天还没亮，小灵子就起来给大家装扮。

四个人披着黑斗篷，蒙着头，带上随身的东西，趁着夜色，登上马车。除了负责赶车的崔长老和徐、程、孙三个九袋长老悄悄送行，其他人一概没有惊动。小灵子把吴秋遇的大号斗篷从车棚里塞出来，让崔长老披裹了。崔长老便赶起马车，直奔渡口。

最早的船已经停在了那里。四个人先后上了船。船上已经有了几个人，对这几个再普通不过的人，谁也没有过多留意。

见四个人都平安上了船，并未引起别人的注意，崔长老赶上马车，向太原城里驶去。

此刻的小灵子是一个年轻的少妇，脑袋上裹着头巾，怀里抱个“孩子”。吴秋遇戴着斗笠，粘着胡子，挑的两个箩筐里表面摆的都是瓜果蔬菜。倪帮主扮成了一个衣衫光洁的员外，身体多病，偶尔咳嗽一声。老叫花子倪二鳅白毛巾裹头，半露着两条胳膊，瘦骨嶙峋，一看就是个吃不饱的老农。

船上有好心人见有少妇抱着孩子，便把软垫让给她。小灵子点头谢过，便去盘腿坐了。船家把船上仅有的一把藤条椅子搬过来，叫多病的员外坐了。倪帮主一边咳嗽，一边道谢。

为了保险起见，徐长老还是安排程长老悄悄来到渡口岸边潜伏守望，以防万一。程长老在那里看了半天，竟没认出来哪个是帮主，哪个是小灵子。就是吴秋遇和老叫花子看着体型有点像，但也不能确认。他心里嘀咕：“到底帮主他们登船了没有？”

又陆续有几个人上船。船家抬头看看，天已放亮，便解开缆绳，大声提醒道：“众位客官坐稳了，咱们开船了。”说罢，将长竿用力一撑，那船便离了岸，向河心驶去。

程长老亲眼看着船走远了，才快步离开，回去找徐长老告知情况。崔长老去城里把马车还了，也回到五丈窑台。

倪帮主走后，徐长老暂代帮主之位，接连做了几项安排：加派人手，打探北冥教和曾氏父子的动静；增设暗哨，加强五丈窑台周围的防御布置；散布消息，谎称丐帮又有多路人手来到太原。

孙长老、程长老和即将升为九袋的崔长老，见徐长老安排得如此周详，无不暗自叹服。

徐长老又私下和那三位长老商量，要不要派几个人暗中保护帮主。

崔长老说：“此议甚妥，只是须做得隐秘些。我推荐楼烦的刘长老。他本在帮主他们西行的路上，秘密调动不易被人察觉。”

徐长老点头道：“很好。你派人速去联络他。务必叮嘱，只能远远跟随，不能靠得太近，千万不能把帮主的行踪暴露了。”

“好。我这就去办。”崔长老转身往外走。

“等一下。”徐长老把崔长老叫住，嘱咐道：“此事不能用飞鸽传书，以免被人截获。”

崔长老其实已经想到了这个，点了一下头，便走出窑洞。他找来了陈起子，叫他赶去楼烦通知刘长老，带人提前去黄河渡口附近等着帮主。

陈起子换了身镖局趟子手的衣裳，租了匹好马，马上出发赶奔楼烦。他是崔长老手下专门负责通报消息的，如何掩人耳目，如何抄近道，那一套都很熟悉。

从太原到楼烦，船走汾河是逆流而上，因此前行速度比当初小灵子他们来太原的时候要慢一些。

到楼烦的时候，天已经黑了。吴秋遇、小灵子和真假两位丐帮帮主，混在人群之中先后从船上下来。

因为这里曾经来过，容易被人认出，又怕周围有北冥教或曾家的眼线，一行人不敢在楼烦逗留。

小灵子便在渡口继续找船。接连看了几条船，上面都空了，估计主人早已收了船回家歇着去了。

好不容易见到一条小船上有人，小灵子上前问道："船家，我们想去岚县，你的船能去么？"那人头也没回，只摇了摇头。

小灵子隐隐看出那是一个老者，便说道："老人家您看，我们几个，老的老，病的病，我还抱个娃儿，这天已经黑了，我们要是走不了，家里人可要急坏了。求您老人家辛苦一趟吧。"

那个人缓缓转过身来，仔细看了看小灵子，又瞅了瞅她身后的几个人，面露难色，最后心肠一软，还是答应了。

小灵子赶紧招呼吴秋遇他们一起上船。

老者撑着船在汾河里往北走了一段，便左拐进入岚河。吴秋遇见他年岁大了，有些吃力，便过去帮他撑船。

很快见到了县城。小灵子抱着"孩子"对老者说："老人家，其实我们是赶着到临县去，事情很急，就想着夜里多走几里路。您看这船最远能走到哪里，就把我们送一趟吧。"

老者面露难色，似乎还有些不高兴。

小灵子说："我刚才没有说清楚，是我的不对。这样吧，让这位大哥替您撑船，我们再多付船钱。到了以后您先就近歇息一晚，明天早些回来，应该不会耽误明天的生意。"倪帮主也上前好言相求。

老者没有说话，想了想，又看了看几个人，点头同意，便站在船头指引方向，让吴秋遇撑着船往普明河支流驶去。

夜已经深了。船来到老庄上附近。

老者两手比画着要跟吴秋遇说些什么，原来是个哑巴。吴秋遇哪里听得懂啊，只愣愣地看着他。老者又走到老叫花子倪二鳅面前，要跟这"老农"讲。老叫花子也不懂，尴尬地笑了笑，也跟着瞎比画，想让他知道自己不懂。

小灵子抬头见了，说道："他说，再往前河就浅了，船可能过不去了。问咱们在哪里下船。"

"员外"倪帮主说："那就在这附近靠岸吧。别难为他了。他还得独自撑船回去呢。"

小灵子把"孩子"放下，伸手跟老者比画了几下。

老者点了点头，从吴秋遇手里要过撑杆，把船缓缓靠到岸边。

四个人下了船。小灵子又额外给了他一些钱。

老者点头谢过，又比画了几下，算是道别，然后便撑着小船，慢慢离去，消失在黑夜之中。

西行历险

西去涉险万千重，
幽谷惊魂第一逢。
黄沙百里迷瀚漠，
黑店丘灵扰行程。

绘图：王欣，贺冬珊

第四十四章

幽谷惊魂

老叫花子问:“这身行头可以换了吗？”

小灵子说:“还不行。起码得过了黄河再说。马上要翻山越谷了,咱们在这儿歇一歇脚,争取连夜过去。等到了临县地界,就不用担心北冥教和曾家的眼线了。”

四个人便各自找了地方,就地歇息。

倪帮主看了看自己身上的装扮,笑道:“我这辈子还是头一回穿成这样。糟蹋了,糟蹋了。”

小灵子笑道:“丐帮的弟子那么多,说你像个皇帝都不为过。只不过,你这个皇帝的龙袍太寒酸了。呵呵,一个十足的土皇帝。”

倪帮主说:“你们觉得破,我们穿着可舒服。”

小灵子忽然说道:“哎,听说当今的开国皇帝也是叫花子出身,是你们丐帮的吗？他都能当皇帝,你不是也有机会？”

倪帮主伸了个懒腰，说道："俗话说，叫花子当三年，给个皇帝都不干。他可没有我自在。我可不想当什么狗屁皇帝，我把这群叫花子管好就行了。"

小灵子问老叫花子："你呢，想不想当皇帝？"

老叫花子说："想啊。我做梦都想。我跟你们说啊，我还真梦到过这个。可惜，没人让我当啊。"

小灵子说："那你就继续做梦吧。"

天上的云渐渐散开，露出一轮明月。

四个人坐了一会儿，算是歇过了。小灵子说："好了，咱们该走了。天亮叫别人看到咱们这样四个人在一起，会起疑心的。"

老叫花子把倪帮主扶起来。小灵子把"孩子"拆散，往旁边一丢，又叫吴秋遇从担子里挑了些要紧东西随身带上，把那担子就地扔了。四个人便趁着月光，向西走去。

夜里有点凉。吴秋遇见小灵子有点发冷，便把她揽在怀里，和她依偎着往前走。老叫花子开始暗中羡慕倪帮主，后悔自己穿得太少。

四个人不知不觉走入一条山谷。前面也没什么路。

小灵子站直了身子，对吴秋遇说道："秋遇哥哥，你先去前面看看。踩出路来，我们跟着你。"

吴秋遇点了一下头，"嗯"了一声，便去前面开路。遇到碍事的荆棘，便用短剑砍了，清出一条小路来。

随着深入山谷，草木更加茂盛，在这月夜之中，周围也更加显得苍凉。

老叫花子没走过夜路，更没进过山，心里开始有点发毛，嘀咕道："怎么那么吓人哪。这荒郊野外的，会不会有坏人哪？会不会有野兽？"

小灵子说："你别乱说话。自己吓唬自己。"其实她也多少有点害怕。

倪帮主说："一个人在山里走夜路，难免会紧张。现在咱们有四个人，不用太担心。说说笑笑的，很快就过去了。"

小灵子大声喊道："秋遇哥哥，前面怎么样？你别走得太远，等等我们！"

吴秋遇在前面听见了，便停下脚步，转身应道："我在这儿！前面还算好走。"见他们离得还远，便走回来接他们。

见吴秋遇回来，小灵子心里踏实多了，赶紧快走两步，跑到他身边，说了声："我还是冷。"便扑到吴秋遇怀里。

吴秋遇搂着小灵子，走在前面。老叫花子扶着倪帮主，跟在后面。又走出二里多地。

老叫花子忽然说道："也不知这草里有没有毒蛇。"

小灵子叫道:“你讨厌！我最怕蛇了,你不许再说！”

老叫花子赶紧住了口。但是几个人都开始留意脚下。

忽然隐隐听到前面有动静,倪帮主小声叫道:“像是有人！”吴秋遇马上提高了警惕,叫三人停下,自己要悄悄过去察看。

他刚刚走出两步,就听小灵子“哎呀”了一声,惊叫了出来。那声音一听就极为恐惧……

吴秋遇急忙转身回来。

只见小灵子闭着眼睛,紧张地站着,浑身僵硬,微微发抖,已经不能移动。一条白花蛇正挂在她的胸前！显然是咬上了。

吴秋遇大惊,急忙冲过去,一把抓住蛇尾,用力扯了下来。他自幼在山里长大,蛇鼠都是见惯了的,知道怎么对付。只是过去他是和尚,师祖爷爷只教他怎么让蛇丧失攻击能力,却不许他杀生。这条蛇咬了小灵子,吴秋遇已经管不了那么多,提着蛇尾便用力抖。

忽听有人大声喊道:“住手！你不要伤害它！”是一个年轻女子的声音。

倪帮主和老叫花子都是一愣,找着喊声的来源。吴秋遇也暂停了手里的动作,循声望去。

只见十几步开外,树上吊着一个女子。倪帮主见多识广,从她的服饰上看得出来,那是一个苗家的女子。她背上背个竹筐,左脚被绳子套着,头朝下,两手和另一只脚在挣扎。

吴秋遇顾不上她,赶紧先去看小灵子,急切地问道:“灵儿,你怎么样？”

小灵子知道吴秋遇救了她,慢慢睁开眼,刚要说话,却见吴秋遇手里仍提着蛇,惊叫道:“蛇,蛇,快扔了它！”

吴秋遇醒过闷来,赶紧把白花蛇丢出老远。小灵子一下扑到吴秋遇怀里,把他紧紧抱住。

那个被吊着的女子叫道:“我的蛇呀！你把它扔哪去了？”

“是你的蛇？它咬了人,你还心疼它？这蛇有没有毒？”倪帮主让老叫花子扶着他,向那棵树走去。

那女子愣了一下,叫道:“有毒！剧毒！你们赶紧放我下来,我给她解毒！”

倪帮主说:“来不及了。解药呢？赶紧拿出来！”

那女子说:“你们不放我下来,我是不会把解药给你们的。”

“你！”倪帮主虽然生气,但想着救小灵子要紧,却也不便跟她一般见识,转头对老叫花子说,“你放她下来。”老叫花子去树上解绳子。

那女子“扑通”一声掉到地上,顾不得揉搓麻木的左腿,便一瘸一拐地急忙去找那条白花蛇。

老叫花子叫道:“你想跑吗？解药呢？”

吴秋遇先抚慰了一下小灵子，然后说:“我得看看你的伤口。如果有毒，得赶紧解毒啊。”

小灵子站直了，指着胸前被蛇袭击的地方，说:“就是这里，应该是没有毒，我都不觉得疼。”

吴秋遇听了却很惊慌:“一定是毒性发作，你伤口那里失去知觉了。”

女子在草丛里找到那条半死不活的蛇，远远瞪了吴秋遇一眼，心疼地摸了摸蛇身，轻轻放到背后的竹筐里。

倪帮主喊道:“快拿解药救人哪！”

女子这才想到去察看小灵子的伤势，却见小灵子仍能好端端站着说话，叫她吃惊不已。她一边往小灵子身边走，一边愣愣地指着小灵子:“你，你怎么……还没……”

小灵子自己也觉得奇怪，怎么被蛇咬了，自己除了被吓到，一点也不觉得疼呢。

吴秋遇把小灵子胸前被毒蛇咬破的衣裳轻轻撕开一点，察看了一下伤口，顿时放下心来，不再像刚才那样紧张。

小灵子问:“秋遇哥哥，怎么样？我会死吗？”

吴秋遇笑道:“放心吧。死不了。”他凑过去，在小灵子耳边低声说了两句什么，就见小灵子兴奋地叫道:“太好了！这都是你送给我的好处，秋遇哥哥，你对我真好！”说着又跟吴秋遇抱到一起。

倪帮主和老叫花子莫名其妙，但见小灵子没事，也都很高兴。

见那少妇和汉子抱在一起竟毫不避讳，旁边那女子尴尬地转过脸去，低声问道:“那位小娘子，你真的没事吗？”

小灵子说:“你看我像有事的么？”说着，她松开了吴秋遇，对那女子说道:“你呀，以后管好你的蛇，不要四处乱咬人。闹出人命，你也得吃官司。”

那女子说:“刚才实在对不起，让小娘子受惊了。你现在没事就好了，这可真是万幸。你们刚才也看见了，我被人暗算，吊在这里，蛇才从竹筐里滑出来。我可不是故意放它出来的。不管怎么说，还得多谢你们放我下来。”

吴秋遇问:“你怎么会被人吊在这里？”

那女子一边揉着左腿，一边说道:“我迷路了，傍晚转到这里。谁能想到这里会有圈套，一不小心踩中了，就吊在那了，已经好几个时辰了。要不是遇见你们，我就得挂死在这了。哎，对呀，你们怎么会来这儿？”

小灵子一句话也不说，目不转睛地看着她。吴秋遇他们见小灵子不说话，也就都不说。

那女子把每个人看了看，见对方都对她有戒心，直起身，说道："算了，你们不说，我也不问了。既然你们救了我，我就告诉你们我的名字。我叫龙玉凤，也是刚来此地不久，可能很快又要走了。咱们未必还能见到。如果再能见到，我一定报答你们。"

见四个人仍是不说话，龙玉凤自己笑了笑，说了声"告辞了，但愿后会有期"，便转身离去。

还没等吴秋遇等人迈开步子，就见那个龙玉凤又转身回来了。

小灵子问："你怎么又回来了？"龙玉凤说："咱们都走不了了。你们看！"说着抬手往身后一指。

四个人抬眼看去，只见十几个人手持刀枪火把，围了过来。

吴秋遇一惊，便要拉开架势迎战。小灵子悄悄拉了拉他，小声说："你现在是个农夫，别急着动手。先看看再说。"吴秋遇这才想起自己的伪装，赶紧把手垂下。

那伙人走到近前，带头的是个三十来岁的小个子，开口问道："你们都是一起的？"

龙玉凤抢着说道："不是，不是。我傍晚迷了路，撞到这里，踩中了地上的圈套，一直被吊到刚才。幸亏他们路过，把我放下来。到现在，我的腿还麻呢。"

小个子旁边那个人笑道："齐二哥，你弄这种套儿还真管用。可惜叫她先下来了，要不然，咱们也看看她被吊着的样子。啊，哈哈。"

那个被称作"齐二哥"的小个子，不无得意地说道："这算什么！咱们的机关，有多少人都能装进去。"

吴秋遇暗自庆幸，幸亏没有急着跟他们动手，要不然，仓皇之间，还不定中了他们哪个机关呢。

龙玉凤说："原来是几位大哥做的套儿啊。真是太厉害了。我一下子就被挂上去了。佩服佩服。要不是误打误撞走到这里，还不知道世间有这样的高人。"

那个齐二哥听了很得意："知道厉害就好。你们就不要想着逃跑了，乖乖跟我们走。"

小灵子在龙玉凤耳边小声说道："你急着把自己摘出去，以为他们就能放过你？省省吧。"

齐老二一声令下："都带走！"众喽啰便给他们五个人蒙了眼睛，押着往山上走去。

没走多远，就来到一座寨子。这个寨子也不大，只有几间茅屋草舍，不像是山贼的匪寨，倒像是山里猎户人家。

几个人守在门口，见齐老二带着人回来，纷纷打招呼："回来了，二哥。海大哥正在里面等着你呢。"齐老二吩咐把五个人直接押去见大哥。

简陋的大屋子里燃着许多火把，很亮堂。吴秋遇等人的蒙眼布被解开，几个人揉了揉眼睛，才能渐渐看清东西。只见中间位置上坐着一个大汉，应该就是那个姓海的大哥。见齐老二带人进来，大汉招呼道："兄弟回来啦，快坐。这次来了五个？"

齐老二一边去找椅子坐了，一边说道："大哥，这几个还不是一伙的。那个女的先来，被我的绳圈套住了，吊了一晚。另外几个运气好，刚来就被我抓了，还没尝到陷阱的滋味。"

海老大笑道："你说真是奇怪了，这事也扎堆儿！这不是成心为难咱们兄弟么！"众喽啰也都跟着笑了起来。

五个人自打被押进来，都一句话没说，偷偷打量着厅里的人。

海老大看了看这几个人，两个女的，两个瘦弱的老头儿，就吴秋遇是个精壮汉子，便指着他说道："小子，说说吧，你们到这干什么来了？谁派你们来的？"

吴秋遇看着他，不说话，其实他也不知道该说什么。海老大刚要发怒，小灵子抢着说道："大王，他说话不利索。让我说行吗？"

"你叫我大王？"海老大瞅了瞅小灵子，笑道，"你说就你说吧。可不要耍花样。"

小灵子往前走了一步，回身指了指倪帮主，说道："那个裘老爷是我们东家，我们是他的佃户。前些年改朝换代，租税重，又赶上天灾不断，庄稼歉收，我们家就欠了官府不少钱粮，都是裘老爷垫付的。再加上我们该给他的租子，我们已经欠了他一大笔钱，怕是这辈子都还不清了。"

海老大看了看扮作员外的倪帮主，说道："他有那么好心？莫不是他看上了你，要拉你去抵债，你不从，全家就逃到了这里，然后他得到消息，又紧紧追来？是这样么？"

龙玉凤在一旁听着，摇了摇头，觉得小灵子蒙混不过去。

果然，海老大一拍椅子扶手，站起来："哼，你编出这个，当我是三岁小孩啊！"

小灵子说："当然不是。虽然裘老爷让我们欠着他的钱未必全是好心，可他还不至于要打我的主意。其实他早有了别的打算。"

海老大满以为这小娘子谎言被自己戳破，会惊慌失措跪地求饶，没想到小灵子却仍不慌不忙，还有说辞，让他颇感意外。旁边的龙玉凤也是一愣，认真看着小灵子。吴秋遇、倪帮主和老叫花子也都看着小灵子，想知道接下来她如何往下编。

海老大问道："那你说说，他做的什么打算？"

小灵子四下看了看，稍显紧张地问道："你们不是官府的人吧？这里有官府的人吗？"

"官府的人？哈哈哈哈！"海老大放声大笑起来，"你看他们哪个像官府的人？我马上把他抓起来。"

小灵子这下放心了，说道："只要你们不是官府的人，那我就可以实话实说了。哎，等一下。我得先问问裘老爷。裘老爷，你交代的事，我可以说吗？"她郑重其事地看着倪帮主。倪帮主心中暗笑，还得故意做出为难的样子，假装在那里犹豫。

海老大急了："你说你的！这是我们的地盘，他不能把你怎么样！"小灵子说："那可不行，他要是不答应，以后回去了，会找我们麻烦的。"海老大说："他不答应，我就让他回不去，看他怎么找你麻烦！"说完瞪着那个"裘老爷"。倪帮主假装被吓到了，赶紧说道："我答应，我答应。想说什么你就说吧。"说完假装不情愿地转过脸去，其实是在暗笑。海老大很得意。

小灵子说："裘老爷昨天找到我相公，让他跟他去黄河边上……贩私盐……"她说完故意停了一下，看看众人的反应。

"贩私盐？"众人都是一愣。包括吴秋遇和倪帮主也都很意外。海老大笑道："裘老头，你行啊！这种事你都敢去干？贩私盐可是掉脑袋的罪，你知道吗，你们也敢答应？"

小灵子说："我们也是没办法呀，欠了裘老爷那么多钱，什么时候才能还清啊。裘老爷说了，只要这次贩运私盐成功，过去的账就一笔勾销。我相公头脑一热就答应了。回来跟我们一说，我跟老爷子就急了。那可是杀头的罪呀，怎么能干？可是已经答应了，不去又不行。要反悔就惹恼裘老爷，他有钱有势的，我们得罪了他，永远都不能安生。说去告发他吧，他还没去呢，我们拿不出证据便是诬告，一样没有好结果。最后没办法，我和老爷子不忍心看着相公独自冒险，就跟着来了，指望着遇到盘查的时候，能替他打个掩护。谁能想到我们这样的人身上会藏着私盐呢？但我们毕竟都是普通百姓，没干过犯法的事，一见着别人看我们两眼就心里发虚。没办法，最后只能天黑了再赶路，还得专找没人的地方走。这样说不定还能侥幸熬过去。就这么，就走到这来了。幸亏遇到了大王您这样的好人，还想着抓来问问。要是遇见穷凶极恶的盗贼，我们的命早就没了。家里的孩子和老太太怎么办哪！”说着便假装要哭的样子。

吴秋遇和倪帮主暗自赞叹，难得小灵子能编出这样的故事，还说得那么入情入理，听得自己都几乎要信了。老叫花子看出火候，也跟着揉起了眼睛。

“唉！”海老大叹息了一声，义愤填膺地说道，“都是叫那个狗屁皇帝、混蛋世道给逼的。你们不用害怕。嗯，今晚先在这里歇了，明天一早，我派人送你们走。他们地形熟，有近路，你们可以少走一二十里，还不会被人看见。”

“多谢大王！”小灵子拉着吴秋遇赶紧道谢。老叫花子也不落后，在那里装得很像。

海老大说：“都是苦命人，你们不用谢我。哎，我说裘老爷，他们欠你多少钱，你还打算要么？”

没等倪大鳅说话，小灵子赶紧抢着说道：“欠债还钱，天经地义。大王，您就别费心了，这个事就让我们自己了结吧。不然我们穷人家，一辈子心里不安。”

海老大说：“那好吧。姓裘的，你可听好了。这次贩私盐，不论成与不成，你们的账都得一笔勾销了。如果你再纠缠，叫我知道了，说不得我要带人去你家里走一遭。”

倪帮主赶紧说：“行，行，不敢不敢。”

海老大吩咐喽啰带四个人下去歇着。

龙玉凤急了：“那我呢，我跟他们一起的。”

齐老二说：“刚才在山下你还说跟他们不是一起的，怎么现在改口了？我劝你还是老实说了，或许可以饶你一命。”

龙玉凤说：“我不是坏人。我兄妹二人来此投亲不遇，用光了盘缠，便打算进山采药去卖，也好攒钱回家。没想到今天走散了。我误打误撞，踩到了你们设下的圈套，被吊挂了一晚上，到现在我的腿还疼呢。”

“你一个苗家女子到山西投什么亲？我倒要看看你筐里有什么药材。”齐老二说着便站起来，朝她走去。倪大鳅一愣，没想到他一个山贼，也知道那是苗家女子。

龙玉凤退了一步，说：“你不能看！”

海老大盯着她，没有说什么，他也想知道这女子说的是真是假，便任凭齐老二去检查。

倪大鳅和老叫花子亲眼看见龙玉凤把白花蛇放到了背筐里，也不知那蛇现在死了没有，不免有些紧张。可是又一想，刚才小灵子被它咬了，什么事都没有，想来那不是毒蛇，而且咬人也不疼。

吴秋遇和小灵子知道刚才是怎么回事，都要上前阻止。吴秋遇见齐老二已经把手伸进了筐里，急忙叫喊了一声："快把手拿出来！别碰！"

可是已经晚了。齐老二只"哎呀"了一声，便托着胳膊惨叫起来。

海老大等人看到齐老二惨状，都是大惊失色。倪大鳅和老叫花子不禁又看了看小灵子，见她确实仍好好的，才放了心，又开始担心齐老二。

齐老二已经倒在地上，开始打滚。

吴秋遇急忙抢步过去，跨在他身上，按住他被咬伤的手臂，出手封了他几处穴位。小灵子暗叫不好。她知道，吴秋遇一露相，自己刚才的一番口舌全白费了。

众喽啰见吴秋遇对二当家的动手，呼啦都围了上来。海老大见吴秋遇动作奇快，才知道他并非普通的农家汉子，而是个武功高手。他自忖未必能在两三招之内将吴秋遇制住，为免伤到齐老二，他不敢先去惊动吴秋遇，而是抢到小灵子面前，一把将她的脖子掐住。

小灵子勉强掰开他一根手指，腾出喉咙说道："笨蛋，没看见他在救人吗？"

海老大愣了一下，仔细一看，吴秋遇确实不像要伤人，好像真的在给齐老二控制伤情，这才慢慢松了手。

龙玉凤将一个小药瓶塞给吴秋遇。吴秋遇知道那一定是解药，便急忙打开盖子，在齐老二的手背上敷撒了，又运功给他疏通了一下手臂上的血脉。

齐老二此时已经昏死过去。毒血遇到解药慢慢变色。吴秋遇在齐老二的手臂经脉上捏挤了几下，伤口处渐渐流出好血来。倪帮主、海老大等几个人明白，齐老二中的蛇毒已经被控制住了。

吴秋遇站起来，对海老大说："他的手不能沾水，少吃荤腥，别喝酒，静养几天就没事了。"

海老大愣愣地看着他，不知道对他是该提防还是道谢。吴秋遇已经走到小灵子身边。海老大也急忙去看齐老二。

过了一会儿，齐老二苏醒过来。海老大关切地问道："二弟，你怎么样？"齐老二慢慢睁开眼，看了看众人，知道自己还活着。他忽然又瞥见龙玉凤的背筐，挣扎着叫道："蛇！里面有蛇！"

海老大马上吩咐："把那个女的押下去，严加看管！如果二弟有什么意外，就拿她陪葬！"

龙玉凤被推着往外走，悻悻地说道："放心吧，他死不了。他的毒已经解了。那么点小伤，对一个大男人来说，应该算不得什么吧？"

海老大看了看吴秋遇等人，一时不知该如何处置。

小灵子说："大当家的，你不用为难。把我们和那个姑娘关到一起就行了。

我们不会给你添麻烦的。”

海老大点了点头。几个喽啰便押着吴秋遇、小灵子、倪大鳅和老叫花子往外走。

龙玉凤两手被捆了，推进了柴房里。

过了一会儿，柴门又开了，小灵子他们也被押进来。龙玉凤往里挪了挪，给他们腾地方，嘴里说着：“咱们真是有缘，又见面了。”

柴门关上，屋里顿时黑了下来。

老叫花子瞪着龙玉凤说道：“都怪你！要不是你又生事，大家早就没事了。”

龙玉凤狡辩道：“假的就是假的。你们的谎话迟早会被揭穿，干吗赖到我头上？”

倪大鳅推了推老叫花子：“算了，现在说这个也没用了。走了一晚上也累了，先找地方歇会吧。”

老叫花子又白了龙玉凤一眼，气哼哼扶着倪帮主坐到了一边。吴秋遇扶着小灵子也找地方坐下来。

龙玉凤凑到小灵子面前，问道：“小娘子，你说的那个什么户，是啥意思？”

小灵子看了看她，见她问得很认真，似是真的不懂，便说道：“那个叫佃户，就是给地主家种地缴租的穷苦人。穷人家自己没有地，只能种大户人家的地，收的粮食多一半得交给东家。哦，东家就是有地的大户人家。”

龙玉凤听了似懂非懂。老叫花子叫道：“怎么连这个都不懂？我看她就是成心装糊涂，没话找话。”

倪帮主笑道：“她是苗人。苗家没有地主和佃户，她不懂这个倒也正常。”

龙玉凤又对吴秋遇说道：“这位哥哥好厉害。刚才那家伙被蛇咬，我都还没反应过来，你就已经过去了。”她说着竟凑到近处，开始盯着吴秋遇的脸仔细端详。

吴秋遇被她看得有些难为情，怎奈自己坐着被她挡在眼前，又无处避闪，便只好闭上眼睛，图一时清净。

龙玉凤细细看了几眼，忽然伸出手，轻轻撕下吴秋遇嘴上的假胡子，笑道：“原来这胡子是假的呀。呦，长得还挺端正呢。”

吴秋遇睁开眼，想要把假胡子拿回来。龙玉凤故意把手一扬，说道：“好端端的，戴个假胡子做什么？还是摘了胡子这样好看。”吴秋遇脸上一热，愣愣地看着她：“你，你想怎么样？”

龙玉凤说：“我不想怎么样。我见哥哥好手段，又生得端正，只想多看两眼不行么？”

小灵子警惕地看着龙玉凤，说道："你身上都是有毒的玩意儿，最好离我们远一点。"

龙玉凤嬉笑着说道："哎哟，有人不高兴啦。他还真的是你相公啊？"

老叫花子在一旁说道："你这丫头，脸皮可真厚！人家都不爱搭理你，一个劲往上栖乎什么呀？"

龙玉凤嗔怒道："你脸皮才厚！我可一直没搭理你，你怎么老和我说话？"

倪帮主见这一老一少争吵，都像小孩子一样，不禁摇头暗笑。

龙玉凤见老叫花子不再吭声，又对小灵子说道："我已经告诉你们，我叫龙玉凤。你们现在也知道我是苗家女。可是，我还不知道你们叫什么名字。"

小灵子见她性格爽朗，想什么就说，觉得她不像坏人，便说道："我叫小灵子，这是秋遇哥哥。那两位是我们的同伴。"

"小灵子。秋遇哥哥。"龙玉凤又把两个人端详了一下，说道，"我一见你们就喜欢。一看你们就是有本事的。"

老叫花子不屑地哼了一声。龙玉凤马上对他说道："你哼什么，我可没说也喜欢你！"老叫花子知道她嘴厉害，不想再跟她斗，便转过脸去。龙玉凤笑着对倪大鳅说道："裘老爷，我可没说你呀。看得出来，你也是好人。"老叫花子心中暗气，合着在她眼里他们三个都是好人，就他一个不是好人。

龙玉凤忽然说道："小灵子，你刚才编得可真好，他们都信了，我也信了。现在我知道了，你们不是真的佃户。你们到底是干什么的？怎么到这来了？"

还没等小灵子开口，柴门又开了。有个人拿着火把进来，指着吴秋遇说："你，出来！"

第四十五章
湫水道别

小灵子一惊，急忙从龙玉凤手里抢下假胡子给吴秋遇粘上，低声嘱咐道："你小心点。有什么话都可以先答应他们，尽量别跟他们翻脸。"

吴秋遇点头记下，站起来，跟着那个人往外走。

另有几个人在外面等着，显然是怕吴秋遇跑了。这次没有去草厅，而是去了另外一间茅屋。

倪大鳅怕小灵子担心，开口说道："小灵子，先好歹合眼睡一会儿吧。"

小灵子说："你们睡吧。我先等一会儿。"她知道吴秋遇心眼直，怕他独自出去吃亏，放心不下。

龙玉凤说："那你们等吧，我可要先睡了。其实，秋遇哥哥那么厉害，不会有事的。"

小灵子看了看她，觉得这是她说过的那么多话里最好听的一句，忽然看见她的手被捆着，便说道："我先帮你把绳子解了吧。"

"啊,好啊。"龙玉凤赶紧把手抬了起来。小灵子很快给她把绳子解开。龙玉凤说:"多谢。要不要我陪着你一起等?"

小灵子说:"不用。你们都睡吧。"说完,自己又靠在柴堆上,对着门口发呆。龙玉凤看了看她,也不知该如何安慰,便卸下竹筐,靠在柴堆上睡了。

半个多时辰过去了,吴秋遇还没有回来。小灵子觉得已经过去了很久,心里越发焦急。那几个人都已经睡着了。老叫花子还轻轻打着呼噜。

小灵子一个人坐着枯等,偶尔扒着门缝往外看看,始终不见吴秋遇回来。渐渐地,眼皮已经抬不起来,又勉强撑了小半个时辰,终于又累又困,睡着了。

天亮了。倪帮主已经醒了,老叫花子躺在地上,还呼呼地睡着。龙玉凤醒来,见小灵子还在睡着,没敢打扰她,而是轻轻站起来,走到门口,从门缝往外张望。

见有人来了,她急忙回原处坐好,又把绳子往手臂上好歹搭了,闭上眼睛开始装睡。

来人把柴门打开,冲里面喊道:"小灵子姑娘,你出来。"

小灵子迷迷糊糊听到有人叫她,慢慢睁开眼睛,忽然叫道:"秋遇哥哥!"

龙玉凤轻轻拉了拉她的衣裳,指了指门口。小灵子这才看清,吴秋遇还没有回来,门口站着一个人,正在看她。那个人说:"海大哥找你过去。跟我走吧。"

倪帮主支撑着站起来,问道:"你们找她干什么?"那人说:"没你的事,你们都老实待着。小灵子姑娘,走吧。"

小灵子见他能叫出自己的名字,又管自己叫姑娘,知道一定是吴秋遇跟他们说过了,那么此去说不定就能见到秋遇哥哥,便毫不犹豫地站起来,走出门口。

龙玉凤和倪帮主都想跟过去看看。柴门"砰"的一声关了。

老叫花子被惊醒,一下子坐起来,叫道:"怎么了,怎么了?"龙玉凤说:"你呀,睡得跟死狗一样。"老叫花子见小灵子也不在了,知道又出了事,急忙爬起来,也挤到门口去看。

倪帮主问:"你那瓶解药有没有问题?要是那个人有个三长两短,咱们可就有麻烦了。"龙玉凤一时也不敢确定。

小灵子跟着那个人来到草厅,心中惴惴不安。一进门,就看见吴秋遇侧背着门口高高坐着,顿时一颗悬着的心放了下来。

桌上摆着满满一桌饭菜。吴秋遇爽坐,海老大在一旁笑呵呵陪着。小灵子正自惊讶,海老大见了她,赶紧招呼道:"小灵子姑娘,你来了。快过来坐。"

吴秋遇站起来,转过身冲小灵子一笑,招呼他坐到身边。小灵子低声问道:"你都跟他说什么了?把他们哄得那么高兴。"

还没等吴秋遇说话，海老大端起一杯酒，站起身说道："这次多谢秋遇兄弟。现在小灵子姑娘也到了。来，我先敬你们一杯。"

吴秋遇不喜欢喝酒，忙摆手推辞："多谢海大哥，我不喝酒的。"海老大说："哎，兄弟，男子汉大丈夫哪有不喝酒的。"

小灵子在一旁看着纳闷，这两个人怎么倒像是混得很熟了。

吴秋遇还要推辞，小灵子却劝说道："秋遇哥哥，海大哥的盛情难却，你就喝了这一杯吧。"

海老大大喜："哎，小灵子姑娘说得对。秋遇兄弟，怎么也得把这一杯先喝了吧？"

吴秋遇见小灵子都这样说了，便把酒杯端起来，跟海老大轻轻碰了一下，然后一下子全倒进嘴里，一口气咽下，直呛得咳嗽不止。

海老大见了，笑得前仰后合，手里的酒也洒了。他赶紧给自己又倒满了，也一口喝了，才说道："看来秋遇兄弟真的不善饮酒。罢了罢了，坐下吃菜，吃菜。"

小灵子先拉吴秋遇坐下，然后问道："你们两位怎么坐到一起了？还聊得这么开心。这到底是怎么回事？"

海老大说："我这里的弟兄，久受伤病之苦。为免行踪泄露，不能及时出去救病。这回你们来了，秋遇兄弟一晚上都给看过了，还开了方子。只要派人乔装出去把药买来，他们就都没事了。你说我怎能不高兴。"

小灵子看着吴秋遇。吴秋遇点了点头。小灵子这才明白，吴秋遇昨晚被叫出来，原来是给海老大手下的人看病的，害得自己白白担心了一晚上。想到这里，她不禁抬手在吴秋遇身上轻轻捶了一下。吴秋遇当然明白怎么回事，小声道："害你担心了吧？"

海老大自责道："都是我不好。昨晚光顾了给弟兄们看病，忘了告诉你们一声。来，小灵子，我敬你一杯。不，我先自罚一杯。"说着又端起酒杯，一饮而尽。

小灵子也端起酒杯，轻轻抿了一下，辣得直咧嘴，赶紧用手擦了，又吃了几口菜。海老大看了忍不住又笑。吴秋遇关切地问道："你没事吧。"小灵子朝他笑了笑，对海老大问道："海大哥，你们怎么会住在这里？这可不是住人的好地方。"

海老大看了看他们两个，认定他们都是热情直爽的好人，便要直言相告。他叹了一口气，说道："唉，说来话长。开国皇帝炮打庆功楼，谋害功臣，这件事不知道你们听说过没有？"

吴秋遇摇了摇头。小灵子说："这个在民间广有传说，也不知是真是假。据说都是马皇后的主意。"

海老大说："都是真的。"吴秋遇和小灵子都愣愣地看着他，不知道这件事跟他有什么关系。海老大见二人疑惑，便继续说道："说出来你们可能不信，我也是功臣之后，我爹就是在庆功楼被害死的。我侥幸不死，四处逃难，后来才逃到这里，隐居下来。"

吴秋遇和小灵子望着眼前这个汉子，见他说起往事犹有伤心，不由得暗起同情之心。小灵子问："那皇帝害死了功臣，竟连他们家里的人也不放过吗？"

海老大说："凡十岁以上男丁都要赶尽杀绝！本来，一般妇孺老弱是可以不杀的，可那些官兵杀红了眼，见人就砍，真叫个惨哪。"说起来，他不免咬牙切齿。

吴秋遇问："海大哥你是怎么逃出来的？"海老大说："这都多亏了刘伯温大人。他料知庆功楼之宴，皇帝不怀好意，便托词没去。后来果然出了事，他念及与功臣的旧时情义，便有心搭救他们的子孙。"吴秋遇点头道："这刘大人却是个好人。"

海老大说："是啊。只是那狗皇帝下手太快，他来不及一一去救。据说，最后一共救出来六家的孩子。除了我海大金和昨日被毒蛇咬伤的二弟齐轩，还有一男一女我见过。男的姓铁，叫铁秋声。女的叫明月，姓什么不知道。还有两个，我们都没见过，据说一个姓崔，另外一个是不到一岁的婴儿。"

吴秋遇很惊讶："这么说，铁师叔也是功臣之后？"海大金一惊："你认识铁秋声？他是你师叔，那他现在在哪里？"吴秋遇说："你说的那个女孩应该是纪姑姑，她是铁师叔的红颜知己，几年前被人害死了。铁师叔一直在追查凶手，要给纪姑姑报仇。"

海大金听了，不禁叹道："没想到逃过了狗皇帝的毒手，明月姑娘又被人害了，真是苍天无眼，不佑好人。铁兄弟在江湖上抛头露面，他可得多加小心。但愿别被官府发觉，能够平平安安的，将来说不定我们还有见面的时候。"

小灵子拉了拉吴秋遇的衣角，小声问道："那个一岁的婴儿不会就是你吧？"

吴秋遇一皱眉，他可从没设想过自己的身世。不过，听师祖爷爷说，自己被捡来的时候确实是个不到一岁的婴儿。

海大金见他们私语，笑着问道："小灵子，偷偷说什么呢？"

小灵子说："秋遇哥哥也是一个孤儿，说不定就是被救出来的六个孩子之一。"

海大金稍稍一愣，然后大笑道："要真是那样，咱们可是相见恨晚哪。"

吴秋遇问："海大哥，你们今后有什么打算？就打算一直住在这里吗？"海大金说："住在这里暂时安身保命，将来有机会定要给全家老少报仇。"

小灵子和吴秋遇见他心头仍有仇恨，也不知该如何安慰。小灵子忽然问道："海大哥，你们抓来的人，都怎样处置？"

海大金说："我们不是打家劫舍的毛贼草寇，隐居在这里只为避祸。我们自己开荒种地，也靠打猎为生。在外面设置陷阱圈套，只为防范官府的探子。有人误闯进来，被抓到了，如果审清问明，只是寻常百姓，也就原路送出去，不会怎么样的。所以这些年也没与什么人结仇，也没听说有谁去官府报信揭发。"

小灵子顽皮地说："那我们就不用害怕了，秋遇哥哥。"海大金笑道："你们是我的客人。不但不用害怕，我还要好好照顾你们。"吴秋遇说："照顾就不用了。我看还是把……把他们也找来，一起吃了饭，然后就送我们下山吧。"

海大金问："这么急着走吗？你们还真要去贩私盐哪？"

小灵子说："海大哥说笑了。跟你实说了吧，其实我们是要过黄河西去。我和那个裘老爷身上都有伤病，要去西域找解药的，路上耽误不得。要不然，你赶我们走，我们都不走。"

海大金说："原来如此。既然这样，那我现在就去安排一下。等你们吃饱喝足，马上送你们下山西去。"说着便走出了草厅。

小灵子问吴秋遇："秋遇哥哥，你身上的包袱呢？"吴秋遇说："海大哥见我一直背着，说吃饭的时候不妨先卸下来。刚才我摘了。看，在那儿！"小灵子说："咱们都不是江湖熟客，再往西应该没人能认出我们两个了。咱们俩可以恢复原来的样子。"

吴秋遇便去把包袱打开。小灵子关了门。两个人开始卸妆更衣，恢复原来的样貌。

柴门打开。阳光射进来，忽然有些耀眼。老叫花子赶紧用胳膊挡住眼睛。倪大鳅和龙玉凤警惕地看着门口，不知这回又是谁会被叫出去。

外面的人喊道："两位老人家，出来吃饭吧。秋遇大哥和小灵子姑娘都在等着你们呢。"

一听吴秋遇和小灵子都平安无事，还有饭吃，老叫花子大喜，急忙站起来。刚跑出一步，忽然想起倪帮主，赶紧回身去扶他。

龙玉凤愣愣地看着两个人往外走，这里就只剩自己一个人了，马上追上去大叫："我也去！"

门口的人拦住她，说："海大哥只吩咐叫他们两个去，没说有你。你呀，先在这等着吧。"说着便要关门。倪大鳅对那人说道："哎，小哥，是这样的。你看我们都已经熟了，我看她也不是坏人。你就让她跟我们一起去吧。也免得一会儿海大哥再想起她来，你还得跑一趟。"

那个人想了想，松开抓着门板的手，对龙玉凤说："那你可得老实点，不能捣乱。"龙玉凤赶紧点头。倪大鳅说："我们帮你看着她。她不会捣乱的。"

龙玉凤赶紧去把竹筐背了，追出来，紧紧跟在三个人后面。

吴秋遇和小灵子见他们来了，招呼他们坐下吃饭。老叫花子没心没肺，啥也不想，坐下就吃。龙玉凤乍一看到吴秋遇和小灵子的样子，没认出来，先是愣在了门口。

小灵子说："才分开这么一会儿，就不认识我们了？哎，快过来吃饭呀。"龙玉凤终于明白了怎么回事，这才走到小灵子身边坐了下来。

倪帮主问："怎么就你们两个，他们人呢？"吴秋遇说："他们去准备了，说一会儿吃完饭，就送咱们走。"龙玉凤大喜："咱们马上就可以走了？太好了！大家快吃啊！"

小灵子眼珠一转，故意说道："他们只答应放我们走，没说要放你。听说那个海老大看上你了，要让你留下当压寨夫人呢。"老叫花子嘴里嚼着东西，含糊说道："恭喜你了啊。"

龙玉凤果然被吓到了，刚拿起的筷子又放了下去。吴秋遇见了，忙说道："快吃饭吧。他们吓唬你呢。"龙玉凤看了看吴秋遇，选择相信他，说道："谢谢你，秋遇哥哥。我就知道你是好人。"

小灵子说："我们不是好人么？那我一会儿就做回好人，给你保个媒，叫海老大今天就娶了你。我们喝完喜酒再走。"

龙玉凤知道她口齿伶俐，不敢得罪她，免得把她惹恼了真干出那事来，便不再吭声。小灵子偷偷暗笑。吴秋遇略有责备地看着她。小灵子朝他做个鬼脸，完全不放在心上。

过了一会儿，海大金走进门来，开口问道："几位都吃好了吗？"

小灵子站起来走到海大金身边，附在他耳边说了几句。龙玉凤紧张地看着小灵子，心悬到了嗓子眼。吴秋遇也有点担心，怕小灵子真干出害人的事来。

海大金听小灵子说完，点了点头，大笑道："好，就这么办。还是你想得周到。多谢了。"说完，他看了龙玉凤一眼。龙玉凤大惊，手里的筷子也掉在桌上。

几个人吃完了饭。海大金叫过刚才去柴房的那个人，吩咐道："小五，一会儿你带两个人抬着筏子，送他们出去。这一带你路熟，抄近道，把他们送到湫水河。"小五应了一声，便去找人。

吴秋遇说："海大哥，你想得真周到。有了筏子，我们顺流而下，就省劲多了。"

海大金说："咱们兄弟不用客气。以后有空回来，可以多住些日子。"

这时候，小五带着两个人抬着一个木筏等在了寨子门口。

海大金一挥手，马上过来一个人，走到龙玉凤身边，用黑布把她的眼睛给蒙了。龙玉凤大叫道:“你们干什么?我不当压寨夫人!”海大金一愣。小灵子笑道:“她想嫁人想疯了,你不用理她。我们走。”

海大金把五个人送到寨子门口。吴秋遇等人跟他挥手告别,便由小五领着,往山下走去。

龙玉凤仍在叫着:“我不当压寨夫人!你们要把我弄到哪儿去?”小灵子说:“放心吧。你当不成压寨夫人了。咱们正在下山,你得担心他们把你卖了,卖到……”龙玉凤停下脚步,大叫道:“我不去,我不去!”

小五和两个抬着筏子的都不知道是怎么回事,也懒得打听,只想赶紧送他们走了,好回去交差。倪帮主暗自摇头,老叫花子觉得好玩。

只有吴秋遇看了不忍,小声道:“灵儿,别闹了。咱们还得赶路呢。”小灵子这才轻轻拍了拍龙玉凤的肩膀,说:“别闹了,赶紧走吧,我跟你说着玩呢。”龙玉凤一跺脚,哼了一声,这才由小灵子领着继续往前走。

找到了湫水河,又往前走了一段,小五说:“吴大哥,这里的水够深,筏子可以用了。你们乘筏子走吧,我们就不远送了。”吴秋遇抱拳谢过。

小五帮忙,三个人一起把筏子推下水,又用手拉住了,让他们上去。老叫花子先扶着倪大鳅上了筏子。吴秋遇也把小灵子扶了上去。

龙玉凤说:“我就不跟你们去挤了,我自己走。秋遇哥哥,你来,我跟你说几句话。”

吴秋遇走过去。小灵子在筏子上看着,不知她要搞什么鬼。小五他们三个也很奇怪,这个姑娘不上筏子,不知道现在又想干啥。

龙玉凤慢慢贴近吴秋遇,忽然一下子把他抱住。吴秋遇吓了一跳,却又一时挣脱不开。小灵子在筏子上见了,不禁瞪大了眼睛。龙玉凤在吴秋遇耳边小声说道:“秋遇哥哥,你是个好人。小灵子姑娘也是好人。我没有别的意思,就想跟她开个玩笑气气她,谁让她刚才欺负我呢。”

吴秋遇一听,心里踏实了,既然她对自己并无恶意,也就用不着再挣扎疏远她。

小灵子看着不爽,叫了一声:“秋遇哥哥,还不快上来,咱们赶路要紧。”

龙玉凤假装跟吴秋遇亲昵了一会儿,知道小灵子已经上火了,便松了手,往外走出几步,大声说道:“秋遇哥哥,你可不要忘了答应我的事!我等着你!”然后就大步远去了。

吴秋遇一脸茫然,不知她在说什么,傻站了一会儿,见龙玉凤已经走远了,才转身迈步,跳上了筏子。

小五见四个人都已在筏子上坐好,便松了手。筏子顺流而下。小五目送他们远去，才带着另外两个人回寨子去了。

吴秋遇刚要跟小灵子说话。小灵子却转过脸去，不搭理他。吴秋遇见小灵子脸色难看，关切地问道："灵儿，你怎么了？脸色这么难看，是不是内伤又发作了？还是蛇毒……"小灵子嘟囔道："你应该知道！"

"我知道？"吴秋遇还在乱猜，"难道真的是蛇毒发作了？我这里还有解药，昨晚拿了忘了还给玉凤姑娘。"小灵子哼了一声，不再理他。

倪帮主笑道："那个解药治不了她，倒有可能害她发作。呵呵。"吴秋遇不解。倪帮主说："咱们要出山西了，有人自带了一坛子醋。"

小灵子听了，知道倪帮主在取笑她，娇嗔地往倪帮主身上轻推了一下："你们都欺负我。"倪帮主说："你要把我推下去，可就都省事了，你们也不用过黄河了。"

小灵子被他逗笑了。吴秋遇见小灵子笑起来，也跟着高兴："灵儿，你没事啦？太好了。"小灵子一听吴秋遇说话，马上绷起了脸，说："你就跟着她走好了，干吗还舍得回来？"

吴秋遇这才明白小灵子为什么生气，一脸无辜地说道："我，我跟她没什么的。"小灵子说："都抱到一起了，还说没什么？"

老叫花子在一旁故意气她："你能抱，为啥别人不能抱？我看挺好，说明傻小子招人喜欢嘛。"

小灵子白了他一眼，说道："你再胡说，一路上都没你的饭吃！"

老叫花子急忙说道："不要不要。我随便说的，你怎么还当真了？傻小子你也真是的，身在福中不知福，有这么伶俐的一个丫头在身边，还去招惹别的姑娘。这次是你的不对。"

小灵子见他改口，满意地笑了，说："说得好。今天你有鸡腿吃了。"老叫花子美滋滋偷着乐去了。

吴秋遇说："灵儿，你不要多想。我真的……"倪大鳅捅了捅他，小声道："你怎么还不开窍？那个都把鸡腿骗到手了，你还只顾嘴硬。认个错，这事就过去了。"吴秋遇挠了挠脑袋，为了哄小灵子开心，赶紧说道："灵儿，我错了。"

小灵子问："你错在哪儿了？"吴秋遇哑口无言，他确实想不明白自己到底有什么错。小灵子说："算了算了，我也不是那么小气的人。她抱了你，也占不到什么便宜去。这件事就过去了。哎，你刚才答应她什么了？"

吴秋遇说："我没有答应她什么呀。我也不知道她刚才在说什么。"小灵子脸色一变："你还要瞒着我，你们还是有事！"

倪大鳅摇头道："哎呀，这官司打不完喽。"

吴秋遇一脸无辜，又解释不清楚，急得不知如何是好。

小灵子笑道："秋遇哥哥，你不用那么紧张，我是跟你闹着玩的。我怎么会真生气呢？就算信不过她，我还信不过你么？我知道你对我最好就行了。"

吴秋遇这才踏实了，傻笑了起来。倪大鳅和老叫花子也跟着笑了。

湫水河水流不急，筏子漂流平稳，坐在上面很安心。倪帮主说："这筏子坐着倒稳当，就是走得太慢了。"

吴秋遇刚才只顾忙着跟小灵子解释，这会才有工夫仔细观瞧，筏子的行进速度确实有些慢。忽然看见筏子旁边顺着一根竹竿，他赶紧过去解了下来，站到筏子后头去支撑。长竿一撑，有力可借，筏子顿时就快了。倪帮主微笑着点了点头。

小灵子说："海大哥他们想得倒周到。"老叫花子说："嗯，这伙山贼不简单，人也还不错，临走还想着招待咱们大吃一顿。"吴秋遇说："他们可不是山贼。他们只是结伙住在那里，耕种打猎为生，并不害人。"

倪帮主说："这世道，能有口安稳饭吃不容易。看样子他们是避祸隐居在那里。他们能够自谋生路，不祸害人，倒也难得。"

小灵子说："是啊，他们还是有点骨气的。要不然，最省事的就是去当叫花子，说不定呀，也成了丐帮的弟子了。"

倪大鳅看了看她："你觉得丐帮的叫花子都是没有骨气的？"

小灵子自知言语有失，怎么能当着丐帮帮主的面说叫花子呢，忙解释道："裘老爷，我不是那个意思啊，你可别多心。我只是觉得他们自己自足挺好，不像有些人只想当吃货。"

倪大鳅知道她又在挖苦老叫花子。老叫花子当然也听得出来，却并不放在心上，而是说道："你这丫头，哪儿都好，就是这张嘴太厉害！难怪傻小子……"他忽然意识到不能再说下去，便住了口。

小灵子不依不饶："难怪他怎么样？你说呀！"吴秋遇回头看了一眼，心里暗自责怪：好不容易才把小灵子哄好了，他怎么又来说这个？

老叫花子说："没什么，没什么。看，那有一只水鸟！"

大家顺着他的手指看去，果然有水鸟在岸边的草丛中出没，不过不是一只，是两只。

小灵子不再跟老叫花子计较，而是跟倪大鳅问道："裘老爷，您见多识广，看那个龙玉凤像是什么来历？"

倪帮主想了一下，说道："从她的打扮和举止来看，确是个苗人不假。按说这一带并无苗人聚居，她独自在此出现，必定有她的特殊目的，绝不像她所说的投亲那么简单。"

小灵子说："可惜咱们赶路程，没工夫仔细查问。海大哥他们也不想留着她这个麻烦，就听我的把她放了。"

倪帮主说："他们放了她是对的。你别小看她，她自从被捉上山，好像是一点反抗的能力都没有，但是你们想想，她害怕过没有？"

小灵子想了想，惊讶道："还真是。她虽然被他们了吊了、捆了，甚至毒蛇咬人惹了祸，都没见她惊慌。这是怎么回事？"

倪帮主说："这说明她心里是有底的。很多苗人善使毒，各种毒虫毒草防不胜防。她还说过，是兄妹一起来的，也就是说外面还有人接应。就算没有那个人，万一她感到危险临近，果真使起毒来，只怕那一伙人都是凶多吉少。你们都看到了，她那个白花蛇咬人一口，要不是秋遇及时出手，又及时敷了解药，恐怕那个齐老二当场就死了。"

小灵子说："哦，好险哪。幸亏咱们没有得罪她。"

这时老叫花子忍不住说道："你还没有得罪她？我看她恨死你了。你小心点吧。"

倪帮主问道："你究竟在海老大耳朵边上说什么了？把那个玉凤姑娘紧张成那样。"

小灵子笑道："那是她自己吓唬自己。其实我是劝海大哥把她放了，如果担心她记得路引官兵来剿，可以在下山时蒙上她的眼睛。这也是为海大哥他们好嘛。"

吴秋遇说："这样啊。我还以为，你真让海大哥娶她当压寨夫人呢。"

小灵子说："你心疼了？"吴秋遇见小灵子口气又不顺，不再吭声。

倪帮主赶紧解围："哎，小灵子，有一件事我还没想明白。你也被白花蛇咬了一口，你怎么就没事啊？"

老叫花子嘀咕道："我看她刁钻古怪，说不定她也是个苗人丫头。""去！"小灵子先冲老叫花子嘘了一口，然后笑道："我是仙女下凡，刀枪不入，百毒不侵，一条小蛇能把我怎么样？"老叫花子小声说："也不知道是谁，那会儿吓得乱叫，抱着傻小子就不松开。"

小灵子这回倒没跟老叫花子计较，而是甜蜜地看了看吴秋遇。吴秋遇说："灵儿，你就跟倪帮主说说吧。"小灵子赶紧四下看了看，小声嘱咐道："什么倪帮主，可不要叫外人听了去。他现在是裘老爷。"吴秋遇连连点头。

小灵子轻轻把袖子挽起来，露出一点天蚕袖套，给倪大鳅看。倪大鳅仔细看了看，一开始也没明白怎么回事，过了一会儿，才忽然想起来，小声叫道："天蚕丝？"小灵子得意地点了点头，说道："裘老爷果然见多识广。"

老叫花子也探过头来，伸着脖子问道：“你们看什么呢？我也瞅瞅！”小灵子把袖子一捂，身子一晃。老叫花子差点被带到水里去，幸亏吴秋遇及时把他拉住。

倪大鳅点头道：“难怪那毒蛇伤不得你。你有这个保护，必然是万无一失了。你……”

小灵子冰雪聪明，马上明白他想问什么，直说道：“我从哪弄来的，是不是？哈哈，这是秋遇哥哥专门给我做的。”

倪大鳅又惊讶地看了看吴秋遇。吴秋遇便把路桥荫在黑土岗被人用天蚕罩网困住，自己出面解救得了天蚕罩网，拿来给小灵子做了衣甲的经过简要说了一遍。倪大鳅连连点头，恭喜小灵子。老叫花子虽然没有完全明白怎么回事，但也跟着恭维称赞。

筏子顺着湫水河向下游漂去。

第四十六章
波罗边寨

到了临县，小灵子上岸买了点东西，回来把吃的分给大家。四个人坐在筏子上，一边吃着东西，一边继续向西南漂流。

倪帮主忽然指着前面说道："如果我猜得不错，前面能看到的就是黄河了。"吴秋遇兴奋地说道："那我多撑几竿，咱们很快就可以过黄河了。"

小灵子说："秋遇哥哥，你先歇一下。听人说，黄河水深流急。咱们这个筏子怕是过不去，得换乘渡船才行。"

老叫花子嘀咕道："这么麻烦？"倪帮主说："小灵子说得对。想不到你小小年纪，倒很有见识。"小灵子说："多谢裘老爷夸奖。我是仙女下凡嘛，不懂不行啊。"

倪帮主问："你们两个已经恢复本来面目，我们何时可以把这身行头换了？"小灵子说："我和秋遇哥哥本不是江湖中人，只要甩开了蒙昆他们，没人认得我们。你可不一样，你是大名鼎鼎的丐帮帮主，稍有不慎就会泄露行踪。要我说，你们就是现在这个样子挺好，在回来之前就不用换了。”老叫花子说：“有吃有喝就行。我没意见。”倪帮主点了点头，说：“嗯。那就这样吧。回来再说。”

小灵子说：“秋遇哥哥，再往前走一点，你就靠岸，我们去找黄河渡口。”吴秋遇又撑了几竿，眼看离黄河不远，便把筏子支撑着靠了岸。

吴秋遇先跳上岸去，把筏子尽力拉住。小灵子小心翼翼地走上去。老叫花子扶着倪帮主也上了岸。吴秋遇问：“这筏子怎么办？咱们还带着吗？”小灵子说：“咱们一时用不上它，带着也累赘，就留在这里，送给有缘人吧。”吴秋遇便在岸边楔了橛子，用绳子把筏子拴定了。

四个人张望了一下方向，便动身去找渡口。老叫花子回头看了一眼，忽然对倪帮主说：“你们先走，我得方便一下。”小灵子回头看了他一眼，没说什么，便拉着吴秋遇走在前面。倪帮主笑着摇了摇头，也跟着走了。

老叫花子在草丛蹲了一会儿，眼看三人走远，才站起身来，暗自窃喜。

吴秋遇问：“我们走得远了，要不要等等他？”小灵子说：“他这是懒驴上磨屎尿多。不用理他。离了咱们他没有饭辙，一会儿就追上来了。”倪帮主回头看了看，似乎想起了什么，开始摇头暗笑。小灵子见了，先是觉得奇怪，她稍稍想了一下，马上明白了，暗自点头，有了主意。

三个人找到黄河渡口，正好有一艘渡船停靠。船家高声地吆喝着揽客。小灵子上前询问。吴秋遇仍记挂老叫花子，回头张望。倪帮主说：“他来了。”只见老叫花子一路小跑，赶了上来。

小灵子先招呼秋遇哥哥和“裘老爷”上了船，待老叫花子走过来，抬手把他拦住，说：“先去交了船钱。”老叫花子一愣，说：“不是你管钱吗？我哪里有钱？”吴秋遇正要上去劝说，却听小灵子说：“一个上好木筏子，还卖不出几份过河钱？”老叫花子眨巴眨巴眼睛，一时无语。小灵子说：“你要是舍不得拿出来付船钱，那咱们以后各吃各的，互不拖累。”

老叫花子望了望倪帮主，无奈地从怀里掏出钱来，问：“要多少？”小灵子说：“都拿来吧，不够我还得添补。”老叫花子知道惹不起她，把手里的钱都交给了她。

小灵子付了船钱，还剩了几枚，本想放入钱袋，见老叫花子正眼巴巴地望着，便递到他面前，说：“难得你知道过日子，这几个就留给你当私房钱。”老叫花子顾不得花钱的心疼，高高兴兴地接了，赶紧揣进怀里。

船上的众人莫名其妙，不知道这姑娘跟那个老汉（老叫花子）是什么关系，都围在船头看了一场热闹。

吴秋遇小声问：“你把筏子卖了？”老叫花子嘟囔道：“要不哪来的船钱？你们没过过没钱的日子，不知道东西是好的。我好不容易找了个买主，结果还……”见小灵子正在看他，急忙住了口。

倪帮主安慰道：“不是还留了一些嘛，不亏不亏。难得你有这份心思，以后用得着呢。”他现在扮作有钱的员外裘老爷，丐帮的事不能说得太直白。小灵子用手指捅了一下老叫花子，提示道：“裘老爷说的你还不明白吗？你以后要升级管事了，还有什么可委屈的？”老叫花子想了想，明白了这是倪帮主打算要提拔他，顿时喜笑颜开，连连道：“不委屈，不委屈。多谢帮……”倪大鳅瞪了他一眼。老叫花子赶紧住口，差一点说漏了身份。

渡口的人都上了船，船家长竿一撑，大船离岸，缓缓向黄河对岸驶去。

过了黄河，上了岸，已经是陕西延安府地界。

在吴堡，小灵子找人把西去路线打听清楚，然后雇了一辆带顶棚的大马车，四个人挤着，一路向西赶往米脂方向。

马车颠簸，又有点拥挤，倪帮主病卧之身就开始不舒服。吴秋遇见了，赶紧让车夫停车，要给倪帮主运功疗毒。倪帮主不愿意耽误行程，便强忍着，只说没事，催促继续赶路。

大概是车夫也想送完客人早点回来，路上紧抽鞭子，那马车奔驰起来，在路上扬起一溜尘烟。

西行百里，在米脂吃了点东西，继续前行，很快来到无定河畔。

车夫说：“这条河叫无定河，向西能一直通到边塞。你们有病人，乘船或许更为便当。当然，如果你们愿意坐马车，我还继续送你们。”

老叫花子倪二鳅从车上跳下来，跑到河边张望着，嘴里叫道：“坐船吧，坐船好。马车虽然快，但是太颠了，我的屁股都快颠散了。”

小灵子看了看倪帮主，长途颠簸，又显得憔悴了不少，于是说道：“秋遇哥哥，裘老爷，我们接着走水路好不好？”吴秋遇没什么意见，看着倪帮主。倪大鳅点头道：“好，好。”小灵子便对车夫说道：“大叔，你说得对，我们这位老人家确实支持不住了。麻烦你带我们去找船吧。”

车夫赶起马车，拉着几个人去找渡口。老叫花子在河畔张望了一阵子，忽见马车走了，赶紧在后面追赶，嘴里喊着：“我还没上车呢，等等我呀！”小灵子笑道：“不用理他。刚吃完，让他遛遛腿。”

老叫花子终于追上了马车，捂着胸脯喘着粗气，说道：“你们也不等等我，我……你少拉了一个人，得扣车钱。可算追上了，我先上去……”

车夫憨厚地笑了笑，说：“到了。那就是渡口。”

老叫花子气得直跺脚。小灵子跳下车。吴秋遇扶着倪帮主也下了车。

车夫帮着找到渡口，领了车钱，便赶着马车回去了。

小灵子谈妥价钱，雇了一条小船，沿着无定河逆流而上。船家把四个人打量了几眼，心中疑惑，这四个人怎么会凑到一起。

老叫花子平生坐船不多，倒是兴致十足，一边欣赏着两岸的风光，嘴里唠唠叨叨。小灵子暗自清点着盘缠，合计着开销。

吴秋遇坐下给倪帮主运功疗毒。小灵子见了，赶紧拉着老叫花子尽量设法遮挡，免得惊动船家和岸上的人。

天气很好，晴日当空，晒得暖暖的，同时在水面之上又可感受几丝凉爽。

船家忽然指着岸边的一座城址说道："那里曾经是有名的银州城。"

倪帮主睁开眼，望了一会儿，忽然说道："近千年的古城，不想而今破败至此。"他冒出这么一句，小灵子、吴秋遇都是一愣。老叫花子好奇地问道："你来过这里？"

倪帮主说："我也是听人说过，这里原先盛产良马。"

船家应和道："这位老爷说得没错。说起银州的宝马良驹，想当年可是天下闻名哩。可惜，这些年兵荒马乱的，最好的马已经不多喽。不过，这里的很多马还是要比别的地方的好，还是有很多外地客商来买。"

小灵子见老叫花子听得入神，笑问道："怎么，你也想去买一匹？"老叫花子笑道："我……算了吧，我可没那个闲钱。说不定，等我将来有了钱，还真来这买几匹马，牵到洛阳去卖。"小灵子问："你是洛阳人？"老叫花子说："我生在洛阳府，却没去过洛阳城。逃荒到山西几十年了。原来听人说，洛阳城很热闹，有钱人多。"

船行过了响水镇。船家说："前面不远就是波罗地边寨了，再往前，怕是我这船也不好走了。你们得早做打算。"

小灵子说："先到前面镇上再说吧。我们到那里再打听打听。"

"波罗地？这个名字好奇怪啊。"吴秋遇忽然说道。

船家说："呵呵，那是出自西域和尚的说法。再往深里说，我也讲不出个道道了。"

船到波罗地。停船靠岸。

船家说："这就是波罗地了。再往前，我也不太熟了。你们还用船么？如果不用，我就送到这里，回去了。"小灵子说："大叔别急着走，先上岸吃点东西再说，我请客。万一打听清楚了，前面还能走水路，我们还得麻烦你再送一程呢。"船家见姑娘客气，点了点头，先撑住船，让四个人上了岸，然后跳上岸，把船拴好，跟着他们去找饭馆。

看上去，这波罗地在当地也算是一个比较热闹的镇子。人来人往，店铺小摊满街都是。

几个人就近找了一个小饭馆，走进去。伙计热情地迎上来打招呼。

倪帮主说："我累了，得先躺一会儿。你们先吃。"吴秋遇赶紧让伙计找个安静的屋子，扶着倪帮主去歇息。一会儿，伙计出来说："那位大哥说，让你们几位先吃着，他陪那位老爷待一会儿就来。"

小灵子随便要了一些充饥的饭菜。饭馆里客人不多，饭菜很快有人端上来。老叫花子迫不及待地抢着先吃。小灵子劝船家不要客气。两个人也跟着吃起来。

小灵子问伙计："小二哥，这里去贺兰山怎么走方便？"伙计愣了一下，不好意思地笑了笑，说："这个……我也不清楚。你问掌柜的吧。掌柜的，这几位客人要去贺兰山，怎么走方便？"

掌柜的停下手里的活儿，抬头说道："在过去，要是想抄近路呢，就一直往西，穿过沙地，那应该是最近的走法；要么就沿后面那条河往西南走，奔靖边，路虽然绕远些，但是好走。"

老叫花子问："两边能差出多远去？"掌柜的说："一两百里是有的。"老叫花子不满道："你这不是耍人么，差那么老远，谁不挑近的路走？"

小灵子心思缜密，听出掌柜的话里的问题，忽然问道："刚才您说'在过去'，那么现在这条路不好走吗？"掌柜的瞟了一眼老叫花子，对小灵子说道："还是姑娘听得仔细。茫茫沙地，虽然艰苦，但是过去也常有商旅走过，忍上几天也能走出去。只是近来，那一带不是很太平，闹马匪。前几日就有客商被打劫的，还有人丧了性命。报到官府了，无奈这里地境偏远，没有油水，官兵大老爷们都不愿意来。马匪的胆子越来越大，还不时地来寨子里骚扰一番。唉。"说完了，掌柜的直摇头。

老叫花子说："那咱们还是绕点远吧，保命要紧。兄弟，你回不去了，我们还得坐你的船。"船家没说话，看着小灵子。掌柜的说："你们有船啊，那还犹豫啥，继续走水路吧。我还说这镇上找船不容易，你们要等不起只能钻沙地呢。"

船家问："老哥，南边的水路安全吗？有没有听说闹劫匪？"掌柜的说："那谁知道呢。不过，我倒是没听说，或许没有吧。"船家心里开始犯嘀咕。小灵子赶紧说："掌柜的，你不要吓唬他。你一开玩笑，待会这位大叔不敢送我们了。"掌柜的马上明白小灵子的意思，赶紧说："我说着玩的，不要当真，不要当真。"

忽然街上一阵骚动。众人都是一愣。伙计赶紧到门口去看。就听街上有人喊："马匪来了！"

伙计慌张地关了门，小声叫道："有马匪朝这边来了。"旁边的几个客人听到马匪来了，匆忙拿起自己的东西，往后院去躲。

就听“咣当”一声，店门被踹开，一个瘦瘪的汉子手持钢刀闯了进来。伙计还没反应过来，腿上就被砍了一刀。那人尖声骂道：“你小子还敢关门？你关上门老子就进不来是吧？”

伙计捂着流血的大腿，也不敢叫疼，赶紧鞠躬赔罪。掌柜的早藏到柜台底下，不敢露面。

“都别动！把值钱的拿出来！”瘦瘪汉子尖声叫道。船家和老叫花子刚站起来，听他叫嚷，不敢再动。瘦瘪汉子看了看屋里的几个人，一看船家和老叫花子都不像是有钱的，上前一脚把老叫花子踢开，骂道：“滚一边去！待会老子再收拾你！”说完大啦啦坐了下来，淫邪地对小灵子说：“小姑娘，陪哥哥喝两盅？哥哥少要你几个钱。”

小灵子也不气恼，笑嘻嘻说道：“好啊。我陪你多喝几杯。可是你拿刀执杖的，我看着害怕。”

瘦瘪汉子很意外，没想到眼前这小姑娘这么听话，于是把钢刀往桌上一扔，说道：“现在不用怕了。来，喝酒。哎，酒呢？老家伙，快拿酒去！”

小灵子趁瘦瘪汉子在那乱喊乱叫，悄悄给老叫花子使了个眼色，又伸手比画了几下。老叫花子心里正恨，很快明白了小灵子的意思，乖乖去墙根搬酒坛。

小灵子又扭头对伙计说：“小二哥，麻烦你去把门关一下，外面太吵了，别搅了这位哥哥的雅兴。”伙计不敢轻举妄动，瞅着马匪。瘦瘪汉子骂道：“你傻站着干什么？还不快去！”伙计这才去把门关了。

老叫花子搬了酒坛子站在瘦瘪汉子身后。瘦瘪汉子刚要去接，忽听小灵子叫道：“哥哥，你看桌上！这种黄蚂蚁可不多见。”瘦瘪汉子赶紧探头去看：“哪呢，哪呢？”

小灵子冲老叫花子一使眼色。老叫花子举起酒坛子，用力朝瘦瘪汉子头上砸去。只听“啪喳”一声，酒坛撞碎，酒水喷溅，那瘦瘪汉子哼都没哼就趴在桌上，不省人事。

伙计吓坏了，惊叫道：“你们这是干什么？惹祸了，惹祸了！”船家也吓坏了。小灵子说：“别吵了，赶紧帮忙把他抬出去。你想叫别的马匪看见哪？大叔，你也帮忙。”

伙计这才如梦方醒，跟船家一道把昏死的马匪抬到后院去，藏了起来。

船家见后门敞着，连招呼也来不及打，匆匆忙忙跑了出去，生怕惹祸上身。伙计一看，也跟着跑吧。

老叫花子拿了钢刀，拉着小灵子也往后院跑。小灵子惦记吴秋遇，不肯走。

老叫花子一脚跨出门外，叫道："再不走，咱们都走不了了。马匪可不是好惹的。哎，那撑船的跑了！咱们不赶紧追上去，咱们就真的跑不了了。"

"你先走吧，跑一个是一个。我去叫他们！"小灵子说着，钻进屋子去找吴秋遇。

吴秋遇正在土炕上给倪帮主运功疗伤。刚才也隐约听到了外面有动静，但并不清楚发生了什么事。因为没有听到小灵子呼叫，也就没有多想。

小灵子进屋叫道："秋遇哥哥，有马匪！咱们快走！"吴秋遇急忙扶倪帮主下了地，跟着小灵子出了屋子，往后门走。

老叫花子紧张地握着钢刀盯着门口，见三个人出来，心里才稍微踏实些。小灵子说："你快去跟上船家大叔，叫他就近来接我们。""哦。"老叫花子应了一声，跑出两步，看了看手里的刀，随手往柴堆里一扔，率先出了后门。

吴秋遇背上倪帮主，小灵子在后面跟着，三个人也快步出了院子。很快见老叫花子迎面跑回来，气喘吁吁地说道："船，船……走了。他没……没等我们，自己……走了。"

吴秋遇问："灵儿，现在怎么办？咱们往哪儿走？"小灵子说："管不了那么多了。南边好像没人，先往南走。"四个人便匆匆往南跑去。

一口气跑出四五里，倪帮主回头看没有马匪追上来，才叫吴秋遇停下来。小灵子张望了一下，说："前面有个寺庙，咱们先到那里躲躲。"

走到近处，可以看清，那寺名叫永福寺。院门敞着，偶有一两个香客进出。

吴秋遇背着倪帮主先进了院子，老叫花子也跟了进去。小灵子站在门口张望了一会儿，才放心地走了进去。

有小僧见有人来，便上前迎候。小灵子说："我们这有伤者，想借你们宝地休养一下。小师父可方便？"那小僧看了一眼倪帮主，说："几位施主跟我来吧。小僧带你们去见师父。"

倪帮主问："小师父是何法名？待会见了尊师我们又该如何称呼？"小僧说："贫僧慧明，我师父是这里的住持衍达大师。"三人在心里记下，只有老叫花子没把这个当回事，只顾四下张望。

小僧慧明把四人带到衍达大师面前，说明了情况。老僧衍达说："施主远道而来，慧明可去安排客舍歇息。"

倪帮主说："我们不会久扰宝刹，在寺中稍歇便走，只需随便有个去处。"老僧说："既如此，施主可就在敝处稍歇。老衲陪你们说说话。"

吴秋遇把倪帮主放下来，老僧让慧明拿蒲团给他坐了。老叫花子倒不客气，自己也去找了个蒲团坐下，只顾好玩。小灵子、吴秋遇不习惯盘腿坐着，便站在一旁。

倪帮主忽然想起波罗地，便开口问道："前方的波罗地，不知是何由来？听上去不像是咱们中土的名称。"吴秋遇和小灵子也想起了这个事，都在认真听着。

衍达大师微笑道："施主说得没错，这确实不是咱们中土的惯用说法。'波罗'二字本是梵语，有'到达彼岸'之意。"

小灵子问："为何要用这么一个名字？你们平时都是说梵语的么？"

衍达大师说："这个是有典故的。当年如来佛祖到东土游历，返回西天时从此路过，跨河过岸，在山崖上留下一对脚印，后来信众听闻此事，争相传颂。一想佛祖在此有过河之举，还留下足迹，便把这个地方叫作'波罗地'，那一对脚印被称作'如来真迹'。"

老叫花子好奇地说道："竟然有如来佛的大脚印，有空一定要去看看。"小灵子说："那你们这个寺庙供奉的佛爷一定就是如来佛喽？"

衍达大师摇头道："非也。供奉如来佛祖的波罗古寺已经被损毁了。本寺正殿供奉的是弥勒佛祖。"

倪帮主问："永福寺仍然气派非凡，不知有多少年头了？"衍达大师说："当年大宋与西夏连年征战，及至前朝，波罗地一直是个边塞营寨。百姓为求太平，官府为求安稳，便有了这永福寺。供奉弥勒佛祖也是为了保一方祥和安乐。几位施主稍歇之后，若有兴致，可到大殿一观弥勒尊容。"

老叫花子一听有东西看，马上跳起来，说："好啊，好啊。"倪帮主让吴秋遇扶他起来，说："好，我们有幸来此，也去拜一拜。"

老僧先打发了慧明，亲自陪着几个人往正殿走去。

吴秋遇抬头看大殿门口的对联：大肚能容了却人间多少事，满腔欢喜笑开天下今古愁。一看里面高大的弥勒佛像，说得倒也贴切。

老叫花子抢先走了进去。老僧陪着倪帮主也往里走。小灵子悄悄拉住吴秋遇，抬手往寺院门口一指："秋遇哥哥，你看。"

吴秋遇抬眼望去，只见一人正往外走，那背影看着眼熟，却一时想不起来。小灵子说："是江寒。"吴秋遇再仔细一看，这才认出来，果然是黄花岭下邵家庄"威震三关"邵青堂的二徒弟江寒。

第四十七章
马匪行劫

当日在云中山天百山庄，江寒向师妹邵九佳求爱不成，被师父责骂一番，偷看曾可以却被有一箭之仇的蒙昆撞见，逃下山去。没人知道他后来去了哪里，没想到又在这里出现。

江寒离开永福寺，走出几里，忽听一阵马蹄之声。扭头看时，却见一伙人手持刀枪，骑着马喊杀而来，很快就来到近前，把江寒团团围住。江寒暗叫不好，他心里明白，这应该就是当地人所说的杀人不眨眼的马匪。

五六个马匪围着江寒打转，时时有得意哄笑之声。江寒强作镇定，暗中警惕着，仔细打量着这伙人，希望找到其中的为首之人，说几句软话，然后平安离开。他双手抱拳，大声说道："不知哪位大哥是当家的？兄弟我这厢有礼了。"

"哪位大哥？兄弟？哈哈哈哈。兄弟们，听到没有，这小子临死前还想着跟咱们攀兄弟哪。哈哈哈哈。"说话的是个三十多岁的汉子，留着小胡子。其他人也都跟着大笑起来。江寒不敢招惹他们，只能静观其变，暗中也做好了鱼死网破的准备。

忽听有人说道:“小子,你把身上值钱的玩意都拿出来,然后跪在地上给我们每人磕三个头,不,给我们二当家的磕六个,然后叫几声爷爷。我们二爷听得高兴了,说不定饶你一条狗命。”

江寒也是练武之人,在黄花岭下邵家门学艺多年。他师父邵青堂号称“威震三关”,在山西也是响当当的人物。江寒虽然没有他师父那么大的场面,可也是争强好胜之人,除了在师父面前多少收敛些,在外可从来没吃过亏,哪受得了马匪如此的羞辱?他轻轻从背上摘下包袱,一边慢条斯理地拆解,一边怒视着刚才说话之人。

那个被称为二当家的小胡子伸手指了他一下,又大笑起来:“皮狗子,你看见没有,他瞪你呢,还要动家伙,他这是不服你呀。怎么着,露两手给二爷看看?看你几刀能把他剔了。”

“好嘞。”皮狗子正要在二爷面前显摆一下,嘴上应了一声,便拨马头朝江寒逼近过来。江寒下意识地往后退了一步,马上听到后面的鼓噪之声,知道身后已无退路。皮狗子见江寒后退,只道他胆怯,于是更加嚣张,嘴里喊着“兄弟们看好了,我第一刀先砍了他右手”,便挥刀朝江寒的右臂砍来。

江寒急忙向左一闪身,让过了这一刀。马上有人哄叫道:“皮狗子,你这砍得也不准哪,他右手还没掉啊。”皮狗子刚才只顾得意,没想到第一刀竟然被他躲过去了,有人一哄,脸上有些挂不住。他不再废话,抡起马刀,直朝江寒的头颈砍去。

江寒瞅准机会,抬起左臂用手里的包袱把马刀挡了出去,右手顺势一抓,攥住皮狗子的手臂,一用力把他从马上拽了下来。皮狗子猝不及防,狼狈地栽了下来,摔在地上,头脸也都撞破了。

众马匪一惊。江寒乘机踢掉皮狗子挂在马镫上的腿脚,自己一翻身,骑到了马上。那位二当家的这才反应过来,急忙喊道:“快围上,别叫他跑了!”

江寒瞅准刚才皮狗子空出的缺口,催马就跑。一个马匪就近扑了上来,举刀就砍。江寒一俯身,躲过一刀,迅速撩开包袱,瞄准那人,抬手一指。那人便“啊”了一声,便扑在马背上,再无动静。

有人眼尖,惊叫道:“他有弩箭!”二当家的愣了一下,赶紧拉住马,不敢再追。仍然坐在马上的几个人,眼看着江寒渐渐远去,又恨又怕。

过了良久,二当家的说:“他往咱们寨子的方向去了,跑不了。集合去波罗地的兄弟们,咱们回去,只要那小子自投罗网,咱们叫他求生不得,求死不能。”另外几个马匪纷纷附和。

有人把皮狗子扶到马上，也把刚才被弩箭射死的那个搁在马背上捆绑好了，沮丧地去波罗地召集其他马匪。

永福寺内。衍达老和尚陪着倪帮主等人从大殿里出来，又到方丈室内歇了一会儿。吴秋遇和小灵子没有进屋，在门外议论着江寒的事。老叫花子听不懂他们在说什么，也到屋里去坐着。

倪帮主说："我们在宝刹多有打扰，看天色还早，也该上路了。我们要去贺兰山，只是人生地疏，还望老师父指点方向？""去贺兰山？"老和尚想了一下，说："按说直接往西，路途最近。只是近来，听到寺里进香的施主说，毛乌素沙漠之中有劫路的马匪，你们怕是去不得。那就自此向南，靠近关中，应该太平些，只是要绕些远路。"倪帮主说："多一事不如少一事。我们多走几步，正可免去不少麻烦。小灵子！"

小灵子在门口听到倪帮主喊她，应了一声，走进门来。吴秋遇也跟了进来。倪帮主说："咱们在寺里多有打扰，你去添些香油钱吧。"衍达老和尚双手合十，赶紧说道："阿弥陀佛，善哉善哉。你们远行在外，正需盘缠，这香油钱就不必了。"小灵子正舍不得出钱，一听老和尚这样说，心中暗喜，也学着双手合十，说道："多谢老师父。都说出家人慈悲为怀，果然不假。"老叫花子看出门道，偷偷地笑，却不说破。

老和尚把四人送到寺院门口，又就着地形指点了一下道路。四人道谢离去。

这一带地形复杂，往南走也没有一条像样的大路。走着走着，四个人就转了向，只能是见坡爬坡，见路走路。倪帮主毕竟身子虚弱，很快头上就冒出汗来。

"这么乱撞也不是办法，大家先歇一下。秋遇哥哥，你到土岗上面去看看，有没有好走的路。"小灵子扶倪帮主坐下歇息。吴秋遇快步登上旁边的土岗，向远处眺望。

小灵子问："怎么样，秋遇哥哥，前面有路吗？"吴秋遇又努力看了几眼，回头说道："有一条河，要往前，咱们只能顺着河走，好像也没有路。那边……"吴秋遇忽然停住。小灵子问："怎么了？"吴秋遇说："那边有人，咱们来的方向，好像还不少，都骑着马，往这边来了。"

小灵子转身看了一眼，惊叫道："是马匪，秋遇哥哥快下来，别叫他们看见了。"吴秋遇赶紧从土岗上跳下来，说："他们往这边来了，早晚能看见。咱们得赶紧藏起来。"小灵子迅速往四周看了一下，说："这里藏不住人。秋遇哥哥，你背上倪帮主，咱们顺着这条浅沟快离开这。"

周围土丘很多，偶有草丛矮木，勉强可以作为遮挡。小灵子在前面带路，吴秋遇背起倪帮主，尽量俯身往前跑。老叫花子没别的本事，一说要逃命，还是很卖力气，也紧紧跟着没有落下。

十几个人骑着马快速奔了过去，并没有注意附近有人。原来，他们是去河边饮马的。

出了浅沟，周围遮挡之物已然少了。地上有人，几百步以外都能看见。四个人不敢停歇，只有继续往前跑，生怕那伙马匪瞧见了，一发追上来。

“这是到哪儿了？”等到停下脚步，小灵子不禁皱眉。倪帮主说：“进入沙漠了。咱们对着日头的方向，这是往西边来了。”

日近黄昏。周围是漫无边际的沙地。

倪帮主说：“秋遇呀，把我放下来，歇一会儿吧。周围二三里以内，还没有马匪的影子。”

四个人确实都累了，就地坐下，喝了水，吃着干粮。

小灵子拿出地图，看了看，失望地丢在一边，说：“到了这，地图没用了。”倪帮主伸手把地图捡起来，说：“这个可不能乱丢。被人捡去，说不定就泄露了咱们的行踪。”说着，拍了拍上面的土，揣进怀里。

老叫花子说：“这破地方，除了马匪，谁还会来？马匪挑这种地方讨生活，实在是脑子不灵光。”小灵子只顾四下张望，无心和他斗嘴。倪帮主说：“他们主要打劫过往的商客。这种地方官兵不来，他们活得自在。”老叫花子说：“都知道有马匪，哪个商客还敢从这走啊？”倪帮主说：“人总是心存侥幸，难免就有贪图近路的，冒险来回。再说了，就算这里等不到商客，他们也可以出了沙漠，到镇子上去打劫。”

天色变暗。看远处的东西已经有些模糊。

忽然小灵子蹲了下来，示意大家别出声。老叫花子问：“怎么了？有马匪？”吴秋遇静静听了一下，小声说：“有人来了。不过马蹄声还很远，附近的人应该还不是骑马的。”小灵子看了一眼吴秋遇，也透露出一丝紧张。

吴秋遇说：“我先去看看，如果真是马匪，我就想办法把他们引开。”倪帮主摇头道：“那不行，万一他们看到你，你就跑不掉了。别忘了，他们可是有马的。”吴秋遇说：“不要紧，我有办法。”倪帮主还要再劝，小灵子说：“现在也只能如此了，就让秋遇哥哥去看看吧。如果马匪到这来，把咱们围起来，只有秋遇哥哥一个人能打，也保护不了咱们，反而拖累他。如果真是马匪，秋遇哥哥把他们引开，也就不用动手打架了。”倪帮主说：“这太危险了。”小灵子说：“放心吧。秋遇哥哥跑得比马快。”倪帮主和老叫花子半信半疑。

小灵子嘱咐道：“秋遇哥哥，你小心一点。能不打尽量别打，他们都有刀。”“嗯。”吴秋遇点头应了一声，从身上取出定心剑，交给小灵子，然后才快步去了，消失在迷蒙之中。

吴秋遇已经好多天不用神偷丁不二传授给他的“追风架子”了，如今在这茫茫荒地正好施展。他两脚如风，很快就见到了七八个拼命奔跑的人影，看上去不像是马匪，倒像是逃命之人。吴秋遇放慢速度，迎着那几个人走去。

几个人正在逃命，忽见前面站了一个人，顿时慌乱一团，扑倒在地上就磕头，嘴里叫着：“爷爷饶命！爷爷饶命！我的钱都给你！不要杀我！”吴秋遇知道他们把自己也当成了盗匪，急忙上前扶起一个年岁稍大的，解释说：“我不是马匪，只因看到大家在奔逃，特来问个究竟。”

听说不是马匪，趴在地上的几个人稍稍定了定神，爬了起来。刚才被吴秋遇扶起来的那个人说：“你不是马匪在这干什么？还不快跑啊，马匪来了！”吴秋遇还要再问，那几个人都顾不得理他，跌跌撞撞继续向前跑去。

吴秋遇转身跟上，向刚才那人问道：“你们怎么会在这里？”那人推了他一把，叫道：“你别缠着我！命都要没了，谁有空跟你闲扯！”

吴秋遇刚一发愣，就听身后马蹄声越来越近。工夫不大，十几匹马就撵了上来，把几个人围在当中。那几个人又扑跪在地上，瑟瑟哀求。只有吴秋遇愣愣地在中间站着。

马匪手里拿着刀，擎着火把，吵吵嚷嚷。带头的又是江寒遇见的那个二当家的，摸着小胡子见吴秋遇站着不跪，不免多看他两眼，冷冷说道：“臭小子，就你是不怕死的？”

吴秋遇抱拳拱手道：“各位马匪大哥，咱们大家都素不相识，也没什么仇怨，你们就放了大家吧。”他话一说完，众马匪都先愣了一下，然后相对大笑起来。跪在地上的那些人心中暗骂：“这小子笨得要死，管人家直接叫马匪，这不是急着找死吗？他嫌死得慢，可不要连累我们。”

那位二当家笑了一阵，说：“你都管我们叫马匪了，如果我不杀几个人见见血，岂不白沾了这个马匪的名头？”跪在地上的几个人听罢，赶紧磕头作揖，指着吴秋遇说道：“各位大爷，你们明鉴哪！话是他说的，可跟我们没关系呀！我们不认识他，要杀你就杀他好了！我们把所有的钱都给你们！”

二当家的瞅着吴秋遇：“你听到了吧？他们都说让我先杀你。你临死还有什么话说？要是你现在跪下给二爷我磕十八个响头，多叫几声爷爷，我可以下手快一点，让你少受点罪。”

吴秋遇说：“我跟你们又不认识，你凭什么要杀我？”众马匪又哄笑起来：“这傻小子脑子坏了，杀他还问为什么。哈哈哈。”

跪在地上的几个人抢着说：“各位爷爷，他不老实，你们杀他吧。我们把钱都交出来。”二当家的看了看他们，点了点头，说：“把钱留下，你们可以先滚到一边去了。”几个人听罢欣喜若狂，纷纷把身上值钱的东西都拿出来。有一个本来还想私藏一点，被马匪瞪了一眼，赶紧掏出来放到地上。

二当家的让手下让开道路，把几个人放出去。那几个人以为可以走了。却听有人骂道：“干什么，想跑啊？都跪在那！待会再打发你们！”那几个人心中叫苦，怕是今晚还躲不过这一劫呀，跑是跑不掉的，听天由命吧，于是都就近跪了。

吴秋遇被马匪围在中间，怕是不怕，只是在想着如何脱身。按说他要走，那几个马匪还真拦不住他，只是他走了，马匪定要行凶杀人，那几个人必死无疑。他还想着如何把那几个人一同救下。

二当家的见吴秋遇丝毫没有害怕的样子，倒有些好奇，开口问道：“小子，你叫什么名字？看你有点骨气，死了老子赏你一个坟。”吴秋遇淡淡地看着他，说：“你叫什么名字？凭什么在这里欺负人？”

“呵，臭小子，不识抬举是吧？”二当家的怒了——他自当马匪以来，哪见过这样的——吹了吹手上的火把，招呼一声，“上！”

其他马匪早就按捺不住了，只是二当家的一直跟他磨牙，没有吩咐不敢动手。现在一声令下，四五个人一齐催马上前，挥刀向吴秋遇砍来。

吴秋遇施展“小腾挪”身法，几个马匪周旋了半天竟然连他的身子都碰不到，一个个又急又恼。二当家的不禁一愣，没想到这小子赤手空拳的，竟然半天都砍不死。外面跪着的几个人也都面面相觑。

眼看其他马匪也都围了上来。吴秋遇心想：“如此下去难免吃亏，随便挨上一刀都是不值。不如来一招‘降魔十三式’吓唬吓唬他们，若他们知趣散了，也便省心。”想到此，他在躲闪的同时，手上暗自运气。

左右两个马匪同时抡刀向吴秋遇头上砍来。吴秋遇瞅准方位，两掌外推，猛地打出一记“展翅驱魂”。这是“降魔十三式”中的第六招。吴秋遇只要吓退马匪，不想伤人太狠，因此只用了四成功力。

只见那两个马匪“哎呀”一声向后仰倒，幸亏有马镫挂着，才不至于飞落马下。饶是如此，二人的后脑也重重地撞在了马屁股上。两把马刀胡乱甩起，一把划到了旁边那匹马的眼睛上，疼得那马扬蹄呼啸；另一把刀险些砍在一个马匪的脸上，在他脖子上划出一道深深的口子，吓出一身冷汗。被打中的两个马匪已然昏了过去，慢慢地从马背上歪滑下来。

众马匪大惊，都呆在那里。吴秋遇看了一眼二当家的。那位二当家心下一凛，慌乱地拉转马头，顾不得招呼手下，便自顾逃命去了。其他马匪一看，如梦方醒，各自调转马头，也跟着跑了。只有那两个昏死过去的，仍然吊在马上，无人理睬。

跪在地上的那几个人早已目瞪口呆。看到一众马匪真的走远了，才战战兢兢爬起来，庆幸躲过一劫。有人想起刚才为了保命让马匪杀吴秋遇的情形，又心生恐惧，急忙扑倒在吴秋遇面前，哀求饶命。其他人也都跟着跪了过去。

吴秋遇先没去搭理他们，而是走到马匹旁边，把那两个昏死过去的马匪扶正了，让他们的手臂在马脖子上搂着，用缰绳绑好了，然后在马屁股上用力一拍。那两匹马也“嗒嗒”地远去了。

吴秋遇捡起地上的一个火把，看了看那几个人，没说什么，既然他们已经得救，也不需再管，便转身迈步离开了。几个人见吴秋遇没有杀他们的意思，心里踏实了，也不知谁带的头，又开始摸黑去抢拾地上的钱物。

只有那个年岁稍长的，弯腰去捡起地上的另一个火把，望着吴秋遇的背影，喃喃自语。地上有人抬头见他发呆，开口叫道：“胡勋大哥，你不来捡自己的东西吗？火把拿过来照个亮！”这个叫胡勋的这才缓缓走了过去，慢慢把自己的东西收拾起来。

众人把东西捡拾完了，才有人想起吴秋遇来：“刚才那小子呢？他是什么来头？咱们那么对他，他也不气不恼，也不抢钱。不会真的是傻子吧？”胡勋瞪了他一眼，骂道：“申图，你还是不是人？刚才就你叫得最欢！人家救了咱们大伙的命，一没为难咱们，二没要咱们一分钱，你怎么能这么说话？”其他人也跟着抱怨起来。申图脸上有点挂不住，辩解道：“我是说，天底下还有这样的好人？”

有人叫道：“不会是老天爷派来救命的金刚大力士吧？”“有可能啊。我看一定是。”一说起可能是天神下凡，众人赶紧跪下来磕头膜拜。胡勋站起来，说：“别闹了。咱们不赶紧追上去，再遇上马匪，看谁来救你们！”众人一听有理，赶紧爬起来，跟着胡勋去追吴秋遇。

天黑下来。小灵子和倪帮主正在担心吴秋遇，老叫花子忽然叫道：“看，有火光，往这边来了。”小灵子赶紧示意他小声，并将定心剑紧紧握在手里。

吴秋遇行走如风，难得对路线记得那么清楚，很快就来到三人近前。透过火光，小灵子看清是秋遇哥哥回来了，这才彻底松了一口气，收了短剑，高高兴兴地迎上去：“秋遇哥哥，怎么样，是马匪吗？”

吴秋遇说：“嗯，几个人被马匪追赶，被我救下了。我吓走了马匪，就赶回来了。”小灵子问：“你救下的人呢？”吴秋遇就把刚才的经历简要说了。还没等小灵子说话，老叫花子抢先说道：“真不是东西！还不如叫马匪把他们杀了算了。”小灵子笑道：“你倒义愤填膺。我记你一功。”

倪帮主说：“既然马匪散了，咱们又有了火把，不如继续赶路，夜里倒还太平一些。”小灵子等人也都同意。

四个人凭着感觉往西走。周围什么也没有，倒也安静。

走出二三里，隐隐听到前面有呼叫之声。循声望去，可以见到一点火光。小灵子把定心剑交给吴秋遇。吴秋遇说：“看上去只有一个火把，应该不是大队马匪。咱们过去看看。”

越走越近，渐渐能听清对面人喊的是什么。“金刚大力士！是你吗？”“金刚大力士！不要丢下我们！”

吴秋遇听出了胡勋的声音，回头说道：“是刚才我救下的那伙人。好像在找金刚大力士。”小灵子笑道：“什么金刚大力士，他们在找你呢。一定是他们怕再遇见马匪，来找你护着。说不定啊，他们把你当成了救命的神仙！金刚大力士，呵呵。”吴秋遇想了想，也笑了。

胡勋等人来到近前，见了吴秋遇就跪：“金刚大力士，你带上我们吧。不要丢下……”小灵子作怪说道：“你等刚才甚是无礼，冒犯了金刚大力士。现在还敢找上门来，不怕送了性命么？”胡勋等人一抬头，这才发现吴秋遇身后还有三个人，都吓了一跳，赶紧磕头：“我们一时糊涂，冒犯了大神！希望大神和仙女宽宏大量，饶了我们这一回吧。”小灵子说：“也罢，念你们肉眼凡胎，姑且饶你们一回。你们都起来，各自散去吧。”

胡勋等人一听大神和仙女不见怪，自是高兴，又听说让他们各自散去，马上又哀求道：“我等沦落至此，实在是怕那马匪。还望大神和仙女再发慈悲，再带我们一程。等出了这无边沙漠，我们一定烧香供奉，早晚磕头。”

老叫花子听得不耐烦了，站出来叫道：“你们这些人，真没心肝！刚才救了你们一命，还要赖上我们不成？我们到这，是来给你们当保镖的吗？”胡勋一听，赶紧说道：“老神仙息怒。我们不敢造次。我们真的是走投无路，才恳求大神救命。我们不会白耽误大神的工夫，我们都有孝敬，都有供奉！”说着带头拿出银子来，举到头上。

老叫花子一见有银子，火气马上消了，笑道：“既然你们叫我老神仙，又有孝敬，我可以帮你们说几句好话。”说着，便要伸手去拿银子。小灵子瞪了他一眼，低声道：“你要敢拿，就自己带他们斗马匪去。”

吴秋遇先把胡勋扶起来，又叫其他人也起来，说道：“大家都起来吧。我们不是神仙。我们也是过路的，不想在这里撞见了。”胡勋等人面面相觑，又上下把吴秋遇打量了几遍，开口道：“不是神仙也是大英雄。刚才多亏恩公出手相救，要不然我们都得死在马匪手里。”

吴秋遇说：“大家不用客气。没事就好。”小灵子只在一旁看着，面无表情。

胡勋等人生怕小灵子和老叫花子仍有怨气，不肯带他们赶路，赶紧拿出更多的银子递到小灵子和老叫花子面前："这些银子是我们的一点心意，还望各位恩公收下。"小灵子说："我们不是贪财之人，银子你们拿回去。要想一同赶路，跟在后面走就行了。"胡勋等人面面相觑，心里仍然不踏实，再次央求道："姑娘还是代恩公收下吧。要不然，我们心里实在过意不去。"倪帮主开口说道："他们是心里不踏实，怕你们中途变卦。哈哈。"

小灵子瞅了瞅众人，一眼看出申图似是个小气吝啬之人，便拿过他手里的银子，说："也好。为了让你们心里踏实，我就替你们恩公收下这一锭银子。其他的，你们都收起来吧。"胡勋等人见她终于收了银子，放下心来。只有申图看着大家各自收回银子，心里有点不是滋味。

吴秋遇手持火把走在前面照亮，小灵子和老叫花子扶着倪帮主紧随其后。胡勋等人轮流举着火把在后面紧紧跟着，一个个生怕被落下。

倪帮主问："你们是什么人？怎么会到这来？"胡勋紧走两步，跟上来，回答道："我们是去西域贩马的商客。半路听说银州自古也产良马，就想着顺道先去看看，结果到那才知道，银州也好多年没有出好马了，只得从这再去西域。没想到，马还没买到，在半路先遇见马匪了。"

小灵子说："你们是专门贩马的，怎么会对马的行情如此不熟？连这有马匪都不知道，真不知道你们过去是怎么活过着回来的。"胡勋苦笑道："也不怕姑娘你笑话，我们都是第一次做这个营生。赶上朝廷有做官的亲戚，有幸得了个置办马匹的肥差。想着是可以赚上一笔，哪知道，刚到这里就差点把命给丢了。"小灵子点了点头："这就难怪了，看你们也不像长年走动的生意人。以后出门，还是打听清楚了再上路，别稀里糊涂地把钱送到劫匪手里去。"胡勋连连点头道："是，是。姑娘说得极是。嗯，你们这是要去哪里？"小灵子看了他一眼，说："不该问的别问。"胡勋怕惹恼她，赶紧住口。

隐隐看到前面有灯光。吴秋遇提醒大家多加小心。申图等人马上紧张起来。胡勋倒是很坦然，说："有恩公在，还怕他怎的？"

渐渐走近，模模糊糊能看到那里好像有几间房屋，发光的应该是院子外面高高挂着的一盏大灯笼。怎么这里还会有住户？

第四十八章
风云客栈

忽然有个商客小声叫道:“会不会是到了马匪的老窝？这回咱们死定了！”那人此话一出,好几个商客顿时慌作一团。

小灵子回头道:“都别吵,把火把熄了,先在这里等着。我跟秋遇哥哥去看看情况。”举着火把的商客很听话,赶紧将火把在地上滚熄了。胡勋说:“恩公,你们看明了情况快点回来,可千万不要丢下我们哪。”其他商客也跟着哀求。

倪帮主根据自己的江湖经验,小声地嘱咐了几句。吴秋遇和小灵子点头记下,迈步朝灯笼下的房屋走去。

离灯笼还有十几步,小灵子让吴秋遇也熄了火把,二人借着灯笼射来的微光悄悄向院子靠近。

院子里有两排茅草房子。没有马匹,没有兵器架子,看上去不像是马匪的巢穴。两个人稍稍放心,往灯笼处绕去。灯笼里面的烛火被底座遮挡,地上留下一片阴影。吴秋遇和小灵子就隐身在那片黑影里向院内观看。

一个小个子从屋里走出来，从地上抄起一根长竿，吹着口哨向门口走来。吴秋遇看着小灵子，想问她怎么办。小灵子示意他不要出声，静观其变。

小个子走到院子门口，用长竿把灯笼挑摘下来，慢慢顺下竿子，把灯笼接到手里。灯笼一摘下来，吴秋遇和小灵子藏身的阴影也就不在了，两个人暴露在灯光里面。小个子本来悠闲地吹着口哨，要换烛火，猛然看见两个人站在对面正盯着他，直吓得魂不附体，惊叫道："啊！你们……你们是人是鬼？"手里的灯笼也脱了手，掉在地上。

吴秋遇走过去，拾起灯笼，递给他，说："你不要害怕，我们是人。"小个子战战兢兢接过灯笼，半信半疑地问道："你们是人？怎么会突然出现在这？"小灵子笑道："我们一直站在这里，是你自己眼神不好没看见。"

小个子这才定了定神，看了看两个人，问道："你们是要住店？"小灵子说："这里是客栈？""是啊。不然你们来这干什么？你看……"小个子说着伸手一指架子上的木头招牌，上面歪歪扭扭写着四个字：风云客栈。

吴秋遇大喜："太好了，今晚有住的地方了。我去叫他们？"小灵子问伙计："你这店里还有几间空房，我们十几个人呢。"小个子伙计说："没问题，都空着呢，二十几个人也住得下。"小灵子往里面看了看，点了点头，对吴秋遇说："秋遇哥哥，你不用再走回去，刚才裘老爷不是说了嘛，若这里是平安去处，就拿火把给他们发个信号。你举着灯笼晃几下，他们就来了。"

伙计看了看他们俩，没想到还有这一出，然后知趣地把灯笼递给吴秋遇。吴秋遇把灯笼举起来，在空中慢慢晃了几下。很快对面的火把又亮起来，应该用的是倪帮主身上带的火折子。估计那几个商客不会想到还有半夜点火的事，身上也不会有那玩意。

"行，你们会玩。呵呵。"伙计嬉皮笑脸地说了一句，然后转身道，"我先进去告诉厨房点火，一会儿你们人到齐了好做菜。"小灵子看这伙计倒还机灵，说："你去吧。"伙计本来还想把灯笼要过去，想了想不合适，便提着竿子放回远处，进屋去了。

不大工夫，几个商客簇拥着倪帮主和老叫花子就来了。看见吴秋遇和小灵子站在那里等着，心里又踏实了不少。

胡勋嘀咕道："没想到，这里还会有客栈。不会是黑店吧？"申图说："胡大哥你可别乱说话。万一人家店家听见了，还能有好脸色看？这种鬼地方，能有个住的地方不容易，可别再让人家给撵出去。"小灵子说："这就是黑店，你们住不住？"

众商客全都一愣，很快就明白小灵子是在开玩笑，心情又放松下来。申图说:“黑店就黑店吧。有你们在旁边住着,闹鬼我们都不怕。”马上有人骂道:“申图,你住嘴!怪吓人的,说什么鬼呀。”“你还说。”这伙人七嘴八舌,完全没有了先前那种落魄的样子。

倪帮主摇头微笑,看了看小灵子,几个人迈步往亮灯的屋里走去。其他人见他们走了,也都住了嘴,赶紧跟了进去。

伙计拿着抹布擦干净桌子,招呼众人坐下。胡勋陪着四人坐一桌,另外几个人挤一桌。申图叫嚷着:“伙计,你们这都有什么好吃的?”伙计看出他不是当家做主的,随便敷衍了一句“什么好吃的都有”,便径直走到倪帮主跟前,指着墙上挂的酒菜牌子,问道:“几位爷,你们看看,想吃点什么?”胡勋是准备付钱的,见四人客气,便做主点了几个看上去最上档次的菜。

伙计心里一一记了,转身要走。小灵子叫住他,问道:“我们来了这么久,客栈上下怎么就只见到你一个人?别的人呢?”

伙计说:“厨子在后面等着给大伙做饭。老板娘刚好有亲戚来,吩咐我先在这伺候着,待会她就过来招呼。”倪帮主示意小灵子别再跟伙计纠缠。小灵子笑了笑,说:“你去吧,让厨子快点,大家伙都饿了。”“好嘞。”伙计应了一声,转身去了。

申图刚才听见伙计跟小灵子对话,这会见伙计出去了,跟其他人小声说道:“刚才他只说老板娘,没说老板,这开店的不会是个寡妇吧。寡妇门前是非多,各位都得小心点。哈哈哈哈。”有人回应道:“只要你不动心思,没人会惹事。你还是管好你自己吧。”那桌的几个人都笑了起来。

这时候,听见有个女人的声音在外面说道:“是谁在背后说老娘的坏话呀?”

屋子里顿时鸦雀无声。众人循声望去,只见一个花枝招展的女人走进门来,看上去三十多岁,走路颤颤扭扭的,一看就是个风骚的主,应该就是这店里的老板娘。她一进门,先快速地把每个人都打量了一遍,开口问道:“刚才是谁在背后说人家的坏话呀?”

马上有人指着申图说:“是他。他说的。”申图脸色突变,低下头不敢吭声。老板娘轻轻往那边瞟了一眼,似乎对申图等人毫无兴趣,径直走到倪帮主和胡勋身边,说道:“两位大爷,都是第一次到我这小店里来吧?”倪帮主不知如何应对。胡勋也是含糊地点了点头,应了一声:“嗯,是。”

“那我可得用心招待了,希望你们都是我的回头客。”老板娘一甩手里的帕子,又转到了吴秋遇身后,有意无意地在吴秋遇的脖子上摸了一把,说道,“哎呀,这位小兄弟好白呀,一看就不是吃苦受累的主。”小灵子默默地打量着她。老板娘也看见了,忽然又阴声怪气地说道:“呦,妹子干吗这么看我呀?吃醋啦?呵呵呵呵。”小灵子淡淡说道：“我们等着吃饭呢。能不能叫你的伙计快一点？”

老板娘见这几个人都不善玩笑，自己也耍闹够了，便收起放荡的笑容，说道：“好，好，我去看看。他们也真是的，手脚还那么慢，叫客人都等急了。我去看看。”说着，便扭着屁股出去了。申图这才敢抬起头来，松了一口气，小声道：“哎呀妈呀，可憋死我了。走了吧？”

工夫不大，两个伙计端菜上来。这伙商客真是饿了，上来一盘就一抢而空。老叫花子抄起筷子看着倪帮主，见倪帮主点头许可，便不再客气，大吃起来。倪帮主和胡勋相互谦让了一下，也拿起了筷子。两个伙计在旁边伺候着：“各位爷，多喝酒，多吃菜。不够还有。”见众人吃得热闹，无暇理睬，两个人相互使个眼色，悄悄去了。

小灵子见了，悄悄把吴秋遇叫到门外，低声道：“秋遇哥哥，我看这里多半是黑店，恐怕饭菜里早已下了药，咱们须得小心些。”吴秋遇不解。小灵子解释道：“你想，这里沙地茫茫，又有马匪出没，好人家怎么可能在此安心开店？”吴秋遇问：“那要不要提醒大家一声？”小灵子说：“先不着急。就算下药，顶多就是蒙汗药，不会直接要人性命。咱们且看看再说。”吴秋遇点头道：“嗯，这样也好。万一不是黑店，也免得冤枉了人家。”

老叫花子在屋里喊道：“你们俩怎么还不进来吃啊？再不来，我们可全都吃光了。”“来了。”小灵子应了一声，和吴秋遇一起回到桌边坐下。二人心中有了提防，并不急着用饭，而是东一句西一句地闲扯。

“头好晕啊。”“我也困了。”旁边那桌的人纷纷趴下。老叫花子和胡勋也不行了。倪帮主刚一吃，顿觉得一阵头晕，也失去了知觉。

吴秋遇这才相信小灵子的话。这里果然是一家黑店。他刚要说话，小灵子赶紧给他使了个眼色。两个人也伏在桌上，假装昏睡过去。

过了一会儿，听见脚步声响，像是有两个人走了进来。小灵子和吴秋遇赶紧闭眼。进来的就是刚才上菜的那两个伙计。其中一个是摘灯笼的那个小个子，另外一个是个矮胖子，应该是客栈的厨子。

就听那个小个子伙计说道：“这药真好使，我才放了两包，就把这么多人都撂倒了。”胖厨子说：“但凡到这投宿的，都已经饿得差不多了。你没看酒菜都吃光了。那两包药一点没糟践。好了，别废话了，先把他们扛后院去，等着老板娘发落。”小个子说：“要我说，咱们也别费那个劲了。都这么晚了，不会再有人来了。就让他们在这趴着，等老板娘那完了事，咱们听吩咐就行了。”胖厨子说：“你小子，就会偷懒。好，就听你的。那咱们怎么着？后院是不能去了，免得老板娘骂咱们偷听。到外面转转去？”小个子说：“外面也没啥可看的，就在这坐着吧。一会老板娘叫，咱们听不见，又是事儿！”

胖厨子把老叫花子挪到地上，一屁股在凳子上坐下来。小个子看着小灵子，摇头道：“小丫头长得还不错，有点可惜了。”胖厨子笑道：“你要是看上了，够胆子就跟老板娘说呗！说不定她一高兴就赏给你了。”小个子说：“你还不知道咱们老板娘，看见比她年轻漂亮的，恨不得气死。我留着她不是自找麻烦？算了，可惜就可惜了吧。不过，咱们现在倒是可以……”胖厨子眼前一亮，也站起来：“你是说，咱们先玩……”

小灵子实在听不下去，一下子坐起来，抬手就给了小个子一耳光，同时叫道：“秋遇哥哥，快制住他们！”两个伙计当时就惊呆了。吴秋遇迅速出手，点了他们身上几处穴道。两个伙计还没反应过来，就已经站着不能动了。小灵子端起几盘剩菜倒进他们嘴里，拿筷子捅了捅，又灌了酒，叫吴秋遇把他们扔到墙角桌子底下。

吴秋遇说：“我去找水救醒大家。”小灵子把他拉住，低声道：“不急，他们多睡一会儿也没大碍。咱们先去拜会那位老板娘，把她也捉了，大家才安全。”

吴秋遇觉得有理，两个人便出了门口，朝后院走去。

后院有水缸、柴堆，旁边的棚子应该是厨灶。几间茅草房中，有一间屋里亮着灯，里面传出老板娘的声音：“你怎么停下了？快点啊。”

吴秋遇和小灵子知道那是老板娘的房间，看来屋里还有别的人。两个人快步走了过去，不知里面的情况如何，暂时也不敢轻举妄动，便蹲在窗户底下，听听里面的动静。

房间里的另一个声音说道：“真的不要先去看看那些人吗？”说话的是个男的。

老板娘说：“放心吧，早就麻翻了。老娘干这个十来年了，从没失手过。”

那个男的问道：“那十几个人你打算怎么处置？都杀了？你下得去手？”

老板娘笑道：“不是还有你么？你就只想占老娘的便宜，不出点力？”

那个男的说：“让我出力没问题。为了你，叫我干什么都行。不过，我还真是没这么杀过人。想不到你一个女流，说起杀人竟毫不手软。”

老板娘说：“开始我也下不去手。后来一想，就算我不杀他们，他们也会被我当家的砍死，那时候他们只会死得更惨。还不如在我这，一觉睡过去就完了，啥痛苦也没有。这么一想，我也是为他们好，心里就安生多了。”

那男的说：“这么说，你还是菩萨心肠了？”老板娘说：“那当然。”

吴秋遇心中暗骂：“这老板娘心肠真是歹毒！脸皮也真够厚的！杀人的勾当，到她嘴里倒成了行善积德了。”小灵子示意他千万不要出声。

那男的忽然问道："万一有一两个漏网的，侥幸逃脱了，将来找你麻烦怎么办？"

老板娘得意地说道："酒壶、菜品、茶水、点心，我都做了手脚，不怕他们谁能躲过去。你还信不过我的手段？"

那个男的嬉笑着说道："信得过，信得过。不过，你在床上的本事更大，那个我更信得过，哈哈哈哈。"

老板娘骂道："狗东西，敢取笑老娘！知道老娘本事大，你还不乖乖的？快点，老娘都等不及了。"

小灵子一听话头不对，赶紧招呼吴秋遇一起离开。吴秋遇光听着屋里的动静了，没有注意到小灵子的手势，仍然蹲在那里没动。

那个男的似是惊讶道："你的毛很多呀！以前没注意。"老板娘催促道："别看了，快点来嘛！"很快，屋里就响起了咿咿呀呀的呻吟喘息之声。

小灵子拉了一下吴秋遇，起身就走。吴秋遇失口叫道："不要找他们讨个说法吗？"

一句话惊动了屋里的人。那男的急忙从老板娘身上下来，四处乱撞。老板娘光着身子仓皇爬起来，打开一个大箱子，叫那男的躲进去，然后盖严了，才胡乱披了件衣裳，勉强把身子遮了，开口问道："谁，谁呀？谁在外面？"

小灵子见吴秋遇"赖着不走"，一跺脚，自己快步跑掉了。吴秋遇还没明白怎么回事。

老板娘打开门，见是吴秋遇愣呵呵地站在外面，先是一愣，很快就有了主意。她走上前去，一把拉住吴秋遇的手，问道："小兄弟，你站在这儿干什么呀？刚才听得过瘾么？不如到屋里来听啊。"

吴秋遇急忙甩开她的手，往后退了一步，结巴道："你，你要干什么？"

"光是偷听多没意思，不如你也来呀。你想怎么样，我都依你。"老板娘又往前贴近了一步，忽然敞开自己的衣裳，露出一身丰满的白肉。

吴秋遇吓了一跳："你不要过来！""我不过去，那你就过来呀！"老板娘说着便去拉吴秋遇的手。

吴秋遇慌了，顾不得再找她讨什么说法，急忙转身逃了，去追小灵子。

老板娘得意地大笑了一阵，两只白乳不停地抖动。见把吴秋遇吓跑了，她转身回到屋里，打开箱子把那男的揪起来，说道："瞅瞅你那怂样。出来吧，不是我们当家的。是刚才来投宿的傻小子。你快去把他杀了，免得走漏消息。"

那男的急忙穿了衣服，从桌上抄起一个包袱，便快步冲了出去。

吴秋遇追到前面屋里，见小灵子正坐在桌边生气，上前问道："灵儿，你怎么了？”小灵子盯着他，气哼哼地说：“你不知道吗？”吴秋遇一脸无辜：“我……怎么了？”小灵子说：“明知道他们要干那不要脸的事，你还不走。你……不跟你说了。”

“我不知道啊。”吴秋遇还是不太明白小灵子为什么生气。他自幼在深山寺院里长大，下山也才几个月的时间，对男女之事确实完全不知。从小灵子的话里，他隐隐觉得，可能是刚才没有跟她一起走，让她不高兴了。

小灵子说：“那我叫你，你为什么还不走？你就是想听。”吴秋遇想起后来老板娘的话，终于明白发生了什么事，忙解释道：“我不是想听那个。咱们不是要去找她讨个说法吗？事还没办呢……”

“啊。”小灵子一下子冷静下来。她站起来叫道：“不好。咱们还得去，不能叫他们跑了。如果他们把马匪招来，咱们就有麻烦了。”

两个人刚要往外走，就见一个人迎面冲了过来，堵在门口叫道：“你们哪也去不了了！等死吧！”

双方相对一看，都是一愣。吴秋遇和小灵子怎么也没想到，那个跟老板娘有染的人竟是江寒，宁武黄花岭下邵家门“威震三关”邵青堂的二徒弟。江寒也没想到在这能遇见吴秋遇和小灵子。

小灵子知道江寒的武功比吴秋遇差远了，因此并不怕他，当即开口说道：“这么快就把你那个九佳小师妹给忘了？还找了个寡妇？”

“她不是寡妇！”江寒被她气糊涂了，心想：我跟她解释这个干吗？

小灵子说：“哦，我知道了，老板娘不是寡妇，是个有夫之妇。这种事你也干得出来呀？不怕人家老板找你算账？”

江寒恼羞成怒，迈步上前就要拿她。小灵子往后一退。吴秋遇上前把江寒挡住。江寒当胸就是一拳。吴秋遇侧身闪过，伸手把江寒推出门外。

小灵子说：“秋遇哥哥，不用跟他客气。捉拿老板娘要紧！”江寒骂道：“你们想得美！看我把你们捉了再说！”说着便又上前跟吴秋遇打斗。他自恃习武多年，跟着邵青堂骄横惯了，根本没把吴秋遇放在眼里。

经小灵子一提醒，吴秋遇知道不能跟江寒浪费时间，得赶紧把老板娘捉了，免得她去把马匪勾来，于是手上运气，轻轻打出一记“携月清魔”，正中江寒的前胸。这一招吴秋遇只使出三成功力，但是江寒已经口吐鲜血，仰面栽倒在地。

吴秋遇跟他没有别的仇恨，见他伤重倒地，本要上前扶他。江寒以为吴秋遇要打死自己，吓得连连后退，央求道：“不要杀我！”吴秋遇停下脚步，说：“我没想杀你。我扶你起来。”

“你不杀我？”江寒先是一愣，见吴秋遇果然没有进一步的动作，才稍稍放心。他侧身在地上卧了一会儿，慢慢坐了起来。吴秋遇转身跟小灵子说："你看着他，我去捉老板娘来。"

小灵子看到江寒的手没闲着，正在打开身上的包袱，正要提醒吴秋遇。就见江寒猛地举起一架短弩，要朝吴秋遇后背射来。小灵子来不及多想，扑上去抱住吴秋遇，就把身子转在了他后面。江寒发出的弩箭射中小灵子后心，小灵子"哎呀"一声叫了出来。

吴秋遇大惊，见江寒还端着短弩，急忙飞起一脚，把他踢昏过去，然后抱着小灵子大叫："灵儿，你怎么样？"

小灵子闭上眼睛歇了一会儿，睁开眼说："我没事。你忘了？我穿着天蚕软甲。"吴秋遇从她后背摘下弩箭，箭头果然没有血，只是挂在了衣服上，不由得暗自庆幸："你没事就好。"小灵子说："天蚕丝虽然刀枪不入，毕竟有点软，那一箭还是戳得我有点疼。"吴秋遇急忙给她在后背按揉。小灵子说："我不要紧，你去后院抓老板娘吧。记住，不管她耍什么花样，都不能让她走了。"

吴秋遇点了点头，从地上捡起江寒的短弩和箭袋，交给小灵子，扶她进屋坐了，然后去后院找老板娘。

等他来到后院屋中才发现，老板娘已经不见了。在四周找了一遍，仍不见那女人的踪影。吴秋遇回到前院，准备告知小灵子，却见原本昏倒在地的江寒也不见了。

主人公行进路线图（卷二部分）

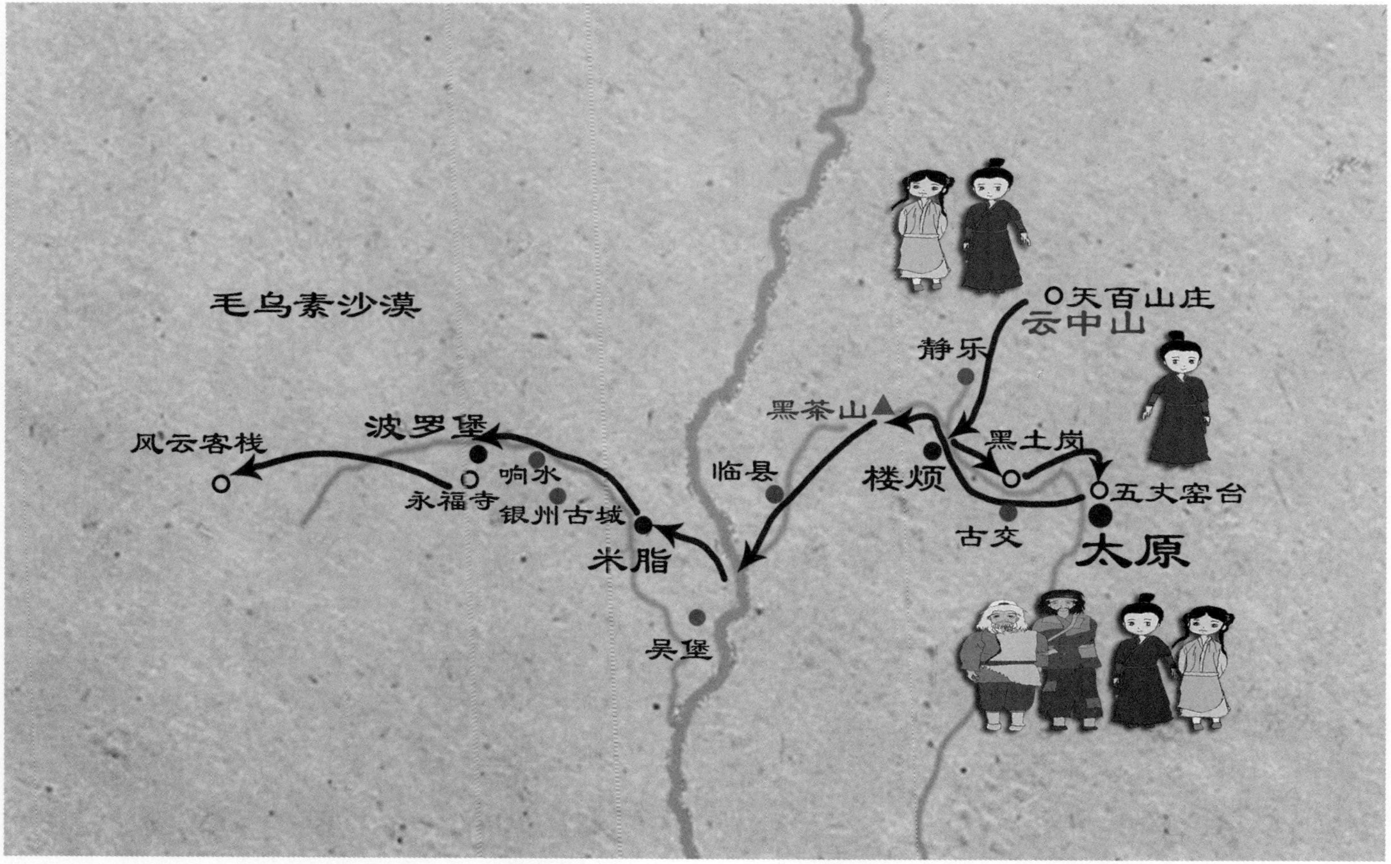

绘图：王欣

后续情节

一行四人进入贺兰山，在故国城遭遇神秘疯子，于赐熊岭智斗奸猾老怪。吴秋遇受小灵子之托去洛阳给岳姐姐治病，在任府见到柳如梦，二人接连经历一系列意外变故。柳正风上嵩山复仇殒命，马铁腿赴少林连遭追杀。吴秋遇和柳如梦黄河遇险，惊闻小灵子噩耗，流落海岛相依为命，却又有令人惊奇的发现。